爱情是不可替代的

施天权 著

文匯出版社

图书在版编目(CIP)数据

爱情是不可替代的 / 施天权著. —上海：文汇出版社，2020.1

(海那边的中国女人：爱情三部曲)

ISBN 978-7-5496-3062-2

Ⅰ. ①爱…　Ⅱ. ①施…　Ⅲ. ① 长篇小说—中国—当代 Ⅳ. ①I247.5

中国版本图书馆CIP数据核字(2019)第263818号

海那边的中国女人(爱情三部曲)

爱情是不可替代的

作　　者 / 施天权
出 版 人 / 周伯军
责任编辑 / 张　涛
封面装帧 / 梁业礼

出版发行 / 文匯出版社
上海市威海路755号
(邮政编码200041)
经　　销 / 全国新华书店
排　　版 / 南京展望文化发展有限公司
印刷装订 / 启东市人民印刷有限公司
版　　次 / 2020年1月第1版
印　　次 / 2023年10月第2次印刷
开　　本 / 787×1092　1/16
字　　数 / 300千字
印　　张 / 22

ISBN 978-7-5496-3062-2
定　　价 / 45.00元

前言

吾生亦有幸，躬逢近半个世纪来中国之巨变。在国门封闭三十年后，中国终于改革开放，无数有为青年跨出国门，想看看世界的真实面目，闯荡自己的人生之路。我当年已届不惑，但还是有一颗美好的童心，愿随着时代的风潮，与年轻人一路同行。

1990年，我赤手空拳远渡重洋飞抵美国，与当时的留学生、新移民一起，开始了在一片陌生疆土的摸爬滚打、砥砺前行，在没有路的地方硬生生地闯出一条路来。其间亲身经历、耳闻目睹了许多催人泪下的故事，有感动，有叹息，有愤慨；深悟造化弄人，一如自然界的鬼斧神工，其情节的曲折离奇，实非想象所能及。

作为一名文学爱好者，多年以来，总觉得有一桩心事未了，有一件人生大事尚未完成；总想着应该记录下这一代勇敢者的足迹，让更多的人知晓这批先驱者的筚路蓝缕。奈何我大学所读并非中文专业，只能Just do it，以硬着头皮做起来的精神，写就了这部《海那边的中国女人：爱情三部曲》。第一部为《爱情是不可替代的》，第二部暂定名为《爱情是不离不弃》，第三部暂定名为《爱情是奇迹》。希冀借由爱情这种人世间最珍贵的感情，以此为红线，串联起两代新移民的喜怒哀乐、成长历程。美国谚语云："There is a will, there is a way." 中文意为"有志者事竟成"。中国留学生和新移民以顽强的意志和不懈的努力了解美国，融入社会，终于成为注入美国这个移民大家庭的一股新生力量。

整部小说的主要情节在美国展开，全景式、立体地展示当时的美国社会。这里有美国的一些基本规章制度，比如12岁、16岁、21岁都可以做些什么；有点点滴滴的生活常识，比如申请中学、大学的做法，个人信用的累积，注册成立公司的程序等；还有美国老百姓的生活实景，他们的善良单纯，以及美国政客的狡猾险恶；等等。这些描述，既是小说主人公生活历练的背景，兴许也能帮助读者对美国社会有更感性的认识。

谢谢大家愿意阅读此书。

施天权

2019年6月

目 录

第三部分 各得其所

主要人物表

（人物年龄以第一次出场为准）

周怡亭，女，34岁

王爱华，女，周怡亭女儿，14岁

孙宏钢，男，周怡亭男友，38岁

顾世芳，女，周怡亭母亲

周夫瑞，男，周怡亭父亲

王进军，男，周怡亭前夫，39岁

胡正娥，女，王进军母亲

葛小平，男，王爱华同学，14岁

张丽华，女，葛小平母亲

葛瑞泰，男，葛小平父亲

赵志华，男，周怡亭同学，公司合伙人，28岁

林鹏飞，男，周怡亭公司合伙人，40岁

陈国富，男，农民企业家，42岁

曹皮特，男，周怡亭公司财务，36岁

凯　特，女，王爱华同学

杰斯廷，男，王爱华同学

第一部分

各说各话

1　妈妈——挥不去的梦魇

“哼，我就要到美国去闹个天翻地覆，叫你们不得安宁！”14岁的小姑娘王爱华心里暗暗下了决心。她幽幽地躲在一个隐蔽的角落里纹丝不动。

上海国际机场的广播喇叭里反复播送着：“王爱华，王爱华，飞往洛杉矶的班机马上就要起飞了，请你赶快登机，请你赶快登机！”

王爱华屏息凝气待在这个犄角旮旯里，瞪大眼睛看着她妈妈周怡亭急得满头大汗，六神无主，角角落落到处寻她。周怡亭进进出出到洗手间里找了几次都不见女儿，又到附近的几个登机口看来看去，不断地喊着她的名字。王爱华一动不动，无动于衷，心里想着：“哼，你去美国时说是很快回来带我，结果一去就是多少年？我从小学一年级读到了四年级你还是不来，却叫了一个什么孙叔叔来看我。现在我已经小学毕业上初中了，你才来带我去，我倒是要看看你是真的要我去还是假的？是爱我还是爱孙叔叔？你让我等了八年，现在我让你等一等有什么要紧的？”周怡亭急得跺脚，眼泪都要掉下来了，她带着哭腔叫着：“爱华，爱华，你再不出来，我们就不去了，但是要把行李从飞机上拿下来，整个飞机都不能飞了，大家都在骂我们呢！”

王爱华脑子里闪过了当年妈妈去美国时，爸爸带了一帮人来大闹机场，要抢妈妈的包和护照，不让妈妈走。她那时还小，只是一股脑儿地哭！是小姨过来护住妈妈，还叫来了警察，说是爸爸妈妈已经离婚了，爸爸没有资格不让她走。警察看了妈妈的签证，训了爸爸一顿，妈妈就蹲下来亲了自己一下，轻轻地说：“等我有了工作就来接你！”快步走进了登机口。她有点恍惚，就是这个登机口吗？

王爱华远远看到有机场的警察过来了，心里想是不是也要来训我了呢？她心里一惊，就慢慢地从躲藏的角落里踱了出来。

惊慌失措的周怡亭看到女儿，喜极而泣，边擦眼泪边喊着："爱华，你到哪里去啦？快快快！走走走！"她跑过来一把抱住女儿，女儿挣脱了她，自顾自往登机口走去。

王爱华别别扭扭地找到位置坐下来，一路上嘟着小嘴不开心。空姐送饮料来，都要先问一声英文："Orange juice？ Apple juice？"然后看一眼她，再说："要橙汁还是苹果汁？"王爱华心想，会讲几句破英文有啥了不起的？白了空姐一眼不理睬。过一会儿送餐了，空姐又问："Chicken noodle？ or Beef rice？鸡肉面还是牛肉饭？"王爱华还是不睬她，却转头对周怡亭说："我不要吃饭，我想吃酒酿圆子！"

周怡亭想，这几天外婆天天换着花样给爱华烧好菜吃，她是鸡鸭鱼肉吃腻了，想要吃点甜汤也是自然的。只是，飞机在天上飞，又不是在上海，穿个弄堂就可以买到酒酿圆子的。这可怎么办呢？她只好对女儿说："爱华，飞机上是没有酒酿圆子的，你想吃甜点，妈妈带了蛋糕你要不要吃？"

王爱华扭着小蛮腰，把头摇得像拨浪鼓似的，大声叫着不要不要不要！周怡亭看看周围的人都在向她们注目，有点发窘，她对女儿总是没有办法的。

空姐过来了，问明缘由，看着半大不小的王爱华，像哄小孩似的对她说："我们有巧克力冰激凌，你要不要吃？"

王爱华立马破涕为笑，点着头连连说，要要要！

周怡亭松了一口气，心里想着，快快到家吧，这一路上不知她还会玩出什么花样呢！

想到了洛杉矶的家，周怡亭心里生出丝丝暖意，一股自豪感油然而生。这是自己在美国奋斗八年的成果啊！想到八年前登上前往美国的飞机，似乎自己掌控的人生是从那时候才开始的。

往事不堪回首！为什么，为什么自己会出生在那样一个家庭，那样一个地方，那样一个时代呢？

周怡亭的父亲周夫瑞、母亲顾世芳曾经都是上海的大学生，1947年参加了共产党领导下的反饥饿反内战反迫害运动后，一直追随共产党。解放初期两人都作为新中国成立前参加革命的干部，周夫瑞当了中学校长，顾世芳当了一个工厂的厂长。只是，父亲太耿直，就知道实话实说总不会错的，哪里知道，他这辈子就毁在实话实说上！1957年国内反右派斗争，号召知识分子向共产党提意见，周夫瑞都不知道说啥，但领导反复启发他们，还说言者无罪闻者足戒，要大家大胆说。父亲不知轻重，就说了中国不应该闭关自守，应该与欧美国家交好取长补短。不承想这个说法把上层激怒了，甚至怀疑他是当年的潜伏特务，一下子把他划成了右派分子。那年，周怡亭才三岁。

起初父亲还天真地以为右派、左派之分，只是像法国大革命时期的罗伯斯庇尔雅各宾派，在制宪会议辩论时坐在左边，而温和派坐在右边那样口头上说说而已，愣没想到整个人生竟然都改变了！开始是中学校长变成了敲打上下课铃声的校工，工资革去了一半。妻子也受到连累，从厂长降到了车间主任。到了1966年“文化大革命”，又在抄家挨揍之后，把他作为国民党潜伏特务嫌疑抓起来，逮到安徽的深山老林去劳动改造。

周怡亭只记得自己小时候就没有几天有太阳的日子，曾经因为长得好看腿长个子高，被学校选到市少年宫学跳芭蕾舞。那里教练虽然严厉，但同学们在一起说说笑笑挺开心，那时是阳光明媚的。但似乎只是一闪而过的印象，之后就是陪着母亲，脚踩污泥，走一天山路，去安徽深山老林看望骨瘦如柴的父亲，他住在阴暗潮湿的小棚子里。母亲只会哭，自己又冷又饿又惊吓地瑟瑟发抖。

回到上海家里小屋，姐姐周怡宁又要去云南插队落户。弄堂里敲锣打鼓，你不同意下乡，锣鼓就天天在你家门口敲得震天价响。母亲又是干部，上面要求她带头送子女到农村去，不去就要停发工资。母亲只好噙着眼泪借钱去买了脸盆热水瓶，匀出一床旧棉被，送姐姐上了去云南的火车。列车开动那一刻，火车站里哭声震天，堪比殡仪馆的大出殡。才16岁的姐姐啊，要到一个举目无亲的遥远地方去，同行的都是这般年纪的少男少女，哪家的父母不揪心呢？

因为姐姐下乡插队，周怡亭长到18岁时被分在了上海的工厂①。纤细苗条的姑娘，要抡大锤做粗活，虽然累，但只好咬紧牙关忍住。18元一个月的学徒津贴，也可以帮妈妈分担一点家用。不久妹妹周怡立也分配去了江西农村插队落户，家里还有一个小弟弟周自强，名义上在读小学，其实学校里也乱哄哄的，天天打打闹闹混日子。母亲微薄的工资，既要维持上海一家子的生活，还要寄给安徽的父亲云南的姐姐江西的妹妹，给他们一点亲人的关怀和活下去的勇气。

就在这段时期，一次她陪着母亲上街，碰到了母亲的老同学胡正娥。胡盯着她上下打量，一面大声叫着："这不是顾世芳吗？哟哟哟，多少年不见了，你怎么变成这样了呢？这个漂亮女孩是谁呀？"

顾世芳本来想回避这个老同学的。自己的遭遇并不光彩，目前又是在困境中。只是胡正娥特别热情地拉她到家里坐坐，她推托不了，只好跟着胡走进了一个大院。

原来，当年上海解放后，顾世芳与同学周夫瑞结了婚，而胡正娥经组织介绍，嫁给了一个军队干部，之后随军官丈夫离开上海去了另一个城市。虽然那里没有上海繁华，但是随着丈夫不断升职，家里吃穿住用都比上海人更宽裕舒适。这次丈夫来上海"支左"，在市里当了一个什么领导，全家就一起搬到上海来了。顾世芳一看，好大一个院子里，一套独栋洋楼，就是他们一家住着。跟自己家的逼仄简陋相比，简直是霄壤之别啊！

听着胡正娥得意地讲述大学毕业后的经历，顾世芳自惭形秽，羞于开口，但胡正娥一眼就看出来了。她问了一句，你家老周现在哪里？顾世芳叹了一口气说："乱说话当了右派分子，现在还在安徽劳动教养呢！"

胡正娥体贴地说，"老周这个直脾气还是改不了，共产党搞的是专政，哪

---

① 当时上海政策，一家子女中插队落户去农村的和留在城里工作的各一半。

里能听你提意见？我们老同学都是了解他的。我跟我家老王说一声，想办法把他搞回来吧！”

顾世芳感激涕零了。老同学竟然这么热心，不歧视自己这个右派家属。

这时候，胡正娥的儿子王进军进来了。周怡亭还记得当时自己被惊吓得几乎晕厥。从来没有看到过这么难看可怕的长相：小眼睛，塌鼻梁，还是个兔唇。王进军本来不爱理人，昂着头想快步走过去，被妈妈叫住说是自己老同学来了，要他过来喊阿姨。他硬着头皮走近来，看到周怡亭，他也惊呆了。周怡亭雪白的皮肤，高鼻梁，黑眼瞳明亮深邃，也让他吓了一跳。胡正娥笑着说："你看，你有个女儿，我有个儿子，正好让他俩交个朋友，熟悉熟悉，互相帮助啊！"

回家的路上，周怡亭忍不住对妈妈说："看到这样的人，隔夜饭都要呕出来了，千万不要叫我跟他交什么朋友啊。"

可偏偏怕什么来什么，只过了几天，胡正娥就送来一张去杭州的火车票，说是请小周姑娘和自己儿子去杭州玩几天。周怡亭不肯去，但顾世芳拗不过老同学的面子，只能收下来，劝说女儿去一趟。周怡亭只是哭，不肯点头。

这天早上，顾世芳破例出去买了一锅甜豆浆和几根热气腾腾的油条回家，催着女儿吃早饭。周怡亭奇怪母亲今天怎么这么大方，因为这样就花掉全家几天的小菜钱了。顾世芳自己不吃，看着女儿吃下，又帮着女儿编起了长辫子，再把这两根辫子交错着在脑后盘起来，用卡子卡在另一面的辫子根上，在两边的辫根处各扎上一朵红蓝白三色的蝴蝶结。妈妈看着女儿严肃地说："就算是为了你爸爸和姐姐妹妹，你去出差一趟，应付一下吧。谈得拢就谈，谈不拢也不要得罪他，好不好？"

看到妈妈这样认真，周怡亭只能拿起母亲隔夜准备好的背包，低着头默默地跟着母亲到了火车站。上了车，看到王进军的座位紧挨着自己坐在一起。到了杭州，还好，住宿的宾馆订的是一人一间。

白天无心看景，晚上进了宾馆，王进军对她说，你晚上不要锁门，有什么事情随时叫我。周怡亭想，我才没那么傻，怎么能不锁门呢？她熄了灯躺下，想想还是有危险，又穿衣起来，跑到女服务员处说，我一个人睡害怕，你能不能过来陪我？服务员看到这么一个花容月貌的小姑娘，理解地说，这样吧，你就睡到我们服务员房间来吧。

就这样挨了一晚上。早晨起来，周怡亭心想总算躲过了一劫。她回到自己房间刷牙洗脸，没想到王进军悄悄地跟进了她的房间。

王进军把门一锁，从后面抱住正在刷牙的周怡亭就往床上拖。周怡亭一嘴的牙膏泡沫叫不出来，王进军捂住她的嘴，又把自己兔唇缝合过的嘴压在她的嘴唇上，就在床上扯她的衣裳剥她的裤子。

王进军个子高大，整个人压在周怡亭身上，周怡亭用尽力气推不开，泄气地哭了起来，又觉到下身一阵钻心剧痛，她就号啕大哭起来了。

王进军得意地看着她说，“哼，我想要的东西，就一定能要到！”

周怡亭红着眼圈耷拉着脑袋恹恹地回到上海，顾世芳看到她这副样子，也就猜了个八九不离十了。

胡正娥过来提亲，说是本来自己家老王还不同意，想要找个同级别高干家庭的女孩门当户对，对自己政治前途也有帮助。可是两个孩子情投意合，做大人的只好成全他们啦。又悄悄凑脑袋对顾世芳说：“你放心，你家老周很快就能回来了。”

周怡亭哭，弟弟周自强帮着姐姐说：“妈妈，你叫姐姐一辈子看着这么难看的人，太残酷了！”顾世芳训斥儿子：“小孩子懂什么？长相看看就习惯了。”又对着女儿说：“想想在安徽的父亲，只怕再不回来就活不久啦！想想在云南的姐姐江西的妹妹，她们随时都有被强奸被打劫的危险！就算妈妈求你啦！”说到后来，妈妈都要给女儿下跪了。

有什么办法呢？只好牺牲自己了。好在她还从来没有谈过恋爱，没有什么心上人，嫁就嫁吧！

父亲和姐妹都调回上海了。可她却像卖身为奴似的，一结婚，胡正娥就对她说：“你年纪轻轻的有力气，家里再用保姆就会被人家说是资产阶级思想严重了，你下班回来顺手就把衣服洗了，饭烧了吧。”又说，“你们两人都住在家里，吃用我们都包了，你俩的工资应该都上交，这个家还轮不到你当家！”

王爱华的父亲王进军，是毛泽东指挥百万雄师过大江那年生的。第一次见到周怡亭，他也愣住了，被周怡亭的美貌震惊，于是缠着他母亲一定要娶这个女孩。结婚后他对她只是一种野兽似的性发泄，嘴里还不干不净地念叨："哼，你不是卖身救父吗？我就把你当妓女玩！”平时一脸看不起她的样子，动不动骂她穷鬼，右派家里出来的，说她这种人根本带不出去，进不了他们那个高干子弟的圈子。周怡亭做的饭菜，他说像猪食，粗糙得咽不下去；周怡亭洗烫的衣服，他说是一点不挺括，跟他家的老保姆没法比。周怡亭以泪洗面，天天想着要离婚。但人家把自己的父亲、姐妹都调回上海了，在婆家，在娘家，都觉得开不了这个口啊。

王进军是家里的独子，周怡亭被强奸不久就怀了孕。她浑身无力，吃一点东西就呕吐，但婆婆怪话很多，说现在的人太娇气，过去女人怀了孩子还不是该干啥干啥，哪有休息不做事的道理？她照样要周怡亭下班后烧饭洗衣服。一次周怡亭洗了一大盆床单被套，吃力地搬到阳台上晾晒。她把洗好的床单晾到竹竿上，又用丫杈头举起竹竿往上架[①]，这时候，她感到一股热血顺着大腿流下来，她捂着剧痛的肚子倒了下来。

等到胡正娥嫌她动作太慢还不开饭，赶到阳台上骂她，才看到满地的鲜血。叫了急救车送到医院，已经流产下一个成形的男婴。当然，孩子是保不住了。

这时候四人帮已打倒，娘家邻居都喜气洋洋的，周围的下乡知青陆续回城，被错划的右派分子都得到改正了。周怡亭心里说，不靠着你们家高干的特权，小老百姓也能得到解救了！劫后重生，大家思想视野都开阔许多，知

---

① 中国家庭还没有用洗衣机时，上海人家阳台上都有高高的晾衣架，上面架着竹竿，晾衣裳时用丫杈头把竹竿取下，晾上衣服后再用丫杈头举起来放到衣架上。

道海外那么多国家里的人，并没有生活在水深火热之中，而是比我们日子过得好多了。周怡亭的几个邻居小姐妹，还有老同学们都在忙着学英语准备出国，周怡亭心里的火被点起来了，想到还有出国这条路可以摆脱王家，离开王进军，周怡亭死了的心似乎活过来了！

周怡亭多年没有再怀孕，被婆婆和老公明里暗地骂成不中用。过了好几年，周怡亭总算又怀孕生下了个女儿。王家的人并不开心，说是丫头片子不能传宗接代。公公婆婆都没到医院来露个面，王进军来坐了一下，竟是骂骂咧咧的，怪她不争气不生儿子。月子只能在娘家坐，王家也没有送什么食物补品过来。周怡亭想着他们说是革命老干部家庭，怎么就好像电影电视里看到的封建财主家一样样的，重男轻女，欺负弱小。

坐完月子周怡亭上班去，因为娘家离厂近，就把女儿放在娘家由母亲帮着带，自己得空就可以赶回家给女儿喂奶。在几个闺蜜的撺掇下，周怡亭报名付费参加了前进外语进修学校的英语班，突击学习英语。她每天像打仗一样紧张，除了上班干活，还要与母亲一起带孩子，下班给孩子喂完奶，自己扒上几口饭菜就冲到夜校读英语。虽然极累，但可以不看王家人的脸色过日子，又有一帮同学嘻嘻哈哈，感觉心里舒坦多了。

一腔希望，一腔憧憬，周怡亭在前进外语进修学校里获益匪浅，进步飞快。一天课堂上，周怡亭正与同学一起练习口语交谈，王进军抱着裹在毛毯里的婴孩冲进教室，连婴孩加毯子一起丢进周怡亭的怀里，大声喝骂："你这个不要脸的女人，不管老公不顾女儿，想出国去勾搭外国男人啊？学什么破英语啊？"周怡亭气得血冲到脑门，几乎要昏过去。王进军拉拉扯扯把她拖出教室，扬言道："你再敢来学什么英语，我天天来吵！"周怡亭哭着蹦出两个字："离婚！"

离婚协议书送到王进军那里，他拒不签字，说是你们家好处都捞足啦，没这么便宜的事情！好在有外语班的同学出点子，帮她找了律师打官司。王家在"文革"中是红人，"文革"结束后跟着失势，最后输了官司，周怡亭才得以解脱离了婚。

周怡亭长舒了一口气，这段“卖身为奴”的过往经历，到美国后还会梦魇似的压抑她。每当遇到难关困境，这段经历就在梦中再现。随着孙宏钢的出现，随着事业的步步进展，这种噩梦越来越少了。不知怎的，这次带着女儿来美国，这段经历又在她的脑海里演绎了一遍。

2 女儿——美国的破规定——12岁,16岁,21岁

王爱华清晰记得第一次见到这个男人的情景。

仲夏的一个黄昏,大地刚刚收敛起暑气,暮色还未四合。老房子旁边有棵大树,夏日里枝繁叶茂。“你挡住了我的路。”那棵树下,她对那个男人说了第一句话。

男人高大魁梧,穿着既整洁又随意:一件天蓝色短袖T恤衫,搭配一条长长的牛仔裤,脚蹬一双耐克运动鞋,手上提了几个大袋子,袋子上画着花花绿绿的图案,写着弯弯曲曲的文字。他抬着头,东张西望,似乎没听到她的话。

她的同伴等得有点不耐烦,起着哄:“哎哟,毽子被我一脚踢到美国,你捡不回来了呀。”

最近经常如此,弄堂里的小伙伴们似串通好了,每次把毽子踢给她的时候都故意踢得很高或者很远,让她来回地跑。闻言,她更加烦躁起来,对着那个男人语气强硬了一些:“你走开!”

男人这才反应过来,下意识地往旁边退了一步。

“你踩着我的毽子了!”

“不好意思,小朋友。”男人连忙俯身捡起毽子,递还给她。

男人身上淡淡的沐浴露清香,似乎与她以前遇到的叔叔伯伯都不一样。她抬头看了他一眼,快快接过毽子,转身就走。傲气地对自己的同伴说:“美国有啥好稀奇的?我马上就要去美国了!”

小伙伴们将信将疑:“你真的要去美国?坐大飞机去?”

“当然了,不然骑自行车去?”她挺直身体,“我妈很快就会来接我的,坐大飞机来接我。”

“王爱华骗人,我们才不信呢。”

“是真的!”她着急地跺着脚,“我妈派了个人来接我去美国,这个人很快就来了。”

听到孩子们的争吵,男人往这边过来:“小朋友,你们知道弄堂17号怎么走吗?”

“17号?”孩子们露出惊讶的表情,齐齐看向王爱华,“那不是你家?”

她也吃了一惊,又重新打量了一下那个男人:“你是谁?”

被反问的男人愣了一下,随即看着她微笑,嘴角扩开几个好看的弧度。“你是爱华吧?我是你妈妈的朋友。”

“你是我妈妈的美国朋友?”她差点跳起来。

男人笑着点了点头。

“你们看!我妈妈的朋友来接我去美国啦!”王爱华神气地宣布。同伴们暗含羡慕的眼神,让她内心有些膨胀。

那天周家姐弟到得比较早,携家带口的,石库门的小屋子里热热闹闹的都是人。弟弟周自强家的孩子最小,由他妻子抱着,还领着另两家的娃到楼上房间去玩。周母顾世芳和大姐周怡宁刚买了菜进门,三妹周怡立和她老公前后脚赶到。

“姆妈,我帮你打下手吧。”两人空手来,周怡立把提包往老公手上一塞,就跟着顾世芳进了厨房。

周怡宁听着母亲的吩咐,打扫了一下客厅,和老公一起把大的圆台面搬出来,小妹夫也过来搭了把手。只有周自强依然坐在一边的椅子上,眯着眼睛看案头放着的一个黑白小电视。

“华华呢?”周自强回头问。

“出去野,还没回来呢。”周怡宁拿了块大抹布擦桌子。

“哎,我说,不对呀,怡宁。”大姐夫站在一边,拉住自己老婆,“我们收拾得那么好做什么?"

"这个……有客人,总归要收拾一下的呀。"周怡宁被问得一愣。

"糊涂呀。"他摆着手,"是什么客人要来呀?"

"亭姐的美国朋友呀。"小妹夫应道。

"哦哟,她的美国男朋友呀。"大姐夫强调道。

"不要瞎讲男朋友什么,亭亭没那么说的。"周怡宁挣开他的手,继续擦桌子。

"姐夫,你继续说。这个客人怎么了?"周自强似乎听出了点味道,回过头来加入讨论。

"自强,你想啊。"大姐夫转身对着周自强分析开来,"我们打扫得这么干净做什么?我们为什么要让她这个朋友觉得我们日子过得不错呀?"

周自强皱了下眉头:"姐夫的意思是?"

"本来就是我们比他们要苦得多了呀。他们在美国,随便弄点美金回来……"大姐夫右手大拇指与食指一搓,"我们就不一样了呀。对哦?"

周自强听得哈哈大笑:"有道理,有道理。"

小妹夫还皱着眉头:"听大哥的意思,我们不该收拾了?"

大姐夫点着头:"是啊,平时是什么样子就是什么样子,还应该比平时弄得再邋遢一点,破烂一点。这样他们才会晓得,应该多给家里弄点美金回来。"

"瞎七搭八,你又要瞎讲了。"周怡宁擦完桌子,顶了自己老公一句。

"你晓得什么事体?"老公立马顶了回去。

"大姐,姐夫说得对呀。你还记得姆妈的电话怎么装上的吗?"周自强站起来,"亭姐就是到了那边才知道缺个电话不行的,后来专门寄钱回来,关照姆妈要装个电话。"

"这个……亭亭一个人在外面也不容易的……"周怡宁双手无意识地拿紧了抹布。

"大姐,我也是心疼爸妈,为爸妈好呀。你看看,我妈到现在还看那么小的黑白电视机，眼睛都要看坏掉了。换个好一点的大彩电，不是很好吗？”周自强指了指墙边的小铁方盒。

小妹夫附和地点着头。

“话是这么说……”周怡宁低头沉思。

正在此时，从外面进来一大一小两个人。走在前面的是王爱华，脑后的辫子一晃一晃的，进了门就大声宣布：“来啦！我妈妈的美国朋友！”

孙宏钢提着大包小包，对着一屋子人，笑道：“大家好，我叫孙宏钢，是怡亭在美国的同事，朋友。”

大姐夫很快反应过来，边从口袋里面掏烟边招呼着：“啊哟，来就来嘛，带那么多东西干什么？”又回头看了周怡宁一眼。

周怡宁会意，上前去接孙宏钢手里的东西。周自强也凑上去帮忙。

“谢谢，谢谢，我不抽烟的。”孙宏钢笑着推辞。

“哦哟，周怡亭管得蛮紧的嘛，哈哈哈。”大姐夫给自己点上了烟。

“香烟臭的！我要去看外婆。外婆是不是在烧菜？”王爱华一阵风似的跑走了，将孙宏钢来的消息楼上楼下地传了一遍。最后来到自己住的亭子间，看到表弟妹们都在自己的房间里面，还有舅妈陪着他们。

“我妈妈的美国朋友来了。”王爱华笑脸红扑扑的。

“哦。”舅妈反应冷淡。

“他一定是来接我去美国的。”王爱华走近一步，跟舅妈分享自己的快乐，“我就要去美国了。”

“去美国？”舅妈这才正眼看向王爱华。

王爱华连说三个“对”，转身风一样地跑出去，又风一样地跑回来，这次手上拿了一个黑色旅行袋。打开衣柜，把东西往旅行袋里塞。

“不会去的，你不要瞎起劲。”舅妈冷冷地说。

王爱华充耳不闻。弟妹们来找她玩，也被她推开了。

饭桌上依然是一团和气，众人旁敲侧击，明里暗里打听美国的情况，各自心里打着小算盘。吃了饭，大姐一家因为要回去等孩子下晚自习，先走了。小弟周自强想再留会儿，老婆抱着睡熟的儿子催促了两次，也只能先走了。周怡立倒是多留了一会儿，跟孙宏钢聊了会儿天。

孙宏钢简单讲了这几年，跟周怡亭一起在美国创业的经历，看着公司从无到有，再渐渐步上正轨。

“现在好了呀，亭姐也是在美国开公司做老板的了。”周怡立开口。

“嗯，不过在美国是人人都可以开公司的，也没有什么注册资金的要求，只要在州政府登记就可以了，你不赚钱，政府不会来管你，等你公司赚了钱，政府就来找你收税了。”

“那你们公司赚钱了吗？”周怡立紧逼着问。

孙宏钢点了点头，又摇了摇头。“公司刚成立，虽然开始赚了点钱，但是公司要周转资金，各种开支很大，还要扩大再生产，资金是很紧张的。”

“资金再紧，给小朋友买张飞机票的钱总还是有的吧？”坐在主位的周夫瑞开口道。

顾世芳也接话：“华华说你是来带她去美国的。我们想想小朋友还是跟着自己妈妈好呀。”

孙宏钢讪讪一笑：“伯父伯母，买飞机票的钱是有的，但是进美国要签证，爱华一时还拿不到签证。”

周怡立连忙问道：“不是说16岁以下的孩子就可以不要签证跟父母走吗？”

“这是误传。其实，美国规定，21岁以下的孩子都可以跟父母一起办绿卡，也就是说，怡亭正在申请美国绿卡也就是美国永久居留证，她如果被批准，那么她有了绿卡，爱华同时也有了绿卡可以在美国居留，这时爱华就可以去了。16岁是领养孩子的要求，如果美国人要在中国领养孩子，这个孩子必须在16岁以下才可以被领养。另外，美国规定12岁以下的孩子不可以一个人单独留在家里，必须有大人陪伴。爱华如果现在去美国，怡亭就没办法工作了，她要陪着爱华，或者是雇用一个人照看爱华，现在她还没有这个条件。”

顾世芳皱起了眉头：“什么12岁，16岁，21岁的，搞都搞不清楚，总之爱华现在还不能去，对吧？”

孙宏钢点了点头：“对的，尽管怡亭非常想念爱华，也很想把她接过去，但现在她自己还没有拿到绿卡，没办法替女儿办签证。形势放在这里，也是没有办法的。”

“我晓得了。”顾世芳忧虑地点了点头。

“小朋友呢？”周怡立回头问老公。

“在楼上亭子间里，说是在收拾行李。”他如实答道。

众人闻言沉默。

“我问我们女儿呢。”周怡立白了一眼自己的老公。

“哦，也在那里。”他后知后觉地回答。

“我去看看。”周怡立起身。

孙宏钢也站起身来，“时间不早了，今天谢谢大家的款待。”又看着顾世芳说：“我要去跟爱华说明一下吧。”

周父周母也站起来，顾世芳心事重重地说：“孩子还小，怕跟她说不明白的，还是不要见了吧。我送送你。”顾世芳陪着孙宏钢往外走。

“那就请伯母跟爱华解释一下，怡亭有她的苦衷，只能再请爱华等一等了。”

“没事。”顾世芳低头悄悄抹了一下眼角的泪珠。

孙宏钢从贴身口袋里拿出一个厚厚的信封，塞给顾世芳说：“这是怡亭给爸妈和爱华的生活费。”顾世芳没有推辞，点点头收下揣在怀里。

“那我先走了。伯母留步。”

“好。”顾世芳低头叹了口气，向孙宏钢缓缓地挥了挥手，看着他走出弄堂。

周怡立上楼进到亭子间，看到女儿沈晓莉坐在地上，玩一个布娃娃。王爱华，如丈夫所言，果真在收拾行李，把一些零零碎碎的东西往旅行包里塞。

塞满了,还有东西放不下的,正苦恼着如何是好。

“莉莉,不要坐地上,凉!”周怡立一把拉起沈晓莉。

王爱华看到周怡立,没吭声。低头看到沈晓莉手中的娃娃,一步上前,抢了过去:“这是我的,我要带去美国的。”

沈晓莉作势要哭,被周怡立眼睛一瞪,吓得眼泪又憋了回去。

“去美国?去什么美国?谁要去美国?”周怡立好笑道。

“我!我要去美国。我妈妈的美国朋友要带我去美国了。”王爱华不无骄傲地说。

“谁告诉你他要带你去美国的?”周怡立一手安慰似的拍着女儿的背。

“呃……嗯……”王爱华词穷,“他就是来带我去的。大家都知道的呀。”

“大家都知道的啊,小姨我怎么不知道啊?”

“你……”

“你妈是怎么想的,我不知道。反正这个人不是来接你去美国的。”周怡立抱起沈晓莉,转身出了房间。在楼梯口遇到了自己丈夫,叹了口气。

“小孩子也是可怜的。”他看了眼那半开着的房门。

“是的。去美国,难啰。”周怡立把小孩交给丈夫来抱,“今晚来的这个小孙,一看就跟亭姐关系不一般的。你想,如果他们两个在美国,结了婚,再生个小孩……”

“唉……小孩子可怜的。”他又叹了口气。

“不归我们操心的。回家吧。”

两人前后下了楼梯,离开了。

那半开的房门后,王爱华跌坐在地上,夫妻间的私语被听得一清二楚。

那个人……妈妈要跟那个人结婚……他们再有小孩……所以,所以才不要我了,不带我去美国……

眼泪控制不住地往下流。

骗子,都是骗子!

那并不久远的记忆被打开。

王爱华站在美国机场,第二次见到了这个男人。

还是那副整洁干净的模样,衬衫大衣,笑眯眯地站在自己面前。

“你挡住了我的路!”那种被欺骗的感觉又莫名地回到了身体和情绪中。

“你不记得他啦?”周怡亭推着行李车过来,“他是孙叔叔呀。之前到家里给你送过礼物的,还记得哦?”

“不记得。”王爱华冷着脸说。

“怎么不记得?”

“我说,我,不,记,得。”王爱华一字一顿地说。

“你……”

“好了,亭亭。”孙宏钢拉住周怡亭,不着痕迹地搂了一下她,“欢迎回来,路上飞机还好吧。”

周怡亭表情变得有些温柔:“还行,就是飞机餐难吃。”

“听懂了,马上回去,我来好好做顿饭给你们吃。”孙宏钢接过行李车,意气风发地向外走。

周怡亭也很高兴,拉起王爱华,并肩向外走。似乎新的生活,完美的生活才要刚刚开始。

王爱华甩开周怡亭的手,僵硬地走在后面。

周怡亭不停回头看王爱华,担心她会走丢。

“上海房子买好了吧?”孙宏钢与周怡亭闲话。

“啊?哦,买了,给爸妈买了一套,我们自己买了一套,位置很不错的,价格也好。我看上海的房子可以买,可以投资,我还想买商铺,一定能升值的。”说到投资,周怡亭兴奋地侃侃而谈。

一上车,周孙两人都在聊上海的投资,购置地产云云的,都是对王爱华而言索然无味的话题。看着两人,王爱华突然觉得自己是多余的。这个骗子,这两个骗子。

恐惧而愤怒的情绪，很快被一路上的高楼大厦蓝天白云带来的冲击取代。

美国！我终于，到美国了！

“华华，这儿是博物馆……那边那个小白楼是市政厅……”周怡亭指着车窗外面，一个个给王爱华介绍着。

王爱华眼花缭乱。

“华华，你先倒倒时差，之后我们带你去迪士尼乐园，去好莱坞影城玩，好不好？你不是怪妈妈不带你去公园吗？那里比上海的公园好玩多了。”

王爱华开心起来：“真的？我不要倒时差，我要马上去迪士尼乐园！”

周怡亭也笑着：“好好，我们马上就去。不过，书还是要读的吧。先到学校去报个到吧，学校正好开学。”

王爱华噘起嘴巴：“还要去学校啊？”

周怡亭试图宽慰她：“美国的学校跟中国的不一样，不会布置一大堆家庭作业的，教科书也不用每天带来带去的，都是学校统一发给学生用的，用完后还是放在教室里。你要去的中学是洛杉矶的私立学校，老师同学都很优秀，妈妈是要你到一个好的环境里，尽快适应美国，赶上同年龄的小朋友。”

王爱华无奈地应道：“哦。”

车子开到了一个幽静的住宅区，那里是一片美国叫作独立屋，中国叫作花园别墅的那种房子，有楼上楼下两层，屋前有一片草坪，屋后有一个花园。

孙宏钢把汽车开进底层车库，又动手把行李搬进客厅。

王爱华下车进了屋，一路东张西望，看见什么都新奇。“这个是什么？屋里还要烧火吗？这个电视机好大呀。沙发好软，好舒服。”

周怡亭站在门口，看着屋里的女儿，和身边的男人，露出了微笑。周转半生，不就是为了有个自己的家，温暖的贴心的家吗？

周怡亭将头靠在孙宏钢的肩上，心底柔软如棉絮，如云朵。“太好了。”

孙宏钢搂住了她的肩膀，也回应了一句：“太好了。”

王爱华突然冲到门边：“孙叔叔，你……今天谢谢你来接我们。你现在不回家吗？”

孙宏钢哑然失笑。

周怡亭站直身体，向王爱华方向走：“你孙叔叔也住在这里，这里也是他的家。”

如五雷轰顶，一语成谶，王爱华觉得双手双脚有些发凉：“你们……你们结婚了吗？”

说到这个问题，周孙两人都不好意思地笑了。

孙宏钢摸了摸耳朵：“还没有。但……快了。”

闻言，王爱华松了口气：“没结婚，你们为什么住在一起？”

周孙对视了一眼。周怡亭连忙岔开话题：“华华，想不想上去看看你的房间？我们特别为你给房间刷了粉红色，重新布置了一下。快去看看，喜不喜欢。”

周怡亭推着王爱华往楼上走。

“你不要碰我！”王爱华甩开周怡亭的手。

“好好，我不碰你，我们先上楼看看。还缺什么，我们明天去外面买。”周怡亭跟王爱华说着话，回头跟孙宏钢悄悄比了个手势。

孙宏钢笑着点了点头，表示收到。但笑容有些泛苦。

这三人行的生活，似乎一开头就有些不顺。

3 妈妈——一个温暖的肩膀

周怡亭的思绪回到了她初识孙宏钢的日子。

那是她踏上美国的第一天。下了飞机，独自取完行李，等到美国海关人员啪地盖上入境章，将护照递还给她时，她才猛地一激灵，呀，自己算是真正来到了美国！离开生活了34年的故土，脱离了她避之唯恐不及的王家，同样也离开了自己年仅6岁的女儿。一想到爱华在机场哭花的脸，她就忍不住自责和质疑自己。但她也同样明白，不选择与王进军离婚，可能才是对爱华最大的不负责任。

收起感慨和愁绪，周怡亭快步走向出口处，稍一张望，就看到在一堆英文接机牌中，有一张用中文写着“周怡亭”三个字。她心中似乎一下子升起一股暖意，快步迎上前去，笑着说：“你好，我是周怡亭，非常感谢你来接我。”

“没什么，我只是受朋友所托，我叫孙宏钢。”他没有一丝笑意，板着脸，一本正经地回答。他是周怡亭父亲学生的朋友，转转弯弯答应帮朋友来接机。

“你要去哪里？”孙宏钢接过她的行李问道。

“不——不知道。”周怡亭愣了一下，她只想着到美国来好好打拼做回自己，还真没有认真想过在美国住哪里吃哪里，怎么过日子。

孙宏钢皱了一下眉头，不情不愿地说道：“如果你不介意，那就先在我那儿待几天吧，等你找到工作再说。”

不知为何对这个寡言的男人有些畏惧，周怡亭思想斗争了半天：“您那儿方便吗？”

“有一个小隔间，你反正不长住，短时间还是可以将就的。”孙宏钢看着身边周怡亭呆呆的样子，又开口道，“周小姐，其实我自己也来美国没多久，还在犹豫是不是干脆回国算了。在国内的时候以为美国到处是机会，只要努力就能发财，来了才知道有很多难关需要克服，毕竟语言不通、观念不同，也不像国内有大锅饭吃。你应该是学生签证来的吧？”

看她点点头，孙宏钢继续说道：“你要准时交学费维持合法身份，要不然，美国政府会把你驱逐出境的！”

听到驱逐出境四个字，周怡亭后背一阵发凉，她不能让自己辛辛苦苦争取来的机会这么浪费掉。“孙先生请您放心，我明天就会去找工作的。”

“你的学生身份是不允许打工的，美国人怕你来抢他的饭碗呢！你要找只能是打黑工。”

“打黑工？”

“打黑工风险大，工资低，被发现也一样会遣送回国的。”

“这……但我没钱交学费，再危险也要做，别的中国人刚来美国不都是走这条路的吗？”

“你肯吃苦吗？”孙宏钢若有所思地问道。

“我是苦出身，从小到大吃了不知多少苦。到美国来从头开始肯定也要吃苦的，但我相信这种苦不会白吃！”周怡亭眼睛中闪出坚定的光芒。

“不怕吃苦就有办法！刚来美国的中国人，租不起房子，最好的办法是寄住在别人家里，帮房东做点家务抵房租。但有些人不愿意，出国时哪个不是心高气傲的？怎么能想到来美国当保姆呢？不过美国人的观念，只要是凭正当的劳动挣钱，没什么丢人的。”

周怡亭苦笑了一下，但很快就恢复正常了，她有思想准备，心想总不会比在王家更难熬的。

孙宏钢开着车没注意到她表情的变化，自顾自继续说道：“其实这点上女生占优势了，找个保姆啊，管家啊之类的工作还不难。正好我前几天听说住我们附近有对夫妇想找一个护理，帮助照顾老人，交换条件是免费提供吃住，你感兴趣的话，可以今天下午和他们联系一下。”

“谢谢您，但是我怕我英文不过关……”

“这倒不用担心，雇主也是华人，只不过他们是从台湾来的，大家都讲国语，没有语言障碍。其实也没有什么，国内大陆和台湾的关系不也缓和下来了嘛。”

下午，周怡亭借用孙宏钢的电话联系了那对夫妇，恰巧第二天是周六，双方约了时间地点见面。

来美国的第一晚，周怡亭阴差阳错地住在一个刚认识的男人家里，但似乎双方都有一种信任默契，“同是天涯沦落人，相逢何必曾相识”，开始时还有时差，脑子里不断闪回过去的形形色色。当天蒙蒙亮的时候，她实在抵挡不住困意，沉沉睡去。

周怡亭醒来时，房间里洒进一片金色阳光，已经是上午九点多钟了。她赶快换了衣服走出隔间，看到孙宏钢正在灶上煎着鸡蛋香肠，油锅嗞啦啦地响着，香气四溢。她这才感觉到肚子有点饿了，但心里着实不安起来，自己蹭住还蹭吃啊？她快步走到孙宏钢面前说：“您不用给我准备早餐，我从国内带来的饼干还没吃完。”

“周小姐昨天晚饭就没吃，怎么早饭也不吃了？”孙宏钢头也不抬地问道。

昨天一直担心费用问题，加上长途飞行确实没饿，她婉谢了他提议的“接风”。今天工作还没有谈妥，身上又没有多少美金，想着能省一点就省一点吧。

孙宏钢看到她欲言又止，心里有了些判断：“周小姐是担心我向你收饭费吗？”

被戳穿了心里的想法，她脸红了一下，但既然说破了，也就不再遮掩：“我出来没带多少钱，我怕没找到工作却把钱先用完了，更何况我住宿费也还没给您呢……”

“住宿费？”听到这几个字，孙哭笑不得，“周小姐，我没准备收你住宿费啊！”

“听说美国都是亲兄弟明算账，什么都要算钱的。”

孙宏钢这才听明白了，忍不住扑哧一笑，把烘热的面包片取出来，转身说道：“你刚来美国，又没有收入，我们就当朋友，按中国的规矩办。你暂住的时间什么都不会收费的。”

周怡亭尴尬地低着头，又有些如释重负：“太感激您了，您以后有什么事情也可以找我。”说完看了看桌上的煎蛋香肠面包，坐到了餐桌边上。

孙宏钢为自己和周怡亭各倒上一杯牛奶，向她示意地举起了杯子，两个人的牛奶杯碰了一下，孙宏钢诚恳地说：“祝你在美国心想事成！”周怡亭笑了，这是她在美国的第一餐。

到了约定时间，孙宏钢开车把周怡亭送到一户华人住家，孙宏钢停下车敲门。门开了，一个中年妇女探出头来。

孙宏钢上前：“是李太太吧？我们和您昨天预约了，我的朋友周小姐来应征这份工作。”妇人打量了一下周怡亭，打开门来请他俩进屋。

“周小姐长得真标致啊！”一进门李太太就夸赞道，“不知周小姐会不会觉得照顾老人太辛苦？”

周怡亭忙不迭地摇了摇头：“我是穷苦人家出身，李太太您可以放心。”

“我和先生都有工作，老人是我婆婆，上次她中风之后就行动不便，但这几个星期我们发现她意识也越来越不清楚，有时候都会忘了我先生是谁。我们不放心白天她一个人在家里，就想请一个看护，能给她做做饭，陪她说说话。交换条件是我们提供免费吃住，给你一个单独的房间和卫生间，你可以在我们家自己做饭吃。如果你周末也能抽时间照顾她，我们另外给你算钱。你看这样可以吗？”

周怡亭开始以为就是一个解决自己吃住的工作，实在没想到周末还有报酬拿，于是爽快地点了点头。

李太太：“那周小姐如果没有其他问题的话，我们就签个合同吧！”

周怡亭晕了：“做保姆还要签合同？”

孙宏钢在一旁帮着解释:“美国就是这个样子,什么都要签合同。你到美国人开的理发店里烫个头发,他都要你签好合同才给你烫,怕你烫得不满意去告他。美国人喜欢打官司,所以先签好合同,打起官司来有个依据。”

还有喜欢打官司的?周怡亭心里暗暗吃惊,在国内大家都觉得打官司是不光彩的事情,谁家因为这些琐事去打官司,肯定会被邻居们嚼舌根的。

周怡亭接过合同看了一下,除了李太太讲的内容外,还有一些对自己的要求,例如不经过主人同意,不能带自己的朋友到家里来,不能将主人家的地址电话随便告诉人,以及对老人有耐心,保证不在没有告知的情况下将老人单独留在家里,等等。

周怡亭粗粗看了一遍合同,生怕有什么问题,还是双手捧起合同,请孙宏钢帮助看看。孙宏钢大致翻了一遍之后说:“这都是律师起草的现成合同,一般没有什么问题,你就签吧。”

周怡亭与李太太分别签了字,合同各取一份,就算是找到了在美国的第一份工作。

周怡亭跟着孙宏钢回去取行李的路上不由感慨:“以为到了美国自由了,哪里想到一落地就有了吃饭住宿的压力,还要住在别人家里打工。”

孙宏钢说:“自由?经济上不能自立,就什么自由也没有啊!”边说边塞了张纸片给她,“上面是我住处的地址电话,你有什么困难就打电话联系我吧。”

“谢谢!”周怡亭由衷地说,初见面时对他的畏惧,被满心的感激之情替代了。

其实照顾老人的活并不复杂,只要保证老人的安全。老太太精神状态好的时候还能和颜悦色地与周怡亭聊天,但神志不清的时候就有点让人紧张,特别是她吵着要一个人出去逛街时。李先生和李太太对周怡亭的工作十分满意,他们看到老人逐渐红润的脸庞和每天整洁干净的屋子,周怡亭总是自动地多做事情,不需要主人特意吩咐的。

工作一周之后，李太太问道："怡亭，你是拿的学生签证吧？在美国，要保持合法身份很重要。你既然是学生身份过来的，那就应该赶快去学校报到办理手续。"

"可是我没有钱交学费呀！"

"你先去学校注册，看看需要多少钱，我们可以一起想办法。这里有一本洛杉矶的公共汽车时刻表，你拿去看看。来回可以坐公共汽车，看到吧？932路就可以直接到我家。明天我正好有休假，我在家陪婆婆，你先去注册吧。"

"谢谢李太太。但我一直很好奇，您都没有试用过我，就对我这么放心，把整个家都交给我，让我一个人陪着老太太，不怕我拿了家里值钱的东西跑掉吗？"周怡亭把憋在心里的话说了出来。

李太太很惊讶："我和先生都是从台湾过来读书之后在美国找的工作，我们是拜托你来照顾老人，不是找佣人来伺候我们享福的，我是把你当作朋友看待的。我们在美国时间长了，喜欢美国人的思维方式，美国人是无罪假设，一开始就信任你，如果你今后的表现辜负了这种信任，那他就一辈子不会再信任你了。你是一个可以信任的人，不会因为来自哪里而受到影响的。我们和大陆过来的许多人都交了朋友，有时觉得有些说法不一样。比如1949年你们叫解放那年，我们叫沦陷那年，其实也没有什么政治概念，只是习惯了这样说。其他的人与人之间的关系都是一样的，哪里都有好人，也都有不地道的人，我们看你就是个好人。"

周怡亭听了心里暖暖的，短短相处才几天，李家就这么评价自己。在王家做牛做马苦干那么多年，也从来没有听到过一句好话。

她第二天就去了语言学校注册，但回来后竟有点闷闷不乐。李太太见状问她怎么了，周怡亭如实相告："李太太，我没办法读书。注册手续办了，可是一学期学费要980美金，我在国内工资是80元人民币一个月，才十来个美金，工作一年不吃不喝也不够缴学费呀。"

李太太看着她垂头丧气的样子，宽慰道："钱一定有办法挣到的，离缴费截止日期不还有几天嘛，我和李先生商量一下，看能不能先借你一点钱，等你以后有了再还给我们好啦。”

周怡亭有点不相信自己的耳朵：“什么？你们才刚刚认识我一星期，我要借这么多钱，这怎么行啊？我现在没有其他工作，也不知道什么时候能还上。”

李太太说：“中国人到美国都不容易，大家都是先来的帮后到的，我刚来美国时也是好心人帮助了我，我现在也把这份好心传给你，将来你站稳了脚跟，也会帮助别人的。”

周怡亭颇为感动地说：“没想到在美国也能遇到雷锋啊！”

李太太迷惑不解：“雷锋？谁是雷锋？”

周怡亭想了一想笑了起来，台湾人是不知道雷锋的，于是很自豪地介绍说：“雷锋是毫不利己专门利人的，总是做好事帮助别人。”

李太太点点头又摇摇头说：“哦，我们从小学的是中国古训，勿以善小而不为，勿以恶小而为之。”

李先生下班回家之后，李太太就把欲借周怡亭学费的事情与他商量，李先生爽快地答应了。周怡亭主动写了一张借据给李太太说：“太感谢你们了！”李太太笑着回答：“这点小钱不必要的。不过小周你也有美国式的契约精神了，写了一份这么正式的借据给我。”周怡亭红了红脸说：“在美国，都要按美国方式办事嘛。”

在李家的帮助下，周怡亭顺利地缴纳了学费。正在琢磨怎么挣点外快早日还清借款，却没有想到刚刚步上正轨的生活，因为老人突然离世戛然而止。老太太是在吃饭时晕厥了过去，还好当时李太太和李先生都在家，马上叫了911送往医院，已经是高龄的第二次中风了，医院也回天无力。周怡亭心里失落落的，不仅是因为老太太的去世意味着自己工作的结束，更是因为李家给了她久违的家庭温暖。在国内，王家一直把她视为外人，而自己娘家除了父母，姐妹弟弟几个都觉得她嫁入豪门，应该多多帮衬他们。在李家她才感受到被尊重的感觉。

老太太的去世打击了李先生和李太太，虽然他们都明白总会有那么一天，但谁都没想到病情如此急转直下。老太太是近几年先生过世后被儿子从台湾接来美国的，她中风前还一直心心念念想回台湾，意识清醒的时候问过周怡亭是哪里人，听说她是上海人之后，还夸赞说上海姑娘确实漂亮。老太太老家是重庆的，抗战时嫁了一个国民党军官，之后跟着丈夫去了台湾，好不容易适应了台湾生活。之后又跟着儿子来到美国。终究没有实现再回去看看的愿望，不管是回重庆还是回台湾。

周怡亭又留了一周，帮助李家处理完老人的后事。李家感念周的情谊，给她介绍了一位台湾老乡家照顾小学生的工作。

"怡亭，很感谢你的付出，因为你，老太太走得很安详舒适。我们当时签约签了一年，现在算是我们违约了，所以给你200美金作为赔偿。"

"不不不，李太太这不用的，我已经很麻烦你们了，老太太去世是意外不能算违约。而且你们已经给我介绍了一份工作，还是我的'债主'，这些都让我心存感恩的了。"

"怡亭，我们是朋友，这些可以帮忙的地方自然要帮你，但同时我们也是雇佣关系，所以还是要按合同来，千万不能因为是朋友就放弃原则。"周说不过李太太，最后还是收了这200美金。

新的那户人家姓刘，也是台湾来的，不同的是他们就是台湾本省人，没有去过大陆，也不认识大陆人。这次招聘是因为原来的管家辞职了。

"美国规定12岁以下的孩子不能单独留在家里，一定要有大人陪同。我的两个读小学的女儿下午三点就下课回家了，周小姐要出去读书工作的话，都要在三点之前回到家里照顾这两个孩子，同时帮我们做好晚饭。家里卫生也是要你做的，还要每天给花园浇水。我听李太说，他们周末给你工资？我们也可以给，但你知道毕竟我周末会在家，所以不是为了照顾你没有住所，可以不用你过来的。周末工资会是李太太家提供的一半，你有意见吗？"

周摇了摇头，知道李家给自己的报酬已经算家务行业很高的了，来之前也没有期盼这一户也有一样的报酬。

“另外，你不能带朋友来家里，也不能把我家东西带出门。买菜也是你的任务，但要在这本子上清晰记录购买时间、品种及金额，有条件的话麻烦把购物票据也附在里面。”刘太太将一本记事本递了过来，“同时，我也希望你不要多跟我的孩子说话，你只要确认他们安全就可以了，你说中文他们也不一定能听懂。”

周怡亭顺从地点点头，想着这里的气氛怎么与李家大不一样，这些要求还真是奇怪，但自己仍需要一个栖身之地，也就压下了不舒服的感觉。她以为还会和上次一样签合同，向刘太太提出时，她盯了周三秒钟，说道：“周小姐的能力虽然李太保证过，但我还是想亲眼见识一下，所以我们先约定试用期一个月吧，一个月之后我们再签。这段时间内如果周小姐有做得不到位的地方，我第一次会指出来，第二次就抱歉，我们只能终止这种关系了。”周怡亭心里一紧，但出于对自己工作能力的信任，以及对李太的感念，还是答应了下来。

下午，周怡亭就搬过来住了。与李家相比，这家的房屋更大，但是刘太太只给她安排了一个小小的侧间，附带一个小盥洗室。晚上，她利用冰箱里的食材煮了鱼，炒一个菠菜，炖一个鸡汤。

刘太太回来后就说：“看来周小姐只会做中餐吧，我的孩子喜欢吃西餐，所以麻烦你还要学学啊。鸡汤里面油和盐太多了，我们和大陆人不一样，吃不了这么重口味的。油盐也是要用钱买的，麻烦你以后少放一点。”周怡亭在刘太太走出厨房之后尝了尝鸡汤，觉得味道并不咸，想想大概是饮食习惯差距，也就默默记下了要求。

这一天恰巧刘先生也回家吃晚饭，他一进屋闻到鸡汤香味就欣喜地叫道：“老婆，你终于愿意做中餐了！”兴冲冲跑到厨房，却看到了一个陌生女人。

“你瞎喊什么，”闻声从房间出来的刘太太也出现在厨房门口，“这是周小姐。我不是跟你提过，另外请了一个人照顾孩子们吗？”

“哦哦，我一时忘了。周小姐您好，以后多多麻烦您了。”

“我们走吧，别耽误人家做饭，”刘先生还想说什么，但被刘太太一把拉走了，“你和一个大陆人这么讲礼貌干什么？以后你又不会有求于他们，我和你说，你也别想以后一直有中餐吃，我已经跟她说了让她学做西餐……”

后面的话周怡亭听不真切，但前面“大陆人”三个字还是很清晰地听到了。她无奈地摇了摇头，心想人与人真是差距太大了。李太太说大陆与台湾同根同种，待自己亲如家人，而这个刘太太却处处刁难。当天让她比较开心的事情，就是刘先生和两个孩子都说菜很好吃，有说有笑地吃了很多，一点没看出来觉得汤咸的迹象。

后面的工作还算顺利，偶尔和李太太通个电话，向她请教一下如何做西餐。与孙宏钢倒是每周都要通话，似乎觉得有许多话要向他倾诉。孙宏钢也担当起了良师益友的角色，毕竟他在美国待的时间长些，相对周怡亭，也算是见多识广了吧。每次与他通话后，周怡亭都感觉比较踏实，面对有点诡异的刘太太，她感觉一点不害怕。

按照刘太太的要求，确定了一周的晚餐中，四天西餐、三天中餐。刘先生和两个孩子对此兴致很高，但刘太太却总是虎着脸。周怡亭发现，刘先生在做中餐的晚上都回来吃饭，西餐回来吃饭频率就没那么高了。

这周二，周怡亭刚想做几道刘先生和孩子点的中餐，刘太太就提前回来了，并且带回了外买的速食西餐，嘱咐周怡亭今天晚上不用做饭了，叫她到花园里去除草浇水。周怡亭虽然心里有点奇怪，但还是照做了。晚上吃饭时大家看到饭桌上不是中餐，明显都有点失望，特别是刘先生，没吃两口就进书房工作了。周怡亭只当没看出来，但刘太太后脚就跟着刘先生进了书房。

“怎么？我买的东西不爱吃了是吗？”

“你别瞎说，今天没胃口而已。”刘先生没想到刘太会这么在意，并且不避讳孩子和周怡亭，直接追过来。他回身把门关上说：“你瞎胡闹什么，孩子还在外面呢。”

“你是在乎孩子在外面，还是在乎周小姐在外面啊？你说说她来的两个多月，你回家吃饭时间增加多少？我算是明白了中国那句话了，要想抓住一个男人的心，就一定要抓住他的胃。看来她是抓住你的胃，也要抓住你的心了。”

“你又开始胡说什么？”

“我看那个女人就是想勾引你，你也是愿者上钩，你们俩配合得真好，一起演戏给我看啊？”

周怡亭听他们争吵的声音越来越大，就把孩子赶紧带离餐桌，去到她们自己的房间。看着两个正在写作业的孩子，周怡亭想到了自己的女儿，她有一段时间没和国内联系了，又要读书又要做家务，加上刘太太过于挑剔，为避免纠纷，周怡亭多花许多时间尽量做得好一点，没想到还是引起她的吵闹。

周怡亭觉得冤枉，很想冲上去与她评理。但想想还是先听听孙宏钢的意见再行动。她拨通了孙宏钢的电话，带着哭腔诉说了一通。孙沉默了一会儿，问道：“你知道有多少比例的国内来的管家最后和男主人在一起了吗？我身边听说的就不少，所以刘太不放心可能也情有可原吧。”

周怡亭听后心有不甘，但还是问道：“那些女性都是单身吗？”

“有的是，也有不是，但只要年轻貌美，基本上男人都会见异思迁吧。大陆结婚的女人们来美国之后就会嫌弃自己丈夫不中用，于是和男主人在一起成了她们更好的选择。”

“谁说是更好的选择？不不，并不是的……她们不应该通过这种卑劣的方法，应该靠自己打拼！”

“人与人的想法是不一样的。”

与孙宏钢通话后，周怡亭心情久久不能平静。起初听到刘太的说话感觉非常伤自尊，没想到刘太的担忧也不是空穴来风，她压制下与刘太争辩的想法，甚至对刘太的失控有点同情了。那么自己呢？还要选择在刘家待下去吗？甚至，还要选择继续做管家吗？

这之后，刘先生像避嫌似的很少回家吃晚饭了，刘太太还总是虎着脸数落这不是那不对，周怡亭在考虑，应该尽快离开这里了。

4　女儿——一心拆散两人世界

一种细细碎碎的声音，若有似无。

是什么呢？

感觉有点熟悉……

又是表哥表姐来翻外婆家的东西吗？

是什么呢？

王爱华睁开眼睛，透过薄纱窗帘照进来的阳光，显得十分温柔。外面一片蓝天，满地阳光。

手边对编织物的触感和空气中的味道，提醒着她这是个陌生的地方，还未开始熟悉的地方。

脑袋昏昏沉沉，似乎还没有适应这突然出现的艳阳。

眼皮压下来，她翻了个身又沉沉睡去。

那是谁家的猫呀？

入睡前，她迷迷糊糊地想着……

王爱华再醒过来时，已经是下午时分。

头依然昏昏沉沉的，抓起床边的外套披上，凭着直觉，走到卫生间洗漱。

卫生间很宽敞，打扫得很干净，白瓷砖白浴缸，上面的阳光缩成一道宽宽的线。

日光灯被啪地打开，王爱华下意识地眯起了眼睛往里，走到洗漱台前。

大理石台子上两个水龙头，中间放了一个小盘子，盘内放着三个杯子，每个杯子内放着一个牙刷,边上放了牙膏,梳子,剃须刀等细物。

混沌的大脑缓慢地处理着所见信息。

牙刷?

杯子?

突然想到了什么,王爱华厌恶地皱起眉头。一把抽出那支蓝色牙刷,摔在地上。

那个人的东西!

还有这个!这个!这个!

牙刷,杯子,剃须刀,毛巾,都被重重摔在地上,掷地有声。

待周怡亭和孙宏钢闻声上楼,打开卫生间,看到的是一个暴躁的王爱华,如被逆抚了的猫,头发散乱,衣服散乱,一地散乱。

"华华!"周怡亭吓了一跳,连忙跑过去抱住蹦跳着踩地上物品的王爱华,"你发什么疯!"

"小心!地上有玻璃!"孙宏钢推了一把周怡亭,让两人避开地上的杯子碎片。

"那个骗子的东西!我不要看到这个骗子的东西!"王爱华瞪着孙宏钢说道。

"什么骗子?华华,你在说什么?"周怡亭抱紧仍不停挣扎的王爱华。

"是不是有什么误会,华华?"孙宏钢也十分困惑。

"走开!这是我家!我不要看到你!"王爱华挺身要去推孙宏钢。

"华华!"对于女儿的无理取闹,周怡亭也大为光火,拉住对方的动作强硬了很多。

"玻璃!"眼看王爱华脚要踩上玻璃杯子碎片,孙宏钢情急中扶了一下王爱华。

"不要碰我!滚!"王爱华一把推开孙宏钢。

毫无思想准备的孙宏钢,站立不稳向后倒退了两步,光脚脱开了拖鞋，脚后跟一用力，锋利的玻璃碴子刺进了他的后跟，牢牢扎到了肉里。“嘶……”孙宏钢倒吸一口气，抬脚一看，脚底一片血红。

王爱华也愣住了。

“你看你！”周怡亭又急又气，转头就抬起了手。

王爱华也不躲，梗着脖子，抬着头，瞪着眼睛，喘着粗气。

周怡亭的手顿了一下，这双眼睛让她心惊。

“亭亭！”

孙宏钢的喝止声和周怡亭的巴掌声同时响起。

空气似乎凝固了，连呼吸都变得沉而漫长。

“我讨厌你们！讨厌美国！”王爱华捂着被打的脸，眼泪在眼眶里转了又转，但依然倔强地不掉下来。

“华华！”巴掌落下的那个瞬间，周怡亭就后悔了，眼泪决堤而出。

“滚开！”王爱华推开孙宏钢，夺门而出跑回了房间。

“宏钢，我……”

孙宏钢默默无语，只是将周怡亭搂入怀中。

“我后悔……看到她那双眼睛……我……我……”周怡亭木然流着泪，讲的话也前言不搭后语。

孙宏钢轻轻拍着她的背。

一道门，隔开两处。

两层楼，三个人，百种思虑。

王爱华趴在床上，眼泪流过了几轮，打湿了素色床单。天暗下来，房内没有开灯，适应了黑暗的眼睛，被眼泪浸泡过的眼睛，无焦距地直视着窗户外面的黑暗。

如果，如果我不来美国……

为什么就算我来了美国……

如果，如果没有那个人……

手无意识地抓紧了被子。

屋外传来轻微的脚步声，被她敏锐的耳朵捕捉到，从床上翻过身来，双眼望向门边，门缝处漏一排苍白的灯光。灯光的中间现出一个黑影，晃动了几下，停住了。

感觉到酸涩，她眨了眨眼睛，但依然看着地上的那个黑影。

一个轻微的敲门声，小心翼翼。

“华华……”意料中的女声，“妈妈下手重了，你没事吧……脸还疼吗？”

下意识地，伸手摸了摸被打过的脸颊，表面上的疼痛早已消去，但那打在心上的一记，似乎还在隐隐作痛。

“华华，妈妈不该打你的。你……我，我可以进来吗？”

停了一阵的眼泪又流了出来，她咬住下唇，低低地抽泣着。

“……华华，你不出来，也不能不吃饭吧……”地上的黑影又焦虑地晃动了一下，“为了给你接风，我们做了很多好吃的菜，还特别去华人超市买了豆腐，做了你爱吃的麻婆豆腐……”

睡了一天一夜，又哭了很久的她确实感觉到肚子有些空。

“还有酒酿圆子，你最喜欢吃的。一小碗，放半勺糖……”

王爱华蜷缩起身体，似乎以此抵抗肠胃本能的饥饿感。

“乖，华华，出来吧。”门又被轻轻敲响，依然小心翼翼。

王爱华翻了个身，不去听外面的声音，但鼻尖似乎已经隐隐闻到了饭菜的香味。

“亭亭。”一个温和的男声加入进来，透过一扇门，传到屋里。

王爱华又翻回身来，果然见地上的黑影变成了两个，然后交叠在一起。

门外一阵沉默，只有低低的疑似抽泣的声音。

孙宏钢拍了拍周怡亭的背：“我们先吃饭吧。”

周怡亭离开孙宏钢的怀抱，站直身子，点了点头。

两人相扶到了楼下餐厅，长桌上已放了三盘精致小菜和一碗三鲜汤，荤素搭配，色泽鲜艳。

“我去给你盛饭。”孙宏钢安慰似的让周怡亭先坐下，自己进了厨房，盛了两碗饭出来，将其中一碗放到周怡亭面前。

他刚在周怡亭旁边的位子上坐下，就听楼上“咚”的一声，然后就听见一连串的“咚咚咚咚”，一个重重的脚步声，从楼上带到了楼下。

王爱华双眼红肿，面无表情地出现在楼梯口。

见人，周怡亭一喜，连忙起身招呼：“华华，快，快过来吃饭。”

孙宏钢也很高兴，跟着站起来：“我再去盛碗饭。”

王爱华向后退了两步，然后才慢慢向饭桌走，在周怡亭对面的位置坐下。

孙宏钢连忙递上热腾腾的饭和筷子。王爱华没有接过，孙宏钢怏怏，只能放在她的手边。

王爱华盯着手边的碗筷看，但似乎没有要动的意思。

“华华，先吃啊，趁热。”周怡亭劝道。

“这个碗，你之前是不是用过？”王爱华看着孙宏钢，突然问道。

“呃……”孙宏钢愣了一下，不知道对方所问何意，“家里就这么几只小碗，该是用过的。”

“啪！”

白瓷做的碗连着白莹莹的米饭被摔在地上，四分五裂。

“华华！”周怡亭叫道。

“这个筷子呢？”王爱华充耳不闻，又举起旁边的筷子。

孙宏钢吓了一跳，没反应过来，不知如何回答。

“啪！”筷子被徒手拗断，丢在地上。

“华华，你做什么？！”周怡亭拍案而起。

王爱华也站起来，头倔强地向周怡亭方向一扭：“打呀！你又想打我呀？”

周怡亭举起的手，又放下，双手忍不住攥紧了拳头。

“这是我家，我的东西。”王爱华转头看着孙宏钢，“不准你用我家的东西。”

“华华！”周怡亭厉声呵斥，“什么你的我的！不准这么跟你孙叔叔说话。”

"我……我不准你跟我妈在一起!"王爱华大声喊道,眼泪也不受控制地流出来。

闻言,如五雷轰顶,周怡亭后退了两步,险些被椅子绊倒。孙宏钢连忙站起来扶住她。

"不准你碰她!"王爱华绕过桌子,冲过来,推开孙宏钢。

孙宏钢措手不及,被椅子绊到脚,向后摔倒在地。没收住力的王爱华也一下子跌趴在地上。

两人双双摔倒,周怡亭连忙跑去扶起王爱华。"华华,没事吧,摔疼了吗?"

"不要你碰我。"王爱华推开周怡亭,自己站起来,"我就是不准你们在一起!你们两个不可能结婚的!"说着,哭着跑回了楼上房间。

"砰"的一声,楼上传来重重的摔门声,然后一切归于沉寂。

周怡亭无力地坐在椅子上,呆呆地望着地上的白色碎片,似乎已经看到自己憧憬的幸福被撕碎的样子。

孙宏钢站起身来,取了扫把,清理地上的残渣。然后走到周怡亭身边,从背后环抱住她,在她耳边低声安慰着:"没事的,没事的,大风大浪,我们都过来了……没事的……"

周怡亭任他抱着,又哭了一会儿,之后拍了拍孙宏钢的手:"我想先休息一会儿……"

孙宏钢张了张口,最后那句话还是没有说出口。

三个人都空着肚子上了床。

一栋孤宅,一场冷战。

那天晚上,王爱华抱着她的娃娃熊突然闯入主卧室,两个成年人仓皇分开,不知所措。

"我怕黑,睡不着。"王爱华面无表情,不由分说,上床爬到两人中间。

周怡亭又惊又喜,下意识地抱住女儿安慰:"没事,没事,妈妈在这儿。"

王爱华直接无视掉旁边另一个人，依偎着周怡亭，大大咧咧地在床上躺下，闭上了眼睛。

周怡亭看了看自己的女儿，抬头无奈地对孙宏钢一笑。

孙宏钢也扯了扯嘴角，轻叹了一口气，起身，抱着枕头去了小房间。之后，再未能搬回来。

楼上的洗漱间被重新清理，孙宏钢的东西被搬到一楼卫生间，一个漱口杯，一支牙刷，一支牙膏，一块毛巾。

楼下的餐具也换了一套新的，蓝底白纹，一个小碗，几个盘子，一双筷子。

孙宏钢的东西甚至搬出了原来的卧室，搬到了楼梯边上的小房间，一个枕头，一床被子，一块毯子。

主卧房内的床品也换了一套新的，两个枕头，两床被子，一块毯子，还有一个已经发黄发旧的娃娃熊。

周怡亭被尴尬地夹在了中间。

洗漱分两间，吃饭分两桌，连跟孙宏钢说话都要小心翼翼，甚至避开王爱华，以免她见了又要无端发作。只有每天早上，王爱华晚起。两人才能在厨房里享受一会儿两人时光。

这天早上，周怡亭醒得比平日更早，轻手轻脚地洗漱后下楼，听到楼梯边的小卫生间内的水声，轻轻叩了叩门。

门从里面打开，露出留有半边泡沫的脸。

“早。”早起后的晨音还有些沙哑，周怡亭指了指厨房的方向，“我先去做饭。”

孙宏钢点了点头。

周怡亭热了点牛奶，简单地煎了几个鸡蛋。

洗漱完的孙宏钢来到厨房，从背后搂住正站在灶台前的周怡亭。“蛋不用太熟，我看华华爱吃溏心的。”

周怡亭点了点头，又叹了口气。“今天开学，不知道……”

“不怕。这个中学是我们千挑万选的，硬件师资都没话说的。你还担心什么？”孙宏钢亲昵地咬着耳朵。

“总归是第一天去学校，华华的英语不太好，也不知道能不能听懂老师讲的课……”

“那么担心，不如别让我去学校了。”冷冷的声音从背后传来。

两人俱是一惊，匆忙分开。

孙宏钢干咳了两声，问候道：“华华，你起来啦。”

王爱华没搭理，对其完全视而不见，拉开椅子在餐桌边坐下。

“华华。”周怡亭倒了杯牛奶给王爱华，“我再给你烤两片面包。”

王爱华没有再开口，喝了一口牛奶，又吃了点煎蛋和面包，起身：“走吧。”

“不急，第一天上课，华华，你再多吃点。”周怡亭坐在她的对面，刚吃了一片面包。

“不吃了。”王爱华起身，回了楼上房间。

原站在一边喝牛奶的孙宏钢，走到桌边，收拾了王爱华吃剩的东西后，在她原来的位子上坐下了。

两人相视苦笑，希望一切能好起来。

驱车驶往学校，依然孙宏钢开车，王爱华和周怡亭坐后排。王爱华双眼望着窗外街景，耳朵里都是周怡亭的嘱咐。“……以后你就要在刚才那个路口坐校车了，晚上校车回来也是停在那里……美国老师跟国内不一样，有什么不懂的，没听清楚的可以马上举手问……跟同学一起玩也要小心一点……”

“好了呀，你不要说了，烦死了。”王爱华几次不耐烦地打断周怡亭。

安静几秒后，似乎又想到新的事情，周怡亭又开始继续唠叨。扯来扯去几次，车开到了中学附近，停车，下面一段路需步行。

三人下车。王爱华走在前面，一手提着书包。周怡亭快走几步，想要帮王爱华拿包，又被王爱华夺了回来。孙宏钢一个人走在后面。

王爱华低着头向前走，越过矮矮的墙，看到学校里面白色小楼前大片的绿色草地，上面或坐或站了很多学生。衣着不同，肤色不同，发色不同，叽叽喳喳说着令她感觉陌生的语言。心里不由有些打鼓。

似乎看出了女儿的怯意，周怡亭搂住王爱华，拍了拍她的后背。

王爱华在校门口站了好一会儿，深吸一口气，挣开周怡亭的手臂，大步向里面走去。

他们在说什么呢？

他们是不是在看我？

他们在笑什么？

他们在笑我吗？

是我衣服穿得不对吗？

还是我脸上有什么东西吗？

穿过草坪，站在教学楼的台阶下，王爱华下意识地回头看了眼校门后。穿过人群，她看到周怡亭和孙宏钢还站在那里，一前一后。

母女二人目光相对，周怡亭微笑着点了点头。

王爱华定定地看了她一眼，回头两步一级跳上了台阶，推开门进入教学楼内。

看到女儿的身影被一扇门隔断，周怡亭的眼眶不禁有点发热，思绪似乎又回到了多年前第一次送孩子上幼儿园的时候，那时候的王爱华还会搂着她的脖子，大哭大闹，现在……

颤抖的肩膀被一个温暖的怀抱环住，安定人心的声音在耳边低语："回去吧。"

周怡亭点了点头，和孙宏钢相携离去。

王爱华战战兢兢地根据名单找到了自己的教室，与国内不同，教室内都是一个人一张的桌椅，墙上贴满了花花绿绿的画和文字，墙角放了一大排的柜子，柜子上放着各色书本，窗台上放有小盆绿色植物。

当她抱着书包推门进去时，先到的三三两两的学生纷纷回头打量这个新来者，教室里一时安静了下来。

王爱华不由紧张地抱紧了怀里的书包，想向后退，却被后面突然出现的人群向前一推，跌跌撞撞地走进了教室里面。

谁？

王爱华有些恼怒地回头，却意外看到一张东方面孔，头发短短，眉毛粗粗，眼睛黑黑的男孩子。

那男孩见到王爱华也有点吃惊。

“嘿，兄弟！”一个穿着彩色T恤衫，一头红色卷毛的小胖男孩过来捶了一下那亚裔男孩。

“嘿，杰克！”亚裔男孩回过头来也捶了那人一下。

王爱华看了两人一眼，回头向里走，走到教室左边角落一个空位子前，正准备坐下。突然蹿出来一个金色长发的女孩，一把拉过椅子说：“这个位置有人了！”

没有听懂对方英语的王爱华愣愣地看了对方一眼，看对方动作和表情才明白过来，怏怏地走开了。

金发女孩坐回前面的位子，转头对旁边的朋友说了一串英语，引起了一阵哄笑。王爱华没有完全听懂她说的英文，但听懂了他们的笑声。

心里难过，眼眶也红了。王爱华低着头，坐在了教室第一排靠墙的位子上。用力眨了眨眼睛，不让眼泪流出来。

“中国人？”在一片叽里呱啦的英语声中，这句中文似乎有着穿透喧嚣的魔力。

王爱华循声回头，旁边的位子上坐着的正是刚才那个亚裔男孩，脸上挂着戏谑的笑容，但整个表情还是诚恳的。坐在他身后位子的正是刚才被唤作杰克的小胖子，此时也瞪着大大的眼睛看着自己。

王爱华小心地点了点头。

“我也是。”男孩大拇指指了指自己，歪着嘴笑道，“我叫葛小平，英文名斯蒂文，他是杰克。”

王爱华张了张口正准备回答。突然从门口进来三四个男生，个子高高，冲着葛小平高声说着什么。葛小平回头，起身热情回应对方。

他们之间的英文说得非常快，而且还有些特别的俚语，王爱华努力听了很久也没有完全听懂，不禁有些沮丧。

对于新的学校，新的同学，新的环境，都有些沮丧和忧心。

5 妈妈——上街兜售中国打火机

周怡亭的思绪又回到了当初。

那时她还在纠结是否要继续待在刘家。她真的很想一走了之，但是这份工作是李太太介绍的，李家夫妇俩把自己当朋友看待，倘若没到约定期限就提前离开，不符合契约精神。再者自己还欠着李太他们垫付的学费，而刘太太以种种借口没有按时发放工资，周怡亭又不好意思一直催要，她想等拿到工资还清欠款再说，就这样又延宕了几日。

一天，刘家人都去上班上学了，周怡亭接到一个奇怪的电话，对方劈头就说："刘太太，你欠我的工资应该结清了吧？"

"刘太太不在家，我是他们的管家。您是哪位？请留下姓名，我帮您转告好吗？"

"你是他们家新请的吧？没想到我当时那么一闹之后，还会有人愿意去他家干活啊。"

"您是……？"

"不错，我就是之前在刘家做管家的。你是刚来美国吧？我和你说，能早抽身就早点离开刘家吧，从来没遇到这样不讲理的家主婆。"

"我也不算刚来，我到她家差不多三个月了……"

"三个月！"电话那头声音突然拔高，吓了周怡亭一跳，"你在这样的人家还能做三个月？那你真的太能忍了！刘太太把我们当什么啦？又是清洁工又是厨师还是园丁和家庭教师，这在美国要请好几个人工啦。她有没有嫌弃你不会做西餐啊？她是不是因为你没按照她的方式记账就不肯报销吧？她有怀疑你和她老公的关系吗？”

对方在电话里一下子问了很多，周怡亭也来不及回答，对方又一股脑儿说下去。“我上次超市买菜忘了拿小票，她又出差几天没回来，下次结这个菜钱，就说她自己没吃到，不肯付账了。”“还有哦，因为刘先生喜欢吃我做的鱼，我多做了几次，就说我要勾引她老公；和小朋友多讲了几个中国童话故事，就说我欺骗她孩子。”“最过分的是，她嘴里口口声声说要你尊重她的隐私，但是她一点不尊重你，会偷偷翻查你的东西。上次超市遇到熟人开车把我捎回来，一到家就看见她在我房间翻我行李，我质问她在干什么，她竟然说：你今天怎么这么早回来，我是帮你整理整理，顺便看看你有没有拿什么不该拿的东西。我当时那个气哦，就和她理论了起来，后来我干脆辞职不干了，这种人素质这么差，怪不得连她老公都不好意思，只能连连向我道歉。”

听对方这么一说，周怡亭也想起来有几次找不到自己的东西，后来发现摆在其他地方。开始一直觉得自己或是放错地方或是记混了，现在看来刘太太也翻过自己东西，检查自己有没有拿“不该拿的东西”。

“反正我走人后就把她的事情告诉所有的朋友，于是我们圈子里就再没有人肯去她家做事了。估计也是记恨我这一点吧，她一直拖欠我的工资不给。你也不用为我转告，我会自己打电话找她。不过是真的劝你早点离开这种地方，在美国，只要你肯吃苦，哪里都能找到工作的。”

这通电话替周怡亭下定了决心，她想应该向李太太说明一下，就给她打了个电话过去。本来想向她做点解释，没想到她连连道歉，说是实在不知道刘太太是这样的为人，并且说道：“非常感谢你告诉我真实情况，我希望你要跟着自己的心意走，绝不要因为任何原因委屈自己！”

李太太的话给周怡亭很大的安慰，她想起在国内时，母亲希望自己和王进军结婚的时候让她想想父亲，婆婆指示自己怀上男孩的时候让她想想王家，娘家不同意自己离婚的时候让她想想孩子，但是一直没有人让她想想自己，更没有人关心她真正的心意。

也许是自知理亏，刘太太对周怡亭的辞职没有多说什么，当场也把工资付了，倒是刘先生和两个孩子有些恋恋不舍，特别是小女儿，把周怡亭直送到过来接她的孙宏钢车子旁，并且仰着头问："周阿姨，你很快就会回来吧？我还想吃你做的小笼包。"

周怡亭带着歉意对孙宏钢说："又麻烦你了，感觉我从开始来美国就一直麻烦你。"

"不都说了是朋友，再不提麻烦不麻烦了吗？你放心在我那边住着，等有了工作再另找住处不迟。"

"我会尽快找到的！我现在不想再做什么管家了，我要找个办公室的活儿。"

"慢慢来，肯定有办法的。"

到了孙宏钢住处，周怡亭看着熟悉的房间，一下子回想起刚到美国的第一晚，当时还真有点惶恐不安，是孙宏钢给了她一个避风挡雨的港湾。隔了六个月再回到这里，虽然口袋里的美金稍微多了几张，竟同样还是没有工作。这六个月的工资，归还了向李太太借的学费，再准备新一期的学费，就所剩无几了。天天忙着读书打工，周怡亭还从来没有逛过街。

"孙先生，你冰箱里没什么东西了，我明天去趟超市吧，正好也去那附近逛逛、找找工作机会。"

"你自己找工作要紧，东西买不买没关系的，我明天下了班可以顺道去超市的。"

"还是让我做点事情吧，白住在这里已经很不好意思了，就给我个机会为你当几天管家好啦。"

"我可请不起你，太贵了。"

"免费免费！成交吗？"

周怡亭似乎不再对孙宏钢那么敬畏了。看着笑靥如花的周怡亭，孙宏钢也笑着答应了。

第二天一早，周怡亭坐着公交车出门。她在华人集中的蒙特利公园市，阿罕布拉市的几条街道上一家家公司、工厂地询问。对方一听到周怡亭没有工作许可，都摇头说不敢录用："雇用没有工作许可的人，被查到了罚款不得了啊！"

周怡亭敲门出门的动作重复了20多次。可是直到中午，也没有找到任何机会。

想着昨天答应孙宏钢买些食材回去，周怡亭去了附近的亚裔超市。在超市门口看到来回运送购物车的大爷是华人面孔，想着他每天接触的人多，听到的消息也多，或许会知道附近有没有什么工作机会。大爷耳有些背，周怡亭试着用中文英文搭话，都是问四句他答三句，鸡同鸭讲，答非所问。到最后周铆足力气问了一句："Job？工作？"他才点点头，口中说："Job！工作！"并笑嘻嘻地指了指超市门口。

周怡亭纳闷，心想着要不这老人还是没听懂，问的是哪里有工作，不是超市在哪儿啊。她回头看了看那老人，他还是笑嘻嘻地指着超市门口，周就顺着他指的方向往前走，走近了才发现门口站了个国内乡村干部模样的中年男子，手里举着一块牌子，上面写着"招聘业务员"。

"请问，您要招人吗？"周怡亭尝试着用中文询问。

"需要，需要，我就需要会说中文也会英文的中国人！"中年男子看到周怡亭来询问，竟非常激动，"我等了一星期了，一直没等到合适的人。"

"你这里是什么样的工作呢？我是没有工作许可的啊。"像前面二十几家公司一样，周怡亭一开始就老老实实地交了底牌。

中年男子说："我不管什么工作许可不许可，我是从温州过来推销中国产品的，只要能帮我把产品推销出去，我的公司就死不了；我的公司有救了，我才有活路。"

"你是什么产品，要怎么推销呢？"周怡亭问。

"我是社办工厂的老总，叫陈国富，我们生产的打火机比美国的不知便宜多少，质量也不差，我到处推销，可就是卖不出去。我也不能在美国坐吃山空啊，否则就只能回国了。国内都说美国遍地黄金，可我连一点黄金屑屑子都看不到呢。”

周怡亭看了看眼前气馁的中年男子说:“只要产品真的好,总是能卖得出去的。陈老板,如果你能录用我,我和你一起去推销吧,明天我就可以上班。请问到哪里报到?几点上班?”

陈国富听了周怡亭的话喜出望外,一把握住她的手,忙不迭地连声说,“谢谢!谢谢!谢谢同志你啊!明天八点可以吗,前面那幢楼三楼我租了个办公室,明天八点你就过来,我们准备一下,拿上打火机,再到美国公司去找买家。”

“终于招到人了!”陈国富兴冲冲地往办公楼走,不一会儿又小跑了回来,“哎!同志!同志!我忘了问该怎么称呼你了。”

“周怡亭,周恩来的周,怡然自乐的怡,亭亭玉立的亭。”

“好名字,好名字!和您很配啊!那就明天见!我先去准备准备!”

周怡亭告别了陈国富,去超市买了一些食材,坐公共汽车回到了孙宏钢的住处。她忙着洗鱼切肉,想着要为孙宏钢,也为庆祝自己找到工作做一顿好饭。

孙宏钢回来,看到满面春色的周怡亭,知道有了点眉目。两个人一边吃饭,一边把今天的情况过了一遍。

“你问了工资吗?你也马上开学了,时间方面谈过吗?”孙宏钢问的都是实际问题。

“今天光顾着定工作,没有细谈。至于工资嘛,我估计暂时不会有,那个陈老板自己穿得也朴素,还愁眉苦脸的,东西没卖出去,他哪来的钱呢?都是国内过来的,就算是帮朋友开拓市场吧!”周怡亭总是先想着别人。

“帮朋友?我算是见识了什么叫泥菩萨过江了。”孙宏钢说完之后发现周怡亭脸色暗了下来,忙补充道,“我就是想提醒你注意一下,别上当受骗了。”

周怡亭淡淡地说了声好,收拾碗筷进了厨房。其实她今天答应那个陈国富,也是因为好不容易找到一个不在乎工作许可的老板,想着先做起来再说。虽然没谈工资的确是傻傻的，但想着只要能推销成功，总会有一笔收入，而且这个工作时间有弹性，可以一边读书一边推销两不误。孙宏钢的话虽说是泼了冷水，但何尝不是点破了自己的担忧，与其说是生他的气，还不如说是生自己气。又想到自己来美国后只在李太太家打过电话向国内报了平安，之后就没办法再与母亲女儿通话。信倒是每周写一封寄出去，但没有收到几封回信。爱华还不会认字写字，自己一个人在异国他乡，女儿怎么样了呢？想着想着，周怡亭不胜伤感。

“周小姐，我刚刚失言了，我向你道歉，我其实意思是……”看到周怡亭郁郁寡欢的模样，孙宏钢有点慌神。

“孙先生，我知道你是好意，你没说错，我确实是‘泥菩萨’，为了明天能顺利推销，我还要去临时抱抱‘佛脚’。你不用在意，我没生气，我是在想自己女儿了。”

孙宏钢看着她回房间的背影，叹了口气。

房间里的周怡亭在书桌前拿出了爱华的照片，铺开信纸。“爱华：你在外婆家一切还好吗？妈妈非常想你……”写了两句，还是默默收起放进了笔记本里，周怡亭基本上两天就要写一封这样没写完的信，不为了寄出去，就为了抒发自己思念的心情，而写出来之后，就会感觉好很多。六个月，抽屉里面已经积攒下来好几十封这样的信了。放起了信，她又忙忙拿出汉英词典查起来，一边嘴里念念有词：“打火机怎么说……Lighter，质量好……嗯……Good quality，安全是Safe，那连起来就应该是This lighter has very good quality. It’s safe to use.（这个打火机质量非常好，而且绝对安全。）真希望明天能找到打火机的客户。”周怡亭自言自语。

第二天周怡亭起床洗漱的时候，发现孙宏钢已经起来并准备了早餐。

“我送你去，这年头骗子也不会少，万一是一个圈套呢。”

“你不还要去上班吗？”

“今天有外出的活，正好顺路。”

周怡亭看看不能推辞，就默许了孙宏钢陪同她一起去报到。两人来到了昨天陈国富说的楼层，办公室的大门还没开，就在外面站着等开门。周怡亭又把笔记本拿出来背了几个单词。

八点钟的时候，陈国富赶来了，身上背一个背包，见了周怡亭和孙宏钢，热情地说："啊呀，你们比我到得还早，请进请进！这位……是？"

"我朋友，他顺路就送我过来了，正好也想和陈老板认识一下。"

孙宏钢把手伸出去，冷冷地说了句："你好。"转身对周怡亭点点头："我先走了，下午我办完事情来接你。"

陈国富和周怡亭看着孙宏钢下了楼，陈总问："你男朋友吗？"周怡亭赶忙摇了摇头。

陈国富挠挠头说："你朋友怕我是骗子吧？其实我可以让你们看我护照的，不过看上去他很关心你啊。"周怡亭尴尬又羞赧地笑了笑。

陈国富开了办公室的门，让周怡亭进屋。这一间办公室不大，除了一套办公桌椅就是几个箱子了，走过箱子还有一个小间，放着一张简易的行军床。

"箱子里都是带过来的打火机，刚来的时候就在里间凑合住着，但美国规定办公楼不能住人，就只好去和别人合租了一个小房间。"

陈国富一边说一边放下背包，拿出两个铝制饭盒，饭盒上还能看出公社两个字，一看就是跟着他漂洋过海来的。等陈国富打开饭盒，周怡亭才看到里面满满地装了煮熟的鸡蛋。

"周同志，还没吃早饭吧？吃鸡蛋，吃鸡蛋！鸡蛋营养好又便宜，一打鸡蛋12个才9毛9分钱。"

"谢谢，我早饭吃过了。"陈国富也不勉强她，自己又拿出一小包盐，一边蘸着盐一边说："我每天带一盒鸡蛋，一家一家商店地去问人家要不要中国的打火机，饿了就吃鸡蛋。今天我带了两盒鸡蛋，一盒给你。美国吃顿饭最便宜也要四五个美金，我吃一天鸡蛋还不到一美金。中国人说开源节流，开不了源的时候就只能节流了。"

等陈国富两个鸡蛋下肚，周怡亭帮忙一起做准备，将几种不同型号的打火机分不同的纸盒装好，分放在两个背包里，一人背着一大包打火机出门了。

陈国富开着一辆旧车，载着周怡亭到了一个大商场前，停好了车，两人进了商场。柜台里放着的打火机，一般都要二十多美金一个，好的要一两百美金。两人对了个眼神，觉得自己的产品比他们的要便宜得多，应该会很受欢迎，周怡亭吸了口气，上前尽量连贯地用英文说道："请看看我们的打火机吧，它质量好，使用又安全。"

没想到对方一副冷冷的表情："我们没有兴趣。"周怡亭听懂了"没有"两字，但还是想再争取一下，"送你们几个试试吧。"周怡亭按照国内的做法，想先送他们几个试用，想着没有人能拒绝免费的东西，或者人家是害怕质量不过关，但那人还是不领情："不要，不要！"

两人对视了一眼，决定走人。进到另一家商店，同样的方式再来一次，得到的还是同样的答复。如此重复，从早晨到中午到傍晚，两人不断碰钉子，不断再试验，还是不行。

在最后一家的时候，周怡亭问了一句"为什么呢"，但美国售货员并没有搭理她，反而做了一个请走的手势。

"不是说美国人是一个开放的民族，怎么会这么保守，不肯接受新东西呢？"周怡亭以为今天怎么样都能推销几个出去，但一天下来没有任何进展，不禁有点垂头丧气。

"我还以为自己是老头子，人家不愿意搭理，想请你这位年轻漂亮的女士来总会好一些吧，怎么还是这样！"陈国富说。

周怡亭无言以对，看了一下手表："我该回去了，估计我朋友在等我了，明天八点我再来。"

到公司楼下，果然孙宏钢已经到了，周怡亭向陈国富道别后，上了孙宏钢的车。

"你今天怎么样？"

"唉，没有成功。不知道是不是因为自己是华人啊，感觉大家并不想搭理你，我希望了解他们拒绝我的原因，但也不告诉我。你说对了，我就是一个泥菩萨啊。”

周怡亭情绪很低地说出这些话，孙宏钢听到泥菩萨的时候还是内疚了一下，不过嘴上还是安慰道：“没事，说不准只是因为你们今天走的商场不需要呢，多试试，会有机会的。我看那个陈国富还是个老实人，你也可以跟着他再尝试一下。我不太懂销售这一块，不过我有认识的人做这一行，我可以帮你问问。”周怡亭听到最后才感觉有些希望，但因为奔走一天实在太累，在孙宏钢车上就睡着了，第二天清晨再醒来的时候，发现是在自己床上了。

周怡亭想不起来睡着后的情形，但估计是孙宏钢把自己背回来的吧，想到这儿，她脸唰地红了，但一转念今天还要推销打火机，又不禁头痛起来。这一天与前一天一样，周和陈跑了好几个商场，无一例外是被拒绝了，唯一有些安慰的就是在街上走的时候推销了两个打火机给路人。

今天孙宏钢没有来接周怡亭，或许是对陈国富也放心了。周怡亭自己乘公交车回到住所。路上停站时，车上有一位坐轮椅的残疾人将轮椅推到车门口，驾驶员按住按钮，公交门口下车处有一个小吊车吊下一个钢制的阶梯，阶梯先有钩子钩住了轮椅，又把轮椅轻轻地吊下公共汽车门，慢慢地将轮椅稳稳地放到了地面上，吱吱呀呀地费了好几分钟。周怡亭看傻了，又看看车上的乘客，个个友好地等着轮椅下车，没有任何人有不耐烦的表情。周怡亭目送着那位轮椅客，心想“美国的残疾人还真是有福气啊”。

周怡亭回到住所时孙宏钢也恰巧回来，他兴冲冲地说道：“或许我知道你们推销不动打火机的问题在哪里了！”周怡亭一听，忙请他坐下讲讲。

“我去找了做销售的朋友，他告诉我，美国的商业跟其他行业一样，分工很细的。店里的营业员无权决定要进哪家的货。美国的大部分商店是连锁店，他们有统一的采购部门，统一的进货渠道，你们要找到那些部门的人才对呀。”

“那么，我们应该怎么找到负责采购的人呢？”

“美国大公司的采购，往往是在Show秀上决定的。”

“Show，秀？”周怡亭费解地看着孙宏钢。

“应该就是我们说的展销会吧。美国各个行业都有自己的展销会，每年在全美国各个地方举行。有产品要出售的厂家公司，就要到那种展销会上去租个展位，把自己的产品放出来展览、讲解，吸引更多的客户来订货。”

“这种展位很贵的吧？”

“价格要看具体情况，但据说至少都要好几千美金的。”

周怡亭听到价格的时候，刚刚兴奋的神情一下子消失了，皱了皱眉头：“那现在怎么付得起呢？”

孙忙答道：“做销售的说了，一时进不了大商店很正常，可以先把产品卖给小商店，夫妻老婆店。这种店是自己可以决定进货方向的。”

周怡亭若有所悟：“对呀，我们两天跑的都是大商场，怪不得那些人冷若冰霜，原来这事跟他们毫不相干啊！”

孙继续补充：“先从小店开始。再想办法找到连锁店的采购部门试试。”

周怡亭：“原来我妈总是说，南京跑到北京，只要嘴里不停。看来不光是问路，做什么事都要向内行请教，真是省掉我们太多功夫了。太感谢你了！你是我在美国交到的第一个真朋友！”

第二天，周怡亭起个大早到公司，把昨天得到的信息告诉了陈总，跟他商量起了打火机的第一步销售方法。他们把打火机一个个开箱检验，看看点火情况，认真检查质量。陈国富一边检查一边夸奖说：“国内都说，最可怕的是有头脑的美女，不不，应该说最有价值的是会思考的美女。啊呀，我在国内没有碰到，倒是在美国碰到了。小周啊，我跟你签个合同怎么样？我们的销售业绩，除去成本外，让你拿30%，我们公司拿70%，你看可以吗？”

周怡亭：“我不是什么美女，我只是肯吃苦而已。合同嘛，你觉得合适就可以，我没有意见。”

陈国富说：“我在温州搞社办企业赚了点钱，有朋友说美国律师可以帮我们办投资移民，到美国来做生意。我想美国是资本主义国家，鼓励做生意，美金又比人民币值钱，到美国来总能多赚点钱吧。没想到我拿出50万美金，律师还说不够，人是过来了，合法身份还没有拿到。现在吊在半空中，回国去又不甘心，也没有这个脸回去啊！老婆孩子都在国内，一个人在这里想赚够钱办好投资移民，这样全家都能过来了。小周，你就当是帮我一个忙，我们一起来打开这个市场，想办法把温州的打火机销到美国来。国内劳动力便宜，这中间的利润太厚了，这块肥肉要想办法吃到啊！"

"我们试试吧，我们先去找小商店，之后再找采购部门。"

陈国富开着二手车，两个人一路找小店，最后在唐人街上找到一家夫妻老婆店。进了小小的店铺。店里有一对老夫妇，应该是长年生活在美国的。周怡亭进店后先确认老夫妇就是店主后，向他们鞠了个躬，然后拿出一盒打火机，边解释边向他们做演示："这种打火机质量很好又安全，它是中国制造的，价格要比美国造的便宜很多。"

周怡亭边说边将几个不同型号的打火机一一拿出，一旁陈国富微笑地看着周怡亭向他们演示，频频点头。

"请允许我留下一些打火机在您的店里，您可以试着销售它们。我们一个星期以后再回来，如果您能够卖掉它，到那时你再付钱给我们。好吗？"

老两口商量了一下，笑眯眯地说："OK!"

周怡亭留下了100只打火机，帮着老两口将中国产打火机放在货架上，老人给打火机标价为：9.99美元。

周怡亭与陈总又去了几家类似的商店，也用同样的方法将打火机放进了美国商店的货架。

虽然还没有收到钱，但两人情绪很好，总归是走出了万里长征的第一步。陈国富破例把车开到了一家中国快餐店门口："今天我请客，不吃鸡蛋了，我们吃点热菜吧。你看，买一客快餐可以选三个菜呢，荤素随便挑，3.99美元一客。"

周怡亭："这么贵啊，要是花这点钱自己做饭，可以吃两天呢！"

"但做饭要花时间啊，有这点时间，我们又可以多找几个客户了！"陈总大方地掏出钱来买了两客中国快餐，引着周怡亭坐下吃饭。

"哎，这些商店里卖9.99美元一个打火机，总得给我们两三元钱一个吧。你知道我买进来是多少钱一个？人民币2元钱都不到呢！"

"真的？那一个打火机就可以赚两三个美金呢！我们尽量去多卖一些吧！等攒够了钱，我们也到展销会上去租个摊位找大客户！"

6 女儿——艾拉与斯蒂文

上课的早晨总是特别匆忙和紧张。如同在清晨的一个多小时内先后完成上万吨货物的装运和收货。不，情况可能更麻烦，至少被装运的打火机不会像孩子一样没理由地发脾气和无条件的不合作。

早起，洗漱，做早饭。在几天前孩子的借机发作后，现在的早饭也必须周怡亭亲力亲为。虽然心疼对方，孙宏钢也怕了大吵大闹，只能袖手旁观。

一个屋子，两样生活。

孙宏钢靠在厨房的门边，看着周怡亭煎蛋，热牛奶，还要兼顾吐司烤得怎么样。

"你现在就像个贤惠的田螺姑娘。"孙宏钢想讲两句俏皮话，逗周怡亭一笑。

但适得其反，忙得晕头转向的周怡亭只是抬头白了他一眼，面无表情，继续手上的活。"呀，华华起来了没？"

孙宏钢退了两步，抬头伸长脖子望了望楼上，似乎没有什么动静。回头对周怡亭摇了摇头。

"啊呀，再不起就要迟到了呀。"周怡亭拍了一下额头，有些着急。

"我去叫她？"

"不用，不用。"看对方有上楼的意思，周怡亭连忙关掉火，抽了张纸巾擦手。"小祖宗的脾气你知道的。我去吧。"

孙宏钢尴尬地站在原地，目送周怡亭慌慌张张地往楼上跑。

千呼万唤，方法用尽，终于把王爱华从床上哄了起来。还要帮她换上衣服，收拾好书包，盯着她洗漱。等终于到了楼下饭厅，牛奶已经凉了。周怡亭只能重新再热牛奶。

孙宏钢依然靠在厨房门口，看着忙碌的周怡亭背影，心情复杂。

“我不喜欢吃饭的时候，旁边有讨厌的人看着。”王爱华嘴巴里嚼着培根，语调傲慢，甚至带着孩子单纯般的残忍。

孙宏钢皱了皱眉。

周怡亭转身看了看王爱华，抬头看向孙宏钢。

四目相视。

虽未发一言，但从她耸起的眉头和抿起的嘴，已经读懂了一切。一种纠结和分裂，或许还有别的什么，都在这一眼中。

孙宏钢无声叹息，离开了饭厅，转身上楼。

透过二楼房间的窗口，他看到一大一小两个人出了门。大的那个单肩背着彩色的书包，一手拉着小的那个往前走。小的那个走走停停，不情愿地挪动到路口。

一辆黄色的校车开过来，稳稳地停在路口。大的那个把书包塞给小的，推着小的上了车。

车门利落地关上，往前方驶去。

大的那个还留在原地，目送巴士走远。一会儿才慢慢往回走。

环顾四周，路边的梧桐树似乎还没有完全适应秋天的寒冷，不时窸窸窣窣地抖下几片黄叶。空气中飘着淡淡的青草味，路过几户人家的院子还能闻到香甜的花香，也是淡淡的。一大早烦躁的情绪被渐渐稀释，沉淀。大脑似乎空无一物，安安静静地，慢慢走着。

所以当一辆车停在自己身边的时候，她花了一些时间才反应过来，车和车里的人。

“亭亭，上车吧。”孙宏钢的声音很温柔，如秋日里的一束暖风。

吹到周怡亭耳中却感觉有些不合时宜。似乎空白的大脑还没有准备好处理复杂的语言信息。“去哪儿？”

"回家或者去公司?"

"公司?"周怡亭后知后觉道,"我要先回家拿东西。"

"上车吧。"

"你先去公司吧,很近的,没事。"周怡亭扯了扯嘴角,好似对孙宏钢笑了一下。转身继续往回走。

回到那栋白色房子,从口袋里摸出钥匙,打开门,周怡亭就近在沙发上坐下,柔软的海绵包裹身体,温暖的感觉,介于清醒与梦寐之间。她看到阳光穿过白色棉麻窗帘的缝隙,但照不亮沙发前的一小方茶几。

四周很静,似乎都能听到光束中灰尘的舞蹈的声音。

半梦半醒之间,电话铃声突兀地响起。

身体反射弹跳了一下,周怡亭坐正身体,回头找到沙发边上的电话,接起来后,对方传来一个谦和的声音,开口先致歉打扰,再自报家门。周怡亭嗯了两声才想起来,对方是前段时间公司聘请的会计师,曹皮特,语气带着台湾人特有的礼貌与温和。

"抱歉打扰了,我是皮特。周总,老美政府里面来了人,要我们提供财务文件配合调查……"

周怡亭闻言,刚才的忧郁一扫而光,利落地回答:"我马上到公司。"

说话的同时起身,抓起一件外套,拿了包往车库走。突然想到常用的那辆车已经被孙宏钢开走,于是坐进了另一辆车内。

周怡亭一边倒车开出车库,没想到在门口车道上看到了那辆黑色汽车,驾驶座上的人赫然是孙宏钢。

抿嘴一笑,心中一暖。

看到周怡亭出门,孙宏钢把车开到外车道上,摇下车窗:"上车。"

周怡亭走出自己的车子,上了孙宏钢的车说道:"走,我们去公司。"

对于王爱华来说,如果这个世界上有什么地方是她完全讨厌,没有一点喜欢的,那就是学校了。如果这个世界上有什么地方是比学校讨厌的,那就是美国的学校了。

大脑清醒得很早，但依然赖着不想起床，赖一分钟似乎能将这种讨厌的情绪推迟发生。事与愿违，躺在被窝里的一分一秒都是烦躁情绪的蔓延和疯涨，肆无忌惮。

母亲再次叫起床，掀开被子，一连串的催促声里也有藏不住的烦躁。

烦躁的早晨，每个早晨是不是都如这天一样烦躁？

因寒冷，她蜷缩起身体，借着母亲的娇惯，撒一撒娇。年幼时未享受的特权。

母亲拍着她的背，催促的语调变重，似乎快要压制不住烦躁的情绪。

“我不想去学校！”尚未成熟的她还不能读懂母亲复杂的语调变化。

被激怒的母亲，未及言语，直接动作利索地将她从床上拉起来，推到衣柜前面，从柜子里拎出衣服裙子让女儿穿上。

无法反抗，站在镜子前的她内心不住地委屈，但只敢嘴里小声抱怨几句衣服不好看，裙子颜色老气之类的。

母亲不发一言，双手抱胸靠在一边，盯着她穿衣。

不情不愿地下楼吃饭，又看到那个男人，穿着暖色的毛衣开衫，悠闲地靠在门边。他是不是很开心？是不是很享受母亲对自己的烦躁与无奈？

“我不喜欢吃饭的时候，旁边有讨厌的人看着。”

她看不懂成年人之间的眼神，但她看得出那个男人离去时落寞的背影。

一次小小的，残忍的胜利。

拖拖拉拉地吃完饭，就被母亲赶着出了门，一路上听着有关找英语家教的建议。她手中提着书包，没有点头也没有摇头。

校车到达得依然很准时，被送上校车，满车的生面孔让她抱紧了怀里的书包，硬着头皮往里走。

车里坐着不同肤色，不同年级的孩子，有的在和朋友热络地聊天，有的只是安静地望着窗外。有人回头看了看新上车的人，说了几句好似评论的话，然后是一阵刺耳的笑声。

她穿过嘈杂，看到另外一个黄皮肤，黑头发的人，一个男孩，坐在靠后排的位子上。一个人，看着窗外，对车内的噪声不为所动。

她慢慢往后排走，在那个男孩后面的位子上坐下。

校车发动，开走了。

男孩回头看了女孩一眼，女孩友善一笑。男孩挑了挑眉，算是打了招呼。

男孩和女孩没有交谈，而是各自望着窗外飞驰而过的路景。

车直接开到学校门口，车门大开，学生鱼贯而出。

男孩斜挎着书包，走得飞快。女孩快跑了两步想追上男孩："早上好。"

闻言男孩放慢了脚步，回头看女孩，但没有接话。

"你好，我叫王爱华，英文名艾拉。"女孩有点紧张，"那天没来得及告诉你……"

男生扯了扯嘴角，笑容带点痞气："早上好，艾拉！"

"早上好！"

女孩还没来得及继续说点什么，男孩突然加快了步伐，将女孩撇在了后面。

这……这个人也太自大了吧！讨厌！

为了听懂老师上课的内容，王爱华不得不加倍地集中注意力，提前一天还需要照着辞典查阅课本上看不懂的生词。如此辛苦但依然事倍功半。特别是英文历史的课程，相较之下数学变得容易起来，虽然课本里也充满了长长短短的复杂单词，但阿拉伯数字和共同的数学公式让课程变得轻松。虽然不能完全听懂老师的话，但至少能解答出大部分的数学问题。

那个叫葛小平的男孩依然坐在她右手边的位子。和所有他这个年龄的男孩子一样，上课时好动，时不时会和他身后的胖男孩说笑几句。

王爱华想起刚开学那天，班级辅导老师把他们两个叫到外面的走廊，郑重其事地将葛小平介绍给自己。辅导老师非常年轻，喜欢穿各种颜色的连衣裙，当她跟王爱华讲话的时候，语速非常缓慢，还重复了一遍。王爱华听懂了就点点头。辅导老师回头跟葛小平讲话的时候依然很慢，为了让王爱华也听懂，但没有重复。辅导老师希望葛小平可以做王爱华的伙伴，经常帮助她。葛小平不耐烦地点着头，嘴上应付地说着“好”和“可以”。

历史课上，努力理解但依然无果的王爱华有些丧气，回头看到同样并没有认真听课的葛小平，正埋着头用铅笔在课本上画着什么东西。

葛小平很少跟自己说话，就算突然搭上几句话，他也只跟自己说英语，很少说中文。有时因为他说得太快，她根本听不懂对方在说什么。如果不是第一次见面，对方跟自己说过一句纯正的汉语，她都要怀疑对方是不是真的会说中文了。

似乎发现了她的注视，葛小平抬起头来，看了王爱华一眼。

王爱华匆忙转过脸去，假意认真听老师讲课。

葛小平低头继续课本上的涂画。

下了课，他也没抬头，一直把课本上的画涂完才停下来，炫宝似的拿给杰克看。杰克看得哈哈大笑，边笑边喘气。他夸张的笑声吸引了别的同学过来围观葛小平的画作。

王爱华也好奇地伸长脖子张望了一下，看到那页空白纸上，葛小平照着历史老师的样子画了一个糟老头子，穿着汗衫举着棍子，满头卷发。确实非常好玩。

王爱华也笑了。

她看到班级中那两个如超级巨星一般的男生也围了过来，被课本上的糟老头子逗得哈哈大笑，笑声间一连串的话。她听出了“不错”“滑稽家伙”几个单词，猜想对方应该是在评论啥事。

然后，始料未及。

拿着葛小平课本的那个高个男孩，她记得叫弥尔顿的，突然伸手直接把画了人的那页撕了下来。

葛小平也措手不及，想拦已经拦不住了。只能摆着手苦笑。

弥尔顿和他的朋友里欧放肆地大笑着。

杰克似乎有些气愤,想从座位上站起来。葛小平拍了拍他的肩膀,小心收起了那本书。

王爱华心中又惊又气,瞪着眼看弥尔顿和里欧大摇大摆地离开。

“为什么?”王爱华试着与葛小平说话。

葛小平回过头,耸了耸肩,扯着嘴角笑笑:“只是开玩笑罢了。”

上课的时间可以靠提前准备和课后努力来勉强适应的话,那对于美国学校的午餐,除了不习惯就是无能为力了。

被中国餐食惯坏的肠胃,本能地拒绝面包汉堡三明治。

王爱华端着餐盘,独自一人坐在餐厅角落的位子,面对餐盘内的几样干货,难以下咽。

一阵熟悉的笑声传入她的耳朵,王爱华抬头循声望去,葛小平和小胖子杰克坐在前面隔了张桌子的右边。她看到葛小平把汉堡掰开,抠出里面的生菜和西红柿片什么的,只留下黄黄的起司片和一大块牛肉饼,夹在面包中间吃。她有样学样,也把汉堡里面的生菜挑了出来,想了想还把起司片一起刮掉了。只剩牛肉饼和一些酱料,夹在面包中,咬一口,味道似乎没有那么难以接受了。

正当她沉浸在新吃法的快乐里时,一个人影霸道地在她前面的位子上坐下,不由分说。

王爱华抬头,一个金发碧眼的女孩,五官被化妆品修饰得更加精致,白皮肤,长睫毛,红艳的嘴唇。

桌边还站了一个女孩,红发白裙。王爱华想起来这个红发女孩好似就是开学那天抢位子的人,不禁警惕起来。

那金发女孩先开口,嘴边挂着不怀好意的微笑,连珠炮般地讲了一堆,王爱华抓住了对方话中不断重复的“中国人”,和零星的几个词“看上去”“化妆”“穿着”“服饰”什么的,猜测对方是在说一些关于穿衣服的事情。

可能是被王爱华皱眉眯眼思考的样子逗笑，红发女孩哈哈大笑，对金发女孩说："快看她的脸！"

金发女孩闻言，探出身子，凑近看王爱华的脸。

王爱华被吓了一跳，身不由己地往后退了退。

那两个女孩爆发出一阵放肆的笑声，笑声也吸引了其他餐桌的目光。

不明白对方在笑什么的王爱华局促地坐在原地，茫然无措。

两个女孩笑得更大声了，金发女孩还拿手放在眼角，向两边扯，将眼睛拉成一条线的形状。红发女孩笑着，也模仿金发女孩将眼睛扯成一条线。

旁边桌的人看到两个女孩模仿的细长眼睛，也笑了起来。

即使知道大家是被两个女孩的样子逗笑的，但敏感如她虽然听不懂完全的语言，却也隐隐感觉到大家实际上嘲笑的人是自己。

心里不禁有点难过，喉咙像被什么东西堵住了，眼眶微微发热。她无助地抬头看向葛小平的方向，发现对方正好也看着自己，面无表情。平淡的神色，与周围的嬉笑声映衬得分外不协调。

两个女孩似乎寻够了乐子，终于起身离开了。但餐厅里依然残留着几处笑声，也有几个人学着样子，模仿细长小眼。

小胖子杰克也被逗得咯咯直笑，回头也想跟葛小平模仿模仿，但在看到对方冷淡的表情时，杰克只能慢慢也收回了微笑。

似乎是意识到什么，葛小平对杰克扯了扯嘴角，露出惯常的痞笑。杰克才放松一般，重新笑起来。

当葛小平抬头再看向王爱华时，那边座位上已经没有了人。

身心俱疲，又结束一天课程。王爱华跳下校车的一瞬间，并没有感觉轻松，而是一直强撑的情绪反而克制不住地汹涌起来。

在回家的这一小段路上，王爱华走得非常非常慢。

"喵——"

在邻近家门的地方，一个软糯的声音扫除烦躁，钻进了她的耳朵。

猫?

王爱华向声音来源望去,真的是一只黑白条纹的猫,张着一双大眼睛,蹲在她家门口的车道上。

“喵——”猫并不怕生,反而向着王爱华的方向走了几步。

王爱华蹲下身子,试探着摸了摸对方的头。那猫没有拒绝,反而用头蹭了蹭她的手掌。柔软的毛发,温柔的触感,烦躁的情绪似乎也没安抚下去。

在那个血色的夕阳下,苍白的车道上。

7 妈妈——四人创业办公司

陈国富的打火机因为物美价廉，销路十分好，两个月内就出清了存货。周怡亭拿到了销售第一批产品的工资，算是到美国后的第一桶金吧。周怡亭第一时间给国内打了长途电话，听到爱华声音的时候她非常激动，这两个月的忙忙碌碌终于有了意义。

“妈妈，你什么时候回来啊？我很想你。爸爸没来看过我，在外婆家我也不开心。”

周怡亭没想到打过去直接就是爱华接的：“爱华你乖，妈妈攒够了钱就回来接你，你在外婆家怎么会不开心啊，大家都很宝贝你的。”

“不是……他们对我不好！……”爱华话没说完，周怡亭就听到电话换了一个人接，“姐，小朋友乱说话的，你不要误会，除了王家人，我们都很宠她。哦对了，我上次写信你收到了吗？听说美国有个牌子衣服很好看的，你有空帮我买一件吧，我和你说过，我同事去美国买的……”

“怡立，妈在吗？”周怡立被止住话头，不开心地喊了一句：“妈，二姐电话。”

顾世芳听到叫声忙放下手上的事情，跑来接过电话：“怡亭啊，家里都好都好，爱华也很乖。上次你寄回来的钱收到啦，就是你大姐夫遇到一些困难借了点走，我和你爸爸够用，你放心……”

爱华还是站在一旁，听外婆说话，自己也努力想去够话筒，但一直被周怡立拦下，直到她听母亲说上次那笔钱借给了大姐，才哼了一声走开。顾世芳看到爱华渴求的目光，于是又把电话递给了爱华。

“妈妈，我想你回来……我和小朋友说了我妈妈在美国挣钱，会给我买很多玩具的。妈妈你回来的时候记得带玩具……妈妈……妈妈……”

后面爱华说了什么，周怡亭没太听清，她在电话这头听着那个稚嫩的声音穿过电话线，漂洋过海到自己耳边，早已泪流满面……她担心女儿听出自己的哭声，匆匆说：“爱华，妈妈这边忙，先挂了，你听外婆话，妈妈很快就来接你到美国的。”话毕，周怡亭挂了电话。

那个小姑娘曾经在半夜搂着默默流泪的自己，说出“妈妈不哭，爱华擦擦”，抬起小手给自己擦过眼泪。虽然独自在外面的日子很苦很难挨，但周怡亭并不愿意让家里人知道，更不希望爱华知晓，潜意识里她又隐隐约约觉得爱华能够理解。

上海这头，说得太入神的爱华其实没来得及听清妈妈说了什么，但耳边突如其来的电话嘟嘟声惊了她一下，喊了几声妈妈也只有电话忙音回答她，她只好看着自己够不到的电话，大喊：“外婆，电话坏了，听不到妈妈声音了。”

顾世芳听到电话坏了吓了一跳，赶过来从爱华手里接过去放耳边听。“这孩子，瞎说什么呢，你妈挂电话了，没和你说再见吗？”爱华点点头又摇摇头，“这孩子点头摇头是什么意思呀！”

“肯定是姐姐因为国际长途太贵，爱华又一直说个不停，心疼电话费所以挂了呗。我听说国际长途要3.99美元一分钟呢，打个电话都快我一个月工资了，我姐那么节约你又不是不知道。”跟着来的周怡立在母亲身后边嗑瓜子边接话。

“在小孩面前瞎说什么呢。爱华，不要听你小姨瞎说，你妈太忙了，一定是和你说了再见你没听到，你妈挣了大钱会很快来接你的。”爱华听了外婆的宽慰，眼睛里噙着泪水，默默地往自己房间走去。

半年后，凭借着产品物美价廉，加上良好的售后服务，陈国富的公司规模不断扩大，还参加了一次拉斯维加斯展销会，扩大了客户群，一些美国公司的采购人员也闻讯来与陈总公司合作。陈总鸟枪换炮，扩大了门面，租了一套像样的办公楼。在这段时间里，周怡亭很少有时间去学校了，但因为销售工作成天与美国人交谈，口语和听力进步很快，甚至比在语言学校学习的成效更大。

"小周，你跟着我做了这么久辛苦了，明天是三八妇女节，让我请请你这位大功臣吧，我们找个好点的地方吃个饭。"一天，陈总热情地邀请周怡亭。想了想自己那天晚上也没有什么安排，推辞了两次没推辞掉，周怡亭也就答应了下来。

"陈老板您客气了，选了这样一个高档餐厅。"周怡亭落座后有点不安，她没有想到平时有点抠门的陈国富会舍得请她来这种地方。踏进餐厅，一路看到的是灯光摇曳，鲜花送香，还有一个小型乐队演奏着迷人的音乐。

"小周，你是我的福星，现在公司发展这么好，你功不可没，我当然不能只请你吃蘸盐的鸡蛋，或者3.99元一客的快餐了！"陈国富自我嘲弄了一番，算是开场白吧。"听说你们上海人都喜欢讲情调，我就订了这个餐厅，还合你的意吧？"

周怡亭的确不喜欢吵闹的环境，这个餐厅的氛围自然温馨美好，加上陈国富说起了他们开始创业时候省吃俭用的故事，心情也放松了不少。

"小周，不瞒你说，遇到你之前我真有点灰心丧气，想着如果再找不到人我就回中国了，那时候几乎到了破产的边缘。国内人人都说美国遍地机会，但我差点把自己的一点家底全亏空了。幸好碰到了你，也不问报酬不向我要工资，拼命苦干加巧干，一路过关斩将，硬是帮我打开了美国市场。现在不但把投入的资金都收回来了，还翻了好几倍。我可以有脸回温州见家乡父老了。"

周怡亭半开玩笑半认真地说："那你要兑现给我的30%利润了。"

"当然，当然。"陈国富若有所思，停了停，似下了决心说，"我想跟你商量。我们两个人做合作伙伴，请你跟我合伙来做这个生意，用你赚的那30%作为投资，我们各占一半份额，你不再为我打工，我们两人都是老板。你看怎样?”

“合伙?”周怡亭感到有点突然,没想到陈总会提出这样的建议。她思忖了几秒钟答道,“这件事我从来没有想过,给我点时间想一想,谢谢陈总邀请。”

陈国富喝了点酒,见自己的提议没有被拒绝,索性伸出手去,一把抓住了周怡亭放在桌子的纤手,继续说道:“小周,不,怡亭啊,我还从来没有碰到过像你这样漂亮又这么能干肯吃苦的女人,我呢是做什么事情一定要做成功的男人。我们两人如果能够拧成一股绳,成为一家子,那一定是夫妻一条心,黄土变成金啊。”

周怡亭又恼又怕,连忙抽出自己的手:“陈总,你是不是喝醉酒了?胡说些什么呀?”

“酒醉心明啊,既然说了,我也就干脆挑明了说。我已经喜欢你很久了,你那么漂亮,经常出现在我梦里……怡亭,我们到了美国,就是人生的重新开始,我会跟老婆离婚,我们既是商场伙伴,又是人生伴侣,简直是天堂的日子。我虽然比你大了十岁,但我在中国美国都有财产,将来我的财产,一半归你,另一半给我的女儿就可以了。怡亭,我希望你能答应我,不然30%你也是拿不到了,毕竟我们只有口头协议,没有书面合同。”陈总又来抓她的手。

周怡亭连忙将手收回,站起身要走。陈总拦住了她,冲着她跪了下来:“怡亭,我向你求婚!”然后低头在西装口袋里摸索什么。

周怡亭沉下脸来:“陈总,你喝醉了,等你清醒后再说吧!”她用力将陈国富推开,拿起自己的包,一个人跑出了餐厅。

周怡亭在陈总的公司工作、拿到第一笔工资后,就结束了寄居在孙宏钢寓所的日子,独立租了一个小小的公寓房,也因工作需要买了一辆二手车。经历了刚刚陈总的一番惊吓,周怡亭不想马上回到自己独住的地方。她漫无目的地开着车,被陈总的失态吓到,也触发她反思自己的生命历程。陈国富现在有钱有事业,对自己照顾有加,她也很清楚自己是美丽的,但毕竟已经35岁了，美人迟暮，是不是也该找个归宿了？但是陈总有妻有女，自己与他完全是工作关系，一往那方面想就觉得恶心反感……

被喇叭声惊醒的她一个急刹车，从自己的思绪中回了神，才发现不知不觉中已开到孙宏钢住的社区，她自嘲地摇摇头，远远看到那屋子里没有亮灯，就打起精神开回了自己的住所，在路上也做了个决定。

第二天上班，陈总见了周怡亭，没像往常那样过来热情地打招呼，只是点了点头。周怡亭也向他点点头，走进自己的办公室，开始整理东西。将私人用品归拢后，周怡亭又写了客户名单、联系电话，同时将自己经手负责的货物调配单复印了几份，用红笔注明仍然在库没有发出的货品。做完这一切，周怡亭去敲了陈总办公室的门。

"请进。"办公室传来陈总的回应，周叹了口气，打开门走了进去。陈正在接电话，她就默默站在一旁等待。

"爸爸知道，你快睡觉吧，爸爸马上就会把你接过来的，爸爸要工作了，好好好，拜拜。"陈国富挂了电话，大概想起昨晚的情景，有些尴尬，但还是满怀期待地看着周，希冀她经过一晚上考虑之后能够做出正确的选择。

周怡亭坐下来，将客户名单放到办公桌上说："陈总，这是公司的客户名单，请你收好。我要离开公司专心回学校读书了。"

陈总一愣，颇感意外地说："这是为什么呀？公司没有你还能运转吗？"

周怡亭诚恳地说："陈总，我在这里工作，从你身上学到许多东西，我很尊敬你，也谢谢你给了我这样一个机会。但是，你是有老婆孩子的人，我跟你是老板和员工的关系，从来没有想过别的东西。我这个人做人做事干干净净，不喜欢拖泥带水。你有了别的想法，我就不能在这里做下去了。我的签证也是学生签证，我应该回学校读书去。"

周怡亭又将货品调配单拿出，放在陈面前："陈总，这是我负责的所有货品发放清单，多数已经办妥，有几个还待结，我也标注了出来。你当初许诺了我30%的提成，我很感激，但如你所说，我们只是口头协议，所以给不给也由你决定，我还是很感激你给了我工作，让我在美国可以凭自己能力活下去。”周怡亭一副凛然决绝的神态，似一尊冰清玉洁的女神，一言既出，没有回旋的余地。

陈总看着她，不知道说什么好。愣了一下，说："我们还能再见面吗？"

周怡亭说："等你的老婆女儿来了以后吧！"说完，转身出了陈总办公室，回到自己的座位，拿了归拢完毕的东西，走出了公司大楼。

周怡亭将东西放到车子后备厢中，开着车回到了自己的住所。虽然昨晚就下定了决心，但是直到开回住所，才真的反应过来自己做了什么。"回学校读书？我还是得想办法工作啊，不然要坐吃山空了。"

周怡亭在读书学校附近的中餐馆当起了兼职服务生，美国规定外国学生求学期间，每周可以合法工作20小时。在中餐厅当服务员看似轻松，其实是个体力活，特别是用餐时间，真要手快脚快一刻不停，一边记录下客人点的菜品传送到厨房，另一边忙着端菜上汤加饮料，托着沉重的盘子快速行走，还要随时清理上一单食客的残羹剩菜擦干净桌面。周怡亭第一周上班就忙得眼花缭乱，头晕脚软。老板看她背着客人揉搓手腕，问她能不能坚持，周怡亭笑笑说："适应适应就好了。"

果然，第二周的时候，周怡亭就适应了工作强度，也不会让老板担心她摔坏碗碟、得罪客人了。半工半读的生活让周怡亭感觉很充实，多认识了好几位同学，有一位叫赵志华的男生，也是上海来的，两人聊起来，才回想到周怡亭刚来学校报到那天，就是他帮忙带的路。

这一天中午，周怡亭在中餐馆打工，高峰期过后却仍有一桌食客没有离开，他们情绪激动地叫叫嚷嚷着什么。周怡亭开始以为饭菜出了问题，忙走上前，靠近了才发现有几个女生还在掉眼泪，男生义愤填膺地说："我把在美国打工五年的积蓄都放进去了，没想到老板卷钱跑了！"

"这是什么投资公司呀？说是每月投资回报率在15%以上，看它头几个月都兑现了承诺，我们这才敢把钱都投进去的，唉！"

“这个台湾老板，就是欺负我们大陆人没有经验，你看看，上当受骗的，都是大陆过来的，可怜啊，这都是我们的血汗钱哪！”

周怡亭听了一会儿，知道是报纸上前几日揭露的假投资案，因为广告做得很大，许多人都投了钱进去。周怡亭在陈老板公司赚了点钱，也曾经投入过，但因为需要寄钱回国内，就把投进去的钱都拿了出来，没想到后来就出了事，老板卷款跑掉了。许多人贪图利息高，看他开始时还能兑现承诺，就越投越多，直至投进全部积蓄，甚至还有借款投资的。知情人称这种骗局叫“滚动”，实际上是用后来人投进的钱去支付前面投资人的所谓利息，等到圈钱到了相当的规模，老板就卷款走人了。

“周怡亭！”耳边传来熟悉的声音，回头一看才发现那堆人里面有赵志华，看到他沮丧的神情，周怡亭估计他被骗掉的钱也不少。

“我倒霉了……”

赵志华还没说完，周怡亭就理解地点点头说：“我知道。”

“还以为在美国学会了金融投资呢，还以为找到了最快的赚钱方法呢，谁知道都被人算计了！”赵志华还在倾诉。

“人都有贪婪的一面，这个台湾老板就利用了这一点，利用大陆人没有金融投资常识的弱点，开始让你尝到甜头，等你放松警惕，大把大把地把钱投进去的时候，他就圈钱走人消失了。天下没有免费的午餐啊，就像你们来这边吃饭，还是要付钱的。”餐馆老板也发起了议论。

赵志华恨恨地说：“都怪台湾人，尽想着骗我们大陆人！”

话音刚落，旁边就有一个声音响起：“谁说台湾人骗大陆人啊？我也是台湾过来的，我也投了钱，现在去找谁啊？”

周、赵回头一看，见是一位很正气的中年男子，文绉绉的知识分子模样。“我是看了报纸上的广告去投资的，现在责问报纸，报纸竟说他们对广告内容概不负责！”赵志华和几位同伴也不由得点了点头，他们第一时间也找过报纸，得到相同的答复。

周怡亭对赵志华说：“想不费力气就赚钱，是行不通的。我前些日子帮一个温州老板搞销售，发现中国的产品价廉物美，在美国是会有很大市场的。这一个月我在餐馆打工也反思了许多，当服务员只不过是用时间换一点小钱。我想着自己也做点生意，但是人手不够，我一个人扛不下来。现在我们‘同是天涯沦落人’，不知道你愿不愿意与我合伙做点事情？”

台湾朋友怯怯地问了一句：“我也可以参加吗？”周怡亭回答：“如果你愿意，当然可以。”

“相逢何必曾相识？我叫林鹏飞，从台湾来美国读书后留在美国工作的。很高兴认识你们。”

“我还要介绍一个朋友一起干，不知你们同意吗？”周怡亭觉得必须有孙宏钢参加。

“人多力量大嘛！”赵志华毫不犹豫地同意了周怡亭的提议，林鹏飞也点了点头。

经过一个月的筹备，周、孙、赵、林的合伙公司开起来了。他们经过协商，选择了觉得比较容易开拓市场的服装生意，每个人认领负责一块公司工作。公司初创时期只有投入还没有产出，四个人都保持着原有的工作，等于在打着两份工，一个个都累得又黑又瘦。

8 女儿——残暴和温柔

周末的晨曦穿过素色窗帘照到床上，露出了一小截脚踝。床上人猛然惊醒，看了一眼床头闹钟上的指针，已然过了平日起床的时间。急急忙忙地起身，恍惚埋怨着没有喊自己起床的母亲。匆忙没找到拖鞋，双脚扎扎实实地踩在冰凉的地板上，她清醒了一些，才想起来今天是周末。

长吁一口气，又躺回床上，裹上被子，却了无睡意。

窗外又传来细细软软的猫叫声，她想起之前遇到的那只花纹小猫，扬了扬嘴角。

伴随着猫叫声的还有两个刻意压低的声音，在说些什么。

她睁开眼睛，仔细听了听。眉头不自觉地皱了起来。

从床上坐起来，在床底摸出拖鞋穿上，走到窗口，拉开窗帘往院子里面看。

果然是那只黑白条纹的猫，蹲在房子前面的草坪上，低着头狼吞虎咽地吃一个白色小碗里的东西。

猫旁边的草地上还坐着两个人，靠得很近，低声说着什么，间或发出一串低低的笑声。

王爱华趴在窗口，看了很久，看到那消瘦的人影靠在了男人肩膀上。男人低低的笑声，印在女人额头上的浅吻。

猫吃完碗里的东西，走到两人身边撒娇。女人抱起猫，揉着它头上柔软的毛。猫舒服地在她怀里躺下，乖巧的样子。男人也伸手摸了摸猫的头，猫抬头闻了闻男人的手，舔了一下。男人和女人一同发出轻柔的笑声。

这才是理想的家的样子，妻子、丈夫、乖巧的孩子。一切都很美好。

这种美好深深地刺痛了王爱华的心。

“小花好像胖了。”周怡亭摸着猫的肚子道。

“是吗？”孙宏钢也想摸猫的肚子，被猫一爪子拍掉了，“不会是怀孕了吧。”

周怡亭哈哈一笑：“小花是男孩子，别不正经了。”

孙宏钢也笑了，双眼看着猫，嘴上迟疑道：“如果我们俩能有个孩子……”

周怡亭愣了一下，下意识地回头看了一眼二楼窗口。

相处那么久的默契，孙宏钢一下子就懂了对方心中的担忧：“如果……我是说如果……”

周怡亭看着孙宏钢，神色复杂：“宏钢，我……”

“啪！”

屋内一声巨响，打断了两人的对话。

“华华。”周怡亭慌忙起身，将怀里的猫丢给孙宏钢，转身跑回房里。

孙宏钢接过猫，小心地把猫放到地上，安抚性地摸了摸它的头。

长叹一口气。

两人前后进到屋里，只见王爱华穿着睡衣，拖着拖鞋站在客厅里。地上一片狼藉。

“啊，我的放映机！我的带子！”孙宏钢一阵心疼。毕业于北京电影学院导演系的他，电影是唯一从国内带到国外的爱好了，那塑料碎片中黑色的胶卷，散乱一地。“你，你，你怎么能……”他又气又急，双颊涨得通红。

“华华，你干了什么？！”周怡亭也被眼前的狼藉吓到了，一会儿才找到声音的源头。

王爱华不管不顾，低头依然用力踩着地上的黑胶带子。

“你给我停下！”孙宏钢一把拉过王爱华，把她丢到一边的沙发上坐下。

“走开！走开！不准你碰我！”王爱华扭动着身体，想挣脱孙宏钢的双手。

“你别疯了！”孙宏钢也被激怒了，说话和手上的动作都重了不少。记忆中这也是第一次他跟孩子说重话。

“啊……”王爱华尖叫起来，双手双脚挣扎着。

“华华！”周怡亭心疼孩子，冲过来双手抱住王爱华，一种保护者的姿态，将孙宏钢挡在外面。

“妈妈啊……妈妈啊……”王爱华哇地哭了出来，歇斯底里，似乎想要将这几年的委屈和不甘都哭出来，喊出来。

周怡亭的眼泪也很快掉了下来，那么多年独自一人在美国奋斗，吃过的苦，尝过的不公，说不出的思念，似乎也在此刻发酵成一场痛哭。

看着沙发上哭成一团的两个人，孙宏钢感到从未有过的无力和空虚。这满地的胶片似乎化身成为一片泥沼，一处死穴，一个巨兽之口，将曾经的勇气，当下的奋斗，和美好的未来一点一点蚕食干净。一个可笑的、可悲的、可怜的阴影在慢慢胀大，胀大，直至遮挡住了他的天空。

外面的阳光怎么突然变得刺眼？刺得他的眼睛有点酸痛，有点湿润。

狂风暴雨后归于平息，归于平静。所有人都知道有些东西变了，但没有人说破，只是继续假装瞎子、聋子、哑巴，闭眼不看，充耳不闻，缄默不语。

一种焦虑和不安，在三个人的心头蔓延疯长。弓上的弦越绷越紧，一触即发。

早晨依然慌忙，孙宏钢坐在客厅沙发上，喝着咖啡看着电视机边上空下来的柜子，那原本摆着放映机的空间。周怡亭坐在餐桌前，剥了个鸡蛋，吃了两口又放下了。王爱华坐在对面，默默喝了半杯牛奶，吃了一片面包，鸡蛋没有剥开，被留在盘子里。

一直到上校车，三人之间没有说一句话。

校车上，葛小平依然坐在后排的位子，头靠在窗边发呆。她坐到他身后的位子上，也学他的样子看着窗外。

几个月的学校生活，听得懂的东西越来越多，王爱华依然习惯沉默，习惯听别人说，特别是课间听葛小平和杰克侃三侃四，天南地北地闲聊。坐在旁边，她静静地听，并时时惊讶于葛小平思维的跳跃和所知的渊博。

那天在食堂里的金发和红发女孩，杰茜卡和海莉依然喜欢取笑她，当面或者背后。扯着眼角，模仿东方人细长眼睛的戏码过去了，这段时间她们开始喜欢见面夸张地鞠躬和大声地说着听起来好似汉语或者日语的话。学校里面其他的同学也被传染了，学着她们的样子鞠躬说话，并发出很大的笑声，或者追着王爱华问“亚洲人是不是见人就鞠躬”？

王爱华不知道有没有人这样戏弄过葛小平，因为他总是一副无所谓的样子。

校车到了校门口，学生鱼贯而出。

葛小平依然走得很快，动作利落。

王爱华落在后面，背着书包，双手插在上衣口袋里，不紧不慢地向教室走。

突然，她感觉上衣后面的帽子被人拉了一下，身体反射地后退了两步。转身，还是杰茜卡和海莉，身边还有两个打扮艳丽的女孩子。杰茜卡手上不放，依然扯着王爱华的帽子，嘴上也不停，尖细的嗓子吐出一串的英文：“哟，衣服不错啊，哪儿买的？不会是从商店偷来的吧？”

杰茜卡和她身边的女孩子们都笑了。

王爱华转身，拽住帽子，想把帽子从杰茜卡的手上夺回来。

一争一执，杰茜卡突然发力，往自己方向一拽，“你不会所有东西都是中国制造的吧？”另一只手伸上来翻看衣服背后的标牌，接着是一声尖叫，“哇，真的是中国制造！”

另几个女孩闻言也凑上来看。

王爱华一慌，手上用力，扯回了衣服：“放手！”

似乎第一次听到对方说英文，几个人都露出了奇怪的表情。

“她说什么?”海莉故意大声问道。

“英文,也许吧?”杰茜卡做了个滑稽的表情。

身边渐渐围了几个学生,闻言也笑了起来。

王爱华双手护在胸前,脸色涨红,回击道:“看看你的外套,也是中国制造的!”

海莉双手摊开,耸了耸肩,脸上露出夸张的表情:“难以置信,她居然会说英文了!”

杰茜卡抖了抖自己的外套:“这件外套贵得很,中国人做不出来的!”

周围人又是哈哈一笑。

似乎受到了鼓励,杰茜卡拉过海莉,让她看自己外套后面的标牌。

海莉翻过外套,露出里面的标牌,嬉皮笑脸瞬间凝固住了,低声骂了句脏话。

杰茜卡听出来了不对,转头追问对方。

海莉神色诡异,吞吞吐吐。

意识到什么,杰茜卡连忙脱下身上的这件外套,翻开来一看衣服的标牌,脸色变得十分凝重。

众人还不清楚发生了什么事情,只见杰茜卡一把将自己的外套甩在地上,并狠狠踩上两脚。瞪了一眼王爱华,带着海莉和两个女孩走了。

围观的人,凑上前一看,那外套背后的标牌上赫然印着“Made in China”(中国制造)一行字。

中国制造事件之后,杰茜卡和海莉有几天没有再寻王爱华的事端。在走廊遇到,也是别过头,板着脸,各走各路。

对于这次小小的胜利,王爱华还是非常自喜。

那天,又是紧张的一天,王爱华坐在校车上,还是那个后排靠窗的位子。前排坐了葛小平。两人一照面,葛小平斜嘴一笑,王爱华也笑了一笑,算是打了招呼。

坐下没多久，校车又上来两个人，吵吵闹闹的。王爱华回头一看，居然是杰西卡和海莉，两人不常坐校车，今天也是特别。

两人嘴里嚼着口香糖，相互谈笑着，上了车，没有看王爱华，却坐到了王爱华后排的位子，也就是最后一排的位子。

眼皮一跳，莫名觉得有不好的事情要发生。王爱华的身子往前凑了凑，只坐了半边位子。

身后依然传来两人讲话的声音，王爱华竖起耳朵听，谈论的也就是些放假准备去哪里度假，亲戚好友又送了什么特别的礼物，等等。

随着校车开动，她看着窗外的景色向后退去，心思也渐渐飘散开去。没注意到后面突然没有了人说话的声音。

校车停在一个十字路口，红灯一秒一秒过去，跳成了绿灯，又重新启动，车子跃了出去。

因重力作用，王爱华身体往后靠。突然背后伸出两只手抓住她的肩膀，猛然往后，砸在座椅靠背上。

嘶……

王爱华暗叫了一声痛，回头狠狠地瞪着后排两人。

杰西卡慢慢松开抓着对方肩膀的手，耸了耸肩，轻飘飘地说了一句："小心！"

然后两个人相视大笑。

一种不好的预感。

王爱华起身，想换个位子，离两人远一些。刚有个动作，就觉得头皮一麻。想回头看，却发现头发被什么扯住，拗不过头来。

慌张，无助。

王爱华反手摸到那片被扯住的头发，摸到了一片湿湿、软软、黏黏的东西。她抠了一些在手指上，收回来一看，一股浓浓的薄荷味。

"口香糖……"

杰西卡和海莉的笑声又从后排传过来，刺耳得很，刺得王爱华的眼泪一下子就涌了出来。

看到她涨红的脸，眼眶里翻滚的眼泪，紧咬的嘴唇。两人充满了胜利者的喜悦。

“让你知道一下啦，这个口香糖不是中国制造的！”

又是一阵笑声，间或夹杂着很多句的英文。但王爱华此时已经完全无心在听了。

羞辱，焦急。

她侧过身子，反手，一点一点摸索着想把头发从口香糖上扯下来。

“住嘴！”前面站起来一个人，声音不大，但充满着力量。

“哎呀，跟你有关系吗？”杰茜卡愣了一下，皱眉看着这个瘦高的男孩。

葛小平坐到王爱华旁边的位子上，嘴上吐出一连串的英文，流利而地道。

王爱华也愣住了，看了一眼葛小平，他的脸上已经没有惯常见的嬉皮笑脸。

葛小平的话讲得很快，用词犀利而讽刺。车上的其他学生闻言，有忍不住给他鼓掌的。

“欺负新同学，可耻，你可耻，你们两个都可耻！”葛小平扯了扯嘴角，露出一个讽刺的表情，对着两人比了比中指。杰茜卡和海莉居然被他说得一时不知如何反驳。

葛小平回头看了一眼，看到王爱华的头发已经扯出来了，对她说道：“艾拉，我们走！”

王爱华这才发现校车早已经停下来了。虽然不认识校车停的这个街区，但她相信葛小平，抱起书包，跟上葛小平下了校车。

到车门口，葛小平对司机一笑：“谢谢！”

胖胖的司机点头一笑，对葛小平伸直了大拇指。

葛小平挥了挥手，领着王爱华下了车。

“斯蒂文，我们现在在哪儿？”王爱华跟着葛小平，忍不住好奇问道。

葛小平回头，对王爱华标志性痞笑了一下："我家。"

嗯？他刚才是说了中文吗？

葛小平的妈妈，张丽华，长着一张鹅蛋脸，五官清秀，带点古典美的女性。在家也穿着宽松的长裙，长发精致地梳到脑后。开口讲话也是温温柔柔的。是让人第一眼看到就会心生好感的类型。

"我妈不会讲英文。" 葛小平进门提醒道，又转身开口："妈妈，这是我的同学王爱华。"

王爱华捧着头发，点了点头，乖巧地打招呼道："阿姨好。"

张丽华笑起来，眼睛弯成一道玄月："哎呀，欢迎欢迎，这是小平第一次带女同学来家里玩，还是位可爱的中国女孩！" 回头连忙接过葛小平手上的书包，拿出一红一绿两双拖鞋，让两人换上。

"想喝点什么？果汁？可乐？"

"都可以。不用麻烦。"

张丽华快手快脚地从厨房里搬出两罐可乐、两个杯子和一玻璃杯冰块。

葛小平自然地在沙发上瘫坐下，拿了个杯子，放了几块冰，把可乐打开倒了出来。

"爱华，你的头发怎么了？" 张丽华看到王爱华一直护着自己的头发，好奇地问道。

王爱华把刚才在校车上的事情说了一遍，还特别借着这个机会，回头对葛小平说出了那句 "谢谢"。

张丽华皱着眉："可怜啊，可怜。能给阿姨看看吗？"

王爱华松开手，张丽华俯身看了看沾着口香糖的头发。"还好处理的。阿姨给你洗一下就好。"

"嗯……怎么好意思……"

"去吧，反正我妈闲着也没别的事。" 葛小平在一边帮腔道，这时他已经打开游戏机，准备连接电视。

"那就麻烦阿姨了。"

张丽华在卫生间放了温水，让王爱华坐在椅子上，一点一点洗去头发上的口香糖渣。

洗着洗着，一个声音轻轻哼着华夏南方小调，旋律悠长，如南方的小溪，一股溪水拐过清浅的碎石，流过绿色的苔藓，流向人心底最柔软的地方。

"阿姨，你在哼的是什么呀？"王爱华忍不住问道。

张丽华笑了笑："见笑了，这是小时候姆妈帮我洗头的时候，喜欢唱的歌。今天见到你，又想起来了。"

"很好听。"

"我今天很开心。"张丽华讲话时带点苏白，恰如其分，"你是小平请来的第一个中国同学。"

"啊，那个杰克呢？"王爱华突然想到什么，"就是那个胖胖的，头发卷卷的美国男孩。"

张丽华笑着点了点头："我晓得的，杰克经常来白相的，跟小平一起打游戏。他们两个讲话，我听不懂呀。只能在旁边帮忙切点水果，做点东西吃。"

王爱华静静地听。

"他们欢喜，我也欢喜呀。但看到你，我要更加欢喜了。"张丽华笑起来的声音也是柔柔的。

然后，她又开始哼起来那首小调。

王爱华依然静静地听，心头暖暖。

张丽华将头发洗净，擦干，吹干，还在王爱华头发的发尾涂了一些护发的精华。"涂上这个，头发就香香的，像山茶花一样。"

王爱华抓起收拾干净的头发，放到鼻子下一闻，真的有股淡淡的花香味。

“你先到客厅里面坐会儿。我去拿今天做的蛋糕来，是跟电视上学的，意大利的蛋糕。”张丽华拍了拍王爱华的背。

王爱华回到客厅，葛小平已经把两罐可乐都喝了。

“Oops！”葛小平放下游戏机，撇嘴痞笑，“妈，没可乐了，再拿点。”

“好。”一个声音从厨房那里传来。

“你妈……”王爱华慢慢地在旁边单人沙发上坐下，“真好……”

“这个大房子里面，就只有我们两个，我妈不对我好对谁好呀！”

王爱华低着头，闻到自己发间隐隐约约的花香味，若有所思，脑子里回荡着“只有我们两个，不对我好对谁好呀”？

9 妈妈——尝试跨国贸易

“没想到我们真的把服装生意做起来了！”赵志华看着仓库门前的货车感叹道。

林鹏飞一边往车上装箱子，一边挖苦他道：“都第三批货了，你怎么还在感叹！”

赵志华笑嘻嘻冲他打了一拳说：“我还不是激动嘛！遇到你们之前我都是打零工，没想到有一天自己还能当老板！再卖几批货，我就能回去接我爸妈来美国玩一圈了！”

刚从仓库里搬货箱出来的周怡亭和孙宏钢听到赵志华的话，都笑了起来，周怡亭说：“我们再出几批货就可以招员工了，规模也可以扩大了。我都没想到我们在几个月里就走上了正轨，等公司做起来了，大家也不用这么辛苦同时打两份工作了。”

“要我说，这份工作还是怡亭姐最辛苦，每次出货的时候恨不得住在仓库里，幸亏孙大哥早中晚三餐送饭，总算没把我们周总饿瘦。”

周怡亭听了赵志华这话，顺手就想把刚拿到手上的衣服样本扔过去，瞥见孙宏钢在一旁憨憨笑着，突然害羞了，手一偏也就把衣服样本扔到了刚刚搬过来的几个箱子上：“你们再不好好干活啊，没钱吃饭我可管不了。”

赵志华和林鹏飞看了看孙周二人，笑着交换了个调皮的眼神，重新开始传递货箱装车，赵志华还不忘再调侃一下：“得咧，怡亭姐是公司发起人，说的话就是真理，我们肯定照办！”

伴随着几批服装生意的成功，他们公司逐渐走上了良性循环，还招聘了几个员工。周怡亭和赵志华都不再打两份工，集中时间精力在服装生意上。由赵志华的朋友介绍，认识了一位南美洲富商，他说南美那边对于纺织品如床上用品、内外服装的需求很大。怀着尝试的态度，他们与那位商人谈了谈业务意向，竟然达成了买卖合同。四人喜出望外，再三讨论下来，决定在通过长滩码头向南美发货的同时，由孙宏钢和赵志华两人亲自跑一趟南美，实地体验收发货过程，并考察当地市场和营商环境。本来，林鹏飞和赵志华都觉得没有必要亲自跑一趟，他们在美国与买家见过面，还调查过买家的背景，收下了一笔订金。但周怡亭坚持一定要去，还说他们不去她一个人去，毕竟这样的跨国贸易还没有经验，耳听为虚，眼见为实而且南美洲地方大，国家多，究竟哪个国家营商环境好一定得实地考察才行。这样的巾帼豪气，逼得三个男子汉不得不争着出征了。因为林鹏飞的全职工作比较正规收入也好，大家都不让他辞职，最后决定由孙宏钢和赵志华出马。

出发前一天，四个人聚在一起又交流了一下这趟业务的要点，周怡亭还准备了一些中美小礼品，让他们遇到合适的买家再发展几家。但周怡亭在整个会议过程中都一改往日的斗志昂扬，想说什么，又憋着似的。孙宏钢最先发现了周怡亭的异常，关切地看着她，周怡亭感受到孙宏钢担忧的目光，也看向了孙宏钢，勉强扯了一个笑容回应他，但情绪更显得低落。连一旁滔滔不绝的赵志华也感受到了周怡亭的明显不同："怡亭姐，你怎么了？"

"没什么，就是有点担心，你们也是第一次跑这么远，那里人生地不熟的，心里不踏实。"

赵志华一听，只当周怡亭不舍得孙宏钢走，揶揄道："怡亭姐不会是舍不得孙大哥吧？放心，姐，我一定把孙大哥给你看住并且带回来！向首长保证！"话音落下，赵志华还假模假式地敬了一个礼。赵志华的动作缓解了紧张气氛，但是周怡亭和孙宏钢对刚刚的玩笑都没有往常的反应，赵志华刚想再说什么，被林鹏飞拉了一下手臂制止了。

"怡亭，你还在担心什么？"孙宏钢看着没有一点笑容的周怡亭，索性问了出来。

"我听人说最近南美有些地方局势不稳，生怕有什么三长两短……当初又是我说一定要实地去考察的，我真想替你们去……"

"不怕，别忘了我们这些都是什么人啊，我们当年插队落户在农村里摸爬滚打过，什么苦都吃过了。南美再乱，总乱不过当初国内'文革'时期吧。你别担心，我和赵志华两个人也能互相照应的。"孙宏钢没等周怡亭说完，就抢白似的安慰她，比起其他人，孙宏钢更懂她的自责和愧疚。

赵志华也忙接话："是啊！怡亭姐，我们俩大男人，不会被抢了的！"

周怡亭看着他俩说道："当初是在自己国家，现在是要到别人的国家去，语言还不通，总还是小心点好。"

赵志华看着周怡亭还在担忧，半真半假地说："我16岁就离开父母一个人去乡下插队落户了，现在再尝尝洋插队的滋味也不错啊。怡亭姐你再担心，我就觉得你是想把我吓住，换上你自己和孙大哥两个人去吧！"

周怡亭听了这话又气又想笑："我担心你们，你就这么想我是吧？行吧，你不要去了，我去，我就不相信女人只能看家！"

赵志华听出了周怡亭话里的威胁，连忙示弱："好姐姐，你是我们的主心骨，小弟我就是为你去探探路，开好路之后一定让你去。"

"你这小子，也就怡亭姐能收拾你！"林鹏飞听着赵志华的哀求，也笑道。

"不过说正事，我还准备了一些小面额的美金，听说那边还是不比美国，过境、过关的时候都要塞点好处费的，你们俩都准备点随身放。"周怡亭边说边从办公桌抽屉里掏出来一个装着钱币的信封，"入乡随俗吧。"

"我就说我们离不开怡亭姐！还是怡亭姐最细心了！"赵志华开开心心地接过信封，一旁的孙宏钢也一改之前担忧的神情，笑嘻嘻看着周怡亭。

孙宏钢、赵志华离开洛杉矶去往南美已经一个多月了，除了开头两周还有电话报平安之外，后面什么消息都没有了。周怡亭和林鹏飞想通过那位南美朋友寻找两人下落，但不知道他们的具体位置，也无从下手，最后是那位朋友的朋友传来消息说他俩还安全。周怡亭明显舒了一口气，她已经快一周吃不下睡不着了。她自责太疏忽，开始失联时以为就是通信还不发达造成的，等到15天还没有新消息的时候，周和林都觉得事情不太妙，于是开始想办法联系他们，差不多又等了6天后，才听到传回来的消息说他们安全。“也不知道他们到底怎么样了，没见到人就是不放心。”在打探二人消息的时候，听到说南美某地爆发了一次小规模的军事政变，地点就是当初商定他们要去的城市。

一名工人着急地跑到厂房对正在点货的周怡亭叫道：“周总！周总！他们从南美回来了，去你办公室了！”

周怡亭急急地走回办公室，一进门就看到了孙宏钢和赵志华在沙发上坐着，两个人都苍老了很多。孙宏钢没有刮胡子，整个人看上去更严肃了；赵志华原本的西装发型也变成现在的半长发了，两个人身上的衣服又脏又旧。看到他们两个人又安坐在面前，她激动地跑上去抱住了孙宏钢，拉住了赵志华的手，嘴里念叨着“回来就好，回来就好”！这一幕并没有让赵志华像平时一样开玩笑，他也抱住了周怡亭，表情简直要哭出来似的。孙宏钢像大哥安慰小妹妹样拍着周怡亭的后背，轻声说道：“放心，放心！”

周怡亭明显感受到大家情绪不高，放开了孙宏钢，清了清嗓子，说：“我真的太开心你们回来了，听说路上出了点情况。”

“怡亭姐，不是一点点情况，我和孙大哥能活着回来算是祖上积德了。”赵志华打断周怡亭的话，闷闷地说道。

“怡亭，货都被没收了。”林鹏飞显然是刚刚已经听他俩说了，周怡亭听到他这话，确认的眼神递向孙宏钢，孙迎着周的目光点了点头。

“什么？”周怡亭如遇晴天霹雳，一下子瘫坐在座位上，“十几万美金的货都没啦？”之前听说了军事政变，但是周和林想到的情况是政变也与他们无关，觉得可能是耽误几天交货，或者身上现金被征用，毕竟是政变不是强盗劫匪，更何况最后政变也被镇压了，他们压根都没有想到货物会全部被没收。

“我们以为向他们亮一下护照能够有用，但人家根本不管你，不管是政变中的哪一方。”赵志华自嘲地说，“我们把做国际贸易想得太简单了。”

“这一笔是我们省吃俭用从嘴里硬抠出来的钱啊，现在怎么办呢？厂里工人的工资到发放日了，办公室租金也到期该付了，原来还指望你们收到货款后解个燃眉之急呢。”周怡亭恨恨地说。

“马上关门遣散工人，越拖亏空越大！”孙宏钢从牙齿缝里蹦出了这个决定。

“这不是打退堂鼓吗？再想想办法吧！”周怡亭目光从眼前三个人脸上掠过，又看了看一直拿在手上的进货单，还抱着一线希望。

“不打退堂鼓又能怎样？老本都蚀掉了，还怎么做呀？我们现在是秋后的蚂蚱，想动弹都动弹不得了。”赵志华沮丧地说。

“先把这里的事结束，止住亏损。之前和这个买方联系过了，因为政变是不可抗力，按照合同双方都免责，所以之前拿到的订金也不用归还了，也算是一个好消息。”林鹏飞有点经验，“处理完这件事再想办法，一条路不通，总还有另一条路吧！”

“我可是吓怕了，本来以为这次能赚一笔大的，没想到反而把自己赔了进去，这次比上次被骗了钱还惨！之前那次好歹我是想不劳而获，被骗是活该；这次我起早贪黑干着，最后反而赔得更惨。想我来美国也两三年了，没有积累下什么存款，国内亲朋以为我在美国变得家财万贯，人模狗样的呢，现在看来我连狗也不如了。资本主义到处是陷阱，真不知道我当初选择来美国有什么意义，这样还不如在国内呢，最起码吃着大锅饭不会饿死的。”赵志华情绪没有得到安抚，反而更为沮丧。

“志华，我能理解你的心情，但现在真的不是自暴自弃的时候。这批货物我们贴了很多钱进去，公司的现金流已经很成问题了，出了这种情况第一步必须想办法止损。”孙宏钢这时候开始发话，沉稳安排着之后的工作，“志华，你之前一直负责联系客户，请向与我们达成买卖合同的客户解释一下我们遭遇的情况，如果能履行的就尽快完成；怡亭你一直和供应商联系的，你也检查一下，看我们还没有卖掉的货能退多少，你和志华别忘了互相核对一下名单，别把需要的货物退掉，不能退还的看能不能让买家先付部分款项稳定卖家。鹏飞你对这周围环境熟悉，要麻烦你联系一下房东，解释一下情况，说我们租到这个月为止了，请他另外找房客，以前的房租我们会尽快付还给他，如果需要违约金看能不能争取免除。另外向工人们解释一下，告诉他们在一周内能给他们结清工资，请他们先回家，等以后公司有转机再请他们回来。”

大家都领了自己任务，分开前周怡亭悄悄问了孙宏钢一句："如果还不行怎么办？""不行就只能申请破产，但真的不想我们第一个公司以这样的方式结束。"周怡亭点点头，一脸严肃，她看着身边这个男人，虽然他们面临着公司经营最大的问题，但在这个男人身边，她拥有的却是前所未有的安全感。

公司最终没有走到破产这一步，周怡亭把准备买房子的所有积蓄并在一起凑了约八万元，再加上他们与供货商和买方的协调，最后虽然有几批货还是赔在了手上，但好歹欠债还得差不多了，工人工资也全额发完。当然，公司也关闭了。

一个月后，赵志华离开了美国。当初大家没有把他的气话往心里去，但没想到等公司事情处理完之后，他就义无反顾地回国了。回去之前四个人又聚了聚，赵志华在席上不知因为酒精作用还是要离开美国的缘故，大哭了一场。"怡亭姐，我记得你办公室挂着一首小诗，说是你朋友送你的，其中有两句'不是英雄不下海，不是好汉不来闯荡美利坚'，我原先也以为自己是一条好汉，到头来发现自己并不是，妄图当英雄，最后也就成了狗熊。你们还能继续闯荡，我也佩服！都是英雄！鹏飞哥和我们是不打不相识，也是因为你才能深刻体会两岸一家亲、同胞之情的感受；怡亭姐是女强人，我认识这么多来美国的女生，没有一个人像你这样拼命肯吃苦，也没有人有你对自己这么狠，真的，身体很重要的，你别让孙大哥一直担心着你；孙大哥，我也说说你，爱要说出口，你这么犹犹豫豫，我们怡亭姐这么美，小心被别人抢走，真的！”言毕，赵志华还拍了拍孙宏钢的肩膀，“我很真诚的，你看着我眼睛，要不是我比怡亭姐小太多，我就追了！”

“这孩子，又开始说醉话了，”孙宏钢被戳破心事，有点手足无措，“我带他去卫生间醒醒酒。”

周怡亭被赵志华这么一说，也有些尴尬，点了点头。

林鹏飞在孙宏钢带走赵志华之后问道：“怡亭，你也是对孙大哥有好感的吧？”

看着周怡亭躲闪的目光和微微涨红的两颊，他继续说道：“说实话，这其实是你们俩的事情，外人也不能说什么。但志华的话没错，异国他乡遇到合适的人不容易。孙大哥是什么人，通过这段时期的共同打拼我们也都了解了，他是吃亏在前，得利在后的好人。你自己的心意你也明白，志华说得对，我们要珍惜眼前人，不然不知道哪天就天各一方了。”

“林哥，我……我们……”周怡亭不知道怎么回答他。

“打住打住，你也知道我性格，不用和我说什么，重要的是你自己心里清楚，我发现你们大陆人还是不太敢说爱啊什么的，这一点台湾女生比你们直接很多。”

洛杉矶的夜景，远处的高楼灯光闪烁，近处却暗暗的，行人稀少，时不时地有车辆呼啸而过。

林鹏飞自告奋勇护送醉醺醺的赵志华回家，剩下孙宏钢和周怡亭两个人。被赵志华一顿直白之后，两人心情都有些复杂。秋风起，凉意渐侵，周怡亭收紧身子，把两手交叉在胸前保暖。孙宏钢见状，忙脱下外衣披上她的肩头。

周怡亭投去感激的眼神，缓缓地说：“赵志华到底还是走了。”

孙宏钢叹了口气说道：“走就走吧，天要下雨娘要嫁，劝是劝不住的，说不定对他而言，这是更好的选择呢。不过怡亭，我也考虑了他说的话，我觉得我们……”

周怡亭听到“我们”两个字后连忙打断孙宏钢的话:“我这两天一直在想,怎样用最小的成本把一个生意做起来。我在反思我们是不是一下子把摊子铺得太大了?欲速则不达,我们做了力不能及的事情。”

周怡亭一边沉思一边诉说:“我想起原来帮温州老板做的打火机生意,我可以从他那里先批一小批货进来,卖掉后再进货,从小做起,像滚雪球那样慢慢滚大。这样就不需要多少流动资金了,你看可以吗?”说完,她瞥了孙宏钢一眼,又低下头去思索。

孙宏钢看着眼前的周怡亭,感觉到这个女人不简单,她痛定思痛,能够总结经验教训,竟然已经想好了下一步的棋子,真是个不达目的不罢休的女强人!他笑着接招:“好,你说得有道理,做生意就是要用最小的成本达到最大利润,也许我们不应该急着租什么仓库厂房的。你知道洛杉矶有好多跳蚤市场,收的摊位费很便宜,许多老美是在那里买卖东西玩玩的。我们可以从跳蚤市场做起,到那里摆摊出货。这样进出货渠道都有了,你能放得下面子到那里去摆地摊吗?”

周怡亭听到具体实施方案,一下子眼神亮了:“好主意!货源我不担心,但我一直担心怎样出货,毕竟我也不能不讲道德去和前老板抢客户。如果到拉斯维加斯去参加展销会,一下子要付出上万元的摊位费,还不一定能找到客户,也不适合我们。摆地摊这个主意太好了,我们不偷不抢凭努力挣钱,又有什么不好意思呢?”

孙宏钢看着周怡亭灵动的表情,闪闪发光的眼神,更感到她的可爱可贵,真想一下子把她搂在怀里。但看着她严肃的神态,又只能发乎情,止于礼,转成讨论业务的腔调:“我们四个股东中,赵志华走了,要么再问问林鹏飞参加不参加?”

周怡亭开心地说:“好的好的,我明天一早就打电话问问他。从哪里跌倒就要从哪里爬起来!如果他还是愿意合伙,那就我们三个人一起干!美国摆地摊合理又合法,我就不相信还有人来没收我们的货!”

月光悄悄拉长了两个人的影子,远处看,似乎叠在了一起。

10 妈妈——在洛杉矶摆地摊

洛杉矶结束了阴雨连绵的日子，久违的阳光格外明亮灿烂，似乎什么阴霾都能被它一扫而光。阳光照到了一块空地上，在这里，人们自动地空出一条条走道，在走道两旁铺下花布，堆上要出售的商品。花花绿绿的地摊上，有印度来的亮晶晶的花色手镯、耳环、项链；阿拉伯地区来的编织粗糙颜色耀眼的壁挂、羊毛毯；还有附近人家自制的饮料、水果、点心。摊位一个紧挨着一个，各个民族，各种摊贩，形形色色，林林总总的货物，价格都比正规商场的便宜多了。看来看去，摆摊的大多是黑人和墨西哥人，有少数白人，几乎看不到有华人在摆地摊的。逛跳蚤市场的客人倒是黑白黄各色人种齐全，他们南来北往，熙熙攘攘，边吃边走，喜笑颜开。

周怡亭、孙宏钢捧着大包小袋，东张西望，寻找一块合适的地段铺开花布。

孙宏钢一边铺上花布，一边说道："中国人好面子，不好意思到这里来做生意。我们能拿到中国制造的低价商品，又能到这个万客云集的地方来设摊位，生意一定能火起来。"

"中国人现在还没有看到这里的商机，只怕他们知道这个好地方之后一哄而上，到时候我们还是开路先锋呢！"

周怡亭跟着在花布上摆上了许多打火机。

从那天晚上想到摆地摊的主意后，就开始分头准备。周怡亭回去见了陈国富，也说明自己现在面临的情况，希望能够赊账拿到一批打火机。陈老板笑着摇了摇头："周小姐，其实你不用这么辛苦，你直接回来我公司不就行了吗？之后聘请的人都没有你厉害。"

周怡亭没说什么，就是看着陈老板笑了笑，但笑里包含的东西太多了，陈老板被这笑容弄得拘谨起来，大概是想到那天晚上自己在餐厅的所作所为。

"我按批发价给你货，允许拿货后一个月内付清货款，但要加1%利息，不然我自己太亏了。"

周怡亭听到陈国富的条件，心里非常满意："陈总，谢谢你！希望你尽快找到得力帮手！"

陈国富看了看眼前的周怡亭，觉得和当初自己所见的她产生了很大的变化，具体在哪里，他又说不上来。眼前这个美丽的女子，就是有这样的魔力，让人又爱又有些……怕？

孙宏钢去找了林鹏飞，林鹏飞表示自己还得养家，需要保住眼前的工作，不太方便一起去摆摊。但自己还有一点积蓄，可以作为启动资金。下班后，他还可以帮忙做一些准备工作。

"宏钢，赵志华走了，你的'助攻'可就没有了，你准备什么时候向怡亭表白啊？"

"鹏飞，我们现在就想把生意做起来，没有其他考虑。"

"我觉得你还是考虑考虑早点下手，怡亭性格好、能力强，你不早点下手，你不怕她被别人拐跑？"

"One dollar, one dollar, very good quality!（一美元一个，一美元一个，质量非常好啊！）"悦耳的女声响起。

"One dollar, one dollar, good lighter!（一美元一个，一美元一个，高品质的打火机啊！）"浑厚的男中音应和着。

两人严肃地对视交换眼神，他们心中太清楚了，现在就是一场新的战役，新的开端，只能破釜沉舟，勇敢地向前冲锋陷阵！

有感兴趣的人走过来，弯腰从地摊上捡起五颜六色的打火机，咔嚓咔嚓地测试着。一个个小小的火苗冒着幽幽的蓝光随声而起，一美元实在是太便宜了，客人们不假思索地掏钱购买。他俩一个收钱一个发货，带来的打火机，销得飞快。还不到跳蚤市场收市，东西已经全部卖完了。

两个人说说笑笑收拾着摊子回到了停车场。

周怡亭忍不住得意地说："进价是1毛钱，出货是1元钱，还人人说便宜。看来我们还可以再进一点质量稍好些的打火机，带有各种玩具形状的，卖它5元钱一个，应该还是有许多人会要的。除了陈国富那边，我也准备再多找几个进货途径，可惜在中国没有能拜托的人，不然真想直接从温州找合作商合作。"

孙宏钢也对第一天的战果十分满意，他说："今天我们进了500来个打火机，就算加上汽油费停车费摊位费，各种成本加起来还不到100元，我们的利润率有百分之四百多哎，真是不得了！陈总那边我们可以把之前的账结清，在你找到稳定的供货商之前，我们可以从他那边拿货，但进价可以高一点，我不希望你欠他什么人情……"话到一半，孙宏钢突然觉得不妥，把后面的话刹住了。

"不会欠什么人情，你放心。"周怡亭抬头看向孙宏钢。

"啊！不过，按照做生意的规矩，进货是你的关系，你说进价是2毛钱3毛钱一个我都觉得是合理的。你应该多分一份的。"孙宏钢移开眼神，匆忙说道。

周怡亭看他发红的双颊，笑嘻嘻白了他一眼说："既然是合伙，就应该一切都透明，进进出出都光明正大，我的脾气就是这样。"

孙宏钢眼含深情，语带双关地说："我就是喜欢你的脾气！"

这之后，周怡亭和孙宏钢每天晚上结账进货，白天就到洛杉矶的各个跳蚤市场摆摊卖货。他们已经很熟悉了，哪个地段是每周只开一次的，哪个地段是两次的，哪个地段是每天都可以摆摊的。

一天上午，周怡亭和孙宏钢两个人在跳蚤市场上摆好了摊子。刚才还是晴空万里，突然，一阵狂风吹来，把地摊四角都吹得哗哗作响。乌云密布，电闪雷鸣，倾盆大雨劈头盖脸地落下来，人们一个个抱头鼠窜。孙宏钢兜起地摊上的货，拉着周怡亭快步跑到附近的麦当劳店里，周怡亭头发，身上都湿透了，孙宏钢有点怜惜地望着她。

周怡亭无所谓地朝他笑笑，找到两个位子跟孙宏钢一起坐下。

孙宏钢说："我们回去吧，你衣服都湿透了，我怕你会受凉的。"

周怡亭摇着头说："我又不是纸做的，在这里等一等，一会儿雨就会停了，中午来逛跳蚤市场的人很多的。"

孙宏钢坚持说："你还是先回去换换衣服吧，我们就明天再来好了，也不差这一天的生意。"

周怡亭比他更固执："明天自然还要再来的，今天已经来了，不卖掉这点货我不回去。"

孙宏钢有点不依不饶："你是个女人，衣服湿透了沾在身上像什么样子？还是回去吧。"

周怡亭有点不耐烦："一会儿就干了，你不要管！"

孙宏钢摇头叹气："你这个人啊！"说着，自己一个人往外跑出去了。

周怡亭看着他的背影说："你先回去也行啊！"因为不好意思干坐在店里，买了杯最便宜的咖啡等着雨停。

孙宏钢冒雨跑着，寻找附近的商店。他走进一个商场，进去买了一把伞，一条毛巾，和一套女人穿的衣服。

孙宏钢几乎浑身湿透，打着伞保护着衣服不淋雨，回到了店里。

周怡亭有点惊讶地朝他看着，不明白他到底要干什么。

孙宏钢把毛巾和衣服递给她，带点命令的口气说："拿着，去盥洗间里擦干换上。"

周怡亭几乎觉得匪夷所思："你干吗这么浪费？"

孙宏钢生气地说:“看病不是更浪费吗?快去把头发擦干!”

周怡亭还在嘴硬:“跟你说我又不是纸做的,没这么容易生病!”

孙宏钢带点男性的威严:“叫你换上就去换上,快!”

两个人四目相对僵持了一会儿,周怡亭只得妥协,不情愿地拿了衣服进了盥洗间。她在盥洗间里擦干了头发和身子,换上了那套衣服。她对着镜子照了一下,衣服十分合体,衬得自己容光焕发。她看着镜子里的人儿情不自禁地笑了笑。

周怡亭和孙宏钢这样合作了近一年,周末林鹏飞也和他们一起出来摆摊。孙宏钢和周怡亭两人各自有自己的住处,每天约好时间会合,一起出发摆摊,既亲密无间,又保持着谨慎的距离。

“我们已经积累了不少资金,也该犒劳犒劳自己了,顺便想想下一步要怎么走。”

“其实我也一直在想,虽然摆地摊风险小,但是挣得也少,而且只是用时间换金钱,不太符合资本盈利法则。虽然我们上次办公司失败了,但我觉得我们还是可以再尝试一次。今天吃饭也叫上鹏飞啊!”

“叫过了,鹏飞说无功不受禄,下次一起。”其实鹏飞开玩笑说识时务者为俊杰,不来插足当电灯泡了。

孙宏钢开车把周怡亭带到了帕萨迪那市的著名西餐厅“Cheesecake Factory”(芝士蛋糕工场),它坐落在富有文化氛围的步行街Old Town(老城),斜对面就是一家大书店。说起来很多人都搞不清楚,其实洛杉矶是一个模糊的概念,有一个大洛杉矶地区,是由80多个卫星城市组成的,其中一个城市也叫洛杉矶,又被称作Downtown(市中心)。那时华人聚居的洛杉矶地区,大部分在蒙特利公园市、阿罕布拉市、阿凯地亚市、圣盖博市那一片。周怡亭天天忙着做生意,从来没有想过到什么西餐厅享受情调。她有些茫然地跟着孙宏钢走了进去,边走边说:“到这么高级的地方吃饭干什么?我最讲究实惠,还从来没到过这种老外的餐厅呢。算了算了,我们还是回去吃中国快餐好了。”

孙宏钢神秘地笑笑说:“你是鲁迅说的孺子牛,只知道干活,吃进去的是草,挤出来的是牛奶和血。我可不能让你老这么吃亏呀!难得也要到好地方来享受生活的。”

周怡亭不说话跟着进去了。踏进餐厅门,一种温馨雅致的气息扑面而来,高大开阔的大厅里吊着水晶琉璃花式彩灯,地面被分隔成一个个小圈子,每张餐桌上都有幽幽闪亮的灯光,芳香的鲜花插在细长的小花瓶里,客人们各自喁喁私语,微笑着,生恐打扰了附近的客人,又似有自己的隐私不想让外人听到。年轻的男女招待一个个儒雅俊美,亲切热情,让人有宾至如归的感觉。

领位小姐带他们到了一张餐桌前,孙宏钢按照美国礼仪拉开椅子请周怡亭落座,然后自己也非常绅士风度地在对面坐下。

周怡亭扫了一眼周围的餐桌,似乎大多是一对对的情侣,她脸上红了一下,看着孙宏钢,等他说话。

孙宏钢不慌不忙地点菜点酒。等酒上来,女招待浅浅地斟了两半杯红酒。

孙宏钢端起来,一杯递给周怡亭:“怡亭,我要对你表示感谢,我们能做到今天这个样子,应该讲全靠你!你每天清早五六点钟就开始查货做各种准备工作,收摊后又盘账结算,晚上还到上家去进货。我真的还从来没有看到过这么肯吃苦的女人呢!”

周怡亭接过酒,也动情地说:“我也想谢谢你,每天我起早摸黑的,都是你陪着我,给我壮胆啊,来,我们喝!”

两个人互相看了一眼,一口气喝下了小半杯红酒。

孙宏钢指着周怡亭的盘子:“先吃点菜吧,空肚子喝酒不好。”

周怡亭点点头:“你这位老大哥啊,处处都会关心人,吃吧!”

两人慢条斯理地各自吃着盘中的西餐,都是欲言又止的样子。

周怡亭吃着吃着,扑哧一声笑了起来。孙宏钢不解地看着她,也跟着她傻笑了一下。

周怡亭放下刀叉说："我想起第一次见到你就被你训了一通，那时候你好凶啊！"

孙宏钢有点难为情地笑笑说："是啊，我看到太多国内的女生充满幻想来到美国，吃不了苦，又哭鼻子回去的。我看你长得这么漂亮，怕你也是那种中看不中用的女人呢！"

周怡亭觉得太冤枉了："我从小到大吃了多少苦哇！父亲是右派分子，我记事起就跟着母亲，饿着肚子踩着泥泞的山路，到深山老林里探望骨瘦如柴的父亲。我家里姐姐妹妹全都插队落户到乡下。为了给父亲脱掉右派帽子，为了姐姐妹妹都能从乡下回到城市，我妈妈逼着我嫁给当官的儿子，到他们家里又把我当成用人看待。我都不觉得自己是女人，许多人都受不了我呢。"

孙宏钢接过话头："像你这样只知道做事没有生活要求的女人，不是太好养了吗？谁娶了你真是福气啊！"

周怡亭有点泄气："我已经老了，又带着个孩子，谁还会娶我呀？"

孙宏钢趁机说出酝酿已久的话来："我想娶你，你肯不肯？"

周怡亭倒是波澜不惊地说："你受得了我女儿吗？因为从小到大不在我身边，她太会作了。听说会作的孩子往往是觉得自己不被关注，我想等拿到绿卡就带她来美国。"

孙宏钢又惊又喜，怎么一下子就把最难开口的事说开了："孩子还不好带吗？跟她交朋友嘛，你相信我一定能跟她处好关系的。"

周怡亭这才认真起来，抬头看着孙宏钢问："我的情况都告诉你了，那你的情况呢？"

孙宏钢轻声说："你从来没有问过我，我也没机会说。其实说来惭愧，我是被妻子抛弃的。她比我先到美国，来了以后跟一个有钱的美国老头好了。现在想起来她还算仁义，帮我也办到美国来了。我拿到签证兴冲冲地来夫妻团聚，没想到她见了我第一句话就是要跟我离婚。我差点晕倒，这样大喜大悲的情绪冲撞，如果我像梁山伯那样软弱，大概早就气死了！还好，我活过来了，活到现在。”

周怡亭同情地说：“我还一直以为你太太在美国东部呢，你确实不容易。”

孙宏钢低下了头：“碰上这种事情，哪个男人都觉得没面子的，我只好对别人说太太在东部。”

周怡亭恍然大悟：“怪不得呢，我早上六点开工，你也六点钟到；我晚上十点结束，你也十点离开，原来我们两个人都没有家庭拖累，所以把全部精力都放到生意上了。”

孙宏钢深情地看着周怡亭：“我是佩服你的忘我精神，干起事来不要命似的。也怕你一个女人不安全，只好舍命陪君子了。”

周怡亭也含情脉脉地看着他：“是啊，我已经习惯了有你陪在身边，你在我就觉得心里不慌，有靠山了。”

孙宏钢顺水推舟：“那我愿意陪你一辈子，你要不要？”

“你不是一直陪着我做生意吗？”周怡亭转变了话题，“我觉得我们不能再打价格战了。你看，自从我们摆出地摊卖打火机，一些中国人也跟着做起了这个生意。我们卖一元，他们卖九毛。我们卖九毛，他们卖八毛。现在有人已经降到五毛了，因为中间差价大，肉头厚，还算是有钱赚，但这样下去总不是办法，我们要升级换代了。我注意到很多宾馆大公司都有自己的广告纪念品，我们如果能在打火机上印字印图案变成公司纪念品，就有了文化价值，身价就完全不同了。我想用我们积累下来的资金开一家公司，既进口打火机，又买机器招工人，做丝网印刷，让打火机变成纪念品、广告品，我们要到拉斯维加斯去引进大客户。你看这样可以吗？”

孙宏钢有点晕，但一下子又清醒了，他激动地抓住周怡亭的手：“你真是让我刮目相看，你真不是一般的女人！”

在三个人努力下，打火机公司终于开了起来，有了之前的经验，他们各项事情都办理得有条不紊。还正式参加了拉斯维加斯的行业展销会，取得了不菲的成绩。

“你们俩真厉害，短短一年又东山再起，我是乘了东风啊！”林鹏飞站在办公室感叹道。

“你是金主啊，没有你的信任，没有你不拿分红提供周转资金，我们发展也不会这么快。”

“别别别，怡亭，你说这话别以为我不好意思要利息，给你们投资是因为信任你们，觉得一定能够有回报的。你俩胆大心细、沉稳踏实，男女搭配、干活不累，我就后悔没有更多的钱，不然全都投给你俩！”林鹏飞看着他俩，笑着说道。

“对了，我还有一个想法想征求你们意见。我们之前做服装生意的时候，是鹏飞和我一起管着账，我觉得我们俩毕竟不是专业的，对美国的税务政策不了解。我想公司需要外聘一个会计师，专门负责税务问题，可以吗？也不用他来我们公司上班，平时记账我们也可以自己做，最后让他把把关，毕竟成立了公司就可能被国税局查账了。”

林鹏飞、孙宏钢都点点头表示赞同，职务上也采取了上次的模式，还是孙宏钢任法定代表人，周怡亭任总经理。林鹏飞觉得公司已经做起来了，决定辞去原来的全职工作，到公司来做财务总监。

11　女儿——逼走妈妈的情人

这个礼拜的天气有点反常。洛杉矶似乎收敛起所有的阳光和温情，气温骤降的同时，连着几日的阴雨，淅淅沥沥，淅淅沥沥。

校门进来有几株柏树，又高又直，似乎也受了寒气影响，显得不那么精神。

莫名其妙的堵车，学生们坐在校车里面，不时探头看看窗外朦胧的世界。

葛小平还是坐在那个靠窗的位子上，王爱华还是坐在他后面的位置。一前一后，有搭没搭地闲聊几句。多少年后，当她再回想当初时，发现这竟是那么温馨。

“你妈妈告诉我说，你在美国还拿过一些小提琴比赛的奖章。”

“好像你什么都知道嘛。”葛小平斜嘴痞笑，不置可否。

“你喜欢吗？我是说，你喜欢拉小提琴吗？”王爱华向前凑了凑，问道。

葛小平耸了耸肩：“很难说，小提琴……我觉得这个更像是我妈的事情，她之前是个小提琴手。”

“你在家为什么不说英语？”

“我妈不懂英文，在我们家英文没有什么用。”

“我也是更喜欢你跟我说中文。”

这句话在王爱华嘴巴里面转了一个圈，又回去了。她似乎都可以想象到对方听了这句话的反应——耸肩，摊手，痞笑。

比平时晚了大概半个小时，校车才开到家所在的街区。此刻雨已经转小，毛毛细雨飘在空中。

王爱华从校车上下来，看了看天，没有打伞，低头快步向家的方向走去。

靠近家门那儿，她又听到了那个猫叫声。

还是那只黑白条纹的猫，趴在门口的车道上，仰着头，瞪大着眼睛。

王爱华远远停住脚步。

一猫一人，隔着一段距离，对视着。

王爱华挥了挥手。猫跟着她的动作晃了晃脑袋。

她加大了手上的动作。猫依然坐在家门前，岿然不动。

“走！走开！”她边挥着手边说。

猫看了看王爱华，低头舔了舔自己的爪子，依然留在原地。

王爱华向前走了几步，用手中的雨伞柄驱赶着猫：“走开！”

“喵！”受惊的猫，一下子蹿起来，跑开几步，龇牙俯首，摆出防备的姿态。

她也吓了一跳，将雨伞护在身前。

猫发出低低的嘶吼声。

王爱华寸步不让，站直了身体，双眼紧盯着猫。

猫低声嗷叫了一会儿，掉头，怏怏地走了。

她站在原地，看着那只条纹猫蹦跳几步，消失在了路口。

又是一个忙碌的早晨，赖床，起床，做饭、吃饭，出门、赶车，一些动作渐渐模式化，成为另一种的日常。大脑可以休息片刻，身体机械地完成相关的所有动作。

周怡亭将女儿送上校车，步行回到家中，恍然想起，今天早晨没有看到家中的另一个成年大人。

这么大的人，不会也学小朋友赖床不起吧。

周怡亭微笑着，轻快上楼，敲了敲楼梯边小房间的门。

许久，内里没有反应。

周怡亭又敲了一次，内里依然没有反应。奇怪之下，她轻轻旋开门把。

房间不大，仅放得下一床、一桌、一椅、一柜子。东西很少，放得也很有条理。

床上被子平整，表明主人早已离去。只有一边桌上放置着那台修到一半的黑色放映机，散落一旁的零件和工具，表明主人归来的可能。

周怡亭望着空空荡荡的房间，愣了一会儿，才回过神来，转身合门出来。

一个人开车到了公司，周怡亭兴冲冲地来到三人共用的办公室。内里也是空无一人。

满心期待，却扑了个空，周怡亭不禁有些怏怏。

“皮特，你知道宏钢和鹏飞去哪儿了吗？”周怡亭叫住从办公室门口路过的人。

“周总，早安。好像是管发货的约翰昨晚上家里出了点事，今天没法正常上班来。”

“啊呀！今天有批货一定要发掉！”周怡亭猛然一跳，这可是要紧的大事。抓起刚放下的包，就要往外冲。

“周总！周总！”曹皮特连忙拦住对方，“孙宏钢和林鹏飞，今天早上接到电话就已经过去码头了。”

“哦。”周怡亭收住脚步，松了一口气，但心里还是有一小块阴霾。这事，他怎么不先跟我说一下呢。

周怡亭让曹皮特先回去做事情，自己一个人回到办公室里靠窗的位置上。

虽然觉得哪里不对，但她还是强迫自己重新投入到工作当中。

下午两三点，两人才回到公司。

“回来啦，路上是不是堵车了？”

处理完发货的事，林鹏飞曾给周怡亭挂过电话，让她诸事放心。

林鹏飞脱了外套，放在门边的衣架上，“可不是嘛！”

孙宏钢跟在他的后面进办公室，低头未语。

周怡亭看了一眼孙宏钢，敏感地察觉到对方状态有点低落。

“累了吧，我让爱丽丝帮忙给你们煮两杯咖啡。”周怡亭说着话往外走，经过孙宏钢身边的时候，不着痕迹地拍了拍他的后背。

周怡亭出去看了一圈，没看到办公室文员爱丽丝，只能自己去了一趟茶水间，打开机器煮咖啡。

她在茶水间左等右等，没有等到孙宏钢出来，心绪百转，没处倾诉，不由有些惴惴。

周怡亭端着两杯咖啡回到办公室，看到孙宏钢的位子空了。

“哦，谢谢。”林鹏飞接过咖啡，道了一声谢。

“宏钢……”周怡亭起了个头，但突然不知如何继续追问。

“他说去看一下仓库，你俩……没碰到？……”林鹏飞奇怪地看了一眼周怡亭。

“哦，哦。”周怡亭点着头，若有所思地回到了自己的位子上。

林鹏飞整理完手上的发货票据，回头道：“怡婷，现在方不方便？我们简单过一下今天上午发的那批货。”

“好。”说回工作，周怡亭又重新抖擞精神，进入状态。

太阳西沉，暮色四合，恍然想起，抬头一看时间已经是晚上八点多了。

整理完手上的事情，林鹏飞先离开了办公室，回去陪家人。

跟对方道别后，周怡亭又在办公室忙了一会儿。再看了一眼时间，将近晚上九点。但孙宏钢还是没有回办公室来。

会不会出了什么事？

都在公司里面，出了事情，不可能不知道。

那他在哪儿？

时针过了九点半，往十点钟方向去的时候，周怡亭终于坐不住了，手上的报表突然有些看不下去，只能起身走走。走一走便离开了办公室，外面的员工早已经都回去了，只留下走廊上的一点灯光。

她从楼上走到楼下仓库，穿过一排一排，一箱一箱的货架，才在角落发现了一盏台灯，一张办公桌，一个人影。

看着那人伏案的背影，苍白灯光下略显佝偻的身躯，周怡亭的心不禁软了下来，声音也温柔起来："宏钢。"

那人闻声，慢慢转过身来，灯光反射，看不清他的眼神，声音淡淡："啊，你来了。"

周怡亭走近对方，想从背后搂住他的脖子。不知有意无意，孙宏钢突然站起身来，接过周怡亭的手，转身把对方按到了椅子上。

"宏钢？"突然坐下的周怡亭愣了一下。

"你坐会儿。我坐了一天了，起来站会儿。"孙宏钢似乎微笑了一下。

"今天一直在仓库哪，货理得怎么样？"周怡亭转身翻看着桌上的账本。

"不太顺利。"孙宏钢活动一下腿脚，揉了揉眉心。

"怎么了？"说到公事，周怡亭的声音响了一些。

孙宏钢靠在桌子旁边，翻出最近一段时间的进货和发货单子，并打开本子，将自己今日理出来的情况，一项项跟周怡亭说。

"……这几天一直进出货都有些问题，我也重新追溯想看下问题到底出在哪里，今天就到仓库来，开了几箱货物。……"孙宏钢指引周怡亭看桌边的几个大箱子，讲话过程中，他一直有意无意跟对方保持着距离。

脑中已被工作塞满的周怡亭没有留意到对方的变化。

"……另外，还有国内合资工厂那里，听说最近政府有新的政策，对外资合资企业加大优惠力度，我觉得这是个很好的机会，必要的时候，我还是想再回去一趟。"

孙宏钢的声音波澜不惊，周怡亭敏感地察觉到了什么，但又一下子说不清楚，只能嘴上支吾两句："回国，不着急的呀……"

两人又聊了一会儿工作，看看时间不早，周怡亭起身："你刚才说的几个问题，我们明天找鹏飞还有皮特一起讨论一下。今天先回家吧。"

孙宏钢退了一步，给周怡亭让开了路："我要等个国内的电话，有关合资公司的事情，今天市政府那边可能会有新消息放出来。"

周怡亭站在原地，双目直视孙宏钢，等待他接下来的话。

孙宏钢低头收拾桌上的单子，避开了对方的眼睛，声音放柔："你先回去吧。家里……女儿在等。"

周怡亭捋了一下头发："呃，那，我先回去了……宏钢，你也不要太晚了。"

"嗯嗯。"孙宏钢又重新坐回位子上，随口答应着。

周怡亭拍了拍对方的后背，转身离开。

空留下一声叹息。

驱车回到家中时，已将近深夜，孩子已经睡下。

周怡亭轻手轻脚洗漱了，回房躺下。

迷迷糊糊地感觉旁边有人，王爱华嘟囔了一句"回来了妈"，翻了个身继续睡。

周怡亭为她拉了拉被子，摸了摸头，心里又酸又甜。过去八年，午夜梦回，心心念念的人，最简单的不就是眼前的这一声呢喃，信任而亲昵。

心绪千转百结，意识在现实与梦幻中翻转。

背后似乎有一团黑影，将她从床上拽起来，她感觉身体极轻极轻，如鸟儿如羽毛，慢慢下沉。似乎身上的翅膀被捆绑住了，她想飞，但是翅膀不动，绳索解不开，她只能往下沉去……

一个怀抱，温暖温柔，将她环绕。她听到那个熟悉的心跳声，她牵住他的手，摸到中指上写字的老茧。那个手解开了捆绑她翅膀的绳索，翅膀扑棱棱，扑棱棱，可以伸展开来了……

妈妈……妈妈……

她茫然四顾，这个声音好像从四面八方传来，断断续续，若有似无。

这个声音在哭，这个声音边哭边在喊"妈妈"！

下意识地她张开了翅膀想向前飞，飞去寻找这个声音的来源。但背后的怀抱在这时骤然松开了，她整个人在往下沉。

妈妈……

这个声音越来越清晰，伴随着抽泣声，似乎已经就在眼前，就在耳边。

爱华……

她喊着女儿的名字，却发不出一点声音来。

我的翅膀呢？那个温暖的怀抱呢？

她恍恍惚惚，一身虚汗，双手双脚颤抖。

她在床上平躺了好一会儿才回过神来，双手因握拳太久而有些发麻。这微小的刺痛，提醒她已然回到人间。

身边躺着熟睡的女儿，闭着眼睛，她的脸部轮廓还是跟自己很像。

她把视线从女儿脸上移开，平躺在床上，并没有平静多久，胃部开始抽痛起来，继而开始反胃。

她从床上下来，急匆匆冲到卫生间里，对着水池干呕着。一天没吃什么正经的东西，胃里面早已空空如也，除了酸水，什么都吐不出来，只留下满嘴又酸又苦。

“妈妈……”

梦里的那个虚弱的声音，让她又恍惚起来，胃痛把她狠狠拽回了现实。

王爱华光着脚，睡眼惺忪地站在卫生间门口，看着周怡亭痛苦的表情。

周怡亭强打起精神，对王爱华扬了扬手：“妈妈没事。回去睡吧。”

王爱华皱着眉头，站在门口看着周怡亭呕吐，她还没有学会该如何对付这样的场面，甚至，她从来没有想过妈妈也会生病，也有需要照顾的时候。

“回去睡吧。”周怡亭站直身子，往女儿那边走，拍着对方的背让她回去。

王爱华不确定地往回走，眼睛还是回头看着妈妈，心里有种隐隐的什么感觉，是什么呢？妈妈也会变老吗？自己有能力照顾妈妈吗？

周怡亭背靠在门框上，一手撑着肚子，一手对王爱华挥着，张了张双唇，但没有力气说出话来。

王爱华回到房间的床上，躺下，规整地盖上被子，却突然了无睡意。

周怡亭背靠门框，在地板上坐了一会儿，觉得稍微舒服了一点，下楼烧了点开水，找出药箱，吞了两片胃药，感觉缓过来了一些。

一个人，坐在餐桌边，她慢慢喝掉了那杯开水。然后慢慢起身，回楼上睡觉。

路过楼梯边小房间时，她停了一下，想敲门又止住了。叹了口气，慢慢回了房间，在床上躺下。

也是一夜无眠。

几场暴雨过后，天终于开始转晴。太阳依然扭捏，在云间躲躲藏藏。气温没有回升，反而越发冷冽。

那天没有下雨，寒风瑟瑟，天一律的阴着。从公司出来的周怡亭，拉紧了身上大衣。孙宏钢走在她身后，身上只穿了一件单薄的针织外套。

两人一前一后进了公司旁边的中餐厅，向老板点了餐，在靠角落的位子上对面落座。

"听说……你最近晚上都睡在公司……"周怡亭看着对方加深的眼窝，内心五味杂陈。

"哦，最近有几单货都是半夜走的，约翰不在，我不放心交给小年轻来做。还有国内合资工厂的事情……"说到工作，孙宏钢的话才多了一些。

周怡亭听了一会儿孙宏钢的话，才反应过来，这怎么又变成工作讨论会了呢？"宏钢，"周怡亭打断了对方的话，问了个不相干的问题，"今晚上，回家吗？"

孙宏钢叹了一口气："家里还有我的位置吗？"

许久，周怡亭才开口："都是我的错。华华她从小就没有什么父爱，她六岁的时候我又跑来了美国，把她一个人丢在我爸妈那里……八年了，八年才把她接过来团聚。我知道，她怪的怨的那个人是我，不应该是你。"

"亭亭……你也是没有选择……"孙宏钢抽了两张纸巾给周怡亭。

周怡亭接过纸巾，摇了摇头："不，是我亏欠了她，就好像一辈子都没法还清这个债似的了……”

孙宏钢刚起身，想坐到对方身边，安慰几句。被端着餐盘的服务员打断：“您好，两份扬州炒饭。”

周怡亭连忙侧过脸去，偷偷把眼泪擦掉。

孙宏钢快快地坐了回去，帮周怡亭取了一双筷子，摆在饭碗旁边。

一时，相对无言，只能默默吃饭。

“我想……”孙宏钢迟疑地开口，“最近出差一趟。”

“去哪儿？”周怡亭明知故问道，希望对方不要说出自己心里想的那个地方。

“回国。”他还是说出来了，“国内的新政策一个比一个好，合资工厂扩大的事还是需要有个人在现场张罗张罗。”

周怡亭点着头。

“正好，我们也分开一段时间。”孙宏钢顿了一下又说。

周怡亭愣了一愣，慢慢地点了一下头。

孙宏钢走的那天，中午天气突然转阴，吃过饭后竟开始下雨，并且越下越大。

从公司匆匆赶回家中，周怡亭想帮他收拾下行李，却被孙宏钢阻止了。最后只打包了几件换洗衣服，洗漱用具，一起装了个小行李箱。

两人坐在客厅里，等着厂里的司机来，面面相觑。

“会……回来的吧……”周怡亭的眼皮一直在跳，心里有些不安。

孙宏钢看了一眼周怡亭，嘴里含糊地应了一声。“华华还没放学？”

“还没。”周怡亭想起什么，突然站起身来，“带双拖鞋吧，国内住的地方不一定有的……”

孙宏钢也跟着她站起来，话还没出口，就被外面的汽车喇叭声打断。“车到了。算了，到了再买。”

周怡亭点了点头，想帮孙宏钢提箱子。

“我来。”孙宏钢赶在她之前，利落地提起箱子，出门前似乎想到了什么，回头道，“对了，我替你买了胃药，放在房间里。我不在，你也要按时吃饭。”

周怡亭站在门口，看着那个人坐进公司的汽车里，看着那辆车子渐渐开远，看着那个人和那辆车远远地变成了一个黑色的小点。

一种无法言说的悲哀与感伤在她的身体里面爆炸，充盈她的四肢百骸。她双手扒住门框，勉强支撑住自己。但似乎所有的勇气和希望，也随着这个人远去。

她用力关上门，冲到二楼的卧室，一头扎在床上。哭不出来的她，感觉到从没有过的疲惫和无力。她昏昏沉沉，在现实与梦幻之间。又想到之前晚上做的那个梦，这次她是冷静的旁观者，似乎意识从肉体内解放出来，离地三尺，飘在房间的上空，旁观着，冷笑着。

当她从床上清醒过来的时候，外面的雨已经停了，西沉的阳光照得窗台上一片金黄。

宏钢走了。她下意识地感觉到，这次的离别可能很长很长。

从床上跳起来，她迅速穿上外衣，套上鞋，拿起车钥匙，准备好不顾一切地奔去机场，她要去机场，她有话一定要当面对那个人说。

她如一团火焰般燃烧着，浑身颤抖，心跳如雷。

一阵风似的冲到门口，拉开大门，见到外面的人，她瞬间被冰冻在了原地。

门外车道上站着一个女孩，梳着马尾辫子，背着书包，闻声将视线移向门口。

千军万马被冰封在胸口，喘不上气来，周怡亭后退了两步，右手下意识地捶了捶胸口。

女孩看了眼自己的母亲，又低头看着地上。

周怡亭顺着她的目光，看到车道一边的路上躺着一个白白的东西，身边一片诡异的红色。待她定睛细看时，才发现躺在地上的赫然就是那只黑白条纹猫。

距离太远，她看不清猫受伤的地方。雨后地面一片积水，夕阳映照下竟是一片血红。

女孩大着胆子，用脚轻轻踢了一下猫，毫无反应。那猫，那常来这里讨吃的，撒娇的猫，竟是伤得很重。

周怡亭弯腰抱起了猫，她靠在门上，干涩的双眼终于流下了两滴眼泪。

12 妈妈——遭受FBI冲击

孙宏钢以负责国内进货事宜的借口回到了中国,他和周怡亭两个人都知道,他们的问题在短时间内解决不了,或许也无法解决,毕竟系上结的人不是他们两个。他们除了工作需要,很少通话,也许是此时无声胜有声,两个人有长期合作的默契,不用说话就知道对方的心思。

"刚刚订了100万美金的新货,很快就能发货,估计一个月抵美。这批货都是新花式新产品,我们参考欧美最新打火机样品重新设计的。另外,我挑选比较了好几家供货商,选中了一家,准备与他们商谈建立中美合资企业的事情。"孙宏钢的工作报告言简意赅。

"好,你去谈就好了,我们信任你的眼光。"周怡亭的回复也是干脆利落。

孙宏钢回国后,周怡亭花费了更多的时间在公司。因为爱华到来,使得她下班后不得不赶回去给女儿做饭。但她常常晚饭后又赶去公司加班,至深夜才回家。

又有一批新产品要过来,周怡亭在公司做着取货准备工作,并且按照客户订购单,计算发货量。虽然家务事有些烦心,但想到圣诞销售旺季即将到来,公司走上良性循环,在中国申办中外合资企业进展顺利,周怡亭对未来还是充满了信心。

突然,一阵刺耳的警车尖叫声,打破了工作日的平静,一队荷枪实弹的美国执法人员冲进公司,占领各个角落,一部分人冲上楼来,手上端着枪,粗暴地示意人们到楼下集中。一个工人慌慌张张连滚带爬地冲进周怡亭办公室来:“周总,不好了,美国兵冲到我们公司来了!”

周怡亭快步跑出办公室,正好碰上冲进门端着枪的美国兵,拿枪指着她叫嚣:“下楼去,全体集合!”

周怡亭不知道发生了什么事,想着自己也没有犯法,跟着楼上的员工一起下了楼,大家在仓库大房间里集合。所有的人都是丈二和尚摸不着头,不知怎么回事,但都吓得够呛。

十几个美国执法人员,身上穿的背心上有“FBI”[①]三个英文字,周怡亭依稀记得这是美国联邦调查局的缩写,但是来自己公司干什么呀?

一个长官模样的人开始训话:“有人告你们私藏枪支,偷税漏税!我们要对这里做地毯式搜查,你们统统站到外面去,如果有知情人愿意协助我们搜查,我们会给重奖;如果有人愿意提供线索,我们也会给予重奖。谁是这里的头头?”

工人们都惊呆了,有听懂英文的,有听不懂的,但大家的眼光都看向了周怡亭。周怡亭正想站出来,有一个男声用英文做了回应:“公司总裁到中国去了,我是这里的总经理!”

周怡亭抬头一看,是曹皮特边说边走出了人群,一边用眼光制止周怡亭站出来。周怡亭一阵激动,没想到曹皮特会在关键时刻站出来保护自己。

只见美国执法人员马上用枪支指着曹皮特,凶神恶煞地说道:“跟我来,老实交代!”

指挥官又厉声叫道:“给我查!彻底搜!”

曹皮特跟着指挥官进了一个小房间,大家站在那里发呆,美国兵在仓库、办公室、陈列室到处乱翻乱扔,看到手枪形状的打火机,叫了起来,走近一看,只是玩具,又一下子扔到地上,公司车间一片狼藉。

几个工人被叫到不同的房间里去个别训话,要他们检举揭发。

---

① FBI是英文Federal Bureau of investigation的缩写,联邦调查局,主要对国内。相应的CIA,是英文Central intelligence Agency的缩写,中央情报局,主要对国外。

警察询问道:“哪里藏着枪支武器? 谁能告诉我们,我们会奖励一大笔钱给你。”

一位墨西哥裔的工人说道:“没有,没有,我们从来没有武器的!”

砰的一声,一个枪托敲下去:“你不说实话!”工人惨叫起来。

曹皮特在另一个房间里跟指挥官交涉:“我们只是进口了一些玩具打火机,从来没有什么武器! 你们得到的是错误的情报! 请想一想,我们公司现在有很好的业绩,我们的竞争对手在利用你们打击我们! 如果我们公司有税务问题,应该由国税局来检查我们,而不是你们!”

指挥官蛮横地问道:“你算什么玩意儿?”

曹皮特倒是不卑不亢:“我是公司总经理。请让我们的员工回家。我可以跟你到你们的办公室去。我的律师会跟你们交涉,他马上就到!”

曹皮特的律师是白人,他赶过来和FBI进行了交涉,最后达成临时协议:给曹皮特做了一份笔录,公司暂停营业,员工们经过搜身,确定没有携带非法枪支后可以回家,只是暂时不能离开洛杉矶。公司由FBI人员守卫巡逻。

周怡亭拖着疲惫的身子回到家里,今天的事情太突然了,她还没来得及消化。顾不上考虑时差问题,直接给孙宏钢打了一个电话。

“喂,怡亭,怎么了?”话筒那边传来孙宏钢略带睡意的声音。

怡亭,怡亭,自从上次闹过之后,他们俩互相都没有了称呼,电话里也多数以“喂”来代替,久违的称呼一下子让周怡亭心里踏实起来。

“宏钢,公司出事啦,FBI到我们公司来突击检查,说我们私藏武器,偷税漏税,在公司里乱翻乱扔,还勒令我们关门停业。你现在不要回美国,你赶快去查一查,一百万美金的货发出了没有? 让它先留在国内,不要发出! 什么,船已经开啦,没办法撤回啦?”

周怡亭浑身发软,一下子瘫坐在沙发上,一个人自言自语:“一百万的货要没了,一百万的货啊!”

孙宏刚在电话那头分析："一定是有人在陷害我们，怡亭，你要挺住啊——，你想想可能是什么家伙，是哪个竞争对手吗？"

周怡亭有点慌乱地回答："肯定是竞争对手，但到底是哪一家呢？"

孙宏钢边沉思边说："时间会沉淀一切，会水落石出的。但现在首先要稳住公司员工，稳住客户。"

周怡亭若有所悟："对，我们先要求继续营业，工人要上班要养家，我们要保住圣诞市场！"

"你不要急，怡亭，你还好吗？我不在身边你照顾好自己，出了这样的事情更需要你保护好自己！抱歉，我没法赶过来……"

"我知道，你现在不能来，不要来！"

电话里一片寂静，孙宏钢仿佛听到了被压抑的抽泣，他在电话这头也沉默着，以沉默的方式陪伴着。直到对面说了句"再见"挂断电话以后，他才挂断了电话，并立即着手考虑解决后续事务。

翌日周怡亭到公司，看到FBI的人正在找几位白人营销人员谈话，想从他们那里打开突破口。公司内一片狼藉，工人们三三两两懒懒散散。

周怡亭与林鹏飞、曹皮特在办公室里商量。

周怡亭说："FBI的人还在找我们的人谈话，想要找到缺口。但是他们给我们扣上的都是莫须有的罪名，没有的事，再挖也挖不出什么结果来。这我倒不怕啦。现在我担心的是，他们不让我们发货，不让工人干活，这样我们就会在客户中失去信用，流失了客户，就是流失了公司的现金流，就会把公司拖垮。我们先要想办法保住公司的业务啊。"

林鹏飞点头同意："我们的员工都是好样的，没有一个人乱说，再怎么威胁利诱，他们也不说假话，FBI也拿他们没有办法。想到这点我总觉得很欣慰。"

曹皮特建议说："我们公司也得聘请一位好律师专门处理这件事了。"

周怡亭看着两人道："皮特比较熟悉这方面的情况，你就为我们公司选一位好律师吧，费用我们负责支付。皮特能在公司危急时刻挺身而出，承担起总经理的责任，谢谢！你要求律师首先让FBI撤销停止营业的决定，让工人立刻上班，让我们恢复圣诞销售。”

曹皮特唯唯诺诺：“我只是为公司做了一点力所能及的小事，董事长就这么肯定我，中国人说，士为知己者用，士为知己者死，我一定会竭尽所能，把FBI从我们公司赶出去，把善后的事情处理好，让我们公司重整旗鼓，在美国的打火机行业称霸！”

林鹏飞瞪了曹皮特一眼：“我们宁可低调一点，才不会成为众矢之的。这次恐怕就是因为在拉斯维加斯太出风头了，让竞争对手在背后捅了一刀。”

林鹏飞又转向周怡亭说道：“眼前我们就有如何答复客户订单的问题。客户在拉斯维加斯订了那么多货，眼看交货期越来越邻近了，客户不断地来催问，我们是答复他们如期交货呢？还是说要推迟发货？”

周怡亭皱着眉头在思考。

曹皮特说：“我们是不是告诉客户实际情况，说我们被FBI冤枉了，等问题搞清以后就可以发货给他们了。”

周怡亭摇头制止：“千万不能这么说，商场上最怕流言蜚语，没有事情别人都要生出事情造点谣言出来。现在我们被FBI突击检查，肯定是有人在背后告密捣鬼。我们去向客户解释，只能越描越黑，等于自己在放风声搞臭自己。现在我们要装出什么事都没有发生的样子，告诉客户我们能按时交货。”

林鹏飞问：“那到时候交不出货怎么办？”

周怡亭果断地说：“我们做两手准备吧！一方面我们去跟FBI交涉谈判，要求他们不能扣押我们从国内运来的货箱；另一方面做好他们不答应的准备，从别的供货商那里订货做备用。皮特，你带律师去跟FBI谈判，鹏飞，你在营销系统关系多熟人多，你负责联系另外的供货商，只说是恐怕我们的货箱不能如期到达，要多订点货备用。大家记住，对外跟谁也不要提起FBI来过公司的事情！”

林、曹都点头：好！

林鹏飞的手机响了，他出去看了一眼，接了，用口型告诉其他两人："海关。"

周怡亭连忙敛神，想听电话里到底说什么，但只见林鹏飞脸色越来越差，最后挂了电话。

"我海关朋友给的答复，货已经进来，被FBI扣了。"

"扣了？那么多钱的货就直接扣了？！"一下子，办公室气氛降到了冰点。

"怡亭！怡亭！"林鹏飞看周怡亭呆呆地发愣，连忙喊她名字生怕她急出什么意外来。

到美国之后，周怡亭遇到过很多困难，来美国之前，她人生的挫折也并不少，但是没有这次来得迅猛激烈。孙宏钢被逼走，借口回了中国，两个人感情上的事情已经让她心烦意乱，屋漏偏逢连阴雨，恰恰此时公司又被FBI冲击，货物被海关扣押，周怡亭心里有点慌张。她一直认为只要自己努力就可以把所有事情做好、把麻烦解决掉，但是人生中一次又一次打击却又让她感觉到无奈和彷徨，父亲被冤枉、自己的婚姻、与宏钢的感情、公司的业务，一件件一桩桩都让人觉得挣脱不开命运的枷锁，这一次她应该怎么办呢？

"怡亭！"林鹏飞拔高了声音，让周怡亭回过神来了。

"有志者事竟成！"她脑子里闪出了潜意识里的话语。

"我想了一下，现在我们面临的形势非常严峻，客户订单的问题如何答复、资金怎么筹措，宏钢从温州新发的那批货被扣……我们三个人分头解决这些事情吧。"周怡亭皱着眉头一件件分析，一点都不见刚刚茫然、失魂的神色，"鹏飞和客户打交道多，和供应商关系也好，看看能不能从供货商那里匀一点货过来应急，等收款后与他们结算，利润给他们大头。曹皮特，FBI的事情还要麻烦你去解决，你朋友多，也熟悉美国社会，这个就拜托你了。我尝试去解决资金问题，不管FBI最后怎么处理，我们都要有备无患。"

三个人分头去解决问题。

周怡亭把自己的想法和安排打电话告诉了孙宏钢，脱口而出说了句：

“宏钢，这时候如果你在就好了。”两个人之前的一点小尴尬，在面临外界变故的时候都变得不值一提了。

拿着电话沉默良久，最后还是孙宏钢打破了沉默：“怡亭，其他我不担心，就算客户流失了，以后还是可以再找回来的。但公司资金链不能断，温州这边我已经和老板商量过了，可以先付一半货款，剩下的分两期六个月内付讫。加上你说的另外订货发货，公司现金流可以应付吗？”

周怡亭想了一会儿：“你说的这个问题我也想到了，所以我准备让鹏飞去跟此地供货方商讨，问问他们是否能先发货后付款。看看放30天的期限是什么价位，放90天的期限又是什么价位，是否有可能在卖掉货以后还款。另外我再联系银行，看能不能增加我们的贷款额度，实在不行，我……我可能要把我们的房子送去抵押贷款或者出售卖掉了。”

孙宏钢听周怡亭要卖掉房子，心里咯噔了一下，这是他们俩真正意义上第一个属于自己的住处，也是第一个“家”，现在不仅自己和周怡亭……难道连房子也可能保不住了吗？

“我只是说可能。”周怡亭听对方没有回应，慌忙补了一句，声音没有了刚刚安排事情的镇静。

“没事，我知道。还有，你自己要注意身体，按时吃饭，FBI调查会有结果的，我们没有做过违法乱纪的事情，身正不怕影斜，总会水落石出的。”

第二天一早，周怡亭走进了公司。她刚刚插进钥匙打开自己办公室门，曹皮特就跟了进来。

“怡亭，我请律师去交涉了，只要我们以身家性命签署保证书，FBI可以撤销停止营业的决定，我们可以边营业边继续接受审查，你不用太担心了。”曹皮特一边说一边拿出了饭盒，“但身体最重要，我猜你没吃早饭，就给你带了点。这么美丽的中国女人可不能在美国被欺负瘦了。”

“不用，我不饿，你自己吃吧。”

“中国老话说，人是铁饭是钢。怎么能不饿呢？你是我们公司的主心骨，没有你就没有我们公司，所以我要好好照顾主心骨！”

周怡亭尴尬地笑笑，也没有太当真。

“中午我请你吃工作餐，我知道你是从来不带饭的。”

“到时候再说吧。”周怡亭应付道。

林鹏飞进来上班了。周怡亭招呼他：“鹏飞，我们一起来商量一下财务问题吧。”

三个人坐在周怡亭的办公室里。周说：“看来被海关扣押的产品一时还拿不回来，我们现在就做最坏的打算。国内来的那批货，因为我们的货款是作为对合资公司的投资款，款项到位合资公司才能正式批准成立，有了自己的合资公司，我们才能拿到最好最便宜的产品，这关系到公司今后的竞争力，所以这笔款一定要支付。美国这头，我们不能丢掉老客户，一定要继续向他们供货，这就不得不从批发商那里另外进一批货来，虽然可以先付定金几个月后还全款，但还是多了一份支出。本来卖掉产品钱就到位了，现在产品被扣住，应收款来不了，应付款不得不付，而且还要两头付。资金怎么解决，你们能想出什么好办法吗？”

林鹏飞说：“公司积余不多，只够应付房租工资。要付国内的货款都有困难，更不要说再向批发商买货了。”

曹皮特还是想打退堂鼓，不知什么时候起，他的称呼从周总变成了怡亭：“怡亭，我也考虑了一下，我们没有拿到货，实在不行的话，还是这句话，这个圣诞销售季我们就退出，放弃客户算了，反正我跟客户也熟，等明年有了产品再——”

周怡亭果断地打断他：“做生意就是要有上家和下家。现在我们上家下家都有，只缺资金链把上下家连接起来。我们还是从资金上想办法，上家下家都不能放弃。从银行再多贷款有困难，我们能不能从自己家里想办法凑点钱出来，就作为我们追加投资好了。”

林鹏飞有点无奈地说：“我来美国时间太长了，已经学会了美国人的消费坏习惯，卯吃寅粮，用信用卡付账，住好房开好车，钱还没赚到就先花了，一点积蓄都没有。”

曹皮特也两手一摊说:“我家里的财务大权都在太太手上,家里只为孩子上大学存一点钱,那是她死也不肯拿出来的。”

周怡亭说:“那看来只有我来想办法了。我还是中国人的脾气,少消费少花钱,存着钱应付急用,被人家讥笑为加州农民,现在倒是急用的时候了。”

会开完了。周怡亭又楼上楼下地到公司各处去巡视了一遍,跟办公室职员和工人们打招呼问好,安抚一下大家的情绪。回到办公室,看到墙上两张照片,一张是当初做服装生意的时候,自己和孙宏钢、林鹏飞、赵志华在第一间仓库前拍的合照,也就是两年多以前的事情,但现在四个人就剩了两人还在美国;第二张是当初下决心摆地摊重新起步,周怡亭、孙宏钢和林鹏飞在摆摊结束后举着打火机在地摊前拍的合照。周怡亭办公室挂着这两张照片就是为了提醒自己,不要忘记当初的一腔热血,也不要忘记当初所走的弯路,更不要忘记今天的一切来之不易,周怡亭看着两张照片,心里已经有了决定。

第二部分

各怀心事

1 母女两人世界

那个清晨，她裹了一件风衣便出门了，入秋后冷冽的风劈头盖脸地吹来，瞬间清醒了很多。拉开车门，插进钥匙发动车子，一首熟悉的歌曲伴随着发动机的轻声轰鸣响起来。

深夜花园里四处静悄悄
树叶也不再沙沙响
夜色多么好令我心神往
在这迷人的晚上

小河静静流微微翻波浪
明月照水面闪银光
依稀听得到有人轻声唱
多么幽静的晚上

我的心上人坐在我身旁
偷偷看着我不作响
我想开口讲不知怎样讲
多少话儿留在心上

长夜快过去天色蒙蒙亮

衷心祝福你好姑娘
但愿从此后你我永不忘
莫斯科郊外的晚上

她不是一个艺术气质的女人，但却特别欣赏他的才气，尤其喜欢听他唱歌，听他为自己唱歌，唱给自己听。那是一种她之前从未体会过的艺术享受，她为之沉醉，陶然，似乎一切都变得那么美好，那么诗情画意。他唱歌真的很好听，雄浑的男中音，唱得那么有味道，那么性感，直击她心中最柔软的那一寸芳心。她真的很想在有了一定的经济实力之后，让他还是回去搞他的艺术。她怀着甜蜜的心情回忆他俩在一起的分分秒秒，记得那个温暖的怀抱和轻柔的低语声。她记起第一次他主动约她看电影，他泛红的侧脸，不知是因兴奋还是羞涩。黑暗中，两个人轻轻地触碰与试探。他握着她的手，吻了她。双唇双手颤抖，是她也是他。

她把他喜欢的歌曲音带放在车子里，在歌声萦绕中，两个人依稀仍然相拥在一起。她坐在车子里不动，直到这首歌听完，她才慢慢地把车子开动驶离车库。

"六个月了。"她喃喃自语。

把孙宏钢逼走以后，王爱华也不再与母亲挤在一张床上睡觉了，毕竟她有自己的房间，她觉得反正整栋房子都属于她和母亲两个人，在哪里都是两人世界，不用缠着母亲不让她与别人亲近了。

然而，对于王爱华而言，生活并没有变得更加惬意。

此刻的她，还躺在自己床上，享受周末难得的赖床时光。她也听到了外面有低低的歌咏声，但听不真切。

一套房子，三个人变成了两个人。两个人却常常只有王爱华一个人在家。

因为公司的事情，周怡亭早出晚归。之前晚上还会早些回家做饭，现在经常托人送饭到家里，自己深夜才回来。

偌大的房子，只有每周二、周四晚上英语家庭教师来的时候，才显示出点人气，听到一点人讲话的声音。

常常，每当她回到家，打开门，见到一片漆黑，听到一片死寂，心也沉了下来。

她不想回家。

借故又去了一次葛小平家里，又见到了他温柔漂亮的妈妈，张丽华。依然满脸微笑，热情地准备了水果零食，拉着她的手嘘寒问暖。看到入冬后她有些干燥的手，张丽华还拿了自己的护手霜来，仔细帮她涂上，一股淡淡的玫瑰花香。她记得张丽华说那是一个法国牌子的护手霜。

葛小平依然带着痞气，依然各玩各的，不怎么跟王爱华说话。但王爱华知道他只是性格如此，内在依然还是个好人。所以当张丽华责怪葛小平天天只是玩游戏时，她忍不住想帮葛小平说话："他在学校成绩很好的，老师说的东西他都知道。"

葛小平哈哈一笑，似乎还显出有点不好意思来："我妈就是想跟我没话找话，我都不听的。"

张丽华闻言，气得过去粉拳轻轻捶了一下葛小平："有你这么不懂规矩的儿子！"

王爱华也笑起来，捧着热可可，坐在旁边看张丽华训自己的儿子。那样的母亲，连训起人来也是温温柔柔的样子。

那天，她在葛小平家待到很晚，晚到周怡亭车子开到葛家门口来接人。

周怡亭一身T恤牛仔裤，脚上一双运动鞋，还不那么干净。进门看到一身长裙，挽着发髻，戴着珍珠耳环的张丽华，周怡亭也是一愣，在门口躅踯不前，笑着寒暄。

张丽华温声细语，夸了王爱华两句。周怡亭客气了几句，领着王爱华走了。

车上，周怡亭一路无言。王爱华想跟她撒两句娇，看她心不在焉的样子，也只好作罢。

FBI过来冲击公司之后，周怡亭在白天找了个借口一个人回了家。她检查了一下门窗是否锁好，将窗帘拉严实，又将卧室门反锁，最后走到衣柜前打开柜门，将衣柜里一个内置箱拿出来，露出后面更小的一个柜子。她拿自己钥匙链上一个不显眼的小钥匙开了锁，里面放了一个小型保险箱。当初她设计把保险箱藏在衣柜里还让孙宏钢笑了很久，说她就是一个守财奴。为了不让其他人知道，保险箱买回来后还是孙宏钢自己安装固定的，连那个隐藏的柜子也是孙宏钢自己手工制作的，用他的话说就是把之前在导演系学的手工技巧都用上了。

周怡亭输入了密码——是自己来美国的那天——也是认识孙宏钢那天，取出了其中一捆捆的美金现钞和几张银行存折。

现金是为了应急，周怡亭虽然来美国近十年了，但是很多习惯还是和在国内时一样，比如珍藏现金，比如不用信用卡。对于她而言，用未来的钱过日子会不踏实，她只想着要为未来储备更多。她点了点现金应该有好几万元，还加上两张定期存折。但她算下来还是不够，那么，是不是先把房子卖出去应个急？

她拨通了他的电话。

"怡亭，需要我做什么吗？"

"我们……还是决定不放弃现在的公司，想再进点货应付圣诞市场……但存在资金缺口，我刚刚看了看自己的存款，还是差了点，我想……"

"你做什么我都支持。"

"我想把房子抵押或者卖了……虽然当初你坚持没写上你的名字，但实际上这个房子是我们两人的共同财产，所以我还是要问问你……"

"当时给你钱的时候我就说了，全凭你做主。怡亭，我相信你，你也确实从未让我失望过。"

"当时……"周怡亭被孙宏钢一席话勾起了买房时候的情形。

当时，摆过地摊的他们重新把公司创办起来了，业务进展顺利，两人陷入了热恋，他们不约而同地想到了自己买房。

“怡亭，我们可以买自己的房子了！我希望我们能一起买房，我不要求房产证上有我的名字，但是我希望能够和你一起住。”

“这……我要考虑一下。”

“那我给你一分钟考虑。”

“啊？”周怡亭惊讶地看着孙宏钢，和他相识相遇之后，还从来没有看他着急过或者强势要求过什么，这次以为他也会让自己好好考虑一下，毕竟确立关系和同居还是两个概念，但现在，看他这样以幽默玩笑的方式来……她竟不知道该怎么办了。

“怡亭，能遇到你不容易，我很珍惜。”周怡亭抬起头看着孙宏钢眼里炽热的眼神，她喜欢这双眼睛，她来到异国他乡看到的第一双眼睛是这个，她一遇到困难找寻的也是这双眼睛，这双眼睛让她心安也让她心慌——心跳加速的心慌，她看着眼前的期盼的眼神，羞涩地点了点头。

“你真的答应了！”孙宏钢开心地抱起了她，“你真的很有趣你知道吗？工作的时候和现在的你截然不同，我从来没遇到如此有趣的女人，你真的让我着迷。”

孙宏钢和周怡亭把自己的积蓄都拿出来当作首付款，买下了现在这个房子，孙宏钢坚持不写上自己名字，表达不和周怡亭分开的决心。

“就当我借住的房租，毕竟还有暖被窝的，我不吃亏。”周怡亭笑着拿枕头打他，两个人一会儿就扭作一团。

之后，因为公司状况不错，两人收入增加，提前还清了房屋贷款。

周怡亭摸了摸手边的枕头：“我想把房子卖了，这样能够多一笔钱应急，也能马上补上现在我们的资金短缺。”

“你做主，辛苦你了。”孙宏钢哑着嗓子闷闷地回应道。

周怡亭听从了房产中介的建议，第二天直接选择了一家答应在一周内放款的公司，预约做房屋抵押贷款。周怡亭带着身份证明、房屋产权证明、社会安全号码，以及自己作为爱华法定监护人的签名公证到了那家公司。

接待的小姐拿出一沓表格文件要她填写，一边关切地说："周小姐，你是用自己居住的房子贷款，你要想好了，至少你要每月能还清利息，如果你有两到三个月不能还清利息，那么这个房子就要被银行拍卖来还贷款了。"

周怡亭想了一下，问道："请你帮我算算每月的利息是多少，本金怎么还法。"

接待小姐说："我们要查查你的信用记录才能决定利息，信用好利息低些，信用不好利息要高些。请你报一下你的社会安全号。"

"605-××-××××。"[①]

接待小姐在计算机上打入号码，然后拉出了周怡亭的信用记录："啊呀周小姐，你怎么没有什么信用记录呀，平时你不用信用卡的吗？你买房子时贷了一点款，但很快就提前还清了。这对提高你的信用点数并不好啊，你借钱越多，而且能按时归还利息，这样信用记录就好。你不借钱，借了钱不肯多付利息，马上就提前还清了，这样的信用点数反而不太高呢。"

周怡亭笑笑说："我确实很少用信用卡，平时喜欢把结余储存起来，到需要用的时候再拿出来。我买房买车确实没怎么贷款。做生意是用公司的名义贷款的，我自己是从不欠钱的。"

"那么这次贷款对提高你的信用点数是有好处的。不过现在我们还不能给你最低利息，你的利息是Lib伦敦国际利率加上六个百分点。如果你能按时支付利息，逐步归还本金，那么一年后利息可以改成Lib加四个百分点。你看可以吗？"接待小姐耐心向周怡亭解释。

---

① 美国的社会安全号码为九位数，加州社会安全号码起头为605。

周怡亭知道这么问只不过是出于礼貌，就点了点头说："好。"

接待小姐让她在一张张表格上签字。签完了，小姐说："审核需要五个工作日样子，核准以后我会给你打电话。"

周怡亭站起身来，道了声谢谢就走了。

回家后她左思右想，觉得房屋贷款只能贷到房价的80%，还要每月付高额利息。看来，卖掉房子更有利于公司筹集资金。她也相信，只要公司重新振作起来，不久的将来，她一定能买下更好的房子。

这天，许是周末，周怡亭下午就回来了。

听到汽车开进车库的声音，王爱华高兴地蹿了起来，跑到楼下迎接。周怡亭一进门就受到女儿的热情迎接，心里也觉得非常欣慰，搂着对方的肩膀，说着午饭吃了没有，作业写了没有的闲话。

王爱华一一答了，显得格外乖巧。

"华华，先去你自己房间学会儿课本，妈妈有点事要处理一下。"周怡亭拍了拍她的后背，柔声道。

"嗯……我想看电视，不想学习。"王爱华撒娇道。

周怡亭想了想，说："行，去吧。看会儿电视，别靠得太近。"

"我想妈妈陪我一起看电视。"王爱华搂着周怡亭的胳膊，亲昵地说。

"但是妈妈还有工作要做呀。"

"我不管，我要妈妈陪我一起看电视！一起看嘛！有个老黑演的电视剧，特别搞笑，一起看嘛。"王爱华几乎整个人都快挂到对方的身上，趴在周怡亭耳边不停碎碎念。

周怡亭被她缠得没办法，只能同意了。

两人坐在沙发上看电视。遥控器在王爱华手上，一个台一个台地换。周怡亭靠在沙发上，眼睛瞟见电视机旁边的柜子空了下来，那原来是放黑胶片的地方，脑中恍惚又想起坐在车里听到的孙宏钢喜爱的歌曲。

"华华吃东西吗？妈妈去切点苹果来。"周怡亭匆匆起身，去了厨房，许久才捧着一碗切好的苹果块出来。

两人吃了点苹果，看电视里的黑人到富裕的叔叔家生活，产生一系列的笑话。虽然并不完全听得懂里面的对话，但演员夸张的对话和表演，依然逗得王爱华哈哈大笑，还献宝一般跟周怡亭分享这位黑人演员原来的歌手身份和八卦绯闻。

周怡亭兴趣缺乏，敷衍地笑了笑。一会儿她回书房取来了账本和报表，拿了个本子和计算器，放在沙发前的小茶几上，又开始了工作。

王爱华心里有点不太高兴，看周怡亭飞快地按计算器的动作，凑过去拉住对方的手："妈妈，你看你的手都起皮了，我们去买点护手霜涂一涂吧。那天葛小平的妈妈告诉我了一个法国的护手霜，涂在手上滑滑的，香香的。"

周怡亭把手抽了回来，脑子里面还在想着刚才那个数字，随口应道："没事，涂点凡士林就好了。"

"哦。"王爱华有些怏怏。

周怡亭算计着钱，想着从哪里能补上FBI冲击造成的资金空缺，她听到说抵押贷款最多只能拿到房屋款的80%，思前想后，还是想把这个房子卖了。卖了之后，得重新找地方住，房租又是个花销……孩子学校的钱也不能停，但这英语家教可能是要停一停了……现在库存还有一点货，可以先发到南边去，但东部的客户还是需要鹏飞再沟通沟通……

"妈！"王爱华突然又打断周怡亭，整个人试图躺到她怀里。

"怎么了？"周怡亭吓了一跳，后知后觉道。

王爱华把头凑到对方鼻子下面："妈，你看，我头发好脏，你帮我洗个头吧。"

"啊哟，我的小祖宗。"周怡亭长叹一口气，"你这多大了，自己的事情自己做，学过吧？"

"你帮我洗嘛，我想你帮我洗。"王爱华故技重施，又趴在对方身上使劲撒娇。

账算到一半的周怡亭，心头不由有些窝火，推了推王爱华，说："一会儿再说。”

“不要，我要现在就洗。”王爱华凑得反而更近了，霸道地抱住周怡亭。

周怡亭推了推，还是没推开，声音冷了下来：“放开。”

王爱华用鼻子哼哼了几声，还是不放。

“我说，放开。”周怡亭动了气。

虽然明知对方的抗拒，但王爱华还是放肆地趴在对方身上不放。

“不要烦了。”周怡亭只能动手，用力推开了对方，收拾起桌上的报表本子计算器，回了楼上。

听到楼上重重的一个关门声，王爱华似泄了气的皮球，一下子瘫倒在沙发上。眼泪忍不住流了下来。

当周怡亭处理完工作的事情，再回到楼下时，外面天已经黑透。客厅里面也没有开灯，只有电视机发出的莹莹的白光。电视里放着吵闹的节目，有人又唱又跳，有人大声欢笑。

王爱华披了一条薄毯，缩在沙发上，面前的茶几上放着吃剩的水果和零食包装。

看着那个小小的孤单的身影，周怡亭心中也有些许内疚。

留在国内的时候是一个人，现在带到了身边来，却还是一个人。

“华华。”周怡亭走到沙发边上，柔声唤道。

王爱华目不斜视，不做回应。

周怡亭在王爱华脚边坐下。王爱华反射地缩回了脚，要跟对方保持距离。

看着女儿一副冷战的姿态，周怡亭也没办法，在沙发上坐了一会儿，一起看着电视。

王爱华还是维持着半躺下的姿势，双眼依然盯着电视，但余光还是不住向脚边抛了几眼。

两人心不在焉地看了一会儿电视，周怡亭似突然想到什么，轻轻拍了拍王爱华的脚，声音轻快道：“华华，我们今天晚饭出去吃吧。”

王爱华缩了缩腿，没有回话。

知道对方还在生闷气，周怡亭不由放低了姿态：“我们就去吃城里那家新开的火锅店。记得吗？上次我们一起去过一次，你说很好吃的。”

王爱华心里一动，但脸还是冷着：“我不饿。”

“不饿也没事的呀，去吃点冰激凌什么的，上次去得晚都没吃到巧克力味的。这次我们早点去，先吃巧克力冰激凌，怎么样？”看到对方有些松动，周怡亭抓紧建议道。

王爱华把身子坐正了一些，肚子也非常是时候的饿了。

周怡亭轻轻推了推王爱华的肩：“去吧，我们开车过去，很快的。”

王爱华咬着下唇，内心人身交战良久，最后还是点头同意了，又很快加了一句：“吃完饭我要去买那个法国的护手霜。”

周怡亭顺着她的话，随口应了。心想，这一顿饭吃完，天也不早了，可不一定能找得到开门的商店呀。

火锅店开在两个街区外的路边，对面正对一家韩餐馆。大落地窗玻璃上，有大红霓虹灯条拼出来的一个火锅的样子。进去之后，是一人一个的小火锅，调料自取。

王爱华一坐下，先点了一个巧克力味的油炸冰激凌。服务员端上来一个金属小碗上面放着一个炸得金黄的小球，碗底有一点料酒，服务员拿个小勺翻了翻小球，再拿打火机一点，一团火焰蹿上来，包住那黄金小球。把王爱华看得拍手叫好。只要女儿开心了，周怡亭也开心了。

菜过三巡，王爱华也放开了心，叽叽喳喳地跟周怡亭讲着学校里面的事情。周怡亭边听边点头，偶尔评论两句，教育一番。

“哦，对了，莉亚说她有个考试要准备，明天就不过来了。”王爱华想起英语家教的事情，跟周怡亭说道。

“哦。”周怡亭应了一声。

"莉亚教得怎么样?"

"还行吧。现在老师上课说的东西,我大概都能听懂了。如果有不明白的,问问同学也知道了。"话说到这里,王爱华不由想起了葛小平。

周怡亭点了点头:"那……莉亚也有自己的学业要忙,我们后面就不麻烦人家了吧。"

把这句话前后想了两遍,王爱华才回过味来:"哦,好啊。"

"我明天跟莉亚打个电话。"周怡亭给王爱华夹了一筷子牛肉。

一时,相对无言。

周怡亭又给王爱华夹了一筷子牛肉,问道:"华华,你喜欢我们现在住的房子吗?"

"不喜欢。"王爱华回得非常快。

这让周怡亭吃了一惊:"啊?为什么?"

"没什么,就是不喜欢。"王爱华慢慢吃着牛肉,讲话有些含糊。

"妈妈打算,把房子卖掉……"周怡亭犹豫着开口。

"好啊,快点卖掉吧。"王爱华低头看着沸腾的小锅,不看自己的妈妈。

"好。"周怡亭点了点头,略有所思,又说了一遍"好"。

似乎是女儿的支持给了周怡亭勇气,第二天的清晨,她拨通了一个国内的电话。

接电话的人听她讲完前后,温和地回了一句:"可以啊,你做决定就好。"

周怡亭端着电话,感觉还应该说些什么,但又说不出来。

那边的人也沉默着。

良久。

"拜拜!"

"拜拜。"

没有一个月,房子就转手卖了出去,价格不算最优,但尚且合理。得到的钱也能暂时帮助公司挺过一段时间。

搬家那天，周怡亭因先到公司处理收发货事宜而晚到了一些时间。进门便看到皮特屋里屋外，忙前忙后。

“实在不好意思，麻烦你了。”看对方搬着一把实木椅子往外走，周怡亭连忙上前要接过来，却被对方挡开了。

“没事。应该的。”皮特笑着说，“你平常在公司也是辛苦了，今天就让我多多为你效劳吧。”

周怡亭笑了笑。

曹皮特把椅子放到屋外面草坪，转头回来跟周怡亭说话：“今天去公司怎么样？现有的货还能应付客户吗？你真是太不容易了。你快坐下休息休息，这里搬来搬去的事情交给我就好了。”

周怡亭根本坐不住，喝了杯水就也楼上楼下忙活着。

看家里搬得七七八八，差不多了，周怡亭才想起来：“华华去哪儿了？”

皮特摇着头：“刚才还看到她在楼上房间里收拾东西的。现在不知道去哪里了。”

周怡亭点了点头，继续手上的事，眼睛时不时地会在房子里面找一找女儿的身影。

“皮特，请你帮忙把这个箱子搬到车上去，我把这两袋垃圾扔了就好了。”待对方远远应了一声，周怡亭提着两大黑袋子垃圾往外面走，丢到街边的大垃圾筒里面。她一打开那个桶的盖子就看到里面躺着一个棕色的纸箱子，上面还用记号笔写了一个大大的“孙”字。周怡亭心中一跳，把箱子打开一看，里面正是她前夜里整整齐齐收拾好的孙宏钢留下的衣物用品，还有那台没修好的黑胶放映机，和被王爱华摔破的旧唱片。

“这……这……这……”因震惊，周怡亭一下都说不完整一句话来，“这是谁扔的？”

“我扔的。”找寻很久的王爱华突然在此时出现，表情冷淡，“他又不会回来了，这些东西留着干什么？”

“你，你，你怎么知道他不会回来了？”被说中心中最大恐惧，周怡亭又气又恼。

王爱华撇了撇嘴：“他现在被FBI通缉，不是吗？原就不是好人，逃回国内，想回来就能回来？”

周怡亭连说三个“你”字，一时之间竟找不到十足能辩驳对方的话语。

“扔了好，留着也是垃圾。”王爱华边说边把那两袋垃圾也丢进了垃圾筒里。

她愣在原地，看着那写了“孙”字的箱子被逐渐淹没，然后，终于不见。

王爱华盖上垃圾筒的盖子，拉起周怡亭的手：“妈，我们走吧。”

周怡亭生气了，忍不住训斥女儿：“你，你不知道妈妈这一路是怎么走过来的！总有一天，你会把孙叔叔请回来的。到那时候，你才是真正长大了！”她甩开女儿的手，掀起盖子，把那个写着孙字的盒子重新抱在怀里。

王爱华扑闪扑闪眼睛，若有所思。

2 危险人物进入

周怡亭一边开车去公司，一边胡乱想着，猛然被自己电话铃惊着，拿起来接，电话里传来曹皮特急切的声音。

“怡亭，你今天怎么没来公司？”

“我出门想办法凑钱了。”

“那你回家了吗？我刚担心你在家有什么意外，就到你家来找你了，现在还在你家外面，要不我在你家门口等你一起去公司。”

“不用了，我已经快到公司了。”

“那就好，怡亭，我去给你买点午餐来，一会儿公司见。”

“神经病！”周怡亭挂了电话自语道。

曹皮特最近越来越“关心”自己，有些时候已经超出了自己的忍受限度。周怡亭不是未经世事的小姑娘，也体会到了曹皮特这段时间对自己的“用心”。当初曹皮特站出来扛下FBI的调查，自己心里自是感激，但是在公司存亡的关键时刻，他又表现得有些冷漠，让自己觉得看错了他……他明明知道孙宏钢和自己的关系，他也有妻子儿女，这样过度的关心，反而显得不自然了。

周怡亭想了想，决定找合适时机严肃地向他说清楚。

回到公司，发现曹皮特已经先一步回到公司，看到她回来就马上凑了上来：“怡亭，你没来我真的很担心你，以为你生病了，现在这个时候你千万要保重自己身体，你不在，我们公司就没有主心骨了。”

不知什么时候起，他竟然改口不叫她周总而称作怡亭了。

周怡亭听他这话说得奇怪，头也没抬："多谢关心了，我身体很好不用担心。"

她抬头看向办公室另一头的林鹏飞说："鹏飞，我们一起商量一下近期事务。资金问题已经解决了，我们要以最快的速度恢复正常的业务秩序。你们对自己的部门做个安排吧。"

林鹏飞说道："我和客户联系过了，告诉他们我们已经恢复供货，并且质量、数量都不会比之前差，稳住客户就能度过这次危机了。"

周怡亭点点头，转头看向曹皮特："皮特，你和律师熟悉，我们要通过法律途径去要回被FBI无理扣押的产品，你去联系一下，有什么进展告诉我。"

曹皮特点点头："怡亭你放心，我肯定会为你解决这个问题的。"

"另外我在想，我们之前为了做丝网印刷注册的公司还在，当时为了让两家公司分开，就写了我的名字做法人。这家公司是为了让我们的打火机承载文化特色，在打火机上印出广告词、宣传内容、品牌名称等等。现在的情况下，我想和你们商量一下，这家公司既可以做丝网印刷，是不是也可以承接老公司的业务，接手进口打火机的生意。这样更方便稳住老客户，扩展新用户，加快资金回流。公司的实际股东还是原来三个人。"

鹏飞笑着说："当时这个主意是你想出来的，我和孙大哥都同意，我们说好了有福同享有难同当的，跟着你我们同享的福更多。"

"就是就是，怡亭你说的，我们肯定坚决拥护的。你放心，我是你可靠的后援！"林鹏飞刚说完，曹皮特就忙不迭地出声应和。

"我会负责资金到位和原来丝网印刷这一块，鹏飞请多多与客户沟通，皮特还是联系税务这一块。"周怡亭看他们二人都没有反对，就把这件事情定了下来。

商量完，林鹏飞和曹皮特就出去联络了，周怡亭看事情逐渐回归正轨，心里终于松了一口气。从做出决定到现在解决资金问题，也就过了一星期，但是她自己才知道经历了多少煎熬多少上上下下的情绪。抬头看向墙壁上的两张照片，定睛在自己身边那个男士身上，眼里亮闪闪的，嘴角却上弯了一个弧度。

“我是在努力保护我们一起创立的公司呢。”周怡亭向照片中的孙宏钢说道。

一周后，资金如期到位，公司正常进货出货，度过了之前的危机，特别是丝网印刷那一块，还开发了好几家纪念品客户，取得了意想不到的成果。这一周因为忙着落实各项事情，周怡亭除了两次电话和孙宏钢沟通工作上的事情，没有其他联系。倒是中间收到过一笔从国内汇来的5万美金，汇款留言也只是写了“孙”，周怡亭心下了然这笔款项的来源，想和孙宏钢说一下现在资金没有太大问题，但是拨了几次号码最后都放弃了，似乎千言万语不知从何说起。犹豫了半天，最终也只是发了一个“收到”的短信给了孙宏钢。

孙宏钢看着短信里的两个字，心里还是有点失落，在美国家里，他看得出来爱华对他的戒备敌对。为了不让怡亭为难，他选择了妥协，退出，放手。但他的心里还是没有放下。之后……公司出事、自己被调查，他心心念念是她的安危，当时不是没有想过立即飞回美国，毕竟不能让她一个人面对……后来，后来周怡亭告诉说曹皮特自称总经理顶替了她，鹏飞又来电劝说，叫他千万不要在对方发疯的时候自投罗网，加上合资企业的扩展也在关键时刻，他似箭的归心只能暂时留存在国内，情急中找朋友借了5万美元先给她汇过去……即使心里明白那是杯水车薪。不久，他回来扩办的中美合资企业顺利通过审核，自己也要真的常驻国内了。

下班前，曹皮特兴奋地走进周怡亭的办公室，他今天像是刻意打扮过一番，一套全新的西服，暗黄色花纹的领带，甚至在西服上衣口袋里面还有一块手帕。

“怡亭，我要告诉你一个好消息！”

周怡亭看他打扮得这么隆重，也有点好奇他说的是什么好消息，就抬头看着，等他说下去。

“怡亭，我们的货快取出来了！”周怡亭听到是关于货的事情也不禁兴奋起来，“我的律师联系上了FBI方面，他们说看了调查资料发现并没有太大问题，决定退还扣押的货物。只是办手续还要一点时间。”

“能归还就上上大吉了，当然还是要争取时间的，打火机放久了怕会影响质量。”之前以为货物会被没收，没想到还能失而复得，“皮特，这件事你功劳最大，等鹏飞从外地回来我们好好庆祝一下！”周怡亭说话的时候眼睛都闪着光，声音不禁响亮了几分，对曹皮特的感激也多了几分。

“怡亭，择日不如撞日，今天这么一个好消息，我请你吃晚饭庆祝。”

这是周怡亭最近得到的最好的消息，她听了皮特的话也点点头：“行！这消息太好了！我先请你吃个饭，之后公司再庆祝！”她收拾了东西准备两人一起去饭店，刚走出办公室门，她突然停下，“今天不行，我没有把爱华安排好，我之前答应了给她做晚饭的。”

“把爱华一起接过去。”

“这个……爱华最近功课紧张，我还是想让她在家里看书，要不我们改天再约。”

曹皮特偏了头想了想：“怡亭啊，要不这样，我去你家做饭，一来我们可以庆祝一下，二来也不耽误爱华吃饭和学习，你看怎么样？”

周怡亭听他要去家里做饭还是蛮意外的，想着怎么委婉地拒绝掉：“你不用回家给你老婆儿子做饭吗？要不我们等鹏飞回来了一起聚好啦。”

“他们那里我早就安排好了，你放心吧，我是那种不顾家的男人吗？更何况今天把FBI的事情处理好也不容易呢！”

周怡亭想到被扣押的货物，想着他的确有功劳，解决方案也可以接受，于是也就随他的意，一起开车到超市去买了鱼虾蔬果，又一起开车回到家里。

爱华早就到家，看着门被打开，很开心地跑过来叫“妈——”，还没叫完就发现后面竟然跟着一个男人，脚步硬生生停下，充满戒意地看着曹皮特。

周怡亭看到女儿的表情，心里也稍稍有些明白，连忙解释：“这是皮特叔叔，今天他完成了一项很不容易的工作，本来妈妈要请他去外面庆贺的，但是他说要来给你做饭吃……”

“爱华你好，叫我皮特就好了。”曹皮特抬了抬拎着食材的手，和爱华打了个招呼。

爱华还是站在一丈远的地方，冷冷地看着。

“这孩子，看到长辈也不叫，叫叔叔。”

爱华不作声。

“算了算了，不用搞得那么严肃，爱华可能是害羞吧。”

“我不害羞。我不想叫。”爱华扔下两句话就进了自己的房间。

周怡亭和曹皮特在门口无奈地对视了一下：“我女儿性格不好……小朋友还不大懂礼貌……”

“没事没事，我儿子青春期的时候比这个还过分呢，先烧菜吧。”

曹皮特动作麻利地洗菜切菜炒菜，周怡亭反而做起了下手，帮他递递调料，拿拿他找不到的锅碗瓢盆，一边在饭桌上摆下了三副碗筷餐巾纸等。

两个人忙乎了个把小时，终于一切都就绪了。曹皮特在餐桌上摆下了很像样的四菜一汤，周怡亭去招呼爱华出来吃饭，爱华磨蹭了半天还是出来了。

“爱华，这些都是我的拿手菜，看看你喜欢不喜欢。”

爱华坐在座位上盯着眼前的四菜一汤，犹豫了一会儿。她其实很饿了，之前约好今天妈妈做饭，她就牢牢记住了，生怕晚上没食欲，中午还特意少吃一点。没想到晚上又冒出来一个人，妈妈说话一直不算数，让自己很生气；但是，另一方面，她也看出来、闻出来，眼前的菜很好吃……考虑了一下，她还是动筷了，想吃了之后再挑毛病，但是一入口，发现菜真的还不错，也就不再说话。

“爱华，今天的菜你爱吃吗？都是皮特叔叔烧的，你要感谢一下啊。”

少女嘴里含糊不清地说了句：“谢谢。”

曹皮特却像捡到宝一样，答道：“不用谢不用谢，我只是老是在外面吃饭，碰到好吃的，就问问那个菜是怎么做的，可能积累了一点心得体会。哈哈哈，好不好吃还是要两位美女说了算。”

周怡亭说：“倒看不出来你对做菜也有研究，只知道你在台湾读了大学，在美国读的硕士，英文特别好。我们公司跟外界打交道，还要多靠你了。”又对着爱华说：“你在英文上有什么问题，可以向叔叔请教。”

虽然气氛不轻松，但也还不算沉闷，一顿饭花了40分钟吃完了。饭后，曹皮特又抢着洗碗，帮助周怡亭一起收拾，爱华则回到自己房间去看书。

收拾停当，该是曹皮特告别的时候了，但他还是坐在沙发上不走。爱华从房间里出来进去了几次，周怡亭让她去洗澡睡觉。

时钟敲响了十一点，周怡亭从爱华房间里出来，没想到曹皮特还没有要走的意思。周围安安静静，家里的橙色灯罩下透出了几分温馨，周怡亭一晃眼，以为是孙宏钢坐在那里，不禁上前两步，喊了声“宏钢……”

曹皮特听到周怡亭的称呼也愣了，但还是保持着笑容：“怡亭，有些话我想告诉你。”一边说一边请周怡亭坐下，形成两人促膝谈心的格局。

“怡亭，不瞒你说，我仰慕你许久了。从我见到你的第一天起，我就在心里对自己说，这样的女人，我为她去死都是心甘情愿的！所以我才会在那天挺身而出，承认自己是总经理，我不想让你受到伤害。”

周怡亭没想到他会这么直截了当，没有接话。

曹皮特又说：“怡亭，我真希望我们两人能成为一家人，你有做生意的天才，我熟悉美国情况，我们两个人合作起来，那真是天下无敌啦。”

周怡亭看他说得露骨，严肃地说：“皮特，我很感谢你在公司遇到困难时能站出来，但是你有自己的家庭，我也有男朋友孙宏钢，我们是不可能超越同事关系的。”

周怡亭向后挪了一大片，曹皮特却不顾廉耻地凑近她，继续深情款款地说道:“我不怕你笑话,我的家庭生活其实是很不幸福的。我对太太很不满意,她又难看又不贤惠,我那时候年轻不懂事,以为她是自己送上门来的,早早地就偷尝禁果跟她上了床。她怀了孩子就盯住我一定要结婚,我又不是心狠手辣的男人,没办法只好跟她结了婚。第一个孩子出生后又生了第二个,现在两个孩子束缚住了我的手脚,要不然我早就跟她离婚了。自从遇见你以后,我就知道我喜欢的是你这样的女人,心里做了决定,一定要跟她离婚,跟你在一起。”

周怡亭皱了皱眉头,避开他的灼灼眼神,正色厉言道:“皮特,你家里的事跟我没关系,我和孙宏钢在一起你也不是不知道……”

“你们已经分手了吧?”周怡亭有些震惊,他们两个分开的事情跟谁都没提,孙宏钢回国也只说是为了扩办中美合资企业,“你这段时间的状态,稍微在意一些就知道了,孙宏钢知道公司出事了还不回来,也印证了我的猜想。”

“不是,他没有回来是因为FBI……”周怡亭突然有些着急地想解释,她自己也有点困惑了。

“怡亭,其实不管你们有没有分手,我觉得你跟孙宏钢并不般配。他年纪大,没有在美国读过学位,不怎么懂美国情况,他是配不上你的,他现在又会有很久不能回美国。你也知道,我相信你也会感受到,我一直关心着你、追求你,不管你对我怎么样,这份心意我一直不会变的,我爱你。”

周怡亭感到有点晕眩,万万没想到眼前这个男人会如此胆大妄为,她之前想着是工作伙伴,他又帮了自己这么多,最好是婉拒他。现在他竟然如此鲁莽无礼,他是一个有家室的男人,一定要快刀斩乱麻,一定要斩钉截铁地拒绝!“皮特,我已经说过,这是绝对不可能的事。已经半夜了,你快回家吧!”

“怡亭,我了解你,你身边是很需要一个像我这样的男人的,无论是在公司或者是在家里,你就不要自己骗自己了。”曹被断然拒绝也没有恼怒,继续笑意浅浅看着周怡亭说道。

“我不需要！你也有老婆有孩子，请走吧！”说罢，起身到大门处打开了门。

外面的风刮了进来，周怡亭没有穿外套，不经意哆嗦了一下。即便如此，她还是昂首挺胸站在门口，下着逐客令。

“好，怡亭你再考虑考虑，我相信你会想通的。老婆可以离婚，孩子虽然是我的，但是也可以不在身边，你的理由都不成立。”曹皮特拿了挂在门口的衣服，神色坦然地走了出去。

他一出去周怡亭立马关上了门，她有些累了，她没有想到曹皮特在自己身边怀的是这样的狼子野心，她也没有想到他会公然告白说自己会离婚。周怡亭缓缓走到沙发边，只觉得浑身无力，窝了进去。

客厅的楼梯旁，站着一个小小的身影，把他俩从开始到结束的谈话都听了进去。

3 交到了女朋友

周怡亭母女两人，从原来的独立屋搬出来，住进了公司附近的公寓里面。

这一个学期后，王爱华也从原来的学校转学到了另外一个街区的中学，同时准备SSAT[①]考试，待九月考试通过后便可就读八年级了。

转学后，除了学费低了，距离近了，入学没一个月，王爱华还交了第一个自己的真正意义上的朋友，凯特。一头红色卷发，两颊上有点点小雀斑，被一副大黑框眼镜遮了起来。同样被遮起来的还有她一双漂亮的深棕色大眼睛，眼窝深陷。她喜欢穿绿色的裙子，当她们第一次在学校餐厅门口遇到的时候，凯特手上还涂着鲜绿的指甲油。

好丑的指甲油。这是王爱华第一眼见到凯特的印象。

但凯特第一次见到王爱华就显得兴奋异常，她非常自来熟地拉住王爱华，热络地跟对方介绍自己，"我叫凯瑟琳，你也可以叫我凯特。"

王爱华礼貌一笑："你好凯特，我是艾拉。"

"你是中国人吗？你的中文名字叫什么？我的大哥娶了一个中国人，叫什么来着？"

凯特托着下巴，想了一圈没想起名字来，只能对着王爱华哈哈一笑："怎么想不起来了？啊哈，很高兴认识你。"

充满了戒心的王爱华，在凯特的友善下也很快放下了心防，跟对方成了

① SSAT是Secondary School Admission Test的缩写，美国私立中学入学考试。

好朋友。凯特是她在美国交到的第一个外国的朋友，而且不同于葛小平。

转学之后，王爱华很久都没再见过葛小平和他温柔的妈妈。对她来说，虽然非常感谢他那天校车上的挺身而出，但两个人并不算是真正的朋友。在班级上，葛小平很少跟她讲话，也从来没跟她一起在食堂吃过饭。如果不是因为同为中国人，可能两个人都不会有任何交集，因为他和她实在是太不一样了。

凯特则不同，首先她是个女生，所有王爱华喜欢或者准备喜欢的东西，她都知道。比如葛小平妈妈用的护手霜，最后也是由凯特带她到商场内货架上，一个一个看过来才知道是哪一个法国的品牌。看到价格后，王爱华心里有些打鼓，只能回家问周怡亭要钱。

“什么护手霜要这么贵？”周怡亭惊叫道，“随便涂点凡士林就好了呀。”

“不行，我就要买这个！”王爱华仰着头，语气强硬道。

“我们没有钱买这个。”正在千方百计为公司筹集资金的周怡亭，不耐烦地挥着手。

“妈妈还有个文件要看，你先去睡吧。”

“你不给我买，我就不睡觉。”

“随便你睡不睡，这种东西买了干什么呀。”

母女两人冷战了一个礼拜，谁也不跟谁说话。整个公寓，就算两个人都在家，也是一片沉寂。

凯特听说了这件事后，忍不住哈哈大笑，随后给王爱华支了一招。

当天王爱华回家就用了凯特传授的办法，谎称学校要买书而问周怡亭拿到了钱。

有了钱的两个人，第二天一放学就跑到了附近最大的商场里，买了一支朝思暮想的法国护手霜，小心翼翼地挤了一点在手上，涂抹开来，发出淡淡的玫瑰香味。还剩了点零钱，凯特又领着王爱华买了一小支廉价的口红和一瓶粉红色的指甲油。

王爱华将这几样东西，小心地藏在自己书包里带回家。和周怡亭坐在一起吃晚饭的时候，脑子里面也还在想着那些化妆品。所幸周怡亭也是一边看合同一边吃饭，没有留心女儿的异样。王爱华心不在焉，草草吃完饭，就跑回自己的房间，偷偷锁上门，摆好镜子，从包里掏出那支口红来，对着镜子小心地涂着。

那口红是凯特帮她挑的，艳丽的玫红色，说比较衬她的黄皮肤。她的嘴唇很薄，跟母亲一样。第一遍只敢轻轻地抹了一点。涂完照了照镜子，因为兴奋和紧张，涂得断断续续，并不均匀。她学着电视里面的样子，抿了抿嘴唇，看起来还是怪怪的。她拿着口红又涂了一层，结果这次一照镜子又太过艳丽，厚厚的上下两圈。王爱华手忙脚乱地抽了两张纸，擦了很久才把口红擦掉，擦得双唇都红肿了。

第二天放学后，王爱华跟着凯特回了家。她家有九个兄弟姐妹，都住在一栋绿色屋顶的独立屋里面。听说，她爸爸在州政府工作，妈妈则全职在家。王爱华进门的时候也遇到了这位瘦高的母亲，跟凯特一样的红发，一样的小雀斑，只是神色严肃，常常皱着眉头。王爱华匆匆打了招呼，就跟凯特上了楼。凯特叉着腰把自己最小的妹妹从自己房里赶了出去后，紧紧关上门，和王爱华一起研究各种化妆品。那天是王爱华第一次知道什么是睫毛膏，什么是眼影，还有不同大小的粉饼刷子和不同颜色的口红。

“天哪，你怎么会有那么多的化妆品？”王爱华惊叹道。

凯特耸了耸肩，开始一样样指给王爱华看，这些是从妈妈那里拿来的，这些是大姐包里偷来的，还有那些是二姐或者三姐送的圣诞礼物。

“哇，你有几个姐妹呀？”

“八个。”凯特笑道，掰着手指开始数自己的三个姐姐和四个妹妹，其中有两个都叫凯瑟琳，因为这个是她们祖母的名字。但在家里，大家都喜欢叫姐姐凯特，叫妹妹凯蒂。

家里一直只有一个小孩的王爱华吃了一惊，觉得自家好多的表兄妹已经够烦心了，很难想象到一大家子的孩子，而且大多数都是女孩子共同生活在一个房子里面。

她大哥几年前娶了一个中国商人的女儿，两人是在同一个教会内认识的。说起自己的大哥和中国大嫂，凯特变得格外激动。她说这是她第一次接触中国人，那家中国商人比一般信众更加虔诚，每到礼拜日，全家四个人，大大小小都会早早到教堂，穿着考究的衣服，坐在靠前的位置。那家的爸爸和妈妈其实并不会说英文，但他们还是坚持跟着唱圣歌圣诗，表情严肃地听布道。她还见过他们对着圣像鞠躬下跪行礼，如在拜国内的神佛。商人的女儿，比她大哥小了将近十岁，话很少，常常都是坐在一边，被问到话时才羞涩地抬头回复几句，讲话声音也很轻。

“你喜欢她吗？”王爱华突然问道。

凯特耸了耸肩：“她还不错，至少比他前妻好多了。”

两人又闲聊了一会儿，挨个试了凯特的口红，看看时间已晚，王爱华便先回去了。

王爱华回到家时，漆黑一片，空无一人。她把客厅、厨房和房间的灯都打开，坐在沙发上看了会儿电视。又起身去厨房里面拿了些零食，倒了杯开水。这时她听到外面隐约有汽车的声音，下意识地趴在窗边向外张望。

只见一辆黑色的汽车稳稳地停在门口，前门打开，下来一个黑发女子，挎着一个手提包向屋里走。驾驶门也打开，下来一个行色匆匆的男子，手里提着一大袋子东西，追着那女子，把东西往她手上塞。女子推了回去，男子又强行塞了过来。最后他干脆把东西往女子手上一递，转头跳上车子，留下一句话就开走了。女子在原地目送对方离去，一会儿才拿着东西上楼。

王爱华连忙轻手轻脚地跑回客厅，把吃的喝的放茶几上，身子往沙发上一歪，做出已经看了很久电视的样子。

钥匙在门锁里面转了两圈，周怡亭提着一大袋子东西进来，看到客厅里的王爱华，随手把东西丢在玄关的地板上进来。

“吃饭了？”周怡亭过来，坐在王爱华身边。

“吃过了，在同学家吃的。”王爱华往旁边空出了些位置，眼睛多看了一眼玄关处的袋子。

两人又有话没话地聊了一会儿，周怡亭回房间工作，王爱华则继续看电视。

她拿着遥控器，百无聊赖地转了几个台，发现没什么可看的，便把遥控器丢到了一边，眼睛在房间里面转了转，转到了玄关口的那个大纸袋子上。她坐正身子，张望了一下房间里面的周怡亭，看到对方全神贯注地俯首看着什么东西。

王爱华蹑手蹑脚地向房间门口移过去，到玄关口，轻轻打开那个袋子，那里面装满了花花绿绿的衣服，还有一盒一盒的东西。她轻轻取出一个盒子，在灯光下细看，只见白色长方盒子黑色包边，上面英文字写着“N° 5 Chanel（香奈儿）”，下面还有一个细体的小字“Paris”。巴黎，法国的东西。王爱华偷偷拆了包装，打开盒子，从里面拿出了一个漂亮的玻璃瓶子，里面装着金黄色的液体，扒开盖子，一股淡淡的香味散在空气里。无师自通，王爱华马上就明白手上这瓶子东西就是法国的香水了，不，应该是巴黎的香水。似乎潜意识里，她就觉得巴黎的东西比法国的东西听起来更高档一些。她把瓶子又放回盒子里面，放回袋子里面，还用上面的一件碎花衣服挡着，有种欲盖弥彰的味道。她又拆了几个盒子，大多是化妆品之类的，还有个随身的小皮包，黑色鳄鱼皮，金属链条。

突然从房间里面传出一阵椅子声音，王爱华吓了一跳，手忙脚乱地把东西塞回袋了里面，跑回沙发上，装作若无其事地坐着。

周怡亭从房间里出来，看到王爱华还在那里看电视，忍不住教育道：“都几点了，别看电视了！快去洗澡！明天还要上课呢！”

王爱华假意在沙发上又赖了一阵，撒了撒娇，才被周怡亭推着去洗了澡。

王爱华边洗边又想起外面那袋东西来，一想到这袋东西是谁送的，脸上忍不住露出了厌恶的表情。

走了一个孙宏钢，又来了一个恶心的男人。

等她洗完澡出来，玄关那里的袋子不见了。借着对方洗澡的时间，她在屋里转了转，都没找到这个袋子，不禁有些泄气。

第二天早上，王爱华醒得很早，但依然躺在床上，等着人来喊。就在她等得快睡着的时候，母亲才姗姗来迟，推门进来。王爱华一下子惊醒过来，迅速从床上坐起身，看到进门的人依然一身T恤牛仔打扮，不知道为什么暗自舒了一口气。

周怡亭反倒吃了一惊，在门口愣了一下，一会儿才开口道："快起床，早饭做好了。"

"嗯。"王爱华用鼻子应了一声，慢腾腾地起床洗漱。换衣服的时候，似突然想到什么，对房间外面喊道："妈，我想穿那个花的裙子。我衣柜子里没有，是不是在你柜子里啊。"说着就动手打开了周怡亭的衣柜，到处翻找。

"怎么会呢？你上个礼拜不还刚穿过吗？"周怡亭从外面进来，到女儿的衣柜里面，一翻就翻出来了那条对方口中的花裙子。"喏，不就在这里。"

王爱华只能怏怏地接过裙子，合上衣柜门，把衣服换上。

"快点哈，一会儿校车就到了。"

王爱华换了衣服出来，坐在周怡亭对面吃早饭。周怡亭显然已经把早饭吃完了，只是坐在那里看报纸上的新闻。

边吃饭，王爱华忍不住多看了母亲两眼，虽然还是穿着之前的衣服，但总觉得对面的人哪里不一样了。

没察觉到对方眼神，周怡亭完全被报纸上的内容抓住了，那是一条有关上海浦东开发的新闻。周怡亭凝神屏气，一个字一个字地把这个报道看进了眼里去，边看边琢磨着七七八八。

"我吃完了。"王爱华摔下筷子，背起书包就走。

"好。"周怡亭放下报纸，站起身来，"我送你……"

"不用了，这段路我还认得。"王爱华已跑到玄关那里换鞋。

"哦。"周怡亭又重新坐下。

“我走了。”王爱华出门前忍不住回头又看了一眼周怡亭。

“路上小心点。”周怡亭嘱咐着。

“……”王爱华没有回应，而是拉上了门就走了。

放学后，王爱华又喊着凯特去了一趟商场，还是逛一楼的化妆品店。她第一个看到的就是那个装着金色液体的玻璃瓶，白底黑字的商标。凯特看了一眼就认出这款香水来，告诉王爱华这款香水有多出名，有多少明星都喜欢用，末了还加了一句："但是我妈妈不喜欢这个牌子的香水。"

王爱华听着朋友的话，点着头，眼睛却盯着瓶子下面的价格看了很久。

凯特看她似乎很感兴趣的样子，问售货员要了一张试香纸，喷了一些香水在那纸上。凯特接过试香纸，熟门熟路地捏着纸的一端在空气中晃了一晃，然后凑到自己鼻子下面闻了一下，又递给了她。王爱华就着她拿纸的手，低下头闻了闻，一股花香霸道地冲击进她的鼻腔嗅觉，如一瞬间五官五感被彻底打开。她反射地退后一步，吸了吸鼻子，周围空气都像失去了味道，几秒钟才慢慢找回来。

凯特被对方的表现逗得哈哈大笑，追问她是不是喜欢这个味道。

王爱华尴尬一笑，摇了摇头，把话题扯开讲凯特妈妈喜欢的另一种香水上。

凯特随便带着她去看了几个香水，介绍这个是她妈妈喜欢的，这个是她姐姐一直用的，这个是她自己很喜欢的。王爱华也一一闻了，但都不如第一个冲击那么强烈。她回头又看了一眼那个金黄液体的瓶子，和凯特一起离开了商场。

回到家里，依然是漆黑一片，空无一人。王爱华放下包，先到厨房里面喝了杯水，吃了点零食。看了看墙上的钟，时间还早。她又在房间里面翻箱倒柜地找起昨天那个装满了东西的袋子来。玄关、客厅、卧室，她一个房间一个房间找，衣柜子更是翻了好几遍，但都没有找到那袋子东西。她不禁有些泄气，一屁股坐在床边。突然感觉有点累，便倒在了床上。

不知道躺了多久，楼下传来一个熟悉的汽车声音。她一下从床上坐起来，伸脚在地上找拖鞋，没找到，拖鞋刚才被踢到了较为床底的地方，她只好俯身，用手去掏鞋子。这一俯身，她就看到了被随手塞到床底下的那个白色袋子。她的心又咚咚咚地开始跳起来。

皮特非常绅士地把周怡亭送到楼下，回头说道："怡亭，我们要不还是带上华华出去吃饭吧，找家好一点的饭店。"

周怡亭利落地解开安全带："不用了，华华和我随便吃点就好。你也不用每天接送我，我会请公司的司机送的。"

"请司机多耽误事情啊，而且他是公司开货车的，笨手笨脚的。老美讲'时间就是金钱'，你这等车坐车的工夫……能接送你上下班是我的荣幸啊，我高兴还来不及呢。"

"我的车去检修，过两天就修好了，也不必天天找司机。"自从那次皮特坦白心迹后，周怡亭每次与其独处都感觉有点不自在，匆匆抓起背包就下车了。

"怡亭！"皮特也解开安全带，下车追上周怡亭，"明天早上我来接你啊。"

周怡亭闻声，停下来回头："不用了。还有昨天那个你送我的东西……"

她的话还没说完，从门口冲出来一个人，手里抱着一大包东西，劈头盖脸地就把东西丢到了皮特身上。

两人俱是一惊，仔细一看，来人正是周怡亭的女儿王爱华，喘着气，对着皮特恶狠狠地骂了一句，转身推着周怡亭回了家。

"学校是这么教你待人接物的吗？！还有那个脏话是谁教你的？"周怡亭觉得一股莫名的火，关了门，叉着腰对王爱华训话。

王爱华转过身，瞪着周怡亭，一字一顿道："别以为我不懂！"

周怡亭紧追不舍："你懂什么？"

王爱华倔强地抬着头，梗着脖子，对着周怡亭："我知道你还在想那个男人，我知道你离不开男人！"

她又看到了女儿那双眼睛，那个眼神，像极了多年前无数个日子里的阴霾，浑身的血液似突然被抽干，双手双脚无力地垂下，身体后退靠在了墙上。

她张了张嘴，想说什么，但又觉得对这个似懂非懂年龄的女儿，能说什么呢？

这是她第一次意识到，女儿已经长大，在她还没有意识到的时候，还没有做好准备的时候。在黑暗中，在蒙昧中，在狭缝中，一直野蛮生长着。

4 弄巧成拙伤害母亲

时间过得很快，洛杉矶的生机勃勃又重新被秋叶萧瑟所替代，行人的衣裳增多了起来，就连公园里随处可见的小松鼠也少了，整个世界似乎又从热情走向了清凉。

然而周怡亭公司内却是一片热火朝天的景象，与外面的景色截然不同。尽管曹皮特雷声大雨点小地叫嚷了一阵FBI要退还扣押的货物了，实际上货物一直没有退回。但因为采用了周怡亭提出的两家公司同时运作的方案，让那家原来只做丝网印刷的生产公司也来做进口营销，公司的业绩不仅没有减退，甚至有超越的迹象。也正因为如此，他们决定去参加10月份拉斯维加斯的展销会。

看着公司恢复了生气活力，周怡亭情绪也是高昂的，当初对员工的承诺也兑现了。现在，她又立下一个新的目标：如果这次的订单量达到去年的两倍，每个职工都可以拿到13个月工资，也就是多发一个月工资作为年终奖。大家都是铆足了劲想把展销推介会做好。

事业上重新上轨，但感情生活却不如之前来得如意。孙宏钢回国后一直未归，在FBI的事情冷处理之后，两个人之间的联系更少了，连合资公司的相关事宜也都是孙宏钢与林鹏飞联系，林鹏飞再向她说。另外，曹皮特在那天晚上的失态之后也没有进一步动作，基本恢复到以前的状态。周怡亭以为自己的断然拒绝有了效果，也注意不要与曹皮特独处，这样一来，倒还相安无事。因为感念他在FBI事件中的作用，一段时间后，周怡亭也逐渐淡忘了他的冒失与唐突。

感情生活中虽然还是有诸多不如意，但是令周怡亭欣慰的是，自己与爱华的关系逐渐缓和起来，越来越像一对平常的母女。她工作还是忙，偶尔放个假也会把爱华带出去逛个街，随着爱华喜好买一些常用的小东西，就连之前管得紧的零花钱，也因为这几个月心情舒畅稍微涨了涨——爱华与她的关系就更加和谐了。不过周怡亭和王爱华自己可能都没意识到，二人关系改善的最大动因是因为爱华的成绩上来了——周怡亭已经很久没有被学校老师请过去了解情况了，爱华因为逐渐适应英语教学，原本有优势的科目更加遥遥领先，弱项的英语写作等也逐渐进步，霸占着母女不和原因排行榜的前两名——孙宏钢和学习成绩都解决了。于是，这次周怡亭去拉斯维加斯开展销会，也提前向爱华学校请了假。

“妈妈？你是说真的吗？我也可以去？”王爱华简直不敢相信母亲给自己的奖励是去拉斯维加斯，毕竟之前自己还没有出过加州呢。

“我和你约定过，你成绩进步会有奖励，现在你做到了，我也说话算数。喏，先给你机票。”爱华跑到周怡亭身边接过了机票，磨搓了两下自己名字处才敢相信这是真的。

爱华拥抱了周怡亭，还踮起脚亲了妈妈一下。

周怡亭震惊于爱华刚刚给她的拥抱中，那个拥抱是她把爱华接到美国后第一次获得的拥抱，之前与孙宏钢一起生活的时候爱华也撒娇抱她，却和这样从心底散出来的快乐不一样。

经过一周的准备之后，一行人分两批来到了拉斯维加斯——曹皮特和林鹏飞带着几名员工，载着展品样品提前开车过去，其他人员跟着周怡亭在第二天中午到达。

展销会在拉斯维加斯的赌场酒店举办，客流量和关注度都很高，也是公司恢复之后第一次参加大型展销会。林鹏飞通过熟人提前拿下了场地中的好位置，一进门就可以在大型展销牌旁看到周怡亭公司的展位。为了让观众一目了然，整个展位以红色为基调，还用打火机搭出了火焰的形状，使得这个展位成为打火机行业中最大最突出的一个。

现场人流量很大，周怡亭也是铆足了劲想在这场秀里拿下几个大单子，于是一改平时的不修边幅，精心打扮了一番。将一向直统统的披肩发挽起，露出修长的脖子，穿了中国特色的改良旗袍，身材玲珑有致，甚至还在公司美国姑娘的帮助下化了点淡妆，使得她愈加漂亮，令人移不开眼睛。除了订货的客人，很多参观的人也围在他们展位旁，就想与这位“东方美人”说上两句话。曹皮特充当起了护花使者，他站在周怡亭前，隔开了好奇的人群，引导客户与几个职工签下了单子。这样配合着，一个上午就拿到了去年一半数量的单子。

“没看出来，你不仅可以当公司顶梁柱，还可以当公司吉祥物。”林鹏飞边整理订单，边打趣周怡亭，抬眼看到在两米外忙碌应付的曹皮特，顿了顿又加了句，“不过，怡亭，皮特似乎最近对你太上心了点。”

周怡亭听出了林鹏飞的意思，也点点头说“我有数，放心”。

“前几天孙大哥说等我们忙完秀的事情后，他回来和我们聚聚，说说合资企业的事情。一年多没见他了，怪想他的。”

周怡亭听到，“嗯”了一声，心里涌起一股暖流，想着，他要回来了。

王爱华第一次跟着妈妈出来玩，心里又兴奋又紧张，但是周怡亭白天都在忙展销会的事情，完全顾不上她，爱华一个人百无聊赖，在展台待了一小会儿就四处闲逛起来。

不知不觉到了赌场进口，虽然身边没有钱，但是好奇心还是让爱华驻足排队，心里磨蹭着想要进去。

很快就靠近入口处，前面的人都出示了证件，王爱华从兜里翻出了证件，也有学有样地递了上去，本以为就可以进去了，谁知门口工作人员拦住了她：“儿童不能进！你还不到18岁，你不能进去！”

王爱华没有办法，又转到另一个进口，遇到的是同样的情况。尝试了几个进口都不行，没有办法她又回到了展台，想央求周怡亭带她出去玩玩，但是周怡亭没等她“妈妈”喊完，就被别人叫走处理订单的事情了。

“说得好听，带我来休假，但是根本没有理我，就知道忙自己的事情！”

看着自己妈妈离开的背影，王爱华也各种委屈涌上心头，拿了房卡气鼓鼓地回房间了。

王爱华回到房间，就打前台电话订了客房服务，叫了牛排、薯条等，也想好了如果周怡亭怪她浪费，她该怎么应对。

做完这一些，她百无聊赖地打开了电视机，一边斜躺在床上看电视，一边等订餐送上来。

电话铃响，爱华以为是前台打过来的，就随手接了。

“皮特，小艾发烧了！你什么时候能回来？”

“你是谁？”爱华听电话里传来一个女人说中文的声音，很诧异。

“你又是谁？为什么在皮特房间？”

“这不是皮特房间，你打错了吧，这是我妈的房间。”说罢，爱华就准备把电话挂断。

“等一下！你妈妈是不是周怡亭？”

“是，你又是谁？”爱华听到对方说了妈妈的名字，就又把电话拿了靠近耳朵。

“是这样的，我是皮特太太，我女儿发烧了，但是我找不到皮特，你能帮我找一下他吗？”

“我也不清楚他在哪儿，你可以打去展览中心问。”

“哎——”话筒那边女人并没有放弃，“你是周怡亭女儿，那皮特是不是经常去你家？”

爱华想到那天晚上曹皮特和周怡亭的对话，以及刚刚的委屈，赌气一般地回答：

“对啊，他还常给我做菜呢，我说做什么他就做什么。”

“其他有没有做什么？”

“还带我们去海边玩，去游乐场玩，去大商场买东西……”爱华把之前孙宏钢带她们做的事情都套到曹皮特身上。

"那你听到他跟你妈妈说些什么话了吗？"

"他们说很多很多话，皮特要我妈妈跟他结婚，夸我妈妈又聪明又能干，还特别漂亮，让人日思夜想那种美。还说他在家里不幸福，只是看在儿子女儿的分上才没有离婚，不过他遇到我妈妈后就决心要离婚了。"

"他真的是这样说的？你没听错？"

"当然啊！我都听得清清楚楚的，不过我是坚决反对的，我妈有我就够了，不会跟任何人结婚的！"

对面挂断了电话。

"喂？喂？"爱华对着话筒喊了两声，"我妈也不会同意的。"

展销会的第二日是星期天，人流量更大，有过来看样订货的，还有许多拉斯维加斯的游客，也有不少本地人，趁休息天来逛一逛，淘淘价廉物美的小商品。

在熙熙攘攘的人群中，有一个亚洲面孔的女人气急败坏地冲进来，她东张西望地寻找打火机公司的摊位，找到了摊位，又在找周怡亭。当她认定了周怡亭以后，就像一头母老虎一样地猛扑上去，揪住周怡亭的头发就冲着她劈头盖脸地殴打起来。

周怡亭蒙了，旁边的几位姑娘忙过来拉住那个女人，一边喊道："怎么回事？怎么回事？"

周怡亭搞不清楚是公司的竞争对手还是怎么回事，只听那女人骂道："你这个不要脸的臭婊子，竟然来勾引我的老公！我们俩孩子都上小学了，你还想拆散我的家庭啊？"

周怡亭听得摸不着头脑，都不知道怎么申辩。

许多人围拢过来看热闹，那个女人又指着周怡亭，用英文骂道："她是个坏女人，婊子！她勾引我的丈夫！她破坏我的家庭！"

过往的游客驻足停留，饶有兴趣地看着事态的发展，一个漂亮的亚洲女性被指控为小三；公司的员工好奇地听着这种闻所未闻的丑事，似乎看到了一个从未认识的周怡亭。

只有林鹏飞闻声冲过来，他一边示意员工们过来拉开那个女人，一边说："胡说八道什么呀？你认错人了吧？你丈夫是谁啊？"一边用英文解释："这是一场误会！"

那女人叫道："什么误会？我老公是曹皮特！这个贱人的女儿自己说了，就是她，要我老公跟我离婚，跟她结婚！穿得这么骚，谁知道你们卖的是打火机，还是卖骚货呢？"

周怡亭被这么劈头盖脸一顿骂，一时竟语塞了。曹皮特老婆挣脱开拉着她的员工，又向周怡亭身边靠近，周怡亭不经意，身上又挨了几下。

林鹏飞忙把周怡亭护在身后，对旁边职工叫道："快去把曹皮特找来，他家的母老虎闹到拉斯维加斯了！"

"看来被你迷得神魂颠倒的不止我家皮特啊！这个男人这么护着你，是不是也被你勾了魂啊！"

"曹太太，请你尊重一点，这边有监控和这么多目击证人，我可以告你诽谤。"林鹏飞看周怡亭什么都没说，扶她坐下来，自己义正词严地对曹皮特老婆说道。

那女人被噎了一口，看周怡亭没反应，还是一个劲地骂着她"婊子""贱人""狐狸精"。

围观的人越来越多，看着周怡亭一直默然不语，也觉得是她理亏所以不说话。周怡亭虽然低着头，但是她眼睛余光能看到围观人的指指点点，也能听到他们的议论纷纷。

曹皮特终于被找了来，他大步走过去，拉住老婆的手大喝一声："谁叫你到这里来的？快给我回去！"

他老婆乘势往地上一坐，又哭又喊："我为什么不能来？你们在这里做什么见不得人的勾当不让我来？我就是要来！要看看你们两个在这里怎么鬼混！鬼混得连自己女儿发烧也不管了！"

曹皮特叫道:“你讲点道理好不好?我们是来这里工作的,公司这么多人一起出差,你跟过来算什么名堂呢?走走走,不要在这里胡闹了,这又不是在家里!”

正在这时,王爱华优哉游哉地逛过来了,她走到周怡亭身边,不解地望着这一切,莫名其妙地问道:“妈妈,这里怎么啦?”

曹皮特的老婆听到王爱华的声音,似乎抓到了救命稻草,她麻利地站了起来,冲到王爱华跟前,指着周怡亭说:“你就是她女儿对吧?事情都是你告诉我的对吗?你说吧,是不是曹皮特说要跟你妈结婚?”

王爱华点点头说:“对的,我听到皮特说要跟我妈结婚。他们两个谈到半夜,我都偷听到了。”

周怡亭听到爱华这样回答,怔怔地看着她,眼睛里蓄满了泪水。

曹皮特也不知说什么好了,只好讪讪地说:“爱华,你听错了,我哪里讲过这样的话啊?”

王爱华转过头争辩说:“你就是讲过的,我听得清清楚楚的!你是个坏人,我不要你跟我妈结婚!”

曹皮特的老婆感觉抓到了重要把柄,又指着周怡亭骂道:“你自己的女儿都讲出来了,你还想赖?你这个老破鞋,烂货!找不到男人就偷别人的老公!”

“不是的!”王爱华突然搞清楚是怎么一回事了,她自己昨天撒气说的话被眼前这个女人曲解了,她来找妈妈麻烦了。她连忙回头看了周怡亭一眼,却发现自己母亲眼中的眼泪,那双漂亮的眼睛蓄满了眼泪,但忍着一直没落下,重要的是,她感受到那双眼睛背后的失望,是失望!从来没有出现过这样的失望!

她慌了:“妈妈!我说过……我不是……我不是这个意思……我就是……就是……”

“孩子你是好孩子,虽然你妈妈瞎搞,但是你能说出来还是好孩子!”

“不是!你瞎说!我不是这个意思!是你老公不要你,我妈妈根本没答应！”

“你不要怕你妈妈就开始撒谎了，昨天你不还和我说曹皮特带你们出去玩吗？你妈妈可能还看上我家的钱了……”

“胡说八道！根本不是这样一回事！”曹皮特老婆话还没说完，就被周怡亭大叫一声打断了。

周怡亭盯着王爱华看了5秒，又转向曹皮特看了一眼，眼神扫过围观的人，突然在大家都没有料到的时候冲了出去。

“妈妈！妈妈！”

王爱华跟在后面叫着，也追了出去。

人群一片喧哗，曹皮特拉着老婆也要走。林鹏飞走过来怒视着他挥着拳头说：“皮特，我真想揍你！”还不解恨，又补了一句英文：“你可耻！”

周怡亭一个人在大街上走着，边走边掉泪。大家都说拉斯维加斯是快乐之城，可是自己在这里却受到了一次公开的侮辱，真是莫大的讽刺。

她擦了擦眼泪，在嘴角扯了一个弧度。

又怎么样呢？她没有做过的事情，她并不怕，她唯一在乎的不是这个。

她停了下来，理了一下头发，扯了扯裙摆，抿了下嘴唇，从口袋里掏出手机，拨通一个号码，缓慢但有力地说：“鹏飞，谢谢你的信任。请你负责把这个秀做好，该拿的订单还是要努力拿到手，带来的样品和展品都争取在这里清货。具体情况回公司后我再告诉你。”

她顿了一顿，说：“我先回去，爱华就拜托你带回加州吧。”

跟着她跑出来的王爱华在身后恰巧听到了这句话，她突然意识到，自己与母亲之间，有什么发生了改变，王爱华说不清楚，但是记得周怡亭刚刚看向她的那蓄满眼泪的双眼，那个充满失望的眼神。

她没有再追上去。

5 冷战僵持局面

失望似一口没有水的枯井，情感干涸后连杂草都不再生长。又似一潭沉寂的死水，没有更多的生物生存，只有阵阵恶臭。

房间里面飘散着失望的雾霾，清晨她从床上醒来时，似乎都看到了房间里面那灰色的情绪和气氛。

沉默。

另一种失望的表现形式。

她坐在餐桌边上，桌上空无一物，没有平日里的丰盛早餐。盯着餐桌布上的几何花纹，出神良久，直到被一个开门声音拉回注意力。

她看到母亲从房间出来，但身上却穿着松松垮垮的睡衣，披头散发，表情木讷。

沉默，或者是因为她不知道如何开口。

视对方为无物，周怡亭径直穿过她的眼前，来到水龙头边，取杯子，倒了杯水。

她还是坐在餐桌边上，看着母亲慢慢地喝完半杯水。

沉默。

说点什么！

她右手下意识地攥紧了拳头。

周怡亭简单冲洗了一下，把杯子放到了一边的台子上，转身往回走。

“妈妈……”

终于，她打破了沉默。

周怡亭回房间的脚步顿了一下，慢了下来，但依然没有停。

"我错了，我不知道皮特老婆是这个样子的，反正你也不喜欢皮特，也没有什么关系的。我……"

她越说越快，但最后声音还是被关门声隔绝在了外面。

沉默。

令人窒息。

王爱华张大嘴，想将胸口那一大口气呼出来，但没想到眼泪先流了下来。

咖啡店。

周怡亭坐在一角，缓缓观察着这家店，她很久没有来这儿了。之前孙宏钢在的时候，看她没日没夜辛苦工作，有时会把她带到这边，喝一杯咖啡，缓解一下疲劳，放松一下节奏。这家咖啡店会放孙宏钢喜欢的歌曲，周怡亭对咖啡、歌曲都没什么研究，当时沉浸在爱情中，随着孙宏钢来，心中充满喜悦，虽然脑子里想的还是公司的事情，不管是客户还是出货进货，但感觉踏实满怀憧憬。孙宏钢离开后，她再也没有来过。今天一个人来，反而更像是放松，脑子里不再核计着公司的种种。

店里人不多，快圣诞节了，进门处摆放着一棵圣诞树，上面挂满了花花绿绿闪闪亮亮的饰品。咖啡机就放在柜台外侧，店里弥漫着一股咖啡豆的清香，周怡亭闻到这熟悉的味道，隐隐约约觉得有点心安。

今天她和林鹏飞约在这里见面。拉斯维加斯的展销会结束已经一周了，在林鹏飞的主持下，即使出现了皮特妻子大闹的场面，在展销会上，公司还是达到了原定的目标，订货量是去年的两倍，带去的展品也在当地售罄。周怡亭在林鹏飞、曹皮特一行回公司之前就开始正常上班了，少数员工或多或少听到一些传闻，曾在背后议论过这件事，但周怡亭就像没事人一样，对于他们的好奇与议论视而不见。太阳底下每天都有新鲜事发生，等到林鹏飞与曹皮特带着王爱华和其他员工从拉斯维加斯回来的时候，公司早已回归正常节奏，听过的人摇头说是无稽之谈，没有人对这件事还感兴趣。

唯一的余波大概就是曹皮特了。他一回公司就去了周怡亭办公室，也不在乎员工们偷偷交换的眼神。林鹏飞本来想拦下他，但回头看到周怡亭淡然的神情，也就停下了脚步。

“怡亭，在拉斯维加斯真不好意思……我已经和我老婆说清楚了，她不会再为难你！”

曹皮特一进办公室就急匆匆走到周怡亭身旁，想和往常一样绕到周怡亭后侧，但他刚一走近，周怡亭就冷不丁地站了起来，走向了相反的方向。曹皮特没料到周怡亭突然起身，过去的脚步打住了，再看着周怡亭走向窗口，也就顺势站定在桌角，不再靠近。

“那我应该谢谢你为我解决了这个麻烦？”

“你知道我不是这个意思，”曹皮特听周怡亭语气不好，脸上却是淡淡的表情，自己也没了数，不知道周怡亭到底什么想法，“怡亭，我知道这件事我没有处理好，我向你道歉。但是不管你对我有什么想法意见，我的心里永远有你，我会永远关心你、照顾你、照顾公司，时间会证明我的心的，你也会看到我的心的。”

周怡亭站在窗旁，看着那个急于辩白的男人，觉得有点讽刺。在拉斯维加斯让自己当众出丑，回来之后他不但不避嫌，反而似乎更愿意把事情闹大，自己已经冷处理了，但他一回来就想把这件事重新提起来，他究竟居心何在？……

曹皮特见周怡亭还是站在那边，什么都没说，有点不安起来。

“怡亭，你相信我，我会尽快和那个疯婆子离婚的……”

“皮特，公司上个月报表请尽快做出来。我看了一下出货和库存情况，总是有一些误差。你是专业的，可能是我哪里弄错了。”周怡亭没等皮特将后面的保证说完，开口打断。

“啊？啊！”曹皮特没料到周怡亭直接说公司的事情，愣了一下，等反应过来的时候已经答应了。

这么一来，曹皮特一进来就想营造的暧昧气氛被粉碎了，他也不好再继续说下去，试探地问道："那件事……"

"我会当没发生过。"周怡亭缓缓说道。

"怡亭，抱歉，刚送完女儿去钢琴老师家，你等了有一会儿了吧？"林鹏飞不知何时出现在周怡亭面前。

周怡亭抬手看了看表，也就比约定时间晚了10分钟，她笑笑："为了那个可爱的小姑娘，我再等一会儿也是愿意的。"

两个人相视一笑，林鹏飞脱了外套搭在椅背上，拉开椅子坐了下来。

"鹏飞，谢谢你把爱华带回来……展销会也是多亏了你……"

"你今天是准备请我喝一杯咖啡来报恩？那是铁公鸡拔毛了吗？"

"肯定要报恩啊，服务员麻烦一杯拿铁。"周怡亭征询的眼光看了看林鹏飞，后者露出了"算你了解我"的表情。

"其实，今天约你来，关于皮特那件事我觉得还是有必要向你解释一下。"周怡亭喝了一口橘子水，两手交叉把着玻璃杯轻轻旋转，"有些话在公司说不方便。确实，曹皮特对我说过那些话，被我断然拒绝了。我一直考虑公私分开，不希望因为这件事对公司造成什么影响……"

"怡亭，我们认识有几年了？"林鹏飞喝了一口服务员送来的咖啡，出声问道。

"也有八九年了吧，"周怡亭不知道他问这个何意，笑着回答："从被你们台湾人欺骗事件开始认识……那时候我还在餐馆打工呢。"

"对啊，不知不觉过去这么久了，"林鹏飞笑了笑，似乎是想起当时与赵志华起口角的场景，"所以，你的人品我是相信的，人格我也是了解的，你不用解释什么，我相信你。退一步讲，就算真的发生了这么狗血的事情，我也没有资格评判你。更何况，你和孙大哥的感情我是看在眼里的……明眼人都看出来，皮特对你献殷勤是别有用心，他老婆也是不敢和皮特闹，才跑过来无理取闹的,你别太放心上。”

“当时跑出去就好了,”周怡亭轻轻摇摇头,“因为皮特工作上也没什么问题,他又是专业的会计师,所以我也不好怎么处理他……我也希望你和他不要因为这个有什么隔阂……”

“说到这个,我突然想起前几天销售人员和我讲的一件事情,”林鹏飞放下咖啡杯正色道,“他们说有一箱做了标记的货,原本第二天要带走,但是第二天在仓库里没有找到那箱货,原来的位置上放着同样的一箱货,只是没有标记了。开始没当回事,但是据说已经发生过好几次,所以我觉得有点可疑。”

“你怀疑有人偷公司货私下出售?”周怡亭若有所思,“我先回来的几天做了一次库存登记,和之前的出货数目相对照总有一点误差,我看了皮特报表上没有漏洞,所以也没有多想,现在看来,可能确实有点问题。”

“管理仓库的老李,他跟了我们很多年,应该没有什么问题吧。”

“我希望是,暂时就我俩知道吧。鹏飞,你找老李聊聊,我去咨询一下密码锁,给仓库另外安装一个,之前监控只安装在库存区和前门,现在要在所有出口都安装一个,再检查一下警铃。厂里要有人值班,警铃要常换密码,只让值班的人知道当天密码。”

一周之后,周怡亭和林鹏飞又在这家咖啡店碰面。

“我是真的没有想到,会是他在搞鬼。”周怡亭看着几张照片气愤地说。

“我也问过了,基本上值班的时候,他都会让搭班的人先回去。”林鹏飞皱皱眉,“之前我虽然和他不是一类人,但是作为公司伙伴我还是信任他的,觉得他在FBI事件中表现得还可以。”

桌子上摊放着几张照片,照片虽然有些模糊,但看得出来是曹皮特,而他身边是几箱货物,还有一个订了货又退了单子的客户。

“果然知人知面不知心!我也被他骗了!鹏飞,我们直接报警抓他吧,有照片他也赖不掉。”

“怡亭，缓一缓，曹皮特比我们早来美国，对于美国的法律也比我们熟悉，他又是善于巧言令色之徒，仅凭几张照片，还说明不了什么，况且他在拉斯维加斯让你难堪了，万一反咬你一口说是报复就糟糕了。”林鹏飞支着下巴想了一会儿继续说，“我们可以试试，人赃并获。”

“你有什么想法？”

“如果只有我们两个人知道，说服力还不够，甚至会被皮特抵赖反咬一口，但是如果不止我们两个人发现问题呢？”

“你是说在偷窃现场让大家看到？但是皮特也不傻，大家在场的时候他不敢作案的。”

“根据我询问老李的结果，推测基本上一个月一次，他会安排这样的交货。这次我们给他创造一个条件就可以了——”林鹏飞指着照片中的几箱货说道，“国内刚发来一批新货，试试当作诱饵是否能让鱼儿上钩。”

“我会把这批货价格报得高一点的。”周怡亭听到林鹏飞这么说，就明白他要怎么做了。他们俩商量了抓捕的实施细节，等待合适的时机。

周怡亭并没有像往常一样回公司，而是转到了王爱华学校附近。从拉斯维加斯回来后，除了必要的对话，她们母女俩没有进行过多交流。其实王爱华跟着从拉斯维加斯回来的时候，周怡亭的气已经消了，她也反思了自己的反应是不是太激烈了，但是看到王爱华的那瞬间——特别是看着她那双像极了王进军的眼睛，那双眼睛下的嘴一样漫不经心地在众人面前说出伤人的话——周怡亭那些消散了的气，一下子又回来了。她一直觉得自己当年毅然决然将王爱华抛下到美国来奋斗，就是为了给爱华一个物质无忧的未来。诚然，对于没能在幼小的爱华身边陪伴心里很内疚，所以把爱华接过来之后就事事顺着她，都以她的意愿为第一，甚至放弃了与孙宏钢的感情……她没有后悔，只不过心里的委屈一直积攒着。那天爱华无意间在众人面前给她难堪，前后放眼看过去，没有了自己可以依靠的人，那个在风雨中，在黑暗里、在困苦时陪在自己身边的人不在身边了。她不原谅的其实可能并不是王爱华，而是自己。

王爱华大概也没有想到这次母亲会生这么大的气。她本来只是赌气，赌气母亲眼里没有自己，不管是过去还是现在。恰巧皮特妻子打电话过来，她就胡编乱造一气，希望皮特妻子知道后能够管住皮特，不至于把自己妈妈抢走。这些小狡猾小招数，她曾经用在对付孙宏钢身上，自己觉得成功了。但是她不知道成人世界的复杂，不知道孙宏钢正是因为爱才放手，他们的爱情随着时间的推移将更加深沉，他们只是在等待她长大，等待她长到懂事的那一天。

周怡亭没有带她一起回来，她就慌了，要么一个人在酒店房间待着，要么在展台后面坐着，难得一见的乖巧，只是每天要问一次林鹏飞什么时候回洛杉矶。林鹏飞对王爱华也是又责怪又心疼，有时候安排其他女职员带她四处转转，都被爱华拒绝了。唯一一次外出，她看到路边有一个飞马的小挂件，记得外婆说过，母亲的生肖属马，就毫不犹豫地买了下来，想着见面时要送给母亲表达心意。这样过了近一周，林鹏飞带着她回到了洛杉矶。

在见到周怡亭之前，王爱华还想着母亲经过这么几天，应该会气消了，但在见到周怡亭的时候，王爱华就知道母亲还是没有原谅自己，因为她看向自己的眼神和当初看向自己父亲的很像。

“妈妈……我……”

王爱华话没说出又吞了下去，手指在口袋里摩挲着那个小马匹，把再见面的欣喜和忐忑都摩挲成了沉默。

周怡亭忽略了这些，只是点点头，就把她晾在一边，拉着林鹏飞询问在拉斯维加斯的情况。

王爱华在那个瞬间就决定了，小马的挂件会让它一直待在口袋里，待在暗无光亮的袋底。

母女俩就这么沉默地过了好几天，其实有很多次周怡亭都能感觉到王爱华想和自己说什么，比如偶尔碰面时，爱华会问她第二天出门时间；比如她早上泡在水池里面的碗筷，晚上回来的时候已经洗净放在沥水架上；再比如，洗衣筐里脏衣服，会变成衣柜里折叠整齐的干净衣物，甚至老师都会打电话过来告诉周怡亭最近王爱华学习有了进步。但即便如此，周怡亭还是在躲避着，似乎不与爱华照面，就是在向孙宏钢致歉，也是在反思她对女儿的教育是否失败。每天她都比王爱华上学出门早，也在公司待到深夜才回来。人人都以为拉斯维加斯的事情对她影响不大，毕竟连曹皮特也是被如常对待，没有被辞退，依旧分管着财务。

没有人看出来，周怡亭若无其事的表面是内心的剧烈挣扎，她对女儿冷淡是要她长长记性，让她想一想自己错在哪里。她对自己的冷漠是觉得对不起孙宏钢，觉得自己在女儿和爱人的天平上有失公允。

曾经，公司遇到FBI事件的时候，周怡亭焦虑到失眠，常常半夜摸黑到王爱华房间，坐在床边，静静看着床上的小人儿，从她那边获得力量，就像自己还未出国的时候一样。王爱华的鼻子和嘴都很像周怡亭，在夜晚，那双眼睛闭起来后，周怡亭更觉得王爱华是自己的孩子，一个缩小的、复制的自己。月光会透过薄纱窗帘，悄无声息地停留在床上，给床上的小人儿镀上一层柔光，周怡亭看着爱华脸上在光晕中跳舞的小绒毛，常常觉得满足。满足之后又会陷入困惑，夜晚睡着的爱华像天使，可是白天的她，有点像小恶魔，调皮又任性。

周怡亭回想起与女儿相处的时光，嘴角不自觉上扬，只是现在两个人的关系又让她未展开的笑容凝固在半空中，然后啪嗒一声消失不见了。

她突然意识到不仅公司需要一个清除蛀虫的计划，对待自己的女儿，也需要一个明确的计划，需要让女儿懂得关心别人，考虑别人的感受了。或者，自己应该给王爱华制订一个她认为可行的计划。

6 少女怀春心跳

窗外又开始下雨，今年的秋天竟然像极了一句中国古诗，“东边日出西边雨，道是无晴却有晴”，忽晴忽雨的，有时还下起了太阳雨，一边出着太阳，一边就下起雨来。雨水充足，气温还居高不下。从北边来的寒流也不甘示弱，与东太平洋上的暖流彼此角力，互不相让，使得今年秋天的气候一塌糊涂。

坐在休息教室内，王爱华呆望着窗外的雨点，由天空掉落下来，砸在窗棱上，摔碎后，水珠四溅。

“你怎么不关窗？”

一个人影过来，动作利落地把窗户合上，尽管窗台边已经湿了一大片。

“哎。”她神色怏怏，跟朋友凯特打了个招呼。

凯特跨坐在前面的椅子上，仔细打量了一下对方：“嘿，你没事吧？”

“没事，就是一些……杂事。”王爱华扯了个笑容，她不认为凯特能够理解自己的问题，而且这件事说起来也的确有些，难以启齿。

凯特又看了一眼王爱华，笑道：“好吧，我知道怎么能让你打起精神来。看！”她从包里拿出一张小单子，上面印着某个人的名字和时间、地址等信息。

“啥？”王爱华接过单子，看到上面写了“礼拜五晚上7点，艾米莉家”。

“派对！相信我，一次派对能解决所有的问题。”凯特的兴致很高。

“如果解决不了呢？”王爱华苦笑，她可不认为派对能解决自己的问题。

凯特哈哈笑道：“如果没有，就去两次派对！”

似被对方感染，王爱华也笑道："好吧，让我们去派对吧。"但她马上想到，这应该是自己第一次参加学校同学家的派对，突然又感觉有点退缩，"这个礼拜五？"

凯特笑了，回了一句轻飘飘的"当然"。

"我该穿什么呢？"

"至少不是你现在穿的这套。"凯特撇了撇嘴。

王爱华低头看了看自己身上的T恤牛仔裤，心情又不由沉了下去。

回家后，王爱华把衣柜从里到外翻了一遍，所见都是单调的T恤、衬衫、牛仔裤，难得翻到一条裙子还是夏天的，太过单薄的料子无法抵挡外面的寒冷。

她忍不住叹了口气，就是这样的了。想到凯特或者其他学校里面女孩子宽肩窄腰的裙子，或者金属装饰的皮衣，还有她们各种烫染的头发，花枝招展地从学校走廊路过，青春的男孩子会回头多看两眼，甚至挑逗地吹起口哨。

而自己依然干瘪的身体，和一柜子小学生一般的衣服。

"我该买新衣服了。"

她对自己说，可是哪里有钱呢？

又是一个清晨，依然在餐桌边，这次她热了两份牛奶，烤了两份面包，一份放在自己面前，一份放在母亲习惯坐的位置上。

然后，她看到着装整齐的母亲，从房间出来，来到餐桌边，看到桌上放的东西，愣了一下。

"我刚做的，一会儿就凉了。"她讨好地笑。

沉默。

周怡亭没有反馈，而是跟之前一样，走到水龙头前给自己接了半杯水，然后慢慢喝掉。

王爱华克制不住的失望，眼泪几乎就要流下来了。

“你要什么？”周怡亭突然开口，但依然面向水龙头，没有回头。

王爱华咬了咬下唇，强忍住眼泪，小声道：“钱……我想买件新衣服……”

周怡亭没有回应，打开水龙头，用力搓洗了杯子一番，再把它重重放到架子上。然后头也不回地出门，走了。

王爱华又被留在了原地，像几年前在机场一样，除了背影，母亲什么都没留下。但这次是她自己把母亲推开，推远。

如果学校里面也有所谓“超级巨星”的话，艾米莉就是属于这样的女孩。白人金发，苗条性感，家庭富裕。王爱华听说过在她家豪宅内的周五派对，这是一个完全不一样的圈子，那里面有完全不一样的一群人，充满了学校橄榄球队的明星和啦啦队队员，另一种生活与现实，她很难想象的生活和从未体验的现实。

没有太多选择，她只能继续穿着T恤牛仔裤去了派对，去之前，在家中洗手间，她紧张地涂了口红，还喷了一些香水，就是之前那一瓶香奈儿5号香水。那个晚上，私心作祟，她还是偷偷留下了这一瓶。她相信母亲不会知道，皮特也不会知道。因为这对他们根本无关紧要。

最后她出现在了门口，听到里面嘈杂的音乐声，心中更加紧张。

开门的是一个金发女孩，也是这个宅子的主人，艾米莉。见到门口黑发黄皮肤的王爱华，皱起了眉头，满脸困惑。

“你好，我和凯特·布雷克一起的。”

“哦，”艾米莉挑了挑眉，“你是？”

“我叫艾拉，我们一起上艺术课的，但……我猜你大概不记得我了……所以……”

“噢——”艾米莉将这个音拖得很长，又上下打量了她一番，才拉开大门，让她进屋。

王爱华舒了口气，但很快心又被吊了起来，来到屋里，那音乐声放大了数倍，塞满了她的耳朵，男男女女伴随着红色绿色的灯光扭动着。她双手攥拳，贴着墙，慢慢往里走，走得非常小心，不希望别人关注自己，同时又希望能快快找到自己的朋友凯特。

“真的假的？我们这儿有个亚裔？”

“她来这儿干吗？”

“看！她都穿了什么呀？”

她迥异的长相和穿着，让她一进门就非常引人注目，四处都有窃窃私语的讨论声。这些声音都一字不落地钻到了她的耳朵里，让她双脸涨红，脚步慌张。

幸亏，她很快在客厅的沙发上找到了凯特。只见她穿着红色吊带短裙，翘腿坐在沙发上，一手拿饮料，另一手比画着跟身边的人讲着话。

“凯特！”王爱华有些激动地冲到对方身边。

“嘿，你来啦！”凯特看到王爱华也很高兴，连忙挪出一点空地，让王爱华坐在她左手边。

王爱华坐了下来，依然有些拘谨。凯特拿了一杯饮料给她，她接过之后小小吮了一口，除了水果的甜味更有一股刺激的味道直冲到口腔里，猝不及防的她咳嗽了起来。

“慢点！”凯特拍了拍她的后背，神色夸张地追问她饮料味道如何。

王爱华皱着眉头，咂摸了一下，反问对方这杯饮料里面是不是还有别的东西。

凯特神秘一笑：“快活水。”

“但这尝起来好像是……酒？”

凯特慢慢地点了点头，嘴角的笑容更深：“你喜欢吗？”

“不，不喜欢。”然后王爱华讲起了自己小时候住在外公外婆家，每到夏天，外公会从自己的酒碗里挑出一个浸渍过酒的杨梅，拨到她的调羹里面，而且看着她吃下去，他们认为这样能有效防止中暑。

“哇,你外公太棒了吧!”坐在凯特另一边的人,突然插入了他们的对话。

王爱华抬头,看到一个深色头发,棱角分明的男生,脸上带着一个似笑非笑的表情。她微微一愣,住了嘴。

场面冷了一下,凯特连忙笑着打圆场,将两人介绍了一下,男生叫杰斯廷·奥·布莱恩,大他们一届,是凯特姐姐的同学。

“你好!”王爱华礼貌一笑,将手中饮料放到了桌上。

“继续啊!”杰斯廷眼睛含笑,直视着王爱华。

“什么?我的外公吗?他还在中国……”王爱华忍不住避开了他的眼睛。

“不,不,”杰斯廷笑着摆了摆手,“我是说继续喝。”

“哦,好。”王爱华只能又把饮料拿回手上。

杰斯廷哈哈大笑:“你好可爱。”凯特也跟着一起笑起来。

王爱华看了看两人,也跟着笑起来。

至少,至少,那天晚上,还没有那么糟。

也许这个世界上真的有所谓的吸引力法则吧,当礼拜一上学的时候,穿过校门往里走的时候,她脑子里面又想起杰斯廷,他蓝色的眼睛,在灰暗的灯光下闪闪发亮。

“嘿!”一个人影出现在她面前,差点撞上。

王爱华抬头,眼前的人刚好和脑子里的人合上,愣愣地回了一句:“嘿……”

“你叫——艾拉!”杰斯廷笑着记起了对方的名字。

王爱华点了点头,脚下不停,继续往里面走。

杰斯廷也不在意,继续说着什么话,边跟着她往前走。他讲得很快,有些地方还有了奇怪的缩写或者特别的名词,她其实并没有完全听懂,所以也没有开口应他的话。

“杰斯廷，你不知道什么叫闭嘴吗？”进门时两人碰到了凯特，一开口对他竟是毫不客气。

杰斯廷撇嘴一笑，回了句嘴，用了个特别奇怪的单词，王爱华没有听懂，但她看到两个人都笑了，也跟着笑了笑。

杰斯廷又说了几句话，但王爱华有些心烦意乱并没有仔细听，等她回神的时候只听到他丢下的那句“回见”。然后就看到他那高大挺拔的背影转身蹿上了二楼。她突然想到自己刚才竟然只跟他说了一句“嘿”，不禁又有些气恼和懊悔。

回头，她看到凯特正似笑非笑地望着自己。

“怎么了？”她有点心慌，连忙看了看自己的衣服鞋子有没有什么问题。

“你喜欢他。”凯特眯起眼睛，对着她一字一顿道。

王爱华顿时如被踩中尾巴的猫，跳了起来，一连三个“没有”，逗得凯特哈哈大笑。“我说没有就是没有嘛！你能别笑了吗？”

凯特见王爱华真的有些动怒，便收住了笑，耸了耸肩，往教室走。

王爱华在原地跺了跺脚，叹了口气，跟上凯特进了教室。

那天早上，她从床上惊醒，一身汗，但用力回想却突然完全想不出来梦到了什么。只有一个模糊的旋律在脑中回旋。

不要浪费你的时间……

不要浪费你的时间……

不要浪费你的时间……

她起床，洗了把脸，感觉清醒了很多，那个旋律也更加清晰了，它应该是一首流行歌曲，还有前面和后面，一个男声唱的，但她想不起来了，又是在哪里听过这个歌呢？学校？商店？或者艾米莉的派对上？

我再也不想参加什么派对了！

她用力擦了把脸，把毛巾丢在架子上。

又站在衣柜前，她看着那天被翻出来的夏天的裙子，被随手放在衣柜边的椅子上，裙摆上还缀有白色蕾丝花边。她忍不住上前摸了摸那蕾丝边，质感柔软。回想起买裙子时候的光景，那时自己刚到美国，妈妈和那个男人第一次带自己去逛商场，那五光十色、琳琅满目的商场里，她一下子就被迷住了。这条裙子，她也是一眼看中，但知道价格之后的母亲变了脸色，拉着她要走。还是，对了，这条裙子最后还是那个男人劝说买下的。

换好衣服，她从房间出来，意外看到母亲已经坐在了餐桌边，面前一个玻璃杯子，内装了半杯水。

周怡亭回过头，看了眼王爱华，没有开口，只是指了指桌对面的位子。

王爱华会意，战战兢兢地坐在了她对面，低头看着她面前的杯子，不敢抬头看她。

看对方坐下后，周怡亭从钱包里面拿出了一张钞票，放在桌子上。

王爱华不解其意，看看钱，又抬头小心看了看母亲的脸色。

“最后一次给你零花钱，去买衣服好了，大冬天的穿什么裙子？”周怡亭开口了，语调冷漠。

王爱华右手攥住了裙摆，那柔软的蕾丝被揉进了她的掌心。

“以后我不会再给你了，要钱的话，自己去赚。”

王爱华惊呆了，瞪大双眼，她看到母亲一张一合的嘴，听到对方发出的每一个音节，但似乎突然之间失去了理解这句话的能力：“什么？”

“自己拿去看。”周怡亭又拿出一张小单页，上面粗劣地印着一条黑白图案的龙，旁边是一个餐厅的名字，下面是简单的招聘启事及餐厅地址和电话。

单页上的信息一目了然，王爱华想起这个餐厅就是在母亲公司附近的那家中餐厅，每次去都能闻到餐厅里面弥漫着一股浓浓的油烟味道，以致当你离开的时候，衣服上头发上依然都能闻到。

“你也满16岁了，要花钱应该自己赚钱了。”周怡亭说完话，喝掉了杯中水，起身背起包走了。

餐桌边，又只剩下她一个人了。她感觉到羞辱，感觉到说不出来的愤怒。随手把手上的传单揉成一团丢在了垃圾筒里。起身给自己倒了杯牛奶，又热了两片面包。

不再给我钱？妈妈是在开玩笑吧？不把钱给我，她赚那么多干什么？

王爱华用鼻子“哼”了一声，回到餐桌边，手脚轻快地把纸币收进自己的口袋中。

可惜的是，那天她特意穿了夏天的裙子去学校，但并没有再碰到杰斯廷。高兴的是，她有了母亲新给的零花钱，金额不算太多，但买条新裙子应该绰绰有余。放学后，王爱华便迫不及待地拉着凯特去逛商场，从楼下试到楼上，才终于找到一条合心意的。

“你会来参加周五的派对吗？”凯特问道。

“在哪儿？”

“莎拉家。”

“莎拉是谁？”

凯特又笑了，简单介绍了一下莎拉，高一年级的，她姐姐和杰斯廷的同学。

王爱华犹豫了一下，最后还是点了点头。

7 与男生逛店

又是一个周五，又是一个派对夜。

放学后，王爱华早早回了家，便开始在房间里面收拾自己。翻出前几日在商店新买的裙子，小心地剪去衣服上的吊牌，从下往上拉，套在身上。她站在镜子前面，整理了一下肩膀的位子，良好的剪裁下露出了她纤细的腰身，胸前已经微微凸起，虽然不似好友凯特那样汹涌。转过身，宽大的裙摆在空中划出一个弧度，她对着镜子里的自己微微笑着。

她拿出眉笔，睫毛膏，口红，一样一样地往脸上涂抹。有了之前多次练习，她的手不会再过度发抖，这些做起来竟有了熟能生巧的味道。

她从抽屉底下，翻出那瓶香水，喷了一下在脖子上，一下在头顶头发上，再一下在手腕内侧。这是她从某本街边的时尚杂志上学来的：喷在头顶，因为一般男孩子都比自己高；喷在脖子，因为派对吵闹的环境下，人会靠近耳边说话；喷在手腕上，因为举手投足时这股味道会淡淡地散发出去，经过的人都会闻到，都会忍不住回头多看一眼。

不知道想到了什么场景，她对着镜子傻笑起来。

止住笑，她把香水和化妆品小心收进了抽屉，看了看时间，觉得差不多可以换鞋出门了。

但没想到，一拉开房门，她就跟刚进门的周怡亭碰了个对面。

那天的周怡亭脸色格外苍白，浑身软绵绵的，没有什么精神，进门看到打扮得花枝招展的女儿，也没什么力气反应，脑袋中只想着她身上的新裙子不好看。

“妈妈……”王爱华缩了回来，拉了拉外套，希望能遮住里面的那条紧身裙子。低着头，不敢看周怡亭，或者是不敢让周怡亭看自己。

“要出去?”周怡亭重重地将包丢在沙发上。

“嗯。”王爱华点了点头，“去朋友家，凯特。”

“凯特。”周怡亭下意识地重复了一遍，听名字应该是个女孩子吧。她点了点头，没再说什么，转身回了房间。

王爱华在原地待了一会儿，妈妈这个意思是，让自己出门还是不让自己出门啊？哼，我出不出去，还都听她的呀！而且……她都点头了，应该，不是不让吧……

她又犹豫了一下，最后还是选择轻手轻脚地换上鞋，出门了。

这次王爱华先到凯特家，由她姐姐玛丽开车一起过去。玛丽只比凯特大一岁，在家里也最为亲近，而且身形相仿还经常互换衣服穿。那天晚上，凯特就是穿了一件姐姐的亮片连衣裙，在灯光下闪闪发光。

玛丽去年就拿到了驾照，凯特今天也等到了可以申请驾照的年龄，所以两人上车之后便一直在聊这个话题。王爱华坐在后座上，双眼看着窗外。

“艾拉！”姐姐玛丽突然唤了一下她的名字，前面好似还有一个问题，但她没留神听。玛丽只好又重复了一遍问题，原来是问她是不是跟凯特一起考驾照。

王爱华摇了摇头，她从来没考虑过考驾照的事情，反问道：“我一定要考吗?”

凯特回过头来，大声地，还连用两个“对”和一个“必须的”来肯定考驾照的必要性。接着她又掰着手指，列数有了驾照的诸多好处，包括可以想去哪里就自己开车去哪里，不需要再依靠家里人或者朋友；而且这样的话，因为自己开车，可以去远一些的地方，或者公共交通不到的地方。更重要的是，“考驾驶”表示你已经到了可以开车的法定年龄，是大家都在做的事情，几乎所有人都会有驾照。

王爱华听了，频频点头，但最后还是说：“我要问问我妈妈行不行。”

凯特耸了耸肩，回头开始跟姐姐聊起买车的事情。她兴高采烈地计划着靠自己兼职打工攒点钱，再要父母支持一些钱，就可以买一辆属于自己的二手车了。玛丽则不住地泼冷水，觉得父母不可能会出钱买车。两人争论的声音越来越大，几乎吵了起来。王爱华坐在后座，不知如何插话。

但所幸，他们很快就到了莎拉家。玛丽刚把车停稳，凯特就拉开车门，负气而走。王爱华只能对玛丽丢下一句“谢谢”，匆匆下车追上凯特。

那天晚上凯特的心情一直不太好，兴致不高地坐在吧台附近，边喝饮料边对王爱华说话，一会儿抱怨自己的姐姐或者妹妹，一会儿嘲笑刚进门的女孩子穿的衣服或者说话走路的方式。客厅内的音乐声音很大，凯特讲得很快，还间隙夹杂着一些脏话俚语。王爱华听得懵懵懂懂，只能时不时点点头。

然后，她看到了杰斯廷。看到他在外面的阳台上，身边站了一个女孩，两人手中都拿着塑料杯子，有说有笑。

那个女孩也穿了一件修身连衣裙，但是更短一点，不到膝盖，还像没有穿丝袜，大片大片雪白的腿就暴露在秋天转冷的空气中。她耳朵上挂了两个夸张的圆环饰品，大笑的时候，圆环也跟着抖动起来。王爱华无意识地摸了摸自己空空的耳朵和脖子。

发现身边人走神的凯特，停下话头，顺着对方的目光看过去，撇了撇嘴：“你最好离他远一点。”

“什么？为什么？”王爱华回头。

“他是……我该怎么说呢……”凯特皱了眉，这是她每次准备长篇大论开始时的标志动作。

也许当晚已经听够了，王爱华只听到她的开头，就不想再继续听下去，她回过头，看到另一个女孩走过来，拍了拍杰斯廷的肩，递给了对方一杯新的饮料。“那不是你姐姐吗？”

凯特闻言，立马回头，语调夸张地说道：“对啊，是她，也没有别的人能穿那么丑的裙子了。”

“我以为那条裙子是你的。”话出口后，王爱华才意识到有些不对劲，忙不迭地说了一串“对不起”。

凯特的脸色变了又变，最后只能气愤地一口喝掉了杯中的饮料，把塑料杯子捏成了一团，丢在地上泄愤。

当晚，她们很早就离开了派对，没有坐姐姐玛丽的车，而是搭了一个高年级男生的顺风车回去。走的时候，王爱华又看了一眼阳台那边，但没再见到杰斯廷的影子。

有点，可惜。

王爱华没有想到，这次母亲是下了决心的，那天之后她真的再也没有给过她零花钱。

她也照着之前凯特教她的办法，假借学习名目，试图问周怡亭要点钱用。但这一次，周怡亭并没有直接拿钱给女儿，而是写了一张支票寄给了学校。不久，这张支票又被学校礼貌地退回给了周怡亭，她很快就明白过来这是怎么回事。

当晚，王爱华一推开家门，看屋里灯火通明，早早回来的周怡亭端坐在客厅中间的沙发上。她忍不住脚下发虚，心跳加快，小心翼翼地喊了一声“妈”。

周怡亭指了指茶几上的一个信封，上面印着学校的名字和校徽图案。

王爱华背后渗出一层冷汗：“妈……”

“小小年纪，书没读好，假话倒是讲得很好啊。”周怡亭怒极反笑。

“我……”王爱华深吸了一口气，“那还不是因为你！都是你！不给我零花钱！不给我买新的东西！”

周怡亭站起身，一掌扇在王爱华的后脑。“还会顶嘴了！有一句顶一句的！我在你这么大的时候，早出去干活赚钱了！”

王爱华当即哭了起来，嘴上重复着：“都是你不好！”

“哭什么？！哭有什么用！！”周怡亭又气又恨，“连错都不会认了！就知道哭哭哭！好好的书都白读了！都教成什么样子了！”

王爱华的后脑又挨了一记打，心里更加委屈，哭得反而更加大声了。“哇……都是你不好……把我一个人留在上海……呜呜，现在又要打我……新衣服也不给我，给我买……还打我……呜呜……我要回上海，我要外婆……呜呜呜……”

周怡亭的心一下软了下来，右手举起又落下。看着女儿跟前夫一模一样的小眼睛，抽抽噎噎地，零零碎碎地讲着自己的不是。她的头又开始痛起来，前几天的病还没有完全康复。“别哭了！”她大喊一声。

王爱华也被她这一声唬住，反射性地停下了哭声。

“回你的房间去！好好反省一下！”周怡亭低头不再看对方。

王爱华抱着自己的书包，边哭边跑回了房间，“砰”地关上了房门。

周怡亭也似泄气的皮球一般，一下子瘫软在了沙发上。头痛欲裂，她不得不闭上眼睛，避开光，配合拇指按揉太阳穴。

家里又重新回到冷战般的气氛，周怡亭又不再跟王爱华讲话，当然也没有再给过她钱。

王爱华口袋空空地在商场内闲逛。原来是和凯特下课后一起过来的，但刚到商场凯特碰到了一个熟人，就跟着那人先离开了，只留下王爱华一个人。

想到回家后，屋里也是空空荡荡的，还不如在这儿消磨些时光，至少还有些人气。

王爱华一个商店一个商店地看过去，大橱窗里面五颜六色的商品，因已被浏览过太多次而失去了初次看见时的惊喜之情。她从一楼晃到三楼，三楼主要是些男装或者体育用品的柜台，看上去并没有楼下女装区域那么吸引人。但她还是一个一个看过来，脚下不停，脑袋空空。

然后，她便结结实实地撞在了一个人身上，连忙道歉：“对不起！”

“没事。”

声音有点熟悉，有点陌生，她抬头一看，居然是杰斯廷，连忙后退了两步。

“嘿！”杰斯廷笑着打了个招呼，说自己今天想过来看看球鞋，远远看到有个瘦小的黑发亚裔女生，想说没那么巧吧，结果还真的那么巧。

王爱华顺着他的话，点了点头，是很巧。“你买了吗？”

“买什么？哦，鞋子，还没有，太贵了。”

王爱华插在口袋里的手，摸了摸扁扁的钱包，又点了点头，回了一个拖长音的“是的”。

“哎，”杰斯廷顿了顿，看了一圈周围的商店，回头看向王爱华，“你喜欢冰激凌吗？”

虽然不确定对方为什么突然问了这个问题，王爱华还是点了点头，回了一个短促的“是的”。

闻言，杰斯廷拉着王爱华往楼下走，边走边快快地说着商场一楼有家冰激凌店，非常好吃，然后用了一堆词形容这个冰激凌好吃到什么程度。

“等一下！”王爱华连忙喊停。

“什么？”杰斯廷停下步子，回头，困惑地望着对方。

“我，我，我没带钱包。”王爱华口袋里的手攥紧了空空的钱包。

“好吧……”杰斯廷耸了耸肩，“幸运的是我带了。”

王爱华满脸困惑，没理解对方的意思。

杰斯廷继续说：“我帮你买一个冰激凌，但以后你要请我喝点什么，可以吗？”

王爱华终于笑了，点了点头，并低声说了一句“谢谢”！

杰斯廷边继续往前走，边回头说了一句“没问题”，长睫毛下一双深棕色的眼睛定定地看了王爱华一眼，这一眼似乎就看到了她心底最柔软的地方。一股陌生的暖流在她胸中涌动，并奔波冲向四肢百骸，以致她接他递过来的冰激凌时，双手颤抖得厉害。

卖冰激凌的是支在商场过道中间的一个简单的小车，店主身材发福，特别是身前有个大肚子，弯腰挖冰激凌的时候，肚子会顶在冰柜的边上，形成意料之外的小障碍，所以他不得不努力伸长了胳膊去够桶里的冰激凌。杰斯廷看得哈哈大笑，很快地对店主说了一句什么，似乎是有关于他的大肚子。

店主也不生气，将手上的冰激凌递给杰斯廷之后，才大笑着手舞足蹈地跟他说了一长串话，带着浓浓的意大利口音。王爱华竖起耳朵仔细听，没有完全听懂，大概也是在说肚子的事情。

然后，杰斯廷也跟着他笑了起来，用意大利语说了句“谢谢，再见”，挥了挥手走了。

王爱华拿着冰激凌，跟上杰斯廷，忍不住问道：“他说了什么呀？”

“没什么。”杰斯廷笑着耸了耸肩。

“那你笑什么呢？”王爱华奇怪道。

“没什么。”杰斯廷笑道，“我只是喜欢看他说话的样子。”

王爱华仔细回想了一下刚才店主讲起话来手舞足蹈的模样，也忍不住笑道：“是很搞笑。我也喜欢他‘挖’冰激凌的样子。”

“挖？”杰斯廷皱了皱眉，但马上理解了对方的意思，用手做了个挖冰激凌的动作说，“你的意思是‘用勺子挖’冰激凌吧？”

“哦，是的，对不起。”王爱华低头不敢看对方，忍不住在心中叹气自己的英语。

“不用觉得对不起，这不是你的母语嘛。”杰斯廷无所谓地耸了耸肩，然后开始问起王爱华关于汉语难不难学，汉字怎么写，还有华人的问题。

王爱华一一答了，因为心思全在如何斟词酌句，怎么组织语言上，没留意手上的冰激凌很快就融化了。

“你的冰激凌融化啦！”杰斯廷轻轻拍了拍她的肩膀，以示提醒。

被他拍过的肩膀，瞬间变得火烧火燎一般。王爱华慌张之下，直接用舌头舔掉了流到拇指上的冰激凌：“不好意思。”

“专心吃你的冰激凌吧。”杰斯廷笑着，吃着冰激凌往前走。

两人就站在商场门口的台阶上，闲聊着吃完了冰激凌，那是她吃过的最甜的一支冰激凌。

王爱华走在从商场回家的路上，用舌头舔了舔上排牙齿，似乎那里还残留着那支冰激凌的味道，然后露出发自内心的微笑。

她路过一家中餐馆，瞥了一眼，看到窗口张贴的一张海报，上面粗糙地画着一条龙。她停下脚步，想起一个月前，母亲曾拿这张海报给自己过，但当时的她没有在意。现在她又看到了这张海报，同样的招工内容。

她站在这张海报前，想了一会儿，才推门进去。

然后她在这家中餐馆里找到了第一份工作，虽然只是每天几个小时的兼职。

工作的内容看似非常简单，主要就是为客人点餐，送餐，清理卫生。但王爱华上班第一天就经历了下错单、上错菜、打碎杯子的情况。

餐厅老板是个从广东来的客家人，只能不停跟客人道歉，再回头用不甚标准的普通话教训王爱华。

连在家中都很少做家务的王爱华，那天还洗了有生以来最多的一次盘子。结果，餐厅老板一看她洗的盘子，要么还带着洗洁精泡沫，要么就还有油渍残渣，只能让店里的阿姨又洗了一遍。

王爱华站在一边，委委屈屈，也没道句歉。

老板看着她也是连连叹气，如果不是看在她母亲周怡亭的面子上，早就辞退这个娇气的小姑娘了。“你先回家吧。”

王爱华点了点头，拿了自己的书包就走了，连声再见也没跟店里的人说。

她不喜欢中餐厅，不喜欢送菜，不喜欢洗盘子，不喜欢擦桌子……但是，她需要钱……

8 巧擒偷货贼，出现戒指盒

林鹏飞走进周怡亭办公室，轻轻地说："我们都已经布置好了，有位销售员从客户那里得知，曹皮特要新客户直接从他那里现金买货，说价格会降低20%，今天客户要来提货，皮特通知他们晚上九点钟来。"

周怡亭说："好的，那么我们就照预定的方案做。你通知其他人，今晚请他们吃饭。"

林鹏飞答应一声 "好"，迅速离开了。

周怡亭看着墙上与孙宏钢的合影，想起他给自己讲故事的神态，他说巴尔扎克的小说里，时常有卑鄙小人，用感情做幌子，以达到偷窃抢占别人财产的目的，当时自己还嘲笑那些人，没想到这里就碰到了一个。

"咚咚咚。"

敲门声让周怡亭从沉思中缓过来。

"请进。"

"怡亭啊，你说鹏飞是不是欺负人……" 人还未进来，曹皮特的声音就已经到了跟前。

周怡亭皱了皱眉。

"今天我值班，可鹏飞却说要请营销部的人吃饭，你不是也要我去做营销吗？你看他是存心不请我吧？不过我是不跟他计较，那次是我老婆到拉斯维加斯去吵，他非把这笔账算到我头上，到现在还跟我过不去。你也知道，我和你解释过……"

"做营销的人就是业绩说话，谁跟谁也不存在过得去过不去的事。" 周怡亭看他又要往自己身上扯，连忙止住了话头，“吃顿饭算什么呢？你值班不是到八点钟就结束了？结束了再赶过去也不迟啊，他们八点肯定还在喝酒呢。”

“这个……”曹皮特嗫嚅。

“你今天还有客户来吗？没有的话我们就锁仓库门了，今天大家都走得早，为了安全起见。”

“没有没有，我的客户都是白天来提货的，付款开单子都方便。晚上不会来的。你忙，我先去准备一下。”曹皮特转身准备离开，又想起什么似的转了回来，“怡亭，你今晚会去吗？”

“我忙完也会去看看，毕竟这是销售部的聚餐，也算是庆功宴吧。”

“那你把爱华也带上吧，你是公司领导，你带上女儿一起去，大家会很高兴的。”

周怡亭抬了抬眼皮，手上签字的动作却没有停下。

曹皮特见周怡亭没有回答，又靠近她一步：“怡亭，我知道上次的事情你还有介怀……不过我觉得你是难得这样跟大家打成一片的。以后你要多跟大家一起玩玩，用不到一天到晚盯在公司里的。不管你对我有什么想法意见，我还是那句话，我的心里永远有你，为你赴汤蹈火都不会后悔的。”

周怡亭不冷不热地说：“谢谢你有这份心。”

“那我今晚就不去吃饭了，既然轮到我值班，我就要对公司的财产负责。”

周怡亭点点头，曹皮特自以为已经打好招呼，就放心地走了。

下班前，林鹏飞到仓库去，在警铃区重新设置了新密码，关照工人离开前把仓库锁上，也向今晚值班的工人叮嘱了两句，就招呼大家一起去预订好的餐馆。餐馆的选择他们也花了点心思，既是一家能够犒劳营销人员的好饭店，又离公司较近。

公司里只留下曹皮特和一位工人在值班，他们在公司各处巡视了一遍。曹皮特对那位工人说：“这里没什么大事，你就先回去吧，家里人还等你吃饭呢。”

那位工人说:“那怎么行,规定要两个人值班,我怎么可以走掉呢?要真有点什么事,是你负责还是我负责?”

曹皮特拍拍那位工人的肩,故意满不在乎地说:“啊呀,这里还能出什么事?我叫你回家,出了事当然是我负责啰。”

那位工人说:“我是不好意思走的,周老板对我们不错,值班还有加班工资,我先走掉不是太没良心了?”

曹皮特说:“我叫你回去你就回去,我不会告诉任何人的,加班工资你照拿就是了。”

那位工人说:“你要回去你自己回去,我不到时间是不走的。”

曹皮特见没办法赶走这位工人,只好装作冤枉地说:“你这个人,真是不识好人心,我要照顾你,你还偏不要,那就两个人都窝在这里吧。”

周围的公司都下班了,四周一片漆黑,静悄悄的,时钟在嘀嗒嘀嗒地响着,曹皮特有点坐立不安地在公司里转来转去。

好不容易时钟转到了八点。两个人要关门离开。

曹皮特和那位工人又确定了一遍:“仓库那边都锁好了吧?那边的密码没有变吧?这里我们也锁门上警铃吧。”

他看着那位工人在公司的警铃上按下了密码,两个人关上门道了声“拜拜”,就各自开着车走了。

过了一会儿,估摸着那位工人已经走远了,曹皮特又不声不响地把车开回来了。他在离公司远远的地方停下了车子,蹑手蹑脚地走到公司门前,拿出钥匙开了门,又赶快按下密码,警铃没有出一点声音。

曹皮特进了办公室,拿出手机来打:“喂?喂!你们快到了吗?我已经在公司等你们了,你们把货车靠到公司门口来好啦。”

一辆大货车开到了公司门口。

曹皮特带着两个来买货的客户先进了办公室坐下,对他俩说:“你们希望要最好的价位,那就要付现金,现金带来了吗?”

那两个客户说："当然，当然，规矩我们都懂，我们是一手交钱，一手提货。"顺手将手提箱推过去给曹皮特："这里是二十万元，你先点一点。"

曹皮特也不客气，接过箱子点了点、算了算，颔首说："对，不错，那就去提货吧。"

曹皮特带着两个客户走到仓库门口，拿出钥匙打开了仓库门，对着仓库警铃板按了一下原来的密码，正准备跨进去，猛不提防地，仓库警铃声大作，震耳欲聋。

"怎么回事，怎么回事？"两个客户被吓了一跳，忙不迭问走在前面的曹皮特。

"没事，没事，我可能输错号码了，稍等。"曹皮特忙安慰两个客户，但心中大骇，他知道自己没有按错，但不死心，又按了一次。

警铃声更响了，同时，公司里各处的电话也一起响了起来。曹皮特正在犹豫要不要接电话，说时迟那时快，只一会儿工夫，警察局的车子就呼啸着开到了公司大门口，四个全副武装的警察跳下了车子，朝着公司冲进来，大声喊着："不许动！"警察一眼看到在仓库门口的三个人，马上把枪口对准了他们，把这三个人反拷着手按住在墙上。

正在这时，周怡亭、林鹏飞带着公司的一批营销人员进来了，他们在餐厅吃得酒足饭饱，周怡亭、林鹏飞假作不让他们酒后开车，要他们上了自己的车，把他们开到公司来休息一下。

这是公司的一批美国白人雇员，在市场营销界多年的活跃分子，他们一进公司就看到警察局的汽车，听到警铃大作，连声嚷着："怎么回事？怎么回事？"

曹皮特看到他们进来，似乎找到了救命稻草，他指着周怡亭对警察叫道："我是在这里工作的，这是我的老板，她可以给我做证。"

"不，我不知道他为什么半夜三更到这里来。"周怡亭装作没有看到曹皮特求援的眼神，转头对着警察说。

那批白人营销人员纷纷指责说："为什么你这个时候到这里来，这里面有猫腻！”

还有人说：“你为什么半夜三更来开仓库门？除非你是来偷东西的！”

那两个客户大叫起来：“我们不是小偷！我们刚刚付了二十万现金给皮特，我们是来买你们的产品的！”

警察见情况乱作一团，又没有人为这几个打开仓库的人做证，他们用枪对着曹皮特和那两个客人说：“到警察局去谈吧！”

曹皮特不死心，冲着周怡亭喊：“怡亭！怡亭！我没有偷东西！你不能报复我！”又转过头对警察说，“我要通知我的律师！”

周怡亭没有搭理他，等到警察带三个人走了，她转头对那批营销人员说：“再去喝酒太晚了吧？我们也回家吧？”

大家边走边议论，纷纷到公司外面的停车场开车走了。

周怡亭和林鹏飞对视了一眼，微不可觉地互相点了点头，他们的计策成功了。

解决了曹皮特的事情，周怡亭心情大好，虽然知道后面还会有警察来询问之类的程序，但她也没有想真的把曹皮特关进监狱，不过现在有名正言顺的理由解雇他了，公司不再会养这样的蛀虫。

周怡亭不知不觉中又把车开回了孙宏钢曾经租房的地方，反应过来的时候，她已经停在了熟悉的位置上。房间里灯亮着，两个人影攒动，一会儿聚一起，一会儿分开。周怡亭停好车，忍不住靠近了那个公寓。

“周小姐，你搬回来了吗？”

刚走到门口，那个老保安就认出了周怡亭。

“我……回来看看。”

“孙先生没有和你一起来吗？”

“没有。”周怡亭尴尬地笑笑，“他回国了。你们这儿没什么变化啊。”

“我们能有什么变化，变化的就是住户了……就像你们……不过，之前的老刘头走了，也就刚走两个月。”

“走了？回国了吗？”

“算是吧，更彻底，回土堆了。”

周怡亭听这个答案吃了一惊，刚来美国时，除了孙宏钢对自己多有照顾之外，遇到的中国人也都很帮忙。老刘头是公寓值晚班的一位保安，大约70岁，也是跟着儿子来的美国，儿子说他辛苦了一辈子让他来享享福，奈何洋儿媳和他有很多习惯不一致，眼见着儿子因为自己的缘故和儿媳一直吵架，他就提出来分开住，后来闲不住，找了公寓值晚班的活，包住宿，一干也十多年。当初老刘头喜欢下棋，整个公寓也就孙宏钢能陪他下两局，一来二去也就熟了，顺带也就关心着周怡亭，之前几次周怡亭回公寓附近也碰巧见过他。

“老刘头走之前还后悔没有回中国，说叶落要归根，即使故土没有了亲人，还是想回去看看。”老保安像是告诉周怡亭也像是自言自语，“可惜我也没去过中国，不明白他的想法。”

周怡亭还沉浸在老刘头的离世中没缓过神，也没有仔细听他在说什么，恍恍惚惚走向老刘头的值班宿舍。

“周小姐！周小姐！”保安突然喊了周怡亭几声，见她没有反应，抱着一个纸盒子追上来，“周小姐，这是老刘头留下的，说你可能会回来，让我给你。”

“给我的？”

周怡亭没想到老刘头会留东西给自己。

“老刘头就说你回来的话给你，你会懂的，还特意嘱咐我一定要记得。只不过我……”保安不好意思挠挠头，“我还真没觉得周小姐您会回来，也不知道老刘头为什么那么确定。”

确定？大概是因为老刘头看到过我在附近流连忘返的时候吧。周怡亭心里暗自想着，也就伸手把盒子接了过来。

回到车上，周怡亭打开了盒子，发现里面有一封信和一个稍小一点的纸盒。拆开信看到字迹，周怡亭就知道是老刘头给她写的。

“亭丫头，听说你现在过得好很多了，也当了老板开了公司，但是我想你压力一定也很大吧。小孙说他要回国了，我问他和你怎么了，他没说，就在我这儿醉了一次酒。我本来想告诉他，你回来过几次，后来想想这些都是你们年轻人的事情，我不了解情况也不能说什么，就只是盼着你俩好。小孙走之前在我这儿寄存了一些东西，我也不知道是什么，他只说是给你的，那我想应该很重要吧，没有你的地址，我就想你什么时候回来给你。我最近身体不太好，很担心不能完成小孙的托付，就写了这封信，希望你能看到。孩子，要照顾好自己！"

周怡亭读完，手捧信纸，沉思良久。

在美国，老刘头给了她父亲般的关爱，常常让她想起自己的父亲，看似沉默寡言，内心却热情如火，就算遇到多少磨难也不会让他们内心的火焰冷却半分。

平复了心情后，周怡亭打开了另一个纸盒，看到里面有一张纸片，一个纸袋和一个精致的饰品盒，她脑袋轰隆一声炸开了，之前好不容易平复下去的情绪又一次波动，连心跳都开始加快。那个盒子她太熟悉了，是自己当初开玩笑说想要的戒指，那时候孙宏钢还逗她说，两个人都二婚了，就不要这些花里胡哨的玩意儿了，买戒指的钱用来公司扩大生产，她为此还闷着生气了好几天，后来才发现自己被占了便宜。

"什么叫我们二婚……求婚都没有，谁会答应你啊！"周怡亭稍后醒悟过来了，还专门到书房找孙宏钢，义正词严地说了这句话。

孙宏钢开始没反应过来，后来自个儿在书房里笑了5分钟，边笑还边冲外面喊："怡亭，你怎么这么可爱！"

可爱？都四十多岁的女人了，还可爱？真不知道这个男人怎么会用这个词来形容自己！刚开始见面的时候高冷，现在却像个小孩子一样……这样应该会很容易和女儿打成一片吧？爱华也会喜欢他吧？

可是……后面的事情并没有这么顺利。

周怡亭踌躇了一下，还是把戒指盒子拿了出来，在手心里抚摸了几下。

物是人非大概就是这样子吧，得到了想要的“物”，“人”却不在身边了。

周怡亭看了一会儿，还是把戒指盒放了回去，拿出了纸袋和纸片。打开纸袋，里面放的是当初幸存下来的唯一黑胶碟片，而纸片上只写了一句话：我是你永远的依靠！周怡亭突然泪如雨下，她一直觉得当初孙宏钢再坚持一下就好了，说不定等爱华大了就不会再有冲突，她心里知道不是孙宏钢的错，但还是会有一些委屈和责怪，怪他不能理解自己夹在中间的为难，不能理解自己作为母亲的愧疚……可是，其实不懂的一直只是自己罢了，自己没有意识到，他正是理解了这一切，才妥协，才放手，但即使离开，他也遵守着当初的誓言：

“我是你永远的依靠！”

周怡亭带着这堆东西回家了，这个夜晚让她情绪大起大落，曹皮特事情的解决算在意料之中的话，拿到孙宏钢留下的东西让她手足无措，她不知道应该用怎样的心情去面对这些突如其来的物品。周怡亭坐在床上静静思考着，是不是应该打个电话和他说说老刘头的事情，还是告诉他，自己拿到了纸盒里面的东西？可是拿到东西又怎么样呢？……

周怡亭几次拿起电话话筒，却又几次放了下去。最后决定不再想，躺下睡觉，却更难入眠，辗转反侧了大半夜也没有睡着，中间迷迷糊糊眯了一会儿，又突然蹦出“戒指”二字惊醒过来。后来她索性不强迫自己睡觉了，眼睛瞪着天花板，放任脑海里的波涛汹涌澎湃。

这个夜，静悄悄的，没有人说话，像房屋也沉沉睡去，又像屋里空无一人。

9 为什么要我再吃苦

阵雨过去之后，洛杉矶又变回晴空万里，阳光四射的城市。

依然是玛丽开车，凯特坐在副驾驶座上，王爱华坐在后排，听两姐妹叽叽喳喳地讨论。今天是凯特拿驾照的日子，所以也显得格外兴奋。王爱华常常惊讶于她们之间的关系，上一秒还互相吵得不可开交，下一秒又能很快和好如初。小时候，她在外婆家的时候，表哥表姐，表弟表妹也很多，但从不是这样的。当她跟表妹争娃娃的时候，外婆会把娃娃拿走，并告诫她“让着妹妹”；当她跟表哥抢肉吃的时候，外婆会把肉端走，并教育她，“让着客人”。为什么要让着所有人呢？这个东西明明就是我的啊！

王爱华在后排胡思乱想间，车子停在了车管所外面。凯特兴冲冲地跳下车。王爱华也跟着她下了车，刚进门，就在排队的人群中意外发现了一张熟悉的面孔。

“嘿。”王爱华兴奋地上前拍了一下对方的肩膀。

那人回头，浓眉大眼，正是转学后许久没见的葛小平：“嘿，好久不见！”

想想在之前的学校，自己没有什么朋友，心怀恶意的小人倒是遇到一些。葛小平算是在学校唯一能多聊两句的人了。王爱华很开心地把葛小平介绍给了凯特：“我们以前在同一个班级。”

葛小平看了一眼王爱华，回头对凯特笑着自我介绍。

凯特寒暄了两句便走开去取号了。

车管所内人声嘈杂，葛小平只能靠王爱华很近说话：“你也过来拿驾照吗？”

“不是。”王爱华摇了摇头，自己连考试都没考呢。

“为什么不考？”葛小平低着头问道。

这时候王爱华才发现一年多不见，对方已经长了个头，连讲话的声音也较之前更加低沉了一些。

“艾拉！”看对方很久没回话，葛小平奇怪地皱起了眉。

他还记得自己的英文名字，王爱华回答说自己最近在中餐馆打工，没有时间准备驾照考试。

葛小平有些意外，追问对方在哪个中餐馆打工。王爱华说了一个名字。他点了点头，感觉有点印象，笑着说下次要过去试试。

王爱华挤出了个微笑，可能从心里她并不那么希望葛小平去自己打工的地方。

两人又闲话了两句，王爱华找了个借口走开了，找到了凯特。

“他不错哟。”凯特打趣王爱华道。

王爱华却一本正经道：“我们就是同班同学，我们甚至都说不上是朋友。”

“我们来我们去的。”凯特大笑，看到王爱华脸上的窘迫和一丝怒意，她收起笑容，耸了耸肩，“放轻松点，干吗那么认真呢？”

凯特如愿顺利拿到了驾照，便大声嚷嚷着要姐姐玛丽把驾驶座让给自己。虽然嘴上骂骂咧咧，但玛丽还是让出了方向盘，坐到了副驾驶上。

凯特兴高采烈地蹦进驾驶座，活动着手指和肩膀，摆出准备大干一场的架势，把两人逗得哈哈大笑。

玛丽提醒她好好系上安全带，凯特高声回了一句“是，夫人”，动作夸张地系上安全带：“还有别的命令吗？”

玛丽笑着，压低声音，模仿电影里面老板的声音说：“开我去茉莉家。”

“是，夫人。”凯特也学着电影中的人物回应道，但很快变回了自己，“茉莉是谁啊？”

“你怎么不记得她啦？你以前很喜欢笑话她的发型呀！”玛丽惊讶道。

“哦，那个茉莉啊，”凯特笑了笑，“告诉我怎么开过去呀。”

凯特在路上开得很慢，玛丽也不催促，而是回头跟王爱华闲聊起兼职的事情。玛丽说自己也在一家冰激凌店打工，为毕业旅行存钱。王爱华坦白自己不是很喜欢在中餐馆打工，但妈妈不给自己零花钱，迫于无奈只能继续。想想今天晚一些还要去餐馆端盘子，王爱华就觉得心情没有那么阳光明媚了。

开了半个多小时，车子才斜着停在茉莉家门口，凯特重重按了两下喇叭，车子温顺地发出"嘟嘟"的声音，她哈哈大笑。

玛丽笑着骂了一句妹妹，解开安全带准备下车。

王爱华看着窗外，只见大门打开，走出来听到车子声音的三个人，走在前面的是个女孩子，有点面熟，可能就是茉莉了吧。跟在她身后的还有两个男孩子，说说笑笑地从屋子里面出来。王爱华的心突然狂跳起来，走在最后的是杰斯廷。一个多月没见，他的头发长长了，刘海盖住了一边的眼睛。

玛丽下车，跟三人打了招呼，然后说了一些什么。凯特没有拔掉车子钥匙就跳下车，加入了对话。

王爱华依然坐在车后座，听到他们聊着什么地方的派对，还没反应过来，车门再次被拉开，几个人鱼贯跃入狭小的车内。

"你好，又见面啦。"杰斯廷拉开车门，边往车里挤边大声跟王爱华打着招呼。

"嘿。"王爱华矜持地点了点头。

"能往里挤挤吗？"另一个男孩也挤进了后座，最后是茉莉。

后排挤了四个人，相互挨着。王爱华的心又开始狂跳起来，杰斯廷靠得非常近，肌肤相贴，手臂上的皮肤敏感地捕捉到对方手臂上毛发的触感和灼人的体温。一股淡淡的尼古丁的味道，萦绕在她的鼻尖。

然后她暗暗后悔，早知道会碰到他，今天就穿那个连衣裙了，至少……至少喷点香水吧。

前排依然凯特开车，玛丽坐在副驾上，给她指路。但因为不熟悉路线，车子在路上绕了好几个圈子。除王爱华外的三人发现不对劲，也开始凑到前面帮忙指路。向左向右，脏话横飞，小小的车内嘈杂非凡。新手司机凯特更是压力倍增，握着方向盘的双手抖得厉害，嘴里只留下一句“往前看！”回应所有人。

在这紧张而喧闹的气氛之外，王爱华却显得非常平静甚至还有点开心。她透过前排的后视镜，偷看着那个人，看他因大声说话涨红的脸颊，看他嘴角挂起的戏谑的微笑，看他恶作剧般地拍着驾驶者的椅背，看他抱着被姐姐玛丽挥打的手假装可怜。然后她看到杰斯廷突然回头把手伸到自己面前，可怜巴巴地说了一句话。

王爱华连忙收回视线，看向真人：“什么？”

玛丽哈哈大笑，从前面转过来，对王爱华比了个拇指：“干得漂亮！”

杰斯廷回头，拉拢另外两位朋友一起声讨玛丽，一时车内又热闹非凡。

大家笑着闹着，王爱华也跟着他们一起笑着，她感觉到杰斯廷拿回去的手就放在自己的大腿旁边，随着车辆的颠簸，有意无意地相互触碰。她突然觉得车子里面有些热。

在多次转错路口，撞翻多个路边的垃圾筒后，一行人终于到达了目的地。

派对主人踩着笨重的高跟鞋跑出来，看到被凯特撞翻的垃圾筒，扯着嗓子，跳着脚要对方负责。

一行人依次下车，玛丽给了那个女孩一个热情的拥抱，茉莉也跟着她拥抱了一下对方，两人大声地夸赞对方今天的着装什么的。杰斯廷也上前拥抱了她，并凑到对方的耳边，低声说了句什么，女孩听了被逗得哈哈大笑，娇嗔了一句。

王爱华下车来，正看到那女孩趴在杰斯廷的耳边说着什么，她的手就放在杰斯廷的手臂上，长长的指甲似乎要在对方裸露的肌肉上留下什么印子。瞬间心情被震到谷底，心中充满了没来由的怒气。

凯特停稳了车，下来，看到王爱华还站在路边，就上去推了对方一把：“走起！”

王爱华犹豫了一下，觉得自己好像忘记了什么重要的事情。她还没来得及细想，杰斯廷突然出现在自己面前，插入王爱华和凯特中间，张开双手，揽住两人的肩膀，嘴上说了两句有些轻浮的笑话。凯特哈哈大笑，顶了回去。王爱华红着脸，低头抿嘴笑了。

凯特说说笑笑，把杰斯廷的手臂甩到了一边。杰斯廷继续跟凯特和其他的人谈笑着，只是另一边的手从王爱华的肩膀移到了她的腰上。她上身僵硬，浑身的血液似乎都向腰部涌去，脚下的步子也轻了起来。

那整个晚上，王爱华都跟在杰斯廷身边，他的手有时放在她的肩膀上，有时放在她的腰上，有意无意。她又兴奋又羞涩，于是愈加沉默，只是嘴角的微笑愈加灿烂，脸颊愈加绯红。直到她从玛丽开的车上下来，走到家门口时，被凉爽的夜风一吹，头脑似乎也冷静下来，方才想起，今天晚上自己翘了班的事情。顿时心中恐慌起来，餐馆老板会直接辞退自己吗？她踢掉路上的一块石头，辞就辞嘛，怕他什么？似乎这样跟自己说话，颇有安慰的作用。她安心地回了家，躺在床上很快就睡着了。

那天晚上，周怡亭回去得也很晚。看完最后一份报表，她扭了扭酸痛的脖子，起身看到办公室里空无一人，自己又是最后一个了。她苦笑着，挎上背包，关掉电灯，离开了办公室。因为车位紧张，今天她把车停在了一条街外的地下车库，从公司过去需要步行10分钟。路上经过了那家画有龙标记的中餐馆，她看了一眼店里，老板就坐在靠窗的位子上敲着计算器，后厨好像有人在工作。她心里一动，推开挂着“关门”牌子的门，进去了。

听到声音的老板头也不抬地提醒来人，本店已经打烊。

“是我，林老板。”周怡亭坐在林老板对面的位子上。

林老板的脸上露出了生意人常见的微笑，但马上又变成了愁眉苦脸。

周怡亭会意，连忙道歉：“我家小孩麻烦林老板照顾了。”

林老板用鼻子回应了一个单音。

“怎么？”周怡亭马上感觉出有事情。

林老板用不甚标准的普通话慢慢地把今晚上王爱华翘班的事情说了一

遍，听得周怡亭不住心惊，连声道歉。

“周总啊，我们也是开张做生意的。你女儿这样搞我们，受不来呀。”林老板摆着手。

“林老板，实在对不住。我女儿小的时候一个人在国内，没人管，到了美国，我也不知道怎么管她了。打不得，骂不得，伤透我的心啊。但我又能怎么办呢？终归只有这么一个女儿。想让她学着吃点苦，我们当年都是这样吃苦过来的呀。”说着说着，周怡亭的眼眶有点湿润，“林老板，你也有小孩的呀，我的心情你应该懂的。”

林老板皱着眉头，看着周怡亭，最后只能长叹一口气。

一觉到天亮，王爱华醒过来的时候闹钟还没有响，她躺在床上，等了一会儿，待闹钟响了之后才慢慢起床来。又是新的一天，今天要穿上那条连衣裙。

脸上的笑容，在看到餐桌边的母亲时凝固了。

周怡亭坐在桌边椅子上，面前放了半杯水，听到声音，回头看着王爱华。

她是不是知道了？！王爱华暗自心惊，但一下子又说不清楚害怕对方知道了些什么。周怡亭什么话也没有说，只是看着王爱华吃了早饭，穿戴整齐，战战兢兢，大声说着“我去学校了”，慌慌张张地离开了家。

这一天恍恍惚惚地过去，王爱华穿了准备好的裙子，但没有遇到那个人。放学后凯特要跟姐姐玛丽去冰激凌店打工，以攒钱买车。王爱华一下子觉得有点茫然，不知道应不应该去餐馆打工。特别是昨天无缘无故翘了班，今天该怎么过去呢？索性放弃吧，就不去了吧，反正自己从来没有喜欢过在中餐馆的工作。只是，这样以后要买东西的时候，怎么办呢？她胡思乱想着走出校门，她全神贯注以致没发现有辆车停在了自己身边。

“华华。”

王爱华召回自己神游四方的魂，回头一看，自己母亲坐在驾驶座上，对自己招手。“你……你怎么来了？”

“上车。”周怡亭没有多说，直接招呼女儿上车。

王爱华犹豫了一下，没有坐副驾，而是选择躲在后座上。一路无话，她看着车子开入熟悉的街区，停在了自己最不想出现的地点门口。

“下车。”周怡亭停罢车，拔出钥匙，拿包下车。

王爱华抓着自己的书包也跟着下来，极其不情愿，但仍被周怡亭拉进了那扇画着龙图案的门里面。

坐在收银柜台边的林老板，见来人，连忙挪着肥胖的肚子迎了上来，“周总，你这是……”

“林老板，是我女儿给你添了麻烦。今天我也把人带过来，一起向你赔礼道歉。”周怡亭开门见山，很快说明了来意。王爱华闻言，顿时头皮发麻，双脚下意识地想往外跑，但奈何右边胳膊被周怡亭牢牢抓住。

林老板叹了一口气，指了下后厨：“周总，我们里面说话。”

那天王爱华的脑袋是晕的，她只知道自己跟着母亲说了很多言不由衷的话，也听了对方很多的抱怨，她从未感觉自己那么的一无是处和无地自容。等她反应过来的时候，自己已经坐在了自家客厅的沙发上，母亲站在自己面前，居高临下，一字一顿地宣布：“你明天在餐馆好好干活。”

王爱华这才一下子哭了出来，大声说着“不要”。

周怡亭咬着牙，硬着嗓子，回绝道，“明天去餐馆干活！我也是这么吃苦走过来的！”

王爱华大哭大喊：“你不是说吃苦是为了给我创造好的条件吗？那你为什么还要我再吃苦呢？”

“因为不吃苦，你就不会懂得我们是怎么走过来的！”周怡亭也大声喊着。

王爱华听不进去，继续大声哭闹，哭得周怡亭心碎，喊得周怡亭神伤，最后只能硬着心肠，将女儿关进她自己的房间里面。“你好好想清楚！”转过头来时，自己也已经泪流满面。

第二天放学，王爱华如期来到了中餐馆，林老板吩咐做什么她就做什么，依然不停出错，但比刚开始已经好了很多。到点就走，也不管事情有没有做完。看着她留下的烂摊子，林老板除了叹气还是叹气。

不管怎么样，月初发薪时，王爱华还是收到了自己人生中第一笔工资。接过信封的时候，她突然觉得这个平时常常板着脸的林老板也突然变得和蔼了一些。她兴冲冲地打开信封一看，只有薄薄的几张："不对呀，老板。我这个月来了那么多天，不应该只有这么一点工资呀。"

林老板看了一眼王爱华，拿出自己的小账本，翻到某一页拿给对方看，上面密密麻麻记录的是某月某日王爱华于某时某处打坏的杯子，下错的单，气走的客人，等等。王爱华看得哑口无言。

林老板合上账本，对王爱华挥了挥手，自己挪动到后厨去照看今天的收尾工作。

王爱华攥紧那个装了工资的信封，转身走了。

虽然不多，但是一件新衣服的钱倒是有了。她想了想，依然觉得非常开心，已经迫不及待想要跟凯特分享这种心情了。就明天吧，一起去逛街吧。

"对不起，我不行。"凯特摊了摊手道。

"什么？为什么？"王爱华颇感意外地问。

凯特今晚要去冰激凌店打工，毕竟现在对她而言，买车是第一重要的事情。王爱华沮丧地长叹了口气，除了凯特，她不知道该去找谁一起逛街了。

"你可以去问问杰斯廷，没准他今晚有空呢。"凯特半开玩笑道。

"别说了，这个一点也不好笑。"王爱华反应异常激烈。

凯特撇嘴一笑："随你便吧。"

"等下，你的冰激凌店在哪儿？"

"商场里面。"

"哪个商场？"

王爱华一听对方讲的商场名字，顿时胸口一紧，连忙提议自己要跟凯特一起去打工，顺便购物。

待两人来到商场，站在冰激凌店门口时，看到那个顶着大肚子挖冰激凌球的老板，听到他那洪亮的声音，王爱华笑了。这不就是之前杰斯廷带她来吃过的那家冰激凌店嘛。

凯特满脸疑惑，连忙追问王爱华在笑什么。

她摇了摇头，“没什么。”

这算是属于她自己的小秘密了，一个还没有准备好跟别人分享的秘密。

10　两只挨近的刺猬

周怡亭反复咀嚼着自己的心事，没有料想到直至黎明才有个人影伴着最后一抹夜色进了隔壁房间，也不会想到这一晚不仅仅是自己，王爱华也经历了很多。

即使一夜没睡，周怡亭还是和往常一样早早起了床，这么多年她一直遵循着严格的生物钟，就算熬了通宵或者晚睡，早上也不曾睡过懒觉抑或是赖过床。王爱华刚来美国时，很不适应她的生物钟，在国内的时候，只要不上学，外婆是允许她睡懒觉的，两个人因为这个也有过矛盾，最后还是孙宏钢出面调停，让周怡亭在这些事情上放放手。但王爱华却因为孙宏钢的“调停”而要反着来，也养成了早起的习惯。所以今早周怡亭准备早餐的时候没有碰到王爱华，感到有点奇怪。

“咚咚咚。”

门内没什么反应。

周怡亭思索再三还是推开了门，也不管之前因为贸贸然进她房间两个人的争吵，以及曹皮特事情造成的冷战了。

床上鼓起来一块，应该是王爱华还睡着，窗帘不知道为什么没有全拉上，初晨的阳光就透过那一点缝隙荡漾到床上，镀上一层柔光薄韵。王爱华喜欢闷头睡，小时候就有这个毛病，周怡亭没来美国前想纠正她这个毛病，却被小爱华一句“房间里有怪兽，怕怕”而戳软了心肠。到美国之后，就算爱华年岁渐长，因为没能陪伴女儿的童年让她始终愧疚，也就没有去纠正这个毛病。可能，不管王爱华怎么长大，在周怡亭眼中，始终是那个在机场分别的六岁小姑娘吧，哭泣着、挣扎着、呼喊着，目睹父母争吵、母亲离去。

周怡亭看着床上熟睡的爱华，轻步走了进去，拉上了窗帘，伸出手想帮她掖一下被子，犹豫了一下还是缩回了。

等王爱华醒来的时候，屋子里静悄悄的，只有放在桌上的早饭还在徐徐冒着热气。

因为曹皮特的事情解决了，一下子让周怡亭轻松了很多，只是原本属于曹皮特的那部分工作分摊到周怡亭和林鹏飞身上。

"怡亭，咱俩的工作量加重了，你还这么开心？"

"心情好啊！"

"你的开心都写在脸上了，员工都以为你要给他们加工资了。"

"工资可以加，如果销售业绩增长50%，保证给他们加工资。"周怡亭笑着把难题踢了回去。

林鹏飞轻笑一声："老板真是铁公鸡！不过……宏钢大哥负责的中美合资公司这个月报表我刚看了，他们的增长额还真的有50%。"

"是吗？"周怡亭笑容敛了敛，"他一直很厉害。"

林鹏飞看她这个样子，顿了顿："听说把赵志华也找回来帮忙了，那小子在国内混得还不错，他认识的人多，初期拓展市场帮了很多忙。"

因为刻意和孙宏钢保持距离的缘故，合资公司的事情她当初就全交给林鹏飞负责，自己也没有主动询问过相关情况。看到了那个戒指盒，周怡亭心情有点复杂，想开口问什么，还是忍住了。

林鹏飞从没见过周怡亭脸上这种欲言又止的表情，自然也不了解变化的原因，叹了口气："怡亭，你和宏钢大哥的事情我一直是不过问的，当初赵志华那小子开你俩玩笑的时候我也啥都没说吧？"

周怡亭不知道林鹏飞突然说这些有何用意，也就停下手中的事情抬头看向他。

“你俩到底是怎么啦？彼此都没有放下的样子，包括宏钢，听赵志华说他也没有再找谁，现在他是老板，其实有很多女人会自己扑上去的，但是他一概冷若冰霜。赵志华来了之后，他连应酬都全推给他了。”林鹏飞看着墙上的四人合影突然笑了，“你俩怎么样其实是你俩的事情，个人隐私嘛，只是看你们这种分不分合不合的样子，忍不住要侵犯隐私一下。”

周怡亭目光也停留在当初那张合影上，即使隔了这么远，她还是能在人群中一眼看到他。

“孙大哥，你这每次一请假就半个月，你还记得公司法人写的是你的名字吗？”

“我上次不都和你说了嘛，工商变更手续早点办好，改成你的名字就可以了。”

“孙大哥，你别吓我，改法人是这么轻飘飘的事情吗？向你汇报，这个月的销售业绩还真不错，我们又铺了几个出货渠道，发展了几个城市的代理商。”

“公司的事情，我也和鹏飞交代过，逐步都让你负责，这些事情你心里有数就可以了，毕竟我们是一起去过南美的战友啊！”

“孙大哥，你不能把我拉来顶缸，自己就一天天出去旅游了啊！旅游也就算了，你这也没有好吃好喝的，反而各种舟车劳顿，就是为了给什么《国家地理》杂志拍那个什么照片吗？值得吗？”

孙宏钢不理会赵志华，只是从包里掏出来几本《国家地理》杂志，放进了书橱。

“哎，孙大哥，你说话呀！”

赵志华强行制止了孙宏钢收拾行李的动作，将自己的脸塞进了孙宏钢的视线。

孙宏钢无奈，只能停下手上动作，坐到了赵志华对面的沙发上。

“让你接手公司也不是和你开玩笑的，这两年公司发展步入正轨，也算没有白费当初大家的心血，你的能力我是放心的。”孙宏钢见赵志华要说话，摆摆手，“我年纪也一年年上去了，也快要去知天命了，所以我希望去做一些自己真正喜欢的事情。”

孙宏钢拍了拍赵志华的肩，站了起来：“未来是你们年轻人的！对了，我在假期的时候就不要给我发工资了。来说正事吧，你之前说有什么问题要商量？”

赵志华无奈，把手里的文件递给他，却在转身的时候瞥到孙宏钢用手摸了一下墙上的合影，那张合影是他回国前拍的，周怡亭、孙宏钢、林鹏飞和赵志华四个人。他从美国回来了，自然不知道周怡亭办公室墙上挂着一款同样的合影。

月亮悄悄爬上窗头，周怡亭今天迟迟未睡。

白天林鹏飞的话确实触动了周怡亭，她盯着眼前那个戒指盒，心里有一股冲动想打开它，可是另一个自己又告诉她，现在打开也没有用了，当初也是自己做的选择。

周怡亭心烦意乱，走出房间，想看看爱华在做什么。那天的争吵后两个人都没怎么说话，或者说，从拉斯维加斯回来后，两个人之间的关系就变得很奇怪，就像两只想要靠近却忘了收起浑身硬刺的刺猬，靠得越近，越准确地扎进对方的血与肉里，伤口细微而不可见，但两个人都知道，伤口有多深，深到在皮肤底下锥心刺骨，令人心力交瘁。

因为是母女，才会更痛吧，自己的痛在痛，对方的痛也许更痛！

客厅里面静悄悄，周怡亭瞥了一眼挂钟，已经7点半了，按照平时规律，王爱华这个时间已经到家了。周怡亭想起在校门口与王爱华说笑的那个男孩子，心里非常不舒服，虽然她来美国也快十年了，但还是不能接受孩子们早恋，毕竟青春期的少男少女能明白什么是爱情吗？万一一个冲动……自己曾经失去的机会、失去的青春、失去的时间……她不希望王爱华重蹈覆辙。

她要去找找有没有什么线索,她要和那个男生聊聊。

她忘记她俩曾约法三章,未经同意不能进女儿房间,她突然心急起来,冲进爱华房间,却说不清是因为自己还是王爱华。

成绩单。一张成绩单平铺在王爱华书桌上。这是一张她没有见过的成绩单,显示王爱华没有通过SSAT考试。

之前周怡亭问过王爱华,她都以还没收到通知来回答。

周怡亭看了看日期,了然她不仅收到通知,而且收到已经……一周了。

周怡亭火气腾地上来了,她清楚爱华身上的缺点,但是爱华的成绩一直还不错,当初跟不上的时候虽然那个小人在她面前打泼耍赖,但是背地里自己是下功夫的,SSAT的重要性她不可能不知道,那么……周怡亭又想起校门口那个男孩子和爱华的表情……她是真的生气了。

“妈！你怎么进我房间了！”王爱华站在卧室门口,不满地朝周怡亭喊。

周怡亭没有回头,只在手中扬了扬成绩通知。

王爱华脸色立马变了,快步走进房间从周怡亭手上抢过了成绩通知：“你怎么不遵守约定啊！干吗随便进我房间随便翻我东西！”

“我不进你房间大概也不会想到这成绩单已经下来一周,你不仅没有通过SSAT,还对我撒了一周的谎！”

“但你进我房间就是不尊重我！”

“考试都没通过的人有什么资格讲尊重！我就是太尊重你了！我看你是早恋所以影响学习了吧！”

“你跟踪我！”

“跟踪？你在校门口和男生拉拉扯扯,像什么样子！哪里还像个女孩子？！”

“我不像！我不像！”王爱华突然有了哭声,“因为我不像,所以我都没有男孩子喜欢！我知道我长得像你恨极了的爸爸,长得也没有你美！甚至你都不愿意花钱为我买一条好看点的裙子！别的姑娘妈妈都是从小在身边陪着长大的，只有我！妈妈不要爸爸也不要！”

周怡亭听爱华这么说，突然有点心软，看着眼里含泪的王爱华，什么都说不出来了。

“你说等我来美国就好好照顾我的，但你还是让我去打工，我每天要刷几百个盘子要站几个小时，我要忍受着顾客对黄皮肤黑眼睛的好奇，我都没有时间去看书复习！我……我……我……我不想告诉你，我怕你失望，然后又不要我了……”爱华的泪水随着她的委屈都倾泻了出来

周怡亭长叹一口气，似乎，那双眼睛，也不怎么像王进军了，像自己，有着倔强也有着脆弱。

最后，周怡亭沉默地离开了爱华的卧室，她不知道该说什么——当怀着既生气又愧疚的心情的时候。

爱华也没有再出卧室，母女俩就这么各怀心事地与黑夜拥眠。

之后的几天爱华都恢复了正常的回家时间，周怡亭虽然也很想和她好好聊聊，但公司一下子进入了忙季，有太多事情要处理，甚至连去爱华学校开家长会也和老师改了几次时间——大概周怡亭也打定了那个主意吧，既然爱华没有能力自己捕鱼，那就给她多存一些鱼在冰箱里，保证她能够一辈子有鱼吃。

王爱华去中餐厅的打工时间也变了，一周五天变成了一周三天，这是周怡亭和老板协商的结果，一方面还是希望爱华能够有经济独立的打工意识，另一方面也是考虑了爱华的学习时间。老板已经向周怡亭说自己店小，容不下王爱华这尊大佛，但嘴上说是说了，最后还是看在周怡亭向他定了公司员工工作午餐的面子上，让爱华继续待着。所幸，王爱华经过这段时间的磨炼，已经能够熟练地帮忙点菜和清洗锅碗了。

在后厨的泡泡里干着伟大的清洗工作时，王爱华总是想起初中时葛小平辅导她读书时说的一句话“你只是反射弧长了点，给你时间你就能做

好”。王爱华在面对难题时经常想起这句话，每次想起的时候都像获得了一种力量，仿佛眼前的清洁泡也闪着七彩的光，照着七彩前行的路。

但母女俩的和平相处并没有持续很久。事情的导火索正是孙宏钢送的那个戒指盒。

那天周怡亭中午回家取一份材料，发现这个戒指盒从床头抽屉里面放到了床头柜子上，还是打开的状态，她心生疑惑，打开来一看，盒子里只有一只女戒。她第一反应是家里进贼了，于是连忙检查了其他财物的存放地，发现保险箱等都安然无恙，只有床头放备用金的抽屉被人翻动过，点了点剩余的现金——估计大概被拿走了200元。家里其他藏钱的地方王爱华不一定知道，但是放备用金这个地方，周怡亭是告诉过王爱华的——当初是担心她公司忙起来顾不到爱华——没想到现在她竟然“自觉”地拿了。钱少了一点也不是特别重要，毕竟金额不算大，但是戒指盒里男戒没了，这个问题就很严重了，不管从金额还是从性质上而言。

周怡亭处理完公司事务后，立马赶到学校为王爱华请了事假，把正在上课的王爱华接回了家。

王爱华从被老师叫出课堂就是蒙的状态，问周怡亭出了什么事情，周怡亭也是铁青着脸说“回家就知道了”，一路上车内气氛紧张，王爱华瞥了几眼周怡亭的脸色，自己想了一下最近的行为，想不出什么让她如此生气的事情。

到家之后，王爱华想进房间放下书包换一下衣服，刚走两步就被周怡亭叫住。

“爱华，我给你一个机会，你坦白了我就不和你计较，但是如果你不说——我相信你会说的。”

“妈妈，你让我说什么？”

“你心里应该有数，今天你出门的时候有没有带什么不属于你的东西。”

王爱华想起了从备用金里面偷拿的200元——这么快就被发现了？不应该，之前偷拿了几次，周怡亭都没有发现，当然前几次金额也比较小，自己心虚怕她发现也拿了工资往回放一点……

“想到了吗?”周怡亭声音打断了王爱华的思考。

“没有……我真的没有……”王爱华嗫嚅道。

“跪下!”周怡亭声音突然提高,“我都不知道我做错了什么,你们一个个都这么对我。公司有个曹皮特,家里有个王爱华。”

“不是的妈妈!”王爱华听到周怡亭把自己和曹皮特相提并论,知道拿钱的事情妈妈已经发现,“妈妈,我拿了200元是有急用的!我一个同学向别人借了钱,他再不还会被人家教训的,所以我就想先挪用一点借给他——等他拿了工资就会还给我的!我保证!”

“跪下!”从小到大,周怡亭没有真的打过王爱华,但是王爱华犯了大错之后都会被罚跪。其实爱华也就被罚过一次——是她不懂事的时候跟着大院里的孩子叫自己外公“老右派”,周怡亭气极了,罚她跪一小时,最后因为大家求情,就连外公也求情了——“小孩知道什么?”——罚跪了半小时,就算这样,王爱华也是受了很大的苦,第二天膝盖就肿了。

王爱华知道周怡亭真生气了,连忙跪下:“妈妈!我说的都是真的!真的是借给了同学!”

周怡亭不说话。

“妈妈!”

周怡亭看了一眼王爱华,王爱华不禁打了一个哆嗦,她第一次看到周怡亭的眼里有一丝厌恶。

“除了钱,还拿什么了?”

“没有,我保证,我只拿了钱。”

“那戒指呢?”

“戒指?”王爱华困惑地看着周怡亭。

“就这个盒子里的戒指呢?”周怡亭把戒指盒拿出来,放到爱华面前。

“戒指?我没有注意到……”王爱华想了想她当时拿钱的场景,大概有戒指盒压在上面,她心急就全部拿出来了,但是没有去看有些什么,拿完钱就全部塞回去了。这个戒指盒不知道为什么没有放进去。

“戒指盒里是一对戒指，现在只剩一个了，另一个你真的没拿吗？这是你孙叔叔留下的，你不能拿这么大价值的东西……”

孙叔叔的？孙宏钢？难怪妈妈会这么在意，王爱华烦躁起来：“我拿了又怎么样，你们不是分手了吗？戒指留着也没用，我卖了更好……”

周怡亭举起了手，但抬到半空中还是放了下去……

“我是真的教不好你了……真的……”

王爱华梗着脖子，并没有因为周怡亭态度的软化而说什么，她似乎在下定什么决心。

11　扑朔迷离的爱情

加州周末的艳阳，明媚和蔼，穿过翠色树叶的空虚，在地上投下一片斑驳。街道空空，居民和游客都向海滨和沙滩涌去，城市的这一片突然空了出来。到了下午的时候才有些人，三三两两。间或一两辆车子，也匆匆忙忙驶过，不愿做太多停留。

临近傍晚时分，艳阳收拢，葛小平才陪着母亲张丽华出了门。张丽华梳妆整齐，穿着浅色的长裙，化了一些淡妆。葛小平依然穿着宽松的T恤和牛仔裤，稳稳地坐进了驾驶座。

张丽华坐在副驾上，兴高采烈地夸着自己儿子有眼光，新买的二手车一点都看不出来是用过的。

葛小平拨了拨额前的头发，突然觉得有些不好意思，低声叮嘱了一句“安全带系好”。

车子在大街上拐来拐去，正好遇到进城来的车流，在一些路口堵了一会儿，也没开多久，就停在了一家中餐馆门口，大玻璃门上画着一条张牙舞爪的龙。

两人推门进去，坐在了靠窗一个位置上。服务员是个带有江浙口音的中年阿姨，干脆利落地点好了菜就走了。

葛小平漫不经心地扫了一圈店里，没看到想看的人，有些失望，但又暗自好笑。回头听母亲絮絮叨叨地说起最近一次跟父亲通电话的事情，说他老夫聊发少年狂，要去英国买游艇什么的闲事。葛小平兴致缺缺，只是敷衍着应和对方。

点的餐很快就上来了。张丽华吃了几口菜，眉头皱了一下，但很快又恢复了正常。葛小平吃了几个菜，倒是没什么反应，他素来对吃食不太挑剔。

张丽华吃得很少，说的话倒是很多，说完丈夫的游艇，又开始问起葛小平关于美国感恩节的事情，说他父亲要带着爷爷奶奶一起来美国过节。说起好多年没见的亲人，葛小平的话多了一些。

吃到一半，店里面的人也渐渐多了起来，几乎坐满了。这时，透过窗户，他看到街对面有个人从车里下来，面目有些熟悉。走得近了方才看清，单眼翘鼻，正是前同班同学王爱华。

他笑着看她穿过马路，走到餐厅门口，想象着对方见到自己时惊讶的样子，笑容更深了。

但王爱华停在餐厅门口，突然转回了身子。从马路那一边的车上又下来一个男生，高个红发，穿着时下正流行的皮衣。王爱华迎了上去，从对方手里接过了一件外套。

透过窗户，他看到两个人说了几句话，男生单手插在皮衣口袋里，另一只手揽过王爱华的腰，拥抱了一下。那个角度，他好似看到男生侧过头轻轻地吻了一下她一边的脸颊。王爱华踮着脚尖跟对方拥抱了一下，分开时脸上一片绯红。男生又说了一句话，逗得王爱华哈哈大笑，然后转身走了。

王爱华终于推门进来，匆匆跑到收银台边，跟老板道歉。林老板似乎已经习惯于对方迟到，无可奈何地挥了挥手让她去了。

王爱华跑到后面，换了衣服出来，准备开始工作。这时她才发现坐在窗边的葛小平两人，也不管其他还等着点单的客人，直接跑过去跟两人打招呼。

张丽华也十分惊喜，连忙拉着王爱华的手上下打量，嘴中感叹着："女大十八变，越变越漂亮了呀。"

王爱华抿嘴一笑，但口中还是谦虚着："没有，没有。你们要来吃饭，怎么不早点跟我说呀。"

"也是临时想起来的。你上次告诉过我，今天有空就过来看看。"葛小平歪了歪嘴角。

王爱华看了一眼桌上已经点的菜，回头问张爱华道："吃得还好吧？这儿的厨师是山东来的，有时候盐会放得有些重。"

张丽华点了点头，"还行还行。"

"打折了吗？我让老板帮你们打打折吧。"王爱华突然想到说。

"没关系的。"张丽华摆了摆手，想制止王爱华，但她动作很快，已经转身到收银台找老板去了。

很快她就回来了，兴高采烈道："老板说送个果盘，我知道阿姨最喜欢吃水果了。"

张丽华笑着点了点头："那真是谢谢了。"

"我要回去工作了。"王爱华摊了摊手，"不然老板又要扣我工资了。"

张丽华笑着点了点头："下次再来我们家玩啊。"

王爱华笑着走了，没有点头也没有摇头。

张丽华回头，低声对儿子道："小姑娘真是不一样了。"

葛小平撇了撇嘴："有男朋友了嘛。"

"什么？"对方讲得太快，张丽华一时没有听清。

"没什么。"葛小平耸了耸肩。

时光如水般流去，虽然与母亲的关系让她有些煎熬，但剩余的都是美好。杰斯廷就是她剩余的所有。

这种感觉实在是非常奇妙，从未有过。她能从生活中的一切细枝末节联想到那个人。她边刷牙边想起杰斯廷第一次吻自己，在一个派对上，躲在一丛绿植后，他的手托住自己的头，湿润而柔软，绵长而甜蜜。

她走在学校的走廊上，眼睛不经意地在人群中搜索，希望能看到对方的身影。有时她远远就看到了对方，靠在柜子边跟朋友说话，远远地举起手跟自己打个招呼。每一次在楼梯上的邂逅也让人心神荡漾，她一级一级上楼，他一个人或者和三两朋友从楼上下来，隔着层楼，她就分辨出了他的脚步和言语声，期待和预想在面对面相遇时一一验证。

“嘿！”

“嘿！”

简单的问候。擦肩而过。

有时他还会亲昵地拍一拍自己的肩膀。

课程依然枯燥烦闷，她坐在靠窗的位子上，双眼盯着黑板，神思却不知已飘向了何处。胡思乱想种种，她甚至想到了结婚与生子，想到一片绿茵草地上，混色的宝宝笑着闹着，一白一黄的父母坐在一边的野餐布上，有说有笑。一切都那么美好。

就像很多电影里一样。

王爱华又回到了那个商场，那个和杰斯廷一起吃冰激凌的地方。但这次她的口袋里面装够了钱，是这几个月她从中餐馆打工攒下的钱。

她右手插在口袋里，钱包也放在这个口袋里。坐电梯上三楼，她径直走进运动名牌店里。层层叠叠的货架上整齐地放着各种颜色的运动鞋，她站在三步远的地方，慢慢地从这头走到那头，眼睛繁忙地从一双双鞋子上略过。她停了一下，又从那头走回这头，这次走得快了一些。

“你好！需要什么帮助吗？”一个穿浅色运动制服的女孩走到王爱华身边，礼貌地问道。

王爱华连忙应和着，跟对方描述了一双球鞋，红色鞋面，上绘有一层层波浪形粗黑色条纹，男式球鞋。女孩欢快地应了，领着王爱华看了几双红黑色球鞋，最后在另一边的特别单品货架上找到了她所说的那双鞋。

一看货架下面黑笔标写的价格，她还是吓了一跳，虽然知道这个鞋子贵，但没想到这么贵。她双手捧着这双鞋，翻过来翻过去看，摸一摸网面，或戳一戳鞋垫，或捏一捏鞋底，轻轻地自语：“好沉啊……”

这双比想象中更贵的球鞋最后被仔细地包好放入一个硬质纸盒内，然后装入一个手袋里，规规整整地放在了王爱华面前。她付钱的时候动作很快，一把抽出一叠现金丢到收银台上，然后转开眼去，不再看那叠钱。等收银清点并开票之后，她又一把抓起找零和发票，转身就走。

她冲下三楼，像是为了逃避什么似的，提着袋子匆匆离开了商场。

一个礼拜之后，这个鞋盒子被再次仔细包装后，带到了一个派对现场。但这个派对有点特别，至少对王爱华而言意义特殊，因为那是杰斯廷的生日派对。

王爱华坐在客厅角落的沙发上，那个方方正正的礼物就放在脚边，没有找到合适的送出时间。她看到派对的主人如花孔雀一般满场跑着，与所有人笑着闹着。音响声音被开得很大，播放着杰斯廷最喜欢的摇滚乐队的歌。在不甚明亮的客厅里，她默默地喝掉了两杯掺了酒精的红色饮料，嘈杂的吉他声充满耳朵，凯特有时会趴在她的肩膀上快快地说了些什么，但她没有心思去认真听。她起身又去拿了一杯红色饮料，回到沙发边上，一口气喝掉了半杯。

“慢着点喝，女孩！”一个男声似有穿透喧嚣的神力，一下子直抵她内心最柔软的地方。

她回头，看到杰斯廷坐在了自己身侧，手臂亲昵地圈在自己的脖子上。“嘿，”她开口，声音有些颤抖，“我有个惊喜给你。”

“哇！”杰斯廷语气夸张地发出了一个叹词，“我喜欢惊喜。是什么？”

她从地上拿起了盒子，递到了杰斯廷面前。

看到这个大盒子，杰斯廷也吃了一惊，笑着讲了几句俏皮话，快手快脚地拆开了包装，打开盒子的一瞬间，他愣在了原地。

凯特和其他的人也凑过来看，发出一声声轻叹。

王爱华顿时紧张了起来，看了看低着头的杰斯廷，一时不知如何反应。她知道这双鞋的分量，但不知道会引起旁边人这么大的反响。“你不喜欢吗？”

杰斯廷抬起头来，对王爱华粲然一笑：“不，我太喜欢了，这是最好的惊喜！”

王爱华这才舒了一口，后面听杰斯廷兴奋地说起自己看中这双鞋很久了，又说起这双鞋是某某球星的同款，边说边兴奋地把鞋子拿出来，穿在脚上，还站起来试着走了两步。

王爱华笑着看着他手舞足蹈的样子，觉得一切都变得值得了。

杰斯廷穿着鞋，在客厅里面来回走了好几圈，最后回到沙发边，扑到王爱华身上，用力搂住了对方："太感谢啦！"然后左右各亲了一下王爱华的脸。

王爱华一下子双颊通红，眼眶湿润。

杰斯廷在她身边坐下，右手保持着搂着对方肩膀的动作，大大咧咧地将穿着新鞋的双脚架在茶几上，仰头跟朋友们大声地说着话。

凯特也凑到她的身边，局促地挤眉弄眼，问她有关鞋子的事情。王爱华笑着看着对方，没有回话。现在的她如坐在云间，浑身发软，脑袋晕晕。凯特好像又跟她说了一些什么话，但她没有心思听。玛丽过来，拉了一下凯特，回头也对王爱华说了一句什么，但被嘈杂的摇滚乐声盖过。王爱华笑了起来，微笑，渐渐化成了大笑，好似从未如此爽快地大笑过。

夜深，客人们陆续离开了派对。玛丽在楼上洗手间的浴缸边发现了喝得醉醺醺的凯特，让王爱华帮忙一起扶着她到车后座上。王爱华刚在副驾坐稳，突然想到忘了拿包，又从车上下来，回到了杰斯廷家里。

远远，她听到从厨房那里传过来的有人讲话的声音，敏锐地一下子就分辨出其中有一个是杰斯廷的声音，可能是因为喝了些酒，他讲话时鼻音更重了一些。她忍不住侧耳听了一下，那边似乎在讨论有关大学申请的事情，然后突然她好似听到了自己的名字被提起。她往厨房方向走了走，声音更加清楚了一些，他们的确是说起了一个"亚裔女孩"，然后的对话因混合着一些起哄的嘘声而听得不甚清楚。她忍不住又向前走了两步，几乎快到厨房门口了，才听见里面传来的一个鼻音很重的声音："她人不错，就是身上有股奇怪的味道。"

她内心咯噔一下，一口气提了起来，屏息凝神听那个声音继续说："……

一股像中餐馆的味道。”接着是一阵哄笑声，其他的两三个声音开始报菜名般说了几个发音奇怪的词，然后话题被岔开讲到别的事情。

她后脑发涨，眼睛酸痛得不行，视线有一些模糊，勉强支撑着自己匆匆跑出门口，蹿上了玛丽的车。

玛丽回头，意外发现泪流满面的王爱华，吃了一惊：“发生什么事了？你没事吧？”

“快走。”从齿缝间挤出两个单词。

玛丽看了一眼对方，没有再开口，直接发动车子走了。

第二天下午，王爱华出现在了那扇画了龙图腾的门口，深吸了一口气，推门进去。

坐在收银台边的林老板，回头见到来人，吃了一惊，对站在自己面前的王爱华调侃道：“太阳是从西边出来了嘛，今天那么早就过来了。”

王爱华低头，默不作声。

已经做好听对方回嘴的林老板，等了一会儿都没有等到对方回话，也开始觉得有些奇怪：“怎么了？”

“林老板，我不做了。”王爱华终于抬起头来，说出了来意，最后还加了一句，“不要告诉我妈。”

“啊？”林老板愣了一下，这个小姑娘虽然吊儿郎当，做事乱七八糟，但毕竟那次之后也在店里打了大半年的工了，突然来这么一下，也是让他非常意外。“哦，是找了别的工作啊？”

王爱华没有回应，只是摇了摇头：“我先走了。”

林老板一时语塞，不知道对方唱的是哪一出。

“这段时间谢谢林老板了。”王爱华说完这句，转身离开了中餐馆。

林老板在原地，摸了摸自己的大圆肚子，看着她走出门口。

她从中餐馆回来，在家狠狠地泡了一个多小时的澡，泡到最后水都快凉透了才起来。因为之前晚饭都是在中餐馆吃，家里没有准备吃的东西。她在厨房里面转了两圈，吃掉了冰箱里面最后剩下的一个苹果，两片面包，半杯冷牛奶。乱七八糟地吃了一些东西之后，她才觉得有些饱的感觉。

那天周怡亭回家很早，意外地看到王爱华在家，随口问了一句："没去餐馆？"

王爱华暗自心惊，料想母亲应该还不知道这件事，又想起上一次她押着自己去中餐馆的样子，便决心瞒过一天算一天，扯了个谎："今天休息。"

周怡亭皱了皱眉，但没多说什么，随手把包丢在了沙发上，回了房间换衣服。

王爱华站在客厅里，多看了那个包一眼，转身回了房间。

"……你看过那个电影了吗？"

午休时间，他们聚在餐厅的角落闲聊着各种事情，杰斯廷突然回头问身边的王爱华。正出神的王爱华后知后觉地问了一句："哪个电影？"

凯特斜着眼看了她一眼，没理她的问题，顾自继续刚才的话题。王爱华听了一会儿才知道他们在聊一个时下热门电影，讲述一个连环杀手的故事，内容涉及暴力血腥，也正挑动了年轻人的猎奇心理。

凯特似乎是唯一一个已经看过电影的人，手舞足蹈地跟大家讲述着电影里面的刺激画面，因她说得过于夸张，其他人纷纷发出了嘘声。杰斯廷也拍着桌子大声开了一句她的玩笑。没想到凯特一下子翻了脸，把杯子往桌上一扔，转身就走了。

大家都被吓了一跳，玛丽第一个反应过来，抓起包去追自己的妹妹。王爱华也匆匆起身，跑出了食堂，但出去之后并没有看到两姐妹的身影。她环顾四周，觉得这么回去食堂也有些奇怪，想了想还是准备先回教室去。

"艾拉！"背后出来一个人叫了自己的名字。

王爱华回头，正是杰斯廷。只见他一个人从里面出来，门上带起的风吹乱了他额前的几缕碎发，深棕色的眼睛眯了眯，然后眼角一弯，对着她笑了。

"嘿！"王爱华看着杰斯廷也笑了，猜想对方可能也是出来找凯特的，她摊了摊手表示自己也不知道凯特去了哪里。

但没想到杰斯廷径直走到自己面前，非常自然地搂过她的肩膀，低头问她礼拜五晚上有没有时间。

她愣了一下，隐隐感觉到了对方接下来要问的事情，心不由得提了起来，声音都有些发抖："有的。"

杰斯廷笑了，凑到她耳边，轻声问她是不是愿意礼拜五晚上跟他一起去看电影，看的正是刚才大家聊的那一部。

她感觉到他说话的时候，气息喷在自己的耳朵上，瞬间双颊绯红，半边身体发麻，整个人变得很轻很轻，然后她听到自己轻轻地回了一句："好。"

12 第一次

王爱华把自己关在房里，将口袋里，书包里，抽屉里的钱全部放在一起，数了一遍又数一遍，还是不够一张电影票钱。叹了口气，把这些散钱又规规整整地放回钱包里。她丧气地躺在床上，想到明天便是跟杰斯廷约定的日子，就忍不住笑了出来，再想到一些别的东西，又变了脸。

胡思乱想，半梦半醒间，门外传来的开门进门声把她彻底惊醒了过来。

“妈，你回来了。”王爱华开门出去迎接道。

“嗯。”周怡亭冲女儿点了点头，满脸疲态，随手将包和外套丢在客房的单人沙发上。

王爱华坐在客厅正中的长沙发上，打开了电视机，心思却放在母亲上。她用余光看到周怡亭去厨房倒了一杯水喝，然后又回到客厅，看了一眼电视，叮嘱了她一句“别看太晚，早点睡”，然后便回了自己房间，一会儿便从房里传来哗哗的水声。

王爱华想直接问周怡亭要钱，十块八块就够了，但她马上想到母亲一定会反问自己“打工的工资呢”，然后自己辞了中餐馆工作的事情也一定马上就会暴露，然后……

她又长叹了口气，回头不经意地看到了那个单人沙发上的包。她知道周怡亭的钱包就放在这个包的拉链夹层里面，她也知道习惯用现金从不刷卡的母亲，钱包里面一定有各种面值的钞票，如果从中偷偷拿走一两张，小面额的，应该不会让人知道……

这个念头如久旱后的一场甘露，泼洒在她急躁干涸的心上，使得那诱惑如野草般肆意疯长。不，不，不，这不行，这是偷啊，怎么能偷东西呢？不，不，不，这是自己人的东西，也就是自己的东西，拿自己的东西怎么能算偷呢？妈妈还在洗澡，乘这个时候赶紧的呀。

不行！

可以的，还想不想看电影了？

不……

如果你又没有钱，杰斯廷会怎么看你！

……

王爱华咬了咬牙，从沙发上站起来。当她拨开外套，轻手轻脚拉开拉链的时候，她内心一阵平静。一眼就看到包里的钱包，取出打开，果然塞满了各种面值的现金。她很快地从里面抽出一张10美元的纸币，然后动作迅速地将钱包放回原处，拉上拉链，盖上外套。

她站起来身来，10美元被揉成一团，攥在手心。回房间的脚步也依然镇定，但等她回到自己房间，一合上门，所有的镇定和平静瞬间崩塌，双手双脚发软，双目含泪，她勉强支撑着自己走到书桌边，将被手心汗水打湿的10美元小心地压平，然后再放进了钱包里。她双手抖得厉害，以至于放了两次，才顺利把钱放好。

取钱的动作似乎已经耗尽了她所有的力气，她觉得浑身发软，虚弱地滑到床上躺下，脑袋嗡嗡作响，双手依然微微颤抖。她平躺着，双眼瞪着天花板上的吊灯，大脑好似转过很多念头，又好似一片空白，脑中空气被抽离，所有的思绪变成了真空的、虚无的。

好一会儿，一个人推门进来，吓得王爱华直挺挺地从床上跳了起来。

进门的周怡亭也被女儿过激的反应吓了一跳："你怎么了？"

王爱华面色苍白，只是张着眼睛看着周怡亭，不说话。

周怡亭暗自思考可能是女儿为复习考试累坏了，看来要问问有没有什么给小孩子读书吃的东西，补一补身体。她转着心思，但嘴上还是说着老话："电视看完要关的。"

“啊？”王爱华好像突然失去了中文理解的能力，呆愣着看着周怡亭。

“我说，电视不看了就要随手把它关掉，就跟水龙头一样的呀。”周怡亭又重复了一遍刚才的话，“你听懂了吧？”

王爱华后知后觉地慢慢点了点头。

“好了，早点睡吧。”周怡亭叮嘱了一句，转身带上房门，走了。

王爱华盯着闭紧的大门许久，才长长地呼出了一口气，整个人如泄了气的皮球一般慢慢瘫倒在床上。

约定的那天，她到得非常早，在电影院门口站了一会儿，看了看橱窗内的新电影海报，从上到下，从左到右，看了三遍，再看时间时，离约定的时间还早半个小时。王爱华在周围逛了逛，发现在电影院对面有一家快餐店，外面有位子可以坐，而且一抬头就能看到电影院门口的情况。

没有点餐的她厚着脸皮，和其他吃着汉堡薯条的人坐在一起，双眼不住地看对面电影院的门口。在她身边的人吃完两个汉堡，一包薯条，一个土豆泥，一盒蔬菜沙拉，正把可乐吸得哗哗响时，对面门口终于出现了一个白T恤牛仔裤的高个男生。王爱华如弹簧一般从座位上跳起来，急匆匆跑到对面。快走到杰斯廷身边的时候，她刻意放慢脚步，深吸了两口气，然后语调轻快地打了个招呼。那人转过身来，笑着回应了一句。两人相伴到售票处买了两张票，王爱华递出去的那张纸钞显得有些旧。买完票之后，还有一些余钱，又买了一小盒爆米花和两杯可乐。

王爱华拿爆米花，杰斯廷举着两杯可乐，有说有笑地进了放映厅。

放映厅的位置排得有些密，两个座位之间靠得非常近，当她坐下，厅内暗场后，一种隐秘的亲近感围拢过来。她微微侧过头，看到身边人不经意搭在扶手上的胳臂，皮肤白得有些扎眼。为了分散自己的注意力，她将手上的爆米花往他那边递了递。杰斯廷回头看了一眼，随手将爆米花放在了两人之间的扶手上。几次当她去拿爆米花的时候，手指会在狭小的纸盒内偶遇对方的手指，快速地划过，敏锐地感受到对方柔软的皮肤和汗毛。

电影开场，一个连环杀人案件徐徐展开，画面和配乐逐渐转向惊悚和恐怖，镜头突然闪过一个血色人影，吓得王爱华无意识地低声惊叫了一下，但很快反应过来的她连忙用手捂住了自己的嘴巴。然后她感觉一只温暖的大手安抚似的放在了自己的肩膀上，轻轻地拍了两下。受到惊吓的小手还有一些颤抖，她的手盖在了那只大手上。大手翻过来，握住了颤抖的小手，拇指意味不明地摩挲着光洁的手背。一把无名之火被点燃，顺着手背上那片肌肤瞬间蔓延遍全身，她不由庆幸放映厅内黑暗的灯光和电影嘈杂的配乐，很好地掩护了她绯红的双颊和如雷般的心跳。

那只点火的手终于松开了，却沿着肩膀到了耳侧，柔弱的耳垂被一片温热包裹住，顿时敏感的她，身上起了一片鸡皮疙瘩，连呼吸都有些加快。那手放开耳垂，十分顺理成章地来到了脸颊一侧。被发现脸上滚烫的她反射地转过脸来，面对那手的主人，透过电影画面幽暗的反光，半明半暗间，那人的面庞反而柔和了起来。她看着对方，看到那脸在自己面前渐渐放大，渐渐清晰，然后嘴唇上一片湿意。

他吻了她。

开始只是蜻蜓点水一般，小小的试探，然后转为猛烈的进攻，她下意识地后退，被他的手扣住了后脑。一种奇异的感觉在她身上流窜，大脑被这种兴奋情绪所攻占，已经放弃了正常的运作，体内似被打满了气体，变得很轻很轻，似已经漂浮了起来。皮肤却变得异常敏感，已经隐约知道了些什么，如约如期待地感受到对方手掌的触碰。

“砰……哗……”

两人之间的爆米花被碰倒，金色的颗粒铺了一地。

她如大梦初醒般，推开了身上的人。

杰斯廷坐回了位子上，不紧不慢地捡起来爆米花的盒子。

她维持着刚才的动作，呆坐在位子上，依然头脑发热，呼吸短促，心跳如雷。

杰斯廷将空了一半的爆米花盒放回原来的位置。

王爱华回头看着他的动作，四目相视，她感觉到要说点什么，但一下子又不知道应该说什么。

这时电影片尾曲幽幽响起，放映厅内灯光大作，刺激得她眼睛酸痛。闭眼，揉了揉眼睛，她再回头看杰斯廷时，他正准备起身离开。她连忙起身，拉住了对方的胳膊。

杰斯廷回头，王爱华躲开了他的眼睛，小声说了一句“抱歉”，她也不知道自己当时为什么会先道歉，然后她又听到自己轻声说“我还没有准备好这个”。

“这个”被她咬得非常短促非常含糊。

杰斯廷笑了笑，伸手摸了摸她的脸，轻描淡写地说了一句“走吧”。

那天之后，她知道某些东西变了，不对，是有关她和他的所有东西都变了。之前朦胧一片的，突然变得清楚起来，如被剖开后的玉石，纹理暴露在阳光下，温润而耀眼。如加州傍晚的阳光，和煦而温暖，她张开双臂，感受到微风穿过手掌的缝隙，穿过裙摆，穿过身体。

“天气很舒服。”身边人也眯起眼感受这阳光这和风。王爱华回头，在阳光下看到那人的剪影，内心被充满，脸上都是微笑。

凯特收到了人生中第一张超车罚单，玛丽开车送她去法院申诉，落单的王爱华在校门外遇到了同样落单的杰斯廷，两人相伴而行。杰斯廷聊起了前几天的橄榄球赛，她没看过什么橄榄球赛，也听不懂什么球队和策略，只是静静听，随口应了几声。两人拐过一个路口，经过一家音像店时，杰斯廷停了下来，他说里面正在放的是他最喜欢的乐队的歌，她听到急促的鼓点声，和一个男声的嘶吼。他靠在一面墙上，脑袋跟着音乐节奏晃动着，她看得哈哈大笑。他也笑着问她是不是喜欢这首歌，她自然点了点头，虽然整首歌除了中间的一大段“哈喽，哈喽，哈喽”，其他都没有听懂。一曲终了，音响开始播放一首时下流行的女歌手的歌曲，杰斯廷露出索然无味的表情，然后像煞有介事地跟她说起音乐来，她听到他嘴巴里面反复出现了“另类摇滚”和一个听起来名字有些奇怪的乐队“涅槃”。

“涅槃”，她试着重复了一遍乐队有点拗口的名字，随口追问刚才那首歌是否乐队的新歌。杰斯廷露出了一个诡异的表情，然后她才知道因主唱自杀这个乐队早在几年前便解散了。她吃了一惊，连忙改口感叹了一句：“太遗憾了。”

杰斯廷耸了耸肩，说起自己家中收藏了一张乐队的珍贵唱片，里面收录了他们做地下音乐时的作品，然后随口问王爱华是否想去他家听这张唱片。

王爱华愣了一下：“今天？”

杰斯廷反问道：“对啊，为什么不呢？”

王爱华想了一会儿，最后点了点头。

多年后，当她再回想起那天放学，那个路口，杰斯廷邀请她的那个瞬间，如果有更多的犹豫和顾虑，后面的事情是不是就不会发生？

当她进门，看到家中空无一人时，心中已经隐隐有了某种预感。然后两人进了房间，他随手拉上了窗帘。先是并肩坐在床边，然后说着说着话，躺了下来。一切都按着她的预感进行，当他的手透过衣服摩挲尚未完全成熟的胴体时，她颤抖着，在承受与拒绝之间徘徊。她咬紧了牙关，生怕任何奇怪的声音泄出口去。最后当他进入的时候，她尖叫了一声，如撕裂一般的疼痛。其实当她冷静下来回想那一次的时候，肉体的疼痛冲淡了情感上的准备，她感受的快乐并没有很多，交媾的感受没有事后一个绵长而温润的湿吻来得甜蜜，似完成某样既定任务之后的一个奖赏，那个人的味道被这个吻久久地留在了她的心里。

那天她失去了一些东西，但留下了更多。首先是第二天起来的时候，发现床上，裤子里一片血迹，同时伴随下体阵痛。她吓坏了，但又不敢告诉周怡亭实话，只能借口姨妈见红。这一天在学校，她精神恍惚，临放学的时候，头昏脑涨似乎发起了低烧。

凯特也没有发现王爱华的异样，只是边走边骂着那个给她开罚单的警察，到校门口时，玛丽已经坐在驾驶座上等着她们了。凯特依然坐在副驾，王爱华爬进了车后座。

凯特随口问了玛丽毕业舞会的事情，王爱华敏锐地听到了杰斯廷的名字，她调整了一下坐姿，既不会觉得疼又能听得清楚两人对话。凯特大声取笑着玛丽，因为她答应了一个男生的邀请做他的舞伴："罗格吗？拜托，那还不如杰斯廷呢。"

玛丽哈哈大笑，摇着头道："杰斯廷？他不行，他只是长得好看，但实际上是个花花公子，蠢得很。"

王爱华忍不住插话道："你为什么说他很蠢？"

玛丽还没来得及回答这个问题，对面走来几个男生，其中走在前面高高瘦瘦的正是他们口中那人，颇有说曹操曹操到的味道。

同行的一个男生对着她们的车招了招手，玛丽停在了路边，拉下车窗，跟那个招手的男生说话。王爱华也摇下车窗，跟杰斯廷打了声招呼。

杰斯廷弯下腰，伸手摸了摸对方的头，嘴上随口说着："你今天怎么样？看上去不错啊。"

王爱华皱了皱眉，突然觉得有些委屈，甚至气愤，她很想大声告诉对方，自己非常不好，下面还会阵痛，还在流血，但她只是瞪着双眼看着他嬉笑的面孔，没有接话。

杰斯廷站直身子，回到自己朋友身边，大声取笑那趴在车窗口跟玛丽说话的男生。她这才知道那人便是罗格。那杰斯廷呢？杰斯廷是否已经邀请了什么女生做他毕业舞会的舞伴呢？王爱华凑到窗边想叫住杰斯廷问清楚这个问题，但突然腹中一阵剧痛，痛得她倒吸一口凉气。待这阵子疼痛终于过去后，她发现玛丽早已发动车子开远了。她回头看着那逐渐远去，逐渐变小的身影，轻轻叹了口气。

第三天起来时，她已经觉得好了很多，下身疼得不再厉害，流的血也少了很多。到第四天的时候，血已经止住了，如果不剧烈跑跳的话，下身也不再疼痛。但这个过程中，她再也没有在学校里面碰到过杰斯廷。第五天的时候，她在教学楼底下等了很久，却没有如期等到对方。她奇怪地向玛丽询问杰斯廷最近几天有没有来上课，却得到了肯定的回答。她开始惊慌起来，一种不安的感觉被逐渐放大。最后，在第十天，在放学后的路上，她守株待兔，终于和杰斯廷对上了面。

他就像什么事情都没发生一样的，热情地跟王爱华打着招呼，连说的话都和之前一样："你看上不错嘛。"

一切好像并没有发生什么变化，一切又好像都变了。面对着杰斯廷她一时无法分辨，只是急切地问起对方有关毕业舞会的事情。杰斯廷听了，笑着斡旋推诿，说自己现在还忙着大学申请的事情，顾不上毕业舞会。王爱华听了放下一些心来，然后故意开玩笑般地问对方："如果去毕业舞会的话，我该穿什么呀？"

杰斯廷露出一个困惑的表情，然后很快转为一个微笑，随口夸赞她穿什么都很漂亮。

王爱华被逗笑。杰斯廷看了看自己的手表，说突然想起自己约了什么人，便和她匆匆分手了。

留下王爱华一个人陷入了某种粉色的想象中，在这个想象的桥段里，杰斯廷会牵着自己的手走进毕业舞会的大厅，然后牵着手走进教堂，她身披白纱，相夫教子。想到这里的时候她就会傻笑起来，如果他们两个有孩子的话，那一定是个漂亮的孩子，不是说混血儿都会长得非常漂亮吗。

那天晚上她又从母亲的钱包里面偷拿了钱，但这次她拿走了一张50美元。很快这张纸钞被换成了一条白色的纱裙，被她小心地挂在了衣柜内。接下来又是等待。

坏消息来得总是最快的。隔几日，午饭时，凯特突然凑到王爱华耳边神神秘秘地问她是不是知道杰斯廷邀请的舞伴是谁。王爱华愣了一下，还没开口，凯特就提前揭晓了谜底："黛西。"

顿时如晴天霹雳，将她钉在了原地："谁？"

凯特脸上挂着看戏的表情，热心地向她介绍，黛西就是那天他们好多人去过的豪宅派对的主人，和茉莉还有另外一个男生。

她慢慢想起来了，想起那张艳丽的脸来，想起杰斯廷趴在她耳边说俏皮话的样子，想起她长长的指甲抓在他裸露的胳膊上，似乎要留下一道深深的印记。她虚弱地笑了，摇着头，说着这绝不可能。

凯特拍着桌子说此事千真万确，王爱华只是一味摇头，口中只是说着“不可能”。最后凯特气急，起身走了。只留下王爱华一个人，慢慢地吃掉了盘中所有午餐，然后又都吐了出来。她趴在马桶边，吐得胆汁都快出来，嘴中发苦，不若心中酸楚。

13 崩溃——逃离

周五晚上派对夜，因前几日争吵，凯特看到王爱华上车时，表情并不是很好看。玛丽忙着跟朋友茉莉聊大学申请的事情，虽然注意到两人之间紧张的气氛，并没有特别关心。只是在凯特故意突然踩刹车时，才随口劝说一句“小心”。

王爱华揉了揉急刹车后撞到的头，她知道凯特在生自己的气，也并不欢迎她去晚上的派对。但她必须去，因为下周就是毕业舞会了，她必须在今晚上见到杰斯廷，见到他问清楚整件事情，问清楚对于他来说她到底是谁。

但当她到了派对现场的时候，并没有见到杰斯廷。她在人群中挤过来，挤过去，楼上楼下找了个遍，并没有见到杰斯廷的身影。她有些泄气地坐在一边的沙发上喝饮料，中间有几个男生过来搭讪，说着非常轻浮露骨的话，她都一律冷脸不做回应。

这时又过来一个男生，满脸酒气，十分不客气地坐在王爱华旁边，伸手就搂住了她的肩膀。王爱华下意识地推开了他。没想到他又回来纠缠，还凑到她耳边说：“你难道不记得我了？”

王爱华定睛一看，这人确实有几分面熟，但一时之间又想不起来自己在什么地方见过他。

“我是麦特。”看对方困惑的表情，他自我介绍道，“杰斯廷的朋友。”

“啊哦。”王爱华想了起来，杰斯廷身边好像是有这么一个朋友。

“……是真的吗？”麦特大着舌头说了一长句话。

音乐嘈杂，王爱华并没有听清楚，皱着眉头：“你说什么？”

麦特搂住她的肩膀，趴到她耳边，把刚才的话重复了一遍。听完对方上床与性爱相关的话，王爱华不可置信地瞪着眼望着对方，面色惨白：“哦，你说什么？”

麦特咧嘴一笑：“杰斯廷告诉我们，说你跟他上床了，但我不太相信。”

王爱华如置冰窖，全身的血液被慢慢冷却，双手双脚冰冷：“杰斯廷告诉你们的？”

“亲爱的，不要担心！”麦特顺势整个人扑到王爱华身上，“我会让你尝到新的滋味，一种更加性感的滋味！”

“呸！”王爱华使尽全身力气，推开了麦特，跑到外面的花园里。席地坐在石子台阶上，她依然气喘吁吁，浑身颤抖。对于刚刚发生的事情，和刚刚听到的消息，她依然难以相信。她感觉到有些头晕，那种反胃的感觉又出现了，她干呕了两声，什么都没有吐出来，就像眼泪也奇怪地没有流出来。

“艾拉，”玛丽推门出来，“你没事吧？”

王爱华回头看着她，不知道她是不是看到了刚才那一幕：“我不知道。”

“哦，可怜的人儿，”玛丽蹲下来，摸了摸对方的头，“一切都会好起来的。”

“是吗？”王爱华将信将疑。

“是的，肯定会的。”玛丽说“肯定”的时候跟凯特一样，都喜欢重重地点一下头。

王爱华扯了扯嘴角，虽然明知对方只是为安慰自己才说出这番话来，但还是让她稍微释怀了一些，笑着站起身来：“谢谢你。”

“不用。”玛丽耸了耸肩，跟王爱华一起回了客厅，突然想到了凑到她耳边说，“我来是想告诉你，杰斯廷来了。”

王爱华想起自己刚到派对就向她打听了杰斯廷的消息，没想到她还记得，连忙又表示了一遍感谢。玛丽笑了笑，转身跟着旁边的人说话去了。

王爱华又上下找了一圈杰斯廷，未果。但在楼下厨房遇到了茉莉，她说好像在楼上见过杰斯廷。她又跑回了楼上，楼上就是卧室和洗手间，有三三两两几个人拿着杯子靠着墙聊天。她鼓起勇气问他们是否有见过杰斯廷，很多人露出了困惑的表情，只有一个男生歪着嘴一笑，挤眉弄眼地说“你最好还是不要知道”。

王爱华心中的不安越来越大，她似乎知道了点什么，但又不愿意面对，只能假装犀利地大声质问那个男生：“我就是要知道！他在哪儿？”

男生高深莫测地一笑，没有答话，而是瞥了一眼走廊尽头的卧室。

王爱华气势汹汹地跑到走廊尽头，停在了卧室门口，她大口地吸着气，脑中突然出现了各种各样的声音，比客厅的音乐声更加嘈杂。她又觉得有些头晕，只能大口换着气，努力让自己镇定下来。最后似下定了某种决心，她动作干脆地打开了房门。

在开门前，她的脑中已经有了各种画面，也许杰斯廷只是觉得累了找了个地方休息，也许他觉得太吵了才躲在房间了，也许他有什么话不方便在外面讲，也许只是不小心走错了门，也许……也许就算他和别的女人滚到了床上……但这个女人怎么样都不应该是凯特！

但那个人就是凯特，那个在床上和杰斯廷抱作一团的人就是凯特，那个衣衫不整将白净的身躯往杰斯廷身上靠的人就是凯特，她的好朋友凯特，她在新学校的第一个也是唯一的一个好朋友凯特。

她待在原地，两具交缠的躯体的画面被点点白光稀释，眼前一片空白，大脑一片空白。

“出去！”

有谁在嘶喊？有谁在咒骂？有谁在大笑？有谁……在哭？

她摸了摸自己的脸，摸到一手的冰凉。她向后退了两步，然后转身头也不回地冲出了房子，冲入了黑夜。

她最后听到那个人的声音在说话：“……她根本就不是我女朋友，我也不知道她犯了什么毛病！”

她在黑夜一阵暴走，朝着家的方向，跑跑走走。鞋子磨破了脚后跟，但她似感觉不到疼痛一般，继续向前走，边哭边笑。她不知道自己走了多久，也不知道自己穿过了多少个街区，她只凭着记忆，凭着直觉往家走。

我要回家。

我要马上回家。

我要马上回家，躺在自己的床上。

我要马上回家，躺在自己的床上，然后闭上眼睛。

我要马上回家，躺在自己的床上，然后闭上眼睛，等我再睁开的时候，就会知道这一切都是梦，都是虚幻，都是假的，什么都没有发生过！

她哈哈地笑起来，眼泪流到了嘴里。路上遇到了一些夜游的幽灵，她没有丝毫惧怕，好似有关一个人的感情已经随着她的眼泪一并流出了体外。她冲着那些幽灵大喊大叫，然后快步走开，两只脚上都是血，混着泥和不知道什么的东西。

最后公寓的大门终于出现在前方，她掏出钥匙，打开门，看到客厅内暖色的灯光时，她腿一软，险些栽倒在地板上。

回来了。

终于回来了。

是的，她回来了。但她不知道，这一切并没有结束。

客厅的台灯下，周怡亭端坐在沙发上，她没有开电视，只是坐在那里，等着女儿回家。也不知道等了多久，她终于等到了那个开门的声音，然后她看到打扮得妖里妖气的女儿从外面进来，脚上腿上一片泥泞。

“去哪儿了？”周怡亭清了清嗓子，严厉地问了个问题。

进门才感觉到疲惫的王爱华，看了一眼客厅里坐着的母亲，没有答话，径直往自己房间走。

“你给我站住！”被对方满不在乎的态度激怒，周怡亭如弹簧一般从沙发上跳了起来。

“我想睡觉。”王爱华站在了房间门前，努力克制自己的声音，不让它显得太过情绪化。

"你过来，我有话问你。"周怡亭似乎也在克制自己的怒气，一时之间也没觉察到女儿的异样。

"我……想睡觉。"王爱华没有转身，站在门口，眼泪控制不住地流了出来，声音也隐藏不住地颤抖着。

"我让你过来，你听到了吗？"周怡亭一步不让。

王爱华没有办法，只能偷偷用手背擦掉了眼泪，强迫自己移动到沙发边坐下。

"哭什么！"周怡亭瞪了一眼王爱华，"知道我会发现，当时就不要做！"

王爱华从自己的悲情中挣脱出来，吃惊地望着周怡亭。

"你不要这么看着我，我都知道了。"周怡亭深吸了一口气，"我包里的钱是你偷的吧？"

王爱华浑身颤抖起来，嘴巴张了张，但怎么都吐不出一个"不"字。

"哼，坏事学得倒是很快！我们家也是出了小偷了！出了贼了！"周怡亭严厉地望着王爱华。

王爱华深吸两口气，倔强地顶了句嘴："你赚那么多钱不也是要给我的！"

一句话顶得周怡亭站起身来，捂着胸口，连吐三个"你"字。

王爱华移开视线，盯着地板，一时之间委屈不甘，来到美国之后的各种情绪都涌上了心头："你的钱不也是我的钱。我就拿来用了怎么啦？"

"你……"周怡亭被气得说不出一句完整的话来，转身拿出自己的包，动作粗鲁地掏出钱包来，抓着包里的一叠现金，狠狠地砸在王爱华的身上："你就是要钱，给你！都是你的！你都拿去！"

王爱华一躲，然后觉得胸口一痛，那叠钱砸在她的身上后被弹开来，四散在地上。她的眼泪也流了下来，然后她笑了起来，笑声越来越大："你们都是骗子！"

"你还笑！"这笑声如火上添的一把油，燃烧尽了周怡亭的理智和能量，浑身灌满一种深深的无力无奈的感觉。

王爱华边笑边鼓掌："你们都是骗子！在美国的都是骗子！"她晃晃悠悠地从沙发上站起来，深一脚浅一脚地往自己房间走，"我要去睡了……我想睡觉……"

周怡亭看着她走到房间门口，几次都好像要摔倒在地，但最后还是顺利地打开了房门，又"啪"的一声关上，干脆利落。

昏暗的客厅一时只留下周怡亭一个人，她低头看到自己的影子被灯光拉得很长很长，从地板蔓延到墙壁上。她叹了口气，那影子微微晃动，好似也跟着叹了口气。

第二天，王爱华很早就醒了。身体上的酸痛在提醒她一些事情确实发生过，一切都不是梦，而是更为残酷更为冷冽的现实。

她眯着眼睛，呆呆地望着天花板上的金色光带，那是早上的阳光挤过窗帘缝隙强行在墙上刻下的印迹。

在半梦半醒间，她听到外面有人走动的声音，好像还有敲门声，但不记得门是不是被打开过，只隐约记得有人好像在说钱或者学校之类的事。然后外面又安静了下来。

她继续躺在床上，脑袋里面好像想了很多事，又好像一片空白。身上还穿着昨晚上的裙子，踩坏的鞋子被丢在床底，被折磨的双脚一动就痛。待那层窗帘都盖不住外面满盈的阳光时，她从床上坐了起来，发了会儿呆，然后起身到卫生间冲了个澡。泡沫进到眼睛里，有些刺痛，视线又模糊了起来。

她从卫生间出来，换上干净的衣服，拉开窗帘，头脑也清醒了很多。

是的，该走了，这里本来就不属于她。在这里生活着或者生活过的人都会变成骗子，周怡亭也好，曹皮特也好，杰斯廷也好，凯特也好，都是骗子，一个个面目可憎。

走吧。没什么可留恋的。

她从床底拖出一个箱子，几年前她就是拿着这个箱子，惴惴不安地从中国到了美国，从上海到了加州。她站起身，看了一圈房间内的东西，内心又涌起那种厌恶一切的感觉，一样都不想带走，一样都不想再有任何干系。

但她需要钱。

钱包空空，口袋空空，脑袋空空。

她坐在床边，盯着箱子看了一会儿，脑袋里面冒出一个念头，又很快被她扑灭。没过一会儿那个念头又死灰复燃，幽灵一般盘踞在她的脑子里面。

去做吧，去拿吧，你知道钱放在哪里的。有什么好顾虑的呢？这些钱本来就该是你的！她像个魔鬼一样守着这些钱，她就是个魔鬼！

她一下子从床上蹿了起来，与自己的勇气赛跑一般，一鼓作气冲到母亲的房间里面。房间门一如往常没有上锁，她不知道该庆幸还是该沮丧。她记得母亲有一笔应急用的钱藏在家里，就藏在她的衣柜里。她吸了一口气，从衣柜的小箱子里那叠现金中抽走了一叠。现金的旁边，她看到还有一个黑色丝绒小盒子，她多看了一眼，将一切恢复原状，才匆匆离开了母亲的房间。

回到自己房间，她翻出平时上学背的双肩包来，把包里的东西一股脑倒在床上，然后挑选了几样日常用到的东西，又装了几件衣服和个人证件，并小心地把钱塞到书包内里的夹层内，拉上拉链，背着书包，换鞋出了门。

走了一段路，坐上公车，然后公车换地铁，最后到了机场。她把书包抱在胸前，一个人安静地排在队伍里面，前后都是拖着大小行李，神情严肃的成年人。

排到她的时候，售票员看到她单身一人便觉得有些奇怪，不由多问了两句。她一一答复，她已经年满16周岁，可以独立乘坐飞机，此行是为回国探亲。这些话术她在路上就已经想好了。

待售票员询问目的地城市时，她愣了一下，“上海”两个字在她嘴边溜了一圈，又被咽了回去，脑中突然又出现了那个黑丝绒盒子。

“北京？”工作人员看到她张了张口，但没听到声音，只能猜测地问了一句。

“对，北京！”在她还没有完全想明白之前，那张从“洛杉矶”飞往“北京”的机票已经完整地打印出来，拿在了她的手上。

“你最好动作快一些。”售票员善意地提醒了一句，飞机的登机时间已近。

“好的，谢谢！”

王爱华抱着书包，拿着机票和护照，匆匆忙忙地离开了。

北京，嗯，就去北京吧。

她坐在飞机上，看着飞机一点一点地离开地面，地上的一切都渐渐地变小，变模糊起来。她神色木然，内心已经没有任何的波澜，似乎所有情绪被留在这片土地上，她甚至体会到一种奇怪的轻松的感觉。

半路惊醒，背后一片冷汗，她环顾四周，机舱内黑暗而沉寂，间或有人呼噜的声音。她坐着喘了口气，解开身上的安全带，起身去洗手间洗了把脸。狭窄空间内，她看到镜中浮肿呆滞的自己，忽然觉得自己身上发生的一切也变得不真实起来。

她从洗手间出来，看到外面走道上有个走动的人影，竟然有些眼熟。待那人影走得近了，借着洗手间内微弱的灯光，方看清对方的脸。“葛小平？”

“王爱华？”

这真是意外相遇。她忍不住想躲开，但又有很多话想找人倾诉，一时之间各种复杂的情绪涌上心头。她一把抓住他，情不自禁地流下了眼泪。

葛小平被吓了一跳，连忙安慰，带着王爱华坐到他旁边的空位上。

王爱华哭了一会儿，很快平静了下来。

“你也要去北京？”葛小平奇怪地问道。

“你不也去北京？我记得你家也在上海吧。”王爱华反问道。

“啊，是我爸。他身体里长了个东西，上海的医院检查过说是良性的，切除之后就没什么问题。但他不放心，听说北京有个专家，一定要飞去北京再看一次。”

“哦。”王爱华应了一声。

“你呢?”

“看亲戚。”王爱华把对付机场人员的那套话又搬了出来。

“看什么亲戚?”葛小平显然不接受这些借口,一来二去,王爱华很快就露了馅,把自己离家出走的事情告诉了对方,但还是省略了一些前因。

葛小平听了王爱华的实话,沉默了一会儿:“这不行,一下飞机你就必须打电话给她。”

“我不!”王爱华连忙大声反对,因为声音过大吵醒了周围的几位乘客,对他们两个人发出了一阵嘘声。

王爱华连忙压低声音开始跟葛小平说各种各样的原因,但葛小平只有一句话:“你一定要给她打电话!”

鸡同鸭讲,王爱华气得起身回了自己的位子上。但刚坐下就对自己刚才在葛小平面前的粗鲁表现有些后悔。

十多个小时的飞行后,飞机稳稳地在北京首都机场降落。

葛小平站在履带边等着取行李箱,远远看到王爱华抱着书包慢慢往自己身边走来。他没有回头,专心看着履带上一个个滑过去的箱子。

王爱华最后停在了葛小平身边,小心翼翼地开口道:“那个……我,我不知道电话在哪里。”

葛小平很快地笑了一下,终于回头对王爱华说:“我们能找到的。”

14 祸兮福兮

“怡亭，你不要着急，我现在就去上海，我会去浦东机场接她的，你放心，不会有事的，她都这么大了。”

孙宏钢没有想到，回国后他与周怡亭最长的一次通话，是周怡亭拜托他去机场接王爱华，说爱华自己偷偷跑回中国了，现在还未查到具体的航班信息，但应该是飞浦东机场的。

孙宏钢一接完电话就匆匆穿上衣服，顺路接上赵志华，一起往浦东机场赶。

在这之前他已经24个小时没有合眼了，公司要出一批新货，对方要得急，要求提前交货，工人们连轴加着班，他也和赵志华轮班倒。下午6点刚交完货，陪几个车间负责人吃了晚饭，洗完澡刚躺下准备睡觉，就接到了周怡亭电话。对面是清晨7点半，隔着大洋的这边却是深夜11点半。

孙宏钢感受到了周怡亭的焦虑和害怕——以前从未有过的焦虑和害怕，不管是在美国一无所有的时候，还是在第一次创业失败的时候，甚至当初FBI来查封公司的时候，周怡亭也只是着急，并没有这么害怕。

孙宏钢的车速不禁又提高了一点。

在美国，周怡亭也开车向机场赶去，路上给林鹏飞打了一个电话，大致说了一下情况，拜托他关照公司的日常事务。林鹏飞一听爱华离家出走回中国，就想着来帮忙。

“鹏飞，爱华的事情我能处理，公司最近也是交货的关键时期，我不放心其他人。”

“但你真的没问题？你不要着急，爱华也快是一个成年人了，不会有事的。”

“我知道，我知道……”

我什么都不知道！

周怡亭懊恼地按了一下汽车喇叭。前面的车子因为这一声尖锐而又突然的喇叭声吓了一跳，与周怡亭的车子拉开了距离。

我但凡知道一点，就不会出现爱华出走的这一幕。

昨晚，王爱华违反了周怡亭规定的9点回家的宵禁政策，一直到10点多才回来。周怡亭那时候已经打了所有王爱华朋友的电话，得到的回答都是一样的——王爱华最近不怎么和他们一起玩了，也不知道她去哪儿了。

周怡亭很生气，戒指的事情并没有翻篇，但王爱华现在连晚归都不想掩饰了——于是她坐在客厅沙发旁，就开了门廊一盏灯，等着王爱华回来。

王爱华到家时，没想到周怡亭还坐在客厅等她，看到周怡亭的时候愣了一下，随即背过身，抬手抹了一下脸：“妈妈，你还没睡啊。”

王爱华在被罚跪之后就没有再喊她妈妈了，周怡亭怔了一下。

周怡亭没有看到暗处站着的王爱华脸上带着泪珠，想着刚刚为了她担惊受怕，又想着最近爱华的所作所为，不自觉加重了语气：“你去做什么了，已经超过了10点钟。”

“没什么事，路上陪同学去买了一个东西，就耽误了。对不起。”

周怡亭很是诧异。王爱华的性格有一部分很像她，倔，一般不会轻易说对不起，之前的事情，王爱华也没有直接认错，今天这个事情她却这么轻而易举地说对不起了。

“下次注意时间。”周怡亭也稍稍放软了声音，“另外，我想和你谈谈，你最近……”

“妈妈，我累了，进房间了。”王爱华没等周怡亭说完扭头就走，进了自己房间。

周怡亭快步跟上去，站在门口的她，清晰地听到了门内反锁的声音。

她抬了抬手，想去敲门，但想到那句“对不起”，还是压下了心里刚腾起来的火，想着明天早上不管怎么样都要好好和女儿聊一聊了。

门廊那盏亮着的灯突然熄灭了，周怡亭一下子处在了夜色的黑暗中。

当时应该拦下王爱华的，当时应该敲门和她聊聊的，只是，当时做了这些事就会有什么变化吗？她知道当时自己火气有多大，当时聊聊会不会更糟糕？

前方突然开始堵车，周怡亭心情更烦躁了，她看着前面蜿蜒漫长的车队，很想有什么办法闯过去，但越这么想，车速愈加缓慢。

给航空公司打电话！她突然灵光一闪。这样应该可以阻止王爱华登机吧。

她翻出来机场航班信息，对应爱华出走的时间，大概锁定了两家公司，但是打不通，电话打不通——路不通，电话也不通，周怡亭的烦躁更深了。

她不断地按喇叭，幻想着冲到机场，赶在飞机起飞前堵住王爱华，把她带回家，母女两人开诚布公地澄清一切。

等周怡亭赶到机场的时候，航班已经起飞了，她想联系机组，对于女儿“照顾”——实际是看护，等到孙宏钢去接她。但航空公司工作人员礼貌委婉地拒绝了——她说的这些情况都没有办法核实，而且王爱华已经超过看护年龄。

周怡亭想立马买票赶回中国——却发现出来太着急，除了驾驶证，什么都没带。她看了下一个航班信息，在3小时后，又给林鹏飞打了电话，麻烦他拿办公室放着的备用钥匙取了相关证件，再派人送来。在登机前，周怡亭也再给孙宏钢打了电话，确认了一下航班信息以及自己回去的航班。

“怡亭，你放心，我一直在机场等，我会接到爱华的，接到后我们就在这边等你。”

周怡亭点点头，想着曾经设想过与孙宏钢见面的各种场景——却压根儿没有想到会是在目前这种心急火燎的情况下——现在自己更多的情感都不重要，重要的是能接到王爱华。应该12个小时之后就能见到了吧。

周怡亭心事重重地上了飞机。

开始因为精神紧张迟迟无法入睡，后来太累了，又在飞机舱狭小闷热的空间内，于是断断续续眯了一会儿，不睡还好，一睡都是梦。

梦里的爱华一会儿是小人儿，粉粉嫩嫩，乖乖待在身边抱着自己，远处是王进军发着脾气，乱扔东西；一会儿又成为现在的大姑娘，在校门口穿着自己没见过的衣服，笑吟吟地看着身边那个白人男孩；一会儿又变成那个机场里哭闹的孩子，拉着手臂不让自己离开；一会儿又变成那个胡闹乱摔东西，跺着脚要孙宏钢走开的少女；最后总是会变成一个满脸泪水的女孩，连连问她：“妈妈，你到底爱不爱我？”

周怡亭惊醒了两次，遂放弃了再眯一会儿的想法。

侧身打开遮光板，外面的天已经逐渐暗了下来，远处的天红红的，像夕阳也像朝霞，她看了看手表，应该已经飞了一半的时间，现在她也没法问王爱华的情况，但是孙宏钢办事情她是放心的，只要爱华在那个航班上，他就一定能接到她。只是，自己真是一个不合格的母亲，过去是，现在也是，这么久过去了，就没有在这方面有所长进。

爱华的出生其实是一个意外。当年那个“强奸”后怀上的孩子流产了……之后那么久没怀孕，固然有意外流产之后身体虚弱的原因，但更大的原因是因为王进军不怎么碰她了，在外面吃饱了就不想回来吃了，周怡亭开始之所以能忍下来也是因为他很少碰她……即使嫁给了王进军，但仍旧看到他就恶心，在发生亲密行为的时候其实全身都是抗拒。王进军心里也是明白的，所以经常说她像个木偶，冷冰冰一点都没乐趣，更多的时候他上她也是因为喝多了酒，强要的，王爱华就是这样来的。所以刚怀上的时候，周怡亭也没有什么特别的爱，只不过怀胎十月，感受到这个小生命与自己的生命息息相关，才慢慢接纳并且爱上的，最后出生的时候，发现是个女孩，王家的脸色就很不好看了，所以周怡亭下决心要护这个小囡囡周全啊。

可惜……现在看来做得并不好呢……

会后悔吗？

外面的天已经完全黑了，在这个高度，可以看到一些平时看不到的情景，平时忽闪忽闪的星光，在这里也直接而明亮。周怡亭调整了一下姿势，靠后躺了躺，想到了第一次来美国的情景。不知道走的航线一样不一样，但是看到的天是同一片吧，只是心情完全不一样了。那时候的忐忑夹杂着兴奋，可现在光剩下忐忑了。

再选一次呢？

周怡亭活动了一下双腿，关上了遮光板，面朝舱内坐下。身边是一个陌生的男人，周怡亭无意识地扫了他一眼，又想到自己第一次见到孙宏钢的情景，谁知道他会那么不客气，又谁知道自己当初那么怕他，却受他帮助最多，甚至会爱上他……可能不是因为他，周怡亭永远不知道爱情的美妙之处，也不知道亲密行为不是冰冷和粗暴的。周怡亭现在还记得孙宏钢第一次吻她的情形，小心翼翼捧着脸，缓缓凑过去，因为太近，甚至能看到孙宏钢的睫毛在轻微抖动。而自己才明白，恋爱的感觉是什么样子的，心会怦怦跳，手心里会冒汗，脸是发烫的，但是眼里却都是他。

再选一次，可能其他都不会变吧，只是一定不会再嫁给王进军了，但这样也就没有了王爱华。如果嫁了自己喜欢的男人，也不会离婚、出国、遇到孙宏钢了。可能人生就是这样吧，这一刻的苦是为了下一刻的甜，这一刻的圆满还会有下一刻的意外，也就是“祸兮福所倚，福兮祸所伏”的意思吧。周怡亭摇了摇头，大概是因为很久没有大段空闲的时间了，也太久没有回国，太久没有看到父母了……脑海里充满了过去的人和事，一个个分解，又一个个整合。

终于累了，在外面天空大亮的时候，周怡亭又睡着了，直到飞机平稳降落在上海浦东国际机场。只是她在重新开机，接到孙宏钢打来的电话时才知道，本来以为万无一失的情况产生了变故，孙宏钢并没有接到王爱华，那个航班上也没有王爱华的信息。

“她没有在？会不会是看漏了？”

“怡亭，我们找航空公司核对过了，确实没有。”

“可是我查询的时候是有的！”

“会不会是重名……”

“不可能！我是用护照号查的！我到出口了，一会儿见面说。”

“我们就在出口处，我和赵志华都在，穿蓝色衣服……对对！在这儿！”

周怡亭拿着手机转了一圈就看到了他俩，快步走上前去：“走，再去航空公司核对一遍！”点了点头向两人示意了一下。两人也急匆匆跟上，这时候多余的寒暄和问好都被省略了。

再问一次还是同样的答案，王爱华没有在那架飞机上，所以也没有在这个机场。

周怡亭现在有点后悔没有给爱华买一个新的手机了。她想了想，给林鹏飞打了一个电话，告诉他情况，让他帮忙注意一下是不是爱华还在美国。又给上海家里打了电话，没敢和母亲说，悄悄把爱华离家出走来中国的消息告诉了父亲，让他留心，如果爱华回家了，第一时间通知自己。老人在那边叹了一口气：“孩子总是长大了，我们留不住你，你也留不住她。”周怡亭被这句话惊了半晌，回过神来却说不出地心酸。

谁能留住谁呢？父母儿女一场，都是过客缘分罢了。

和孙宏钢分析了一下情况，又想起自己确实查到王爱华买了这家航空公司的机票，于是又央求值班人员再帮忙查查。

那位工作人员看他们仨焦头烂额，也软了心，嘴里念叨着我是违规操作，但体谅你们父母心情，仅此一回下不为例，一边查询了王爱华的信息。

“是了！这姑娘是买了我们航空的票！但不是来上海啊……我看看……这目的地是北京啊！”

“什么?”周怡亭连忙凑过去看电脑屏幕,是了,在美国查询的时候就告诉自己去中国,自己先入为主又加上爱华说过想念外公外婆,就以为她买了回上海的票,没想到,她是回来了,却去了一个完全不一样的地方。自己心急没有核对就连忙跟过来了……

“快!看一下,我要订去北京的票!”

孙宏钢把周怡亭拉回来:“你要干什么?”

“去北京找她啊!”

“北京那么大,你去了她早就离开机场了,怎么找?”

“怎么找我也得找不是?她还是个孩子呢,去一个人生地不熟的地方,万一遇到什么……”

“别急别急,”孙宏钢像过去一样拍了拍她的肩,“你去北京也没有用的。一听说爱华飞到北京,赵志华已经打电话联系了他在北京的哥们,让他们去机场看看,还找几个公安局的朋友帮忙一起查查。你还是留在上海吧,我一会儿飞一趟北京。我想了想,爱华平时虽然任性,但做事还有分寸的,不会让自己处于危险境地。你和你家老爷子说了这情况,估计他也着急上火呢,你还是先回去看看老人家吧。你就在上海家里打电话找线索吧。对了,你邮箱发几张爱华照片给我,我转给公安局朋友,免得大海捞针都不知道针长啥样。放心吧,她不会有事的。”

周怡亭怔怔听着孙宏钢安排,点了点头,知道她现在去北京也没有用,也知道自己在国内认识的人远没有孙宏钢多,也就按照他说的做了。

一个多小时之后,孙宏钢飞往了北京。

周怡亭一直没有注意,自己手机里静静地躺着一条来自女儿的短信,也没有注意,孙宏钢无名指上戴着一个戒指。

第三部分

各得其所

1　误闯太平间

“对,接到了……”

孙宏钢放下电话,回头看到一边的王爱华,倚靠在一个箱子的拉杆上,低着头似乎全神贯注地研究着机场地砖上的花纹。身边是葛小平,正转头跟母亲张丽华说着什么话。

孙宏钢走到王爱华面前,只叫了一声对方的名字,她就如触电一般地站直了身子,脱口而出:“我不会跟你走的。”

惹得孙宏钢一阵头疼,他一直不知道怎么跟这个任性的小姑娘相处,抓耳挠腮,一时不知如何是好。

张丽华看了一眼两人,便拉着葛小平往外走:“我们先出去叫车。”

“等下,我跟你们一起。”王爱华连忙拖着自己的行李箱,急匆匆地跟上他们。

“这个……”张丽华站住脚,为难地看向孙宏钢。孙宏钢叹了口气,对她点了点头,并做了个双手合十的动作。张丽华回应地笑了笑:“我们订了医院边上的假日酒店。”孙宏钢不住点头,现在只能顺着走,住哪里都无所谓了。

四人招了一辆出租车,孙宏钢坐前排,三人在后座。他透过后视镜看到王爱华坐在靠门的位置上,歪着头看外面,面无表情,也不想讲话。

为了缓和气氛,张丽华问起两个孩子学校里面的事情:“……就是那个大学申请呀,小平还在想西岸还是东岸的大学,我是不希望他跑到东边去的,纽约什么的,治安不好的……”

“妈，我是想去哥伦比亚大学，那里的商科比较强。”葛小平打断道。

“学商科一定要去纽约吗？洛杉矶不行吗？”

葛小平耸肩摊手：“好，好，你之前不是还一直想去曼哈顿音乐学院吗？那也是在纽约。”

张丽华被堵了一句，一时没话，只能回头转移话题到王爱华的身上：“爱华，你打算去哪里的大学呀？”

王爱华双眼依然望着窗外，如自语一般道：“我不去大学。”

张丽华唯恐自己听岔了，“啊”了一声。

王爱华转过头来，看着张丽华说：“我不回美国了。”

张丽华吃了一惊，愣在原地，一时不知该接什么话。这时，孙宏钢从前排转回头来：“华华你要回美国去。”

“我不回美国，你也不要叫我‘华华’。”王爱华冷着脸对孙宏钢说。

孙宏钢被气得，连说三个“你”后，才组织出后面的话来：“你不回美国，你打算干什么？”

“我干什么不用你管。”王爱华又转过头看着窗外，语气强硬。

“那……你，你总得先回上海吧。”孙宏钢继续道。

“我不回上海。”王爱华倔强不配合。

“那你就留在北京，这儿举目无亲的，你能干什么呀？”

王爱华眼眶湿润，拼命眨眼，咬紧牙关，不再说话。

车内气氛僵硬，一路无话，开到了医院边上的酒店。孙宏钢帮王爱华从后备厢取出了背包，被她一把抢了过去，转头就往酒店大堂走。空下双手的孙宏钢愣在原地，张丽华同情地拍了拍对方的肩膀，他只能回应一个苦笑。

王爱华问了葛小平他们的房间号，让前台订了他们旁边的一个房间。

“再加一间，旁边的。”孙宏钢说着从钱包里面拿出一张信用卡准备结账，被王爱华推开了。

“我的房间我自己付钱。”王爱华说着从包里翻找钱包。

“不要闹了，你哪里有的。”孙宏钢伸长手，把信用卡塞给前台，并用眼神示意她快点结账。前台快手快脚地刷卡，输密码，签字，开了两张房卡。

王爱华看了一眼孙宏钢，拿起房卡转身就走。

透过窗口往外，看到一片迷蒙的京城，还能看清不远处医院前的天井花园里几盏孤独的路灯，昏黄而倦怠的灯光，地面照得蜡黄惨淡。枯枝料峭，乍暖还寒，圆月也一色清冷。今夜月明人尽望，不知秋思落谁家。他拿起茶几上的杯子，才发现内里的茶水早已凉透，入口后的冷水撞击在开始敏感的牙背上，一阵微微的刺痛。

葛小平站在他的身后，一起看京城夜景，听到身边人又叹了一口气，感觉应该说点什么，但一下子都不知道可以说什么，只能继续默默无言。

开门复关门的声音，孙宏钢连忙放下杯子，引到门口。回房间的正是张丽华，对他点了点头：“已经睡下了，别担心。”

孙宏钢连忙道谢：“真是太麻烦你了。华华这个孩子……唉……我跟怡亭也经常拿她没办法。”

张丽华重新给孙宏钢倒了一杯热茶：“孩子还小嘛，长大了慢慢会懂的。我们家小平也是这样过来的，别看他现在什么都懂的样子，刚到美国的时候也是闹得厉害。”

葛小平刚在一边表示不满，就被张丽华推着去卫生间洗漱了。

“小孩子要慢慢教的。我看你也不常回美国的样子。”张丽华斟酌字句道。

“这件事情说来话长。”孙宏钢又叹了口气，简单跟对方说了说之前在美国的情况，“……我也不知道那里后面发生了什么事情，以至闹成现在这个样子。”

张丽华也跟着他叹了口气，安慰的话似车轱辘一样转过来又转过去地说。

孙宏钢站起身来，又谢了一次张丽华，方离开房间。

天亮得有些晚，孙宏钢醒得很早，起来洗漱穿衣，又处理了一会儿公司事务，听到隔壁房间有开门关门声，接着是一阵慢慢远去的人声。孙宏钢也披上一件外套，出了门，走电梯下楼，到用早饭的餐厅，进门看了一圈，终于在靠窗的位置上见到对坐用早餐的王爱华和葛小平。

两人轻松交谈的气氛在看到孙宏钢的瞬间变化了，王爱华脸色马上变得十分僵硬，埋头吃饭，对他视而不见。葛小平倒是礼貌地问了一声"早"，拉出椅子，方便对方入座。

孙宏钢道了谢，寒暄道："你妈妈呢？"

"今天我爸术前检查，她一大早就去医院守着了。"

"哦，希望一切顺利。"

"应该问题不大，我吃了饭就去医院看看。"

"我也去！"王爱华突然插话道。

葛小平愣了一下，下意识地回头看了一眼孙宏钢。孙宏钢扯了扯嘴角，对葛小平点了点头："那就只能麻烦你照看一下华华。"

"你不跟我们一起去？"葛小平奇怪道。

孙宏钢尴尬一笑："我去不太合适了。"

"也好。"葛小平耸了耸肩，似懂非懂地点了点头。

阳光照在医院雪白的墙壁上，被窗棂一道道划开，隔成一块块的光格子。她走到阳光下，看到自己墙上的影子也被这些格子切分成几段，黑色的外套吸收了温暖，使得她背后一阵阵的暖意。向前几步，透过门上的玻璃，她悄悄往里看，看到葛小平一家人。那是她第一次见到他的父亲，相貌气质却毫不陌生，特别是与葛小平一模一样的眼眉，只是在眼角多了一些皱纹，两鬓多了一些白发，但脸色红润，即使卧病在床，气色还是不错。张丽华坐在床边的椅子上削苹果，脸上带着精致的淡妆，只有两眼下一抹深色黑眼圈才显出一些劳累的印记来。葛小平站在床边，跟父亲说着话，讲话的时候，高傲的头颅不肯低下，只能歪着头回话，少年心气下奇怪的倔强。

她向前迈了一小步，想听清他们在说什么。一家人在一起都会说什么呢？一般的爸爸妈妈都会跟孩子说什么呢？孩子会跟爸爸妈妈说什么呢？她只听清了一串笑声。

父亲捂着肚子在笑，眼角弯起来，威严的五官都变得柔和了许多。母亲脸上带着微笑，依然温柔的样子，在丈夫床边神色居然还带上了一些小女人般的娇羞。葛小平先是不屑地翻了翻白眼，最后还是绷不住笑了出来。

她向后退，退出阳光格子，退回到外面走廊上的塑料座位上，坐下的时候觉得位子分外阴冷。

"……你还好吧？"

王爱华回神，看到葛小平站在自己面前，阳光下笑容刺眼，她眯起眼睛。葛小平在她身边的位子上坐下。

"你爸怎么样？"

"明天做手术，今天查了各项指标都正常，应该没什么问题。"

"那就好。"王爱华点了点头。"就是辛苦你妈妈了。"

葛小平歪嘴一笑，"她心里其实是开心的，一年也就见几次，每次我爸都是忙这个忙那个，没像现在这样可以整天整日的待在一起，她陪着他。"

王爱华回头看着葛小平："你也是开心的吧……"

葛小平回头快快看了王爱华一眼："我没什么，就是希望他手术顺利。"

"你就是开心的呀，难得……"

葛小平摆了摆手，打断对方："不说我了！你跟你妈妈还有那个叔叔是怎么回事？"

话题转到自己身上，王爱华的表情又冷了下来："没什么。"

"艾拉，我可以帮助你。"

"这跟你没有关系。"

两人话题陷入僵局，各自转过头去不看对方。

一会儿，王爱华先回过头来，瞥了一眼葛小平，又很快转了头回去。

葛小平也回过头，真诚地说了一句“对不起”。

王爱华摇了摇头，咬着嘴唇想了一会儿，最后说了一句：“他差点抢走了我妈。”

猝不及防，葛小平以为自己听错了，问：“什么？”

王爱华低着头，十指搅动着：“他，那个姓孙的男人，差点抢走了我妈。”

葛小平啼笑皆非：“怎么抢的？”

“他要跟我妈结婚！”

“所以呢？”

似乎被葛小平轻松的态度激怒，王爱华一下子从位子上站了起来：“他们要是结了婚就会有他们自己的小孩，到时候……到时候……我就又没妈了……”

葛小平哭笑不得，摇着头说了一句：“无稽之谈！不管发生什么事，你都是她的女儿呀。”

“不是！”王爱华气得跺脚，“不是这样的！”

后知后觉的葛小平站起身来：“那……那是怎么样的？”

“你……你不懂！”王爱华丢下这句话，转头就跑走了，顺着走廊跑到尽头的楼梯，一蒙头就往楼下冲，灰白地砖铺成的台阶在她面前飞快地闪过去，眼睛酸胀酸痛，视线有些模糊。她一路冲到底层，推开楼梯间的门跑到走廊上，扶着墙壁哭了起来。一会儿收住眼泪，她环顾四周才发现自己误闯入了一个陌生的地方，狭长的走道上没有窗户，只有一盏盏清冷的日光灯，使得原来就阴凉的走道上的气温更低了几度。

这是在哪儿？

她向前走了两步，看到旁边有个房间，走到门口玻璃处往里张望，她看到里面密集地放了好几张白床，白床单下凹凸不平，盖着什么东西。她突然意识到那床单下面盖着的是什么，意识到自己来到了什么地方。呼吸不自然加重，心跳如雷，双腿发软。在这空寂的走道里，唯一的呼吸声、唯一的心跳声格外清晰，甚至是带上了回音一般。双脚后退时，关节似乎也在发出咔咔的声音，被放大无数倍地回荡在她的耳边。

这就是死亡了……这就是死人了……里面一排排的白床单下的……无知无觉的……冰冷的……她回想起之前曾有过的几个夜晚，死亡的念头如蛊虫一般钻入她大脑的那几个煎熬的时刻……所有的回忆和悲痛又如潮水一般铺天盖地向她涌来，一种窒息的感觉。

她跌倒在地，身体已经感受不到疼痛和寒冷，她张大嘴，大口大口地呼吸，似乎想以此来证明自己还活着的事实。

逃！我要逃出去！

她强撑起身子，扶着墙壁，踉跄地跑回楼梯间。一推开门，正好与追上来的葛小平撞在了一起。

"小心！"葛小平扶住王爱华，但没想到对方却如一摊水一样直接扑倒在自己的怀里。"怎么了？"没有人回应他的问题，耳边只有她如溺水者一般粗重的呼吸。

月色一例冷着，朦朦胧胧，有风将窗帘吹出咧咧的声音，日光灯的白光不安分地跳动着。她觉得有些冷，单衣出门，忘穿外套，幸亏脚上穿了保暖拖鞋，正是那双刚到美国时买的粉色毛绒拖鞋。她还没来得及细想为什么这双鞋会在这儿，眼前突然出现了一条阴冷的走廊，没有窗户，一个个房间门口上方有玻璃透视。她转过头去，自己正站在其中一间门口，房间内毫不意外地看到了一张张白床。她紧张地呼吸起来，她看到自己走到了其中一张白床的边上，她看到自己掀开了白床单，躺在那上面的人有着跟自己一模一样的脸……

"啊！！！"

她尖叫着醒来，枕头一片汗湿，房内一片黑暗。她摸索着打开灯，把整个房间的灯都打开了，她坐在床上，双目无神地望着墙壁，身体控制不住地打了几个寒噤。

半夜被门铃吵醒的葛小平赤着脚跑到门口，嘴上边抱怨边打开了门，门口一披头散发的女子，吓得他一激灵，完全醒了过来，定睛一看："艾拉？"

王爱华抱着枕头，面色惨白，眼神直勾勾地看着葛小平。"我可以进来吗？"

葛小平连忙解开安全锁，把人让进房间来。这时才想起自己只穿了个裤衩，赶紧跑回柜子边，翻出T恤长裤，手忙脚乱地穿上。着装整齐的他又跑到会客处，看到王爱华笔笔直地坐在沙发上，双手依然紧抱着枕头，一双眼睛在黑暗的房间里发出幽暗的光芒。"你没事吧？"

"能把灯打开吗？"

葛小平又手忙脚乱地把房间里面的灯都打开来，一时灯光刺眼，他也终于看清王爱华身上睡衣赤脚。王爱华转动眼睛，左右看了看房间。

猜到对方在找什么的葛小平解释道："我妈今晚去医院陪我爸了，他不明天做手术嘛。"

王爱华缓慢地点了点头，然后就把头埋在枕头里，不再说话。

葛小平挠挠头，这种情况也不知道该这么办，只能拉过椅子，坐在她对面。

"你有没有想过Death（死）？"许久才能听到对面飘来一句话，由于声音过于轻过于飘以致他一开始以为是自己幻听了。

"Death（死）？"

王爱华很轻很快地点了点头，一种莫名的恐惧使她都不敢直接说出那个字来，似乎换一种语言就减轻了这个字的重量似的。

"想过。"接收到王爱华灼灼的目光，葛小平赶紧解释道，"之前有过，刚到美国的那段时间吧，感觉特窝囊的那段时间。"

"那你有没有……"王爱华小心翼翼地问。

葛小平歪嘴痞笑："那我很快转念一想，如果我就因为这些垃圾小事自残自轻的话，那才是真的窝囊了！"

王爱华定定地看着这个与自己年龄相仿的男孩子，突然觉得那个痞笑也不那么令人讨厌了。“对啊，你还有你的爸爸妈妈，他们，他们多好呀……”

葛小平挥了挥手：“这个跟我爸妈没关系……”

“有关系！”王爱华打断道，“我妈妈曾经就丢下过我一次，她一定还会……还会再一次丢下我……我早就没爸爸了，现在也没有妈妈了……”

然后他看到她哭了，眼泪仿佛没有知觉一样，从空洞的眼眶里涌出来，一颗颗地滚下来，似乎带着灼人般的温度。他待在了原地，半会儿才想起去拿抽纸给她。

王爱华接过抽纸，看了一眼葛小平：“你转过去，不想让你看到哭得那么难看……”

葛小平挑了挑眉，但还是顺从地转过身去，王爱华靠在他的背上，好好地哭了一场，带着一直以来的愧疚和委屈，带着对死亡的恐惧，带着一切已知和未知，用眼泪好好地冲刷，好好地稀释。

2 情归之处

汽车在浙江山区崎岖曲折的山道上蜿蜒盘旋。

“姐，你说你不去北京，跟着我跑浙江干吗，孙大哥在北京又不在这儿……”赵志华看着坐在副驾驶的周怡亭，憋了半天还是问了出来。

周怡亭抬手打了他一下：“这么多年不见，你小子嘴还是很贫啊！”

“怡亭姐，你原来不是这样的……咋还动手了呢！”

“你好好开车，不然动的不仅仅是手了。你好好说说你们公司情况。”

“大老板要过问，我肯定得乖乖汇报。国内现在改革开放，欢迎外来资本，这两年情况是越来越好了……你一会儿看到厂房就知道了！”

“你这小子，报表是不是又懒得看？问你数据从来都说不出来。”

“怡亭姐，你知道我擅长的不是这些，这些都有孙大哥把关……我也就不白忙乎了，孙大哥办事你我都是清楚的。”

“宏钢办事当然是让人放心的，但是你现在……”

“姐，我们到了！”赵志华没等周怡亭把话说完就急急叫了出来，他太了解周怡亭了，这几年不见也有点怕她，不截住话头，说不定就要教训自己一顿了，当初一起创业的时候没有少经历过。

周怡亭顺着赵志华指的方向看过去，根本连厂房门口的字都看不清，忍不住笑了，这赵志华几年过去还是小孩子心性。

哇，这气派好大哟，没想到山里竟有那么大一片平地！水泥铺出的广场正中，高高升起了中国和美国两面大国旗，迎风招展，还真有点雄伟博大的气势。一排排厂房，鳞次栉比，工人们也不知道从哪里知道美国的“大老板”要过来，手上有活没活的都在厂房门口站着，想见一见这个“大老板”，甚至还有一两个小朋友挤在里面。周怡亭和大家握手问好，也将准备的礼物让赵志华给大家发下去，看到在人群中又好奇又躲闪的小朋友也不禁有了兴致，招了招手，让他们过来。

那几个小朋友前一秒还是探头探脑想挤着向前，周怡亭一招手，哗啦一下子，反而都撤回自己家长身后，周怡亭看着他们的反应也觉得有趣极了，忍不住蹲下和他们一般高，又招了招手。

家长们也笑嘻嘻地想让自家孩子上前，但拗不过一个个滑溜溜的小泥鳅，被他们都逃走了，只有一个小姑娘没有跑，直愣愣站在家长后面，目光闪闪跟着周怡亭。

这个姑娘长得和王爱华没有半分相像，却让周怡亭突然想起了她，想起了她还是这么大一个小人儿的时候就在机场和自己分开，直到8年后才和自己重新朝夕相处。

“小妹妹叫什么名字啊？”

“小小。”女孩奶声奶气回答。

“你不怕我啊？”

“这边谁都不怕你，妈妈和我说，如果没有大老板，她还在乡下种田，家里啥都没有。现在家里冰箱电视机样样有了，我还天天有糖吃，所以我们都很喜欢你。”

“喜欢我？”

小小点点头。

周怡亭心里升腾起一股暖流，眼眶湿润，似乎有了点自豪感。那么多年的吃苦打拼，有了新的意义。

“那个小妹妹挺可爱吧？”赵志华把周怡亭带到他们办公室。

“他们都带着孩子上班吗？”

“少数情况吧,现在这不是家里没人带的时候嘛。”

“厂里找一个专门的房间给孩子用吧,你看这些机器也很危险,小朋友跑来跑去的不安全。”

“怡亭姐,你是说像美国那样搞一个育婴室、托儿处?”

“这笔款项我们承担,到时候你和宏钢也策划一下。”周怡亭走到房间的书架前,看到了那张四个人的合影,忍不住伸手拿了下来,“那时候我们都还年轻啊。”

赵志华凑上来看了一眼:“怡亭姐你又没有变,现在还是很年轻啊。”顿了一顿,像想起来什么的,“我再给你拿个好东西看看。”

说完就从书架最上面抽下来一本册子,咖啡色封面,硬板封皮,保护得很好,侧面书脊上看到“摄影”二字。

“怡亭姐,你猜猜这是什么。”

“侧面都看到字了,这应该是摄影集吧。”

赵志华将书侧过来看到那两个字:“本来想考考你的,但你太聪明了……不过你肯定想不到这个摄影师是谁。”

周怡亭低头略一沉思,心中已有了答案,口里却随意说出两三个人名来。

“怡亭姐,也不知道你是不是故意的,明明在孙大哥房间里,你怎么不猜他呢!”边说边又拿下两本一样厚的册子,放到一边的茶几上,“我要向大老板告状,这边的老板有多不务正业,我这个小弟这么辛苦地为了公司操心,大老板,记得给我升职加薪啊!”

周怡亭听着赵志华的调皮话,忍不住笑了:“你是越过越小,现在比在美国的时候愈加没有正行。”

嘴上数落着,眼睛却瞟向了摄影集。

赵志华边翻页边向周怡亭介绍:“你看,这是在庐山拍的,有段时间孙大哥很喜欢看电影《庐山恋》,还让我给他租影碟,也不知道为什么这么喜欢一个老片子。所以他选择的第一个拍摄地点就是庐山。”

周怡亭看着那张庐山照片,她知道原因。

那是他们刚确立关系的那一年，两个有情人在那间小公寓里一起度过第一个圣诞节。入乡随俗，两个人都秘密地为对方准备了礼物。孙宏钢给她买了一个漂亮的记事本，他知道她更喜欢实用和方便的东西，当时的她工作忙，有重要的事情需要谋划，也有琐碎的事情需要安排，孙宏钢觉得记事本又实用又能一直陪伴在她身边。周怡亭送给孙宏钢一本二手的李白诗集，是她花了好几个休息时间去唐人街的书店淘到的。李白是她喜欢的诗人，她羡慕李白的潇洒，也羡慕他的任性，只是她一直都没有办法做到。在国内的时候，她根本无法和王进军讨论这些，但凡她拿起书，王进军就对她冷嘲热讽。

“以为会看两本书就是文化人了？”

“你爸也不是看书弄出来个老右派。”

“看多少书都不是我们这个圈子的人，装腔作势。”

但这次她想让自己心爱的男人，了解自己喜爱的东西。

“这礼物，有点特别。”孙宏钢笑着接下礼物，看了看出版日期，“难不成是孤本？”

“哎？”周怡亭有些尴尬，“你不喜欢？是不是不应该买二手的……”摩挲着手上漂亮的记事本，突然后悔这个贸贸然的礼物。

“不是，只是随意猜一下啦。唐朝诗人里面我最喜欢的虽不是李白，但是也喜欢他诗中那种潇洒，更何况他是真的行万里路读万卷书了。”

周怡亭放下心来，听他叙述李白的狂放不羁，洒脱任性，两人一起享受那份交流的快乐。

大概那次讨论时，周怡亭透露了自己想去一睹庐山真面目的心愿，也想再看几遍之前一直很火的电影《庐山恋》。“我倒是真的想看看飞流直下三千尺是什么样子。”

“有机会我们回国，我陪你去看。”

周怡亭不记得其他，只记得那个夜晚是满满的书卷气和浓浓的恋人情。

隔了这么多年，没想到孙宏钢真的去实现了她的心愿，拍摄了“飞流直下三千尺”，只是，他是独自一人去的。

周怡亭在心里默默叹了口气，耳边赵志华的声音把她拉了回来。“去过庐山之后，孙大哥就开始带相机到处去拍了。那时候公司已经上了正轨，我听说你们把公司做回国内，于是来找孙大哥，也机缘巧合就在这边干了。等我业务熟悉以后，孙大哥出去得就更勤快了，其实这些庐山的照片都是第二次第三次去的时候拍的了。”

“去了不止一次？”

“那可不，毕竟《庐山恋》他看了也不止一次啊。”

“这本册子里都是庐山？”

“那肯定不啊，去了庐山大半年之后，孙大哥就开始全国跑了，一个生产周期结束他就消失三四天。这不，两年下来他也见过东北白雪、西北大漠、滇南之花了，这三本都是！甚至他参加的摄影比赛都开始得奖了。谁能想到第二爱好能开发出如此强大的功能效应呢，所以辛苦的都是我，怡亭姐，我觉得可以谈论一下加我工资的事情了。”

“你这家伙是转着弯来骗钱吧！”周怡亭嘴上“数落”着，手却一刻都没有闲，她翻阅着摄影集，细细看着每一张照片，一年多未见，似乎这个人又让自己琢磨不透了。景虽美，但不知道是因为自己的心情还是因为照片真的如是，看完之后心中产生了巨大的寂寥之感。

周怡亭最喜欢也是印象最深的一张是远处群山，近处广袤草原，细看能在右下角不起眼的角落发现一群羊，羊儿三三两两，似乎间隔各处，却因画面的宏大对比反而体现其联系紧密，大概是这一本中少有的隐含着温暖情景的照片了。

“其实我年轻的时候就想出去闯，想走遍中国，虽然那时候什么都不方便，环境也不好。”

“等我们生意成功，我们赚了钱，就回国玩一圈，我陪着你实现你年轻时候的愿望！”

那夜的承诺和约定，以为只是空头支票，却不曾料想，有一个人做到了。

周怡亭看完没说什么，但脸色明显没有刚到的时候轻松了。赵志华不知两人原委，原本就只是猜孙宏钢那么喜欢庐山是因为周怡亭，所以才“冒险”拿出来让周怡亭看，明显两个都是在意对方的人为什么就是不能在一起？都什么时代了，还在上演这种求而不得的情节，真是看不下去。但现在周怡亭脸上出现的是沉重的表情，他就有点怀疑自己是不是做错了。

于是，在周怡亭坐在沙发上愣神的当口，他去里间，从公司保险柜里面捧出了这几个月的账单，扑哧扑哧捧放到茶几上：“大老板不能偷懒，来视察我们，不能只看山水画不看正儿八经的账单。这是最近几个月的，看完给你换下一批。”

周怡亭对赵志华总像对小弟弟那样，心想让看摄影集的是他，说自己不干活的也是他，他爱说啥只能随他啦。不过确实这次过来就是想看看合资公司现状的，其实不能说查账，只是从账面上能反映出来的信息太多了，她也很乐意看看。

“来来来，给你腾地方，摄影集我要物归原处，藏起来了。”周怡亭也帮忙把刚刚摊开的册子合上，归整，递给了赵志华，“怡亭姐我和你说，其实孙大哥不仅拍景色，还拍人呢，之前我就看到过……但一直没找到那本册子，你先看着账单，我再找找看。”

周怡亭哑然失笑，自己今天反而变成了打工的，或者变成了一个小姑娘，还要靠精神奖励才能完成任务似的。

孙宏钢跟着王爱华在北京已经快一周了。看上去王爱华的决心还是挺坚定的，起初三天按时出门，出现在人才市场上。但从她三天黯淡的脸色上也知道，找工作的事情并不顺利。

孙宏钢其实并不担忧王爱华的工作，他在中国待了两年，清楚中国市场需要什么样子的人才，王爱华英语还行，但没有一技之长，工作不好找却也不是找不到。他担忧的其实只是王爱华能不能适应，他听周怡亭大概说了原委，这孩子他也了解，即使在王家受到诸多漠视，在国外因为黄皮肤黑头发黑眼睛初期受到排挤，但没有遇到过巨大的挫折，也没有经历过穷日子，又因为从小到大的成长环境，敏感、自尊心强，所以担忧的是在她找工作的时候遇到什么，让这个小姑娘爆发。

但让孙宏刚感到奇怪的是，虽然这个小姑娘天天垮着个脸，但每天早上还是很有冲劲地出门，特别当她和葛小平一起出现的时候，脸上还多一点神采。

可能谁都治不住的小祖宗，就葛小平能治吧。

孙宏钢在北京也没闲着。除了关注王爱华的动静，也抽空去见了几个朋友，一来好久没见，二来也问问有没有招人的打算，就算临时招个小学徒吧。孙宏钢心里明白，周怡亭不可能让王爱华在北京长待，王爱华的这份工作也不会做长久，美国那边的开学季也快到了。

几个朋友见下来，大家都没给确切答复，只是说让公司人事安排，孙宏钢也知道，安排工作也没那么方便和简单。倒是一个大学同学应承了下来，只是也为难地说自己可能付不出工资。孙宏钢想了想，就说工资由他给，只要给王爱华份工作就行。

虽说安排工作的事情不算方便，但老友相见总是让人开心的。大家都注意到孙宏钢无名指上戴着戒指，又都是相熟的人，知道当初去美国后他就离了婚，都忍不住问他是否重新结婚了。

"不算结婚，只是知道自己的感情放在何处吧。"回答的时候，孙宏钢不自觉地去转了戒指三圈，脸上神情喜哀难辨。

大家都没想到，安排工作的瓶颈不是在用人公司这边，而出在了王爱华身上。大学同学考虑到王爱华的特殊性，也考虑孙宏钢的要求，就简单安排了一个办公室助理工作，甚至为了让王爱华的优势明显一点，其他几个来面试的人都不怎么会说英语。王爱华第一次来面试的时候还好好的，也很有冲劲，但隔了几天的第二次面试没有准时出现，其实这次面试之后就会当场录用王爱华，但联系不到她，也没有任何电话留言打给公司。

“老孙啊，这事情是不是有点不地道啊！我们搭了一台戏，临了发现主角跑了。”

孙宏钢接到电话之后也感到莫名其妙，早上明明看到王爱华准时出了家门，坐上了来这公司的公交，剩下三四站的时候他才没有继续跟着，临了王爱华却没有按时出现。生怕王爱华遇到什么，孙宏钢也顾不上要隐蔽，直接开始拨打王爱华电话，一直没人接。转头打给葛小平，得到也是“我在医院，不清楚”的答复。

孙宏钢本来约了一个杂志社的编辑谈照片图片的发表问题，匆匆给人家打了一个电话，说明了缘由，编辑也很爽快：“孩子重要，我们晚点再约！”

孙宏钢开着车从王爱华住的地方顺着公交的路线一点一点找过去，但这么来回走了两遍也没找到。于是他把车停在了早上离开王爱华的那个公交站附近，自己坐上了同一路公交，想看看王爱华可能看到什么。

北京这几年其实变化也很大，与多年前孙宏钢来的时候已经有很多不同，那些四合院子越来越少，高楼大厦越来越多，平时自己开车关注着路况，坐上公交了之后反而能看到马路两边的景色。只是今天这景色也充满着焦灼和担忧。

路上没有什么特别的景致，孙宏钢也没看到特殊之处，直到车子拐过清华的西门经过了圆明园。

“美国是头号帝国主义，帝国主义侵略中国，你们为什么还要来美国！你们就是认贼作父！”

孙宏钢脑子里突然蹦出了王爱华刚到美国大吵时说的话。

他连忙到站下车，买了票进了园。虽然孙宏钢心里没底，但是脑子里似乎有一个直觉在呼唤，他能在这里找到王爱华。

3 推心置腹圆明园

9月，在上海还是夏天的尾巴，忍受着一波一波最后高温的烘烤，而在北京，已经受过第一波低温的洗礼。于是，你可以在街上看到各种各样衣服的搭配：怕冷的，已经翻出了各种外套，甚至连毛衣也已经套上；反应慢的，还是穿着短袖短裤晃荡在街上，偶尔在一阵风中暗暗下决心“要把外套理出来了”。

孙宏钢就是在这样的秋意中找到了王爱华。

她瘦瘦高高，这一点像周怡亭，其实也像王进军的，只不过孙宏钢没见过王进军，自然也就不知道王爱华有点像父亲的事。爱华今天还是穿的短袖白衬衫，这是前几天收到面试通知时，她拉着葛小平去买的，很基础的款；下身中规中矩地穿了一条黑色的西装裤，因为想更加一本正经些，默默放弃了购买西装裙的想法。孙宏钢又走近了几步，不禁笑了，这孩子身上穿得正正式式，脚上却还是从美国穿回来的黑白相间运动鞋。整套搭配看上去就像一个努力模仿大人的孩子，却不小心露了馅儿，有几分好笑又有几分难过，能够好好当孩子的时候，谁愿意努力当大人呢？

王爱华现正坐在历史课本上有名的“圆明园废墟”旁的花坛边，双手环绕双膝抱着自己的肩膀，远处看上去仿佛置身在废墟上。也不知是谁影响了谁，王爱华的身影透出了比现在的秋意更浓的萧瑟感，像极了从树梢上飘落的孤零无依的落叶，泛黄、茎痕突出。这不应当是一个20岁未到姑娘的气质，但孙宏钢却觉得不是第一次在王爱华身上看到。

——“你知道吗？我妈妈的朋友要带我去美国了！”

——“骗子！你们都是骗子！”

孙宏钢想起第一次见到王爱华的情景。

瞥见王爱华抖了两下，他脱下外套，走近了王爱华。

“咳——”

王爱华像受惊的小鹿猛地抬起了头，看到站着的是孙宏钢，戒备少了点，但不自觉地向远处挪了挪身子，恢复了冷漠。

这孩子哭过了，孙宏钢看到她红红的眼眶就知道了，更何况，泪痕还留在脸颊上，蒸发了之后就剩下盐渍，在阳光下闪耀着。

“把衣服穿上吧，秋风寒，比冬风更容易让人感冒。”边说边将自己的外套递到王爱华面前。

王爱华没有动，没有接也没有拒绝。

“犯不着拿自己身体置气。”

爱华没有应声，却适时打了个喷嚏。

孙宏钢没说话，又把衣服递了递。王爱华又挪了挪，却打了一个更响的喷嚏。

一阵静止，就连刚刚还在吹着的秋风似乎都感受到了尴尬，绕了道，不知吹向何处。

孙宏钢看了一眼地上蜷缩的身影，想把手缩回来，却发现手上一轻，那个人影在第三个喷嚏打出来之前已经乖乖穿上外套。

衣服对于她长了点，已经快到膝盖的位置，松松垮垮的，像穿了古人的长袍。孙宏钢看着穿着自己外套的王爱华，想起了自己还在美国的女儿，心下一软，也不准备嘲笑她了。

“这圆明园你逛完了吗？有一处景我觉得挺美，带你去看看？”王爱华有些诧异，她以为自己会被批评或者要求回家的。

孙宏钢知道王爱华的疑惑，向她解释道：“第二次鸦片战争时，英法联军一把火，圆明园被烧成废墟，被抢走无数奇珍异宝。很多人都以为圆明园是八国联军烧的，其实早在八国联军攻进北京前四十年，圆明园就被英法联军摧毁了。现在很少人真的来逛一逛这个园子,看看它的今生之变。”

“啊,我也一直以为是八国联军烧毁了圆明园呢!”王爱华心里想,但她没有出声,只是顶了一句:“哼,反正都是帝国主义干的!”

“确实,但倘若不是因为当时的清政府软弱无能,腐败落后,还自以为是泱泱大国,而不肯变法维新,急起直追,帝国主义也未必能敲开我们的国门啊。”

王爱华还是有些不服,但这也是事实,一时找不到什么话来反驳。

孙宏钢带着她拐进了废墟南面的道路,见她不说话但腮帮子鼓着,就知道她还是不服气。

“爱华,我知道你一直讨厌美国,到现在还讨厌是吗?”王爱华没有作声。

“但你讨厌的原因肯定不单单是因为美国也是八国联军吧?我记得你说过,你不明白我们一个个为什么都往仇人的怀抱里蹦,是吗?”

王爱华“哼”了一声,还是没有答话。

“难得你愿意听我说话,我也和你聊聊吧。”孙宏钢放慢了脚步,“我说你听就行,你是聪明的孩子,能够理解的。”

“其实,美国也没什么好,即使在外10年,却始终没有归属感,不管原因是什么,是我身上的黑头发黄皮肤,还是骨子里的文化传统、社会背景造成,美国,对于我们而言始终是异乡。

我也不是自愿去的美国,但是我当时的妻子和女儿都去了,我也忍受不了离别之苦,于是跟着也过去了,到最后我却失去了我想珍惜的东西,爱人成为别人的,女儿也很久才能见一面……我开始也讨厌那个资本主义国家,甚至觉得毫无意义……”

“那你为什么不回来?”大概是因为穿了外套,暖和了身体,连嘴都没这么僵了,问题就轻而易举地问了出去。

“因为我也要争一口气。我的前妻因为财富和绿卡离开了我,我如果马上回国,那不是一个失败者吗?于是我就开始在美国打拼,在你妈妈来美国前,我好歹能够有一份稳定且不错的工作。”

“可是我妈妈和你不一样啊，我和我爸都在国内，她为什么……为什么要离开呢？”爱华不愿想起六岁的那一天，她从机场哭到了外婆家里，最后哭得睡着了，第二天就发现自己的爸爸一大早就把自己所有的东西扔到了外婆家。

“你妈妈其实很勇敢，我和你都不如她勇敢。你知道你爸爸其实对你妈妈很不好，我记得怡亭和我讲过，四五岁的你抱着她，和她说‘华华抱抱，妈妈不哭’，你自己还记得吗？”

王爱华茫然地摇了摇头，似乎在机场的大哭像一场洪水，冲没了记忆里本来自己和母亲相亲相爱的画面。

“也难怪，那时候你还小。不过我是听了很多你的故事，怡亭当作小宝藏和我分。在你没有来美国的时候，看你的照片，讲你的故事，是她最开心的时光。”

孙宏钢拐进了右手边的那条路。

“大概因为我去了美国才让她不开心吧。”王爱华心里这么想着，跟着拐了进去。

“上一辈具体恩怨其实也和你没什么关系，就像不是因为你，怡亭才去美国的。不对……或者，也可以说是为了你，才去的。”听着这前后矛盾的话，爱华不留神绊了一下，自己忙不迭地抓住了孙宏钢手臂，在站稳之后又立马放开。

“对不起。”她嗫嚅道。

“没关系的，小心脚下，因为下雨有些断树枝。我们走旁边那条大路吧，虽然要绕点路，你没有其他事情赶时间吧？”

王爱华点点头又摇摇头。

“她在王家得不到尊重，你爸经常打骂她，你奶奶对你们也不好……怡亭她曾经考上过大学的，可是他们不让她上。那时候考大学比你考美国大学难多了！所以看着你一天天长大，她觉得自己和孩子都无法忍受这样的生活，本来只是想和你爸爸离婚……但王家死活不肯……于是你妈妈在朋友的鼓励下就决心去美国，逃离这一家子人。”

“那为什么不带着我一起？”王爱华还是问出了困扰多年的疑惑，“她只是自己走了，我还是在那个‘家’里啊！”

“天下应该没有哪个母亲可以忍受和幼女的分离吧，毕竟你是她十月怀胎生下的。但是你妈妈没法带你去，她拿的是游学签证，美国又规定十……”

“12岁儿童不得单独在家嘛，这个理由我耳朵都听烂了。”王爱华不耐烦地接下话。

“这是真的，我想你在那边生活了这么多年，也知道我们没有骗你。”

“那12岁呢？我去美国的时候已经14岁了，所以她应该没那么想我吧。这中间她也只回国一两次，那几年，我就像一个没有爸妈的孤儿。”

“你妈妈想的，但是当时我们做生意失败了，我和你妈妈只能去跳蚤市场摆地摊维持生计，也没有能力把你接过去。可能你觉得12岁那个规定是个借口，对，也确实是个借口。不过当初你妈妈到美国的时候只带了50美金，没有居住场所、没有工作，没有合法的打工身份，自己还是提心吊胆，又怎么照顾你呢？爱华，你现在住的大房子、每个月的零花钱不是天上掉的。”

王爱华没有想过母亲刚到美国的生活是什么样子的，想当然地简化了。

“那这么难……为什么还要继续呢？”

“如果可以选择容易模式，谁都不会愿意选择艰难模式的。这是当时你妈妈与王家断绝关系最直接有效的方式，当然也是因为美国当时被说成‘遍地黄金’，所以也想快速完成财富的积累，能自己照顾你。”

“你是不是觉得我一点都不像我妈妈，我遇到困难总是想着逃避的。”

“你俩挺像的。”两人走上了一座小桥，“也快到了，下桥之后再转一个弯就是了。”

大概是因为快到了，两人的脚步都不自觉地加快了。

“到美国之后我也确实学到了很多，虽然没有遍地黄金，但还是有很多值得学习的地方，毕竟人家的经济也是领先我们国家，这也是大家想出国去看看的原因吧。”

转过最后一个弯。

“所以，在我回国这两年，我才发现，‘异乡’也在我身上刻下了烙印，即使现在我踏的这片土地是我的根之所系，但也抹不去我的记忆和经历。所以，后来的我也想通了，在哪里不重要，重要的是经历什么，以及你想成为什么。”孙宏钢转头看着王爱华，“爱华，我知道你不怎么喜欢我，我和你说这些也不是想和你讲大道理，只是作为一个过来人，和你聊聊自己的体会……”

“哇！”

孙宏钢回头看向前方，到了。

面前是一个大约50米的花廊，现在是一条紫色的通道，花廊顶部层层叠叠垂下了紫色的花，不见其发端，只有深深浅浅的紫，在风中在阳光下闪烁着、碰撞着，因为已经过了花季，那些紫看上去更显得成熟稳重起来。但你又会在不经意间，发现旁边伸出的小绿枝头上，结着新的小紫花朵，淡淡的，像是小婴儿一般刚开始成长。与周边开始落叶的树木相比，这一簇簇紫色、一穗穗花朵像是凝结了很多的欢乐与朝气。

“这是《紫藤萝瀑布》中描写的花，外公给我读过这篇文章！”爱华这时候才像一个未满二十的姑娘，欢天喜地地跑进长廊中。

“喂——我记得文中所写的花不是夏天开的嘛！都秋天了为什么还有！”跑远了的王爱华像是想起了什么，停下转身朝孙宏钢喊道。

孙宏钢笑了笑，看着问完又继续往前跑的孩子，什么也没说。

等到了花廊的另一出口处，孙宏钢发现爱华站在一穗开得鲜艳的紫藤萝花下，踮着脚尖，想看清楚最上面的花苞模样。

“喜欢就摘一小穗，这么看不累吗——”边说边伸手帮忙去摘花。

“不——”王爱华立马叫了起来，孙宏钢的手停在半空，“我不要，花儿有着根、衬着叶才好看。”

“你和其他姑娘还真的不一样。”

“其实都一样，男人不是都说女人爱花吗？”

孙宏钢没有答话，笑眯眯看着眼前的姑娘，最初见她时候是10岁，如今已经长成像模像样的大姑娘，其实与他想象的已经完全不一样了。

“喂——你在想什么？”

“想着你长大了。”

“什么，本来我就不是小孩子了，就你们自以为是。”

“花期是在夏天，但因为紫藤萝本身就是南方植物，到北京来就会晚一些，再加上它的耐寒性还不错，因此在这边总是晚一点。不过，你应该也看到它花儿其实已经开始干了。”

“什么？”王爱华没反应过来。

“回答你刚刚的问题。”孙宏钢在一旁的休息区买了两瓶水，将其中一瓶递给了王爱华，“心情好点了？我也需要你回答一下我的问题了。”

“你不用说，我知道你要问什么。我其实知道这个工作是你安排的。”孙宏钢微微有些诧异，王爱华看着他诧异的神色有点得意，“其实我只是猜想你肯定不可能回上海，这个工作我知道是你安排的，因为我在前台登记访客信息的时候，看到那一页第一行就是你的名字。”

“我才不会相信那么多巧合，而且，我之前找了那么多公司都没给我笔试机会，这个不仅给我笔试，题目还很简单，那我就知道了。”

“放心，我不是因为你而不去面试的，我其实想好好工作证明给你们看的，不管是你，还是我妈妈……”王爱华在休息区的木椅子上坐了下来，“就像你说的，八国联军侵华成功也有清政府无能的原因，所以我要证明我可以。”

孙宏钢哑然失笑，这孩子将自己和周怡亭与她的关系看成八国联军那么严重的对立。

“我还蛮想好好面试的，这衣服也是葛小平前两天陪我一起买的……但是……”爱华声音突然低了下去，眼眶又红了。

孙宏钢看得出来她在拼命地忍眼泪，没有催她继续说，想拍拍她的背，但又怕适得其反，伸出去一半的手，最后放在了长木椅的靠背上。

“公交车上来一个女的，她后面有个年纪更大的女的抱了一个小姑娘，小姑娘哭着喊着要妈妈，可是那个女的也没有回头看一眼。我坐在窗口，能看到那个小姑娘拼命想跑下来，想去拦住自己的妈妈，手在抓着，脚腾空踢着，可是都是徒劳的，她那么小，力气那么弱，怎么可能对抗得了大人们？

“我听那个女人和旁边的朋友对话，知道她要去国外，还说‘这孩子越长大越黏人，每次出门都不让人省心’，我听着难过极了，就听到前方到圆明园，于是急忙下来了……可能再待下去，我会和那个女的吵起来吧，我还是不想给你们添乱的。”

“但是我好像又看到了自己。”王爱华说出这句话的时候，一滴泪也顺着眼眶流了出来，滑过脸颊，顺着下巴，滴落到包着她双膝的外套上。她慌乱去擦，可是却越擦越多，像是决堤的河流一般。

孙宏钢明白了，这个孩子即使已经长大，但始终没有跨过去那个心坎。

“华华，你妈妈永远都不会不要你的。你下车了，可能你没听到那个妈妈说‘每次看到她哭我也好心疼’。”

“真的？”王爱华抬起被泪水充满的脸，一双红肿的眼睛闪着期冀的光。

“真的。即使这个妈妈没有说，但我知道你妈妈是这样的，她在想念你的时候都给你写信，你读过那些信吗？她对你的不舍，不比你对她的少，太难过的时候她就告诉自己要信任你，信任你能坚强勇敢地长大，等着她把你一起接到美国。”

“可是她！可是！她还怀疑我偷了戒指！就是因为是你送的！她心里根本没有我！不相信我！”王爱华突然想起什么似的，“我可能做错了很多事情，可是我没拿戒指……孙……我真的没拿……”刚刚止住的哭腔似乎因为这几句话又开始了。

“戒指?!”孙宏钢吓了一跳,不知道爱华说的戒指是不是自己理解的那个。

“华华,你见到戒指的样子了吗?”

“我见到了,但也是后来她问我有没有偷的时候才看到的,我开始真的没打开过戒指盒……”

“我知道不是你拿的。”孙宏钢打断爱华着急、带着哭腔的解释,“你也不可能拿。”

爱华不知道眼前的孙宏钢为什么能够如此笃定地说出这样相信她的话,也没有看到,孙宏钢相叠的双手下那枚戴在左手无名指上的戒指。

“爱华,我想你和你妈妈有误会,我们应该回上海找你妈妈聊聊。”

如果知道这一次聊聊是在两个月之后,孙宏钢应该不会同意王爱华在北京多待三天的请求。但世事总是难料的,本来算好的时间因为北京出发飞机的延误,最后只能在安检处与接到公司电话要赶回美国处理事情的周怡亭匆匆见了一面,周怡亭还是想带着王爱华一起回美国。

“我不回去,我还没见到外公外婆呢!”

“你别任性瞎跑,考上大学再回来,怎么会见不到外公外婆?”

“我不考大学!”

“这孩子!你孙叔叔说你深刻认识了自己的问题,你就这么认识的?”

“孙……他还说你也有错呢!”

周怡亭和王爱华说不了两句又开始了惯常争吵。

“行了,你再不安检估计可以留下来好好聊了。”孙宏钢看母女俩氛围不对,忙出来打圆场,“爱华先让她待在国内,反正美国报名开学还要一段时间,正好也陪陪两位老人。”

这句话提醒了周怡亭,抬手看了看表,急忙向王爱华叮嘱:“你在外公外婆家不要调皮,也不要给你孙叔叔制造麻烦,自己……”

“我知道了——”王爱华不耐烦地听着,转身却对孙宏钢做了一个鬼脸，鬼脸上写着“你看又不相信我了”，孙宏钢笑笑。

周怡亭有点恍惚，刚刚爱华与孙宏钢的互动，像极了一对父女，不知道在北京发生了什么，让他们关系融洽了起来。

她怀着这种既欣喜又疑惑的心情转身进了安检处，眼睛的余光瞥到了孙宏钢手上的戒指，似乎很熟悉，却又想不起来在哪里见过。

4　谁都有软肋

阴天。

天空不晴不雨，灰蒙沉闷，将上下模糊成了一片，不辨东南，也难分早晚。风却很大，吹沙走石，树叶被抖落遍地，枝杈摇摆的声音也绕过窗棂的缝隙钻进室内，钻进人没有防备的耳朵里，让人禁不住狠狠地抖上个寒噤，似乎能将那忧愁的心绪如树叶一般抖搂出去，抛洒出去，最后以致整个空气中都弥漫着这种淡淡的暗色情绪。墙上手术室的红色提示灯也受此感染一般，显出几分不祥的灰色来。

仓促的脚步声打破了这份暗色，将云层、大风、落叶和红灯搅和在一起，囫囵一团地摔在地上，接着被一声“妈”重新唤起，一切各安其位。

张丽华将视线从手术室门口向另一个方向转移，见到了两张年轻的面孔：“你怎么才来？”

来者正是睡过头的葛小平和王爱华，见面第一件事就是道歉，再是陈述借口，再道歉服软，再撒娇。张丽华面无表情地看着葛小平，口中重复一句话：“你怎么才来？”

葛小平察觉到母亲有些异样，马上收起嬉皮笑脸，在她身边正襟危坐：“妈，我知道错了，不该贪睡。”

王爱华连忙接过话头，把过错往自己身上揽：“不，不，阿姨是我的错，如果我昨晚不拉着小平聊天，他也不会睡过头的。”

张丽华充耳不闻王爱华的话，双眼依然直视自己的儿子：“这么重要的事情，你怎么能晚呢？万一……”

葛小平这下才明白母亲的心思，很快地说了一遍："爸没事的。"然后似要再次确认一般，又郑重其事地说了一遍，"爸没事的。"

张丽华接着他的话，又说了一遍："没事的。"边说边点头，似为增加这句话的可信度。

"对，一定没事的。"王爱华也跟着说了一遍。

就简单几个字被三个人翻过来覆过去地讲着，是为安慰，是为排解，是为其他。

张丽华抓着儿子的手，内心渐渐平静了下来，再听到外面，似乎连刮风声都小了一些。然后她想起了儿时拜过各种泥塑的菩萨，想起了在美国时见过的上帝画像，想起了西游记，想起了观世音，想起了十二圣徒，想起了真主安拉……她想跪倒在这些神佛面前，匍匐在地，将心脏贴近冰冷的地面，只求顺利，只求平安。

葛小平反握住母亲的手，另一只手安抚性地拍了拍她的手背。他回头看向手术室上的孤独红灯，再转过头，将背靠在椅背上，双目直视前方。穿过窗玻璃，看到一排排电线，零零碎碎的树杈。他听到母亲口中念念有词，"神佛保佑"之云，心中也多了一丝阴郁。他还太年轻，生老病死，太过遥远。在他的潜意识内，父亲似乎永远干练，永远倔强，永远疏离却从未远去。

王爱华在葛小平身边坐了一会儿。这种抑郁的情绪如流感一般传染，她大口大口地叹气，甚至眼眶泛泪，脑中思绪万千却又像全部空空。她站起身来，感觉到抑郁如铁球一般自胸口自由落体向下坠落到两只脚上，步伐沉重。她一步一挪走到窗边，感觉到窗户缝里挤进来的风不由分说地向自己脸上、脖子上撞击，时而伴随几声凄厉的尖叫声。她张大了口，也想尖叫一声，想把身体里的暗色情绪宣泄出来，释放出来，演绎出来。她大大地吸了一口，裹挟着寒风和消毒药水味道的空气快速充满了胸口。停顿，停留，呼——她又叹了一口气。

时间黏稠成一种暗色的胶体，没有活力，不再流动，难以察觉。她站在窗口，那医院楼下人来车往，远处红绿灯时而变化，以跳动的数字暗示一种消失的过去。

有人在哭，有人在喊，有人在说话。

三人敏感地回头朝向声音来源的地方看，那是对面另一间手术室的门口。也是三四家人，二三白衣，医生脸上的口罩挂在一个耳朵上，口中快速地说着什么话语，声音低沉，充满了权威和不容置疑。家人的身形瞬间变得渺小，肩背佝偻，脸上的沟壑却突然变得明显，愁云惨淡。有人下跪，有人哀求，有人叹气，有人摇头。

“我去个洗手间。”葛小平站起身来，快速离开了这个氛围。

张丽华目送儿子消失在走廊的尽头，回头看向王爱华，眼神空洞。她心中一颤，走到葛小平刚才的位子上坐下，抓住了张丽华的手：“阿姨，没事的。”

张丽华点着头，好似很快相信了对方的话，但神色依然紧张，依然忧郁。

孙宏钢到医院的时候，另一间手术室前的故事已经收尾，只留下了所有人间悲喜剧收场之后都有的空寥和寂静，以及自那暗下的红灯上倒映出的一个个消散的情绪和魂灵。

张丽华看着左边亮着红灯的手术室，王爱华看着右边已经关灯的手术室。孙宏钢猛一下扎入这个气氛里，左右看了一眼，最后清了一下嗓子。两人如梦初醒，回过头看着这个新到来的男人。

“啊，你来啦。”张丽华挑了挑嘴角，仿佛是要准备笑一下。

王爱华很快看了一眼他，又转头望着对面手术室。

孙宏钢站着跟张丽华说了一会儿话，分散了她些许的紧张和惊恐。

“……吃过东西了吗？”

张丽华愣了一下，看了一眼手表：“哦，这都快12点了啊……”

“还没吃啊，去吃点东西吧，我在这儿。”

张丽华摇了摇头：“我不去了，你带小朋友们去吧。”

孙红钢看了看王爱华，王爱华也抬头看着孙宏钢，他笑了笑：“走，去吃饭吧。”

王爱华站了起来,没有点头,没有回话。

孙宏钢回过头,对张丽华道:“那你呢?想吃点什么?”

“我不饿。”

“不饿也先垫点东西吧。”

“没事,医生说手术大概三四个小时就能结束,就一会儿了,我在这儿等着。”

孙宏钢点了点头:“华华,我们走吧。”

“我去喊小平。”王爱华说着,有意绕开对方伸过来的手,走远了。

她穿过走廊,到了角落的洗手间门口,左右望了望好似没有什么人,又在门口喊了两声葛小平的名字,但没有人应话。她在男厕所门口转了几个圈,不好意思直接闯进去,靠在走廊窗边,想等一会儿过来个什么人,托他进去看看。等待的时候,从窗口看下去,她看到一个分外眼熟的人影,就站在楼下墙角的垃圾筒边,时不时抖抖脚,手上夹着一支烟,放到嘴边吸入吐出,一时白烟缭绕。

她感觉到心跳加速,热血向上翻涌,胀满整个胸腔,口腔,脑颅,让她的后脑一涨一涨地跳动。慌慌忙忙跑下楼去,她冲到那个墙边,看到那个人的后背就在眼前,刺鼻的烟味已经强势地扑到了她的鼻腔内。

“葛小平。”她的声音有些发抖。

葛小平叼着烟回过头来,看到王爱华的时候吃了一惊,连忙把烟从嘴里拿出来夹在手上。

“什么时候?”

葛小平扯了扯嘴角,露出惯常的痞笑来:“别告诉我妈。”

她看着他又把烟头塞进嘴里,猛力嘬上一口,白烟慢慢地从他深色的嘴间流出来,与京城深秋寒气相互冲撞,相互抵消,化成一点点气味分子飘散到她的口鼻内,肺腔内。勾起了她埋葬的那个午后,一个类似的气味,一段古怪的音乐,一个自杀的歌手,那个人也是这样歪着嘴痞笑,也是这样吸着烟谈论着另类音乐。她深吸了一口气,自杀式地屏住气息,将烟味困在胸腔之内，顿时感觉到胸口炸裂一般的痛苦，眼眶湿润。待她最后呼出这口气时，身体也已经冲到了对方面前，一把抢过他手上的烟，扔在地上："别抽了。"

葛小平愣了一下，最后苦涩一笑："别跟我妈似的。"

王爱华被一句话点燃，一连串有关吸烟有害健康，吸烟不良人生的话连珠炮一般发射出来，听得葛小平一愣一愣的。但她越说越激动，越说越言不由衷。不，不对，这不是我想说的，我讨厌你抽烟其实是因为……

"华华，你们怎么在这儿呀。"孙宏钢的及时出现，解救了深陷表里不一困境的王爱华。

葛小平也乐见孙宏钢的出现，笑脸相迎："叔叔来啦。"

"我们去吃饭吧。"王爱华拉着孙宏钢就往外走，让他一下子还没反应过来，走出一段距离才想起来，回头喊葛小平一起。

三人找了医院附近一个小店，坐下点了几个菜，等菜的间隙，能明显感觉到餐桌之上弥漫的紧张气氛。葛小平找机会跟王爱华搭话，王爱华全程冷脸，不搭不理，葛小平也气上了头，干脆也不说话了。看这两个闹着脾气的年轻人，孙宏钢暗自发笑。

"我要找工作。"王爱华冷不丁地转过头跟孙宏钢说道。

孙宏钢顿了一下："找什么工作？"

王爱华一时也没想到这个问题，支吾一阵后答道："在北京的工作。"

"在北京？"

"你不回上海了？"葛小平突然插话道。

"美国都不回了，还回什么上海呀。"王爱华没有回头，似自言自语一般低语着。

一人向隅，举桌不欢，一顿饭吃得索然无味。

下午王爱华就回了酒店，待在自己房间里面，看了一会儿电视，又躺下睡了一觉，醒来天已经黑透了。起床，贴着墙听了听旁边房间的动静，略带失望地换了身衣服下楼到酒店餐厅，吃了一顿自助晚餐，中西混合。吃完回楼上房间时，故意先走到了旁边那个房间，靠近门边仔细一听，里面还是没有任何声音。她只能回到了自己房间，早早地又躺回了床上，百无聊赖地看着电视。

放过了新闻，放访谈，再放综艺，再放电视剧。她歪着头，眯着眼看那彩色屏幕上一个个小人在色彩饱满的背景前跑动，如果不是耳朵里面听到的都是汉语，恍惚间真以为回到了美国的家里。像一年前的某个晚上，她和母亲曾经也这样坐在电视机前看着黑人演员的滑稽表演。她想起那个刚到美国的懵懂期，想起一点点听懂老师上课的喜悦，想起一串串英语从嘴里吐出来的成就感，想起那时候她不是一个人……为什么现在又只剩下她一个人了呢……

半梦半醒间，门铃将她拉回现实。她睁开眼睛，瞪着电视屏幕，确定铃声是从外面传来，而非电视里面音效后，她才慢慢起身，套上一件外套，走去应门。

“是谁？”她问着，透过猫眼往外，看到一张阴郁的少年的脸。

“是我，葛小平。”

王爱华开门，面无表情地看着对方，等待对方的说辞。

“我能进来坐会儿吗？”

王爱华想了一下，打开门让对方进来。擦肩而过的时候，她看到对方的鞋有些湿：“外面下雨了吗？”

葛小平心不在焉地“嗯”了一声，在沙发上坐下了。

“你有什么事吗？”王爱华靠在他对面的墙上，居高临下，语气好似质问。

“我为中午的事情道歉。”葛小平说得坦荡。

王爱华却皱起了眉，他这一让步，就更加显得她无理取闹了，索性她就顺杆问了一句：“你能戒了吗？”

葛小平也皱着眉，看着王爱华，又扯起嘴角笑了一下，笑容苦涩：“可能吧。”

王爱华看着葛小平，咬着下嘴唇，有些话想说但说不出来，没想好是不是该说，或者该怎么说。就在她犹豫的这些时间，葛小平站起了身：“我走了，晚安。”

这下王爱华愣住了，下意识地追了出来：“叔叔的手术怎么样？”

葛小平摇摇晃晃地走到门口玄关的地方，停下回过头来。

王爱华也站住，两人相距两三步的距离。

“我妈今天下午崩溃了。”葛小平只说了一句话，语气平淡。

“啊……”王爱华忽然不知道怎么反应，不知道对方说的是好是坏，甚至不敢进一步探问。

葛小平叹了口气，后背靠在墙上：“医生告诉我妈，我爸的手术不要紧，一般三四个小时就行了。没想到我爸血压高，手术中间一下子大出血。我妈在外面怎么等都没消息，突然从手术室里就丢出一个大出血的炸弹来，她撑不住，当场又哭又闹又想自杀……”

他说话的语气太平了，似乎正在讲一个别人的故事。

“最后医院没办法只能给她打了一针镇静剂才消停了。”葛小平顿了一下，换了很长的一口气，“对了，我爸手术没事，肿块切除得很干净，就是晚了几个小时出来。”

王爱华安静地听他讲完下午的经历。“你……”一开口她发现自己声音颤抖得厉害，“你要再坐会儿吗……”

葛小平吸了吸鼻子，摇了摇头，转身要走被王爱华拉住。他转过身来，两人相拥。他感受到她坚硬的骨头，如同感受到她蓬勃的心跳，发丝上带着的香气，还有温暖的体温。

王爱华感觉到左肩有些潮湿，用手轻轻地拍了拍对方的后背，眼眶也微微发热。

他们听到了一个歌声，从房间里面的电视机里传出来，一个清朗的男声，伴随着简单的吉他声，娓娓道来一个思念的故事，一个也许发生在冬天的故事。

“……前方的路虽然太凄迷，请在笑容里为我祝福。虽然迎着风，虽然下着雨，我在风雨之中恋着你……”

住院的床位从一个变成了两个。张丽华吃了药，在病房住了一晚上，第二天就搬到了葛小平父亲的病房。葛父刚做了大手术，只能侧躺在床上，翻个身都会牵扯到伤口，用饭如厕都是麻烦。张丽华却乐此不疲，看着健健康康的丈夫，她就觉得心安。即使葛小平和王爱华来医院帮忙的时候，她也不喜欢借他们的手，有关丈夫的事情，她都喜欢亲力亲为。

葛小平无奈地对王爱华摊了摊手，表情逗得她哈哈大笑。

下午王爱华就试着去街上找工作，看了餐厅的服务员，首先否定了，端菜擦桌的事情她死也不要再干了。那就只能去一些写字楼看看运气，刚开始她脸皮薄不敢问，只敢在别人办公室门口走过来又走过去，看得门口的大爷都头晕了，咋咋呼呼地问她到底是来干什么的。王爱华才扭扭捏捏地说自己来找工作的事。大爷听明白了，嚷着一口的京片子，告诉她往里走，到前台，问前台的小姑娘。她听着照办了，进去一问，前台冷冰冰地直接回复“没有”。

“没有什么？”她听得一愣。

“没有招人，我们不招人，您到别处儿去打听打听吧。”

这一口的饶舌京片子，听得她直皱眉，只能战战兢兢地跑了出来。接着胆子大了一些，敢直接进去找前台问话了，但都得到“没有招人”的消息。

跑了一个下午，跑得脚都疼了，没有一点进展。

第二天下午葛小平陪她一起去找工作，运气好地遇上几个正在招人的，但不是找清洁的阿姨，就是看仓库的管理员，都不适合王爱华做。难得碰上一家招普通文员的，问了学历和语言，又跟老板一面试，结果老板一下看中了葛小平，把王爱华气得不行。第三天，她再上街找工作的时候就没再带上他。

5 有一种情叫爱屋及乌

飞机轰鸣声给周怡亭带来一丝熟悉感。人真是奇怪的动物，十几年前，她也是在飞机的轰鸣声中离开了上海，那时候的自己混杂着期待和焦虑、欣喜与恐惧，而现在的自己却在这熟悉的声音中感受到了安慰，甚至……心静。大概在极致的闹中才能感受到极致的静吧。

周怡亭坐在靠窗的位置，把舷窗遮板拉了上去。

飞机已经在半空中了，地面的一切也逐渐远离，躲到了云层之后，包括孙宏钢，包括王爱华，包括一切……本来是孙宏钢和自己约好他将爱华带回上海，顺便有些事情需要聊聊，但临时接到林鹏飞的越洋电话，说当年被FBI扣押的那一批打火机已归还给公司了，另外曹皮特在监狱里举报公司偷税漏税，国税局已经过来了解情况，希望公司配合调查。林鹏飞这边考虑再三，还是将情况告知周怡亭，并再三强调“不是故意要搅和你的休假”。本来就不是休假，这是为了女儿的“千里走单骑”，从创办公司至今，已经很久没有停下不工作五天以上了。

话又说回来，其实，知道爱华下落，考察完合资公司，本来就可以回去了。但以带爱华一起回去为借口，又耽搁了几日。其实自己心里也明白，不单单是为了爱华。要不是公司来这么一出，大概还能再耽搁几日。奇怪得很，接到鹏飞电话的时候，周怡亭心里却有着小小的庆幸——这庆幸就像没复习好功课临时知道考试改期；买心仪的东西自己轮上最后一个；干了坏事爸妈没有在意——自己似乎也有什么没准备好，所以有一个借口可以回避的时候，似乎松了一口气，那是不为人知的轻松。不知为何，她既急切地想看到孙宏钢,却又害怕自己没做好充分的准备。

即使公司的事情有些着急,周怡亭心情还是很好,不知道是觉得爱华的事情初步解决了,还是因为其他什么。在飞机上一时睡不着,周怡亭拿出了随身携带的一本小说,临走前从父亲的书橱里找到的。打开飞机上的阅读灯,翻开书,就看到了孙宏钢拍的那张风景照,当时因为喜欢就随手拿来了,昨天看完书之后不自觉地当作书签夹在书里。摩挲着照片,周怡亭的嘴角抬了抬,也不知道是什么让她感受到了喜悦。就像现在洒在她身上的灯光似的,她熠熠生辉。

地面上的王爱华还在和孙宏钢斗智斗勇。

"喂,孙……我想出去玩两天再去外婆家住。"

"之前说好的条件不是这样的。"坐在副驾上的孙宏钢没有理睬。

"小妹子,你想去哪儿玩?"倒是开车的赵志华搭了腔。

"开你的车,公司事情没什么问题吧?你怡亭姐倒没挑出你账目上的毛病?"孙宏钢看见赵志华跳出来要应和后排那位小魔王,连忙打岔。

"那怎么会呢,我们是诚信经营,不会有什么问题的。怡亭姐夸我还来不及呢!"边说边超越了身边一辆一直试图抢道的车,"连开车都这么帅气的赵志华,其他事情都不在话下!"

"你就是赵叔叔!我听我妈谈起你的!"

"哟,没想到我这么有名,你说说你妈说我什么了?"

"说叔叔您幽默风趣,能力强,识大体,学识渊博……"

"得咧得咧,这些话听着不像夸我,像夸孙大哥的,也不会是怡亭姐说的,当年创业四个人就我一个人先跑了,没什么光辉的过去可以谈。"赵志华听王爱华那么夸自己倒是有点不好意思。

"难为你有点自知之明。"孙宏钢听了这两人的互动,忍不住笑了起来。

王爱华看说好话没用,又打起了可怜牌:"赵叔叔,你看你和我名字里面都有华字,我们也算是有缘分,你就帮我说说,我保证听你们话,我也没去过温州，哪怕把我带你们公司去……”

“华华！”孙宏钢的语气稍微强硬了一点。

赵志华知道周怡亭和孙宏钢的事情，也知道当初分开的缘由，现在看孙宏钢和王爱华关系似乎缓解了一点，不能因为这样的事情再次搞僵。他明白周怡亭和孙宏钢的心意，看着他俩这么互相消耗着，既无奈又心急，于是连忙将话头接了过来：“带你去也不是不可以，但有条件。”

王爱华刚因为孙宏钢那句稍显严厉的呵斥不开心呢，听说能去，那些负面情绪早就走了大半，但面子上还是装出来不感兴趣的样子：“我不去了！”

赵志华透过后视镜看着后面那个女孩气鼓鼓的小脸，知道在耍着小性子：“一听说有条件，你是不敢去了吧？”

“哼，不要用激将法，我不上当的！”虽然嘴上讲着这样的话，但是小眼神透露出来的是渴望。

“那可惜了，”赵志华故意顿了顿，后视镜里那个姑娘欲言又止，“我还以为那些小朋友可以学一点英语了呢，孙大哥，我俩也食言了……”

孙宏钢不知道赵志华葫芦里卖的什么药，就闭上眼假寐，并不搭腔。

“教英语……”

“怎么着，有兴趣吗？”等红灯的赵志华，转过身问王爱华。

不知怎的，王爱华在周怡亭和孙宏钢面前的我行我素完全发挥不出来，看着眼前这张有点挑衅的脸，后悔极了刚刚夸奖的话。

绿灯了，后面的车响了喇叭，赵志华转过身去，发动了车。

“其实很简单的，都是厂里员工的孩子，你妈妈不是让我们成立了托儿所照顾孩子吗？一时间我们也没找到老师，所以算是邀请你帮忙做一下老师，带着孩子们玩，顺便教教他们英语，这些孩子们可是因为喜欢大老板，而心心念念想学好英语啊！”

不用想，就知道“大老板”指的是谁，王爱华有点不服气，却有点动了心，不回家被管着怎么样都好，犹豫了几秒之后，才应声：“这些孩子真想学，我就勉为其难帮帮他们吧，所以你们不能送我去外婆家！”副驾的孙宏钢似乎早料到这样的结果，没说什么，嘴角却有了弧线。哼着歌的赵志华一脸得意，还朝孙宏钢抛了两媚眼，车内的气氛一下子轻松了不少。

“那边很多人不想见我吧。”这一句轻声的自语被忽视了。

“随便参观，小王老师。”赵志华刚带爱华见过了几个在幼托室的小朋友，算是认识打了招呼，又带她熟悉一下环境，因为公司要开会，也就把她带到孙宏钢办公室让她自己熟悉熟悉。

王爱华倒是没有见外，再加上刚去见了几个以后是自己“学生”的小孩儿，心情大好，也就没有什么拘束感和见外了。孙宏钢的办公室她倒是第一次进，在美国的时候，因为对他充满反感，公司基本没去过；即使去公司，也绝对不进孙宏钢的地儿，所以，其实她也确实有点好奇，似乎心态变了，整个这个人在自己这边呈现的世界也变了。

孙宏钢的办公室很……普通，大概与国内所有企业老板的办公室都是相似的吧，一张书桌对着门放着，后面照例有着一张老板椅。王爱华走到书桌后，一屁股坐上了老板椅，在原地转了一圈。瞥向孙宏钢的书桌，左边放着一台电脑，右边就是文件夹、电话、笔筒等文具，不过颜色统一、摆放整齐，与书桌风格相一致，不像很多老板动不动就喜欢在自己桌子上放文房四宝，也不管是否需要，其实啊，是摆设还是常用品，明眼人都能一眼看出来的。书桌的右边放着三个大书橱，前两个一眼看去就能见到整齐摆放的书籍和文件，靠在最里面的书橱与前两个不同，以木头柜门取代了玻璃门，也看不见里面是什么，“总归也是书吧”，爱华猜想着，又转着椅子看向书桌左边，那边其实就放了沙发和茶几，没有什么特别，大概是招待来客的，只是墙上的画有点特别，没有挂“马到成功”那样的，也没有故弄玄虚的几个字，王爱华盯着看了一会儿，没有研究出来，就放弃了。

等了半个多小时，有点无聊的爱华想玩电脑，但因为电脑太私人化了，在国外的这么多年，也让她知道要尊重个人隐私：“早知道刚刚就问一下能不能用了……”发呆了半小时的王爱华真的百无聊赖，她已经把孙宏钢笔筒里面的笔拿出来又放回去不下十次了，早知道他们回来就开会，真不应该说累了要去办公室歇着的，赵志华这个缺心眼的还顺手把门从外面锁上了，自己只能在这个房间内活动。王爱华又转了一圈老板椅，瞥到了放在书橱里的四人照片，之前隔着一层玻璃，能看清书橱里有什么，但具体是怎样的并不清楚，刚刚大概因为椅子旋转形成的角度，反而让她看到了照片样子。那张照片她见过，似乎是周怡亭他们四个人当年创业开始的时候拍的照，隐约记得在自己家见过，后来不知道为什么又不见了。她忙从老板椅上跳起来到书橱旁，打开橱门伸手将照片拿下来，果然是记忆中那张，不过没有右下角的小标签了，估计是加印的吧。她看了一会儿，想把照片放回去，但又忍不住又拿了回来再看一次，照片里的妈妈笑得真开心啊，一点都不像和自己在一起的样子，似乎从小到大，妈妈就没有在自己面前笑成这样，都说女儿是父母的小棉袄，“可能我比较像泡了水的小棉袄吧，又沉又冷还是累赘。”王爱华自嘲地想着。

既然已经打开了书橱，爱华就一本一本翻看起来书橱里面的书，多数放的都是和企业管理有关的，也有一些分析中外合资企业利弊的，都是大部头，从书脊上划过去的触感好极了，但没有一本能让人有拿出来读的欲望，“无趣！”看完了第一个书橱，王爱华又浏览了第二个书橱，也没有找到一本她感兴趣的书，当然了，她感兴趣的书原本就不多，从小到大除了在国内的时候还看了一些闲书，出国之后大概光顾着“调皮捣蛋”了吧。王爱华顺手打开了木门的书橱，却发现这边书橱和前面两个完全不一样，显眼处就放了一个相机，爱华拿出来看了看，发现是之前听说的叫单反的一类相机，几万一台，她摸了一圈，想了想价格，还是小心翼翼地把相机放回原位，毕竟，摔了碰了她是赔不起的。除了相机，上层和下层也放了很多书，但大多和摄影有关，还有一套一套的《国家地理》杂志。除此之外，还有好几本书，书脊上没有名字，好奇心驱使下，王爱华将这几本书抽了出来。

翻开前面两本，看到的都是一些照片拍摄，也明白这几本其实是相册了，这两本也正是赵志华给周怡亭看的那两本。王爱华毕竟还年轻，翻看了一下都是风景照片也就合上放旁边了，翻到第三本的时候才大吃一惊，这本相册里所有的照片都是自己母亲的，有些她曾经见过，但更多的是她没见过的，厂房里的她、摆摊的她、谈合作的她、参加展销的她……爱华一张张看过去，她甚至不知道自己的母亲原来有这么多表情和样子。照片中有一张母亲穿着白色礼裙的照片，一晃眼看上去特别像待嫁的新娘，但看背景就知道是在美国拍摄的，右下角的日期还告诉爱华是在她去美国之前拍摄的，"难道妈妈已经结婚了？"王爱华怀着巨大的疑问看下去，将照片从相册中抽了出来，才发现背面有一行字"我想有一天让你真的有机会穿上它"，看笔迹就知道是孙宏钢写的了，落款日期与拍照日期也就隔了一个礼拜，看来是很焦急地就把照片洗印出来了。王爱华愣住了，她没有考虑过周怡亭的感情，即使之前搞砸了展览惹得母亲当众出丑，即使和孙宏钢冰释前嫌听他解释，她也没有想过，她母亲所拥有的个人情感，她只认定了她是一个有亏欠的母亲，应该对自己有所补偿。但是，母亲也是人，也是女人，她也需要感情，需要爱情的滋润，我为什么从来都没有想过呢？我是不是太自私了？

相册里面还有几张周怡亭的近照，角度和风格与前面的都不太一样，甚至有一张是周怡亭在王爱华校门口的，照片中也能迷糊看到王爱华的背影。她细细辨认自己穿的衣服，突然回忆起那是两个月前自己去参加SSAT考试那天。

孙宏钢回过美国？

王爱华连忙将相册翻回前几页，那几张风格不一样的照片取景都比较远，是远距离拍摄的，所以，其实这些照片是偷拍的？！王爱华怔住了，过了一会儿，她似乎又懂了什么，为什么孙宏钢会确定自己没有偷戒指，为什么孙宏钢急着想把自己带回来和周怡亭解释，为什么孙宏钢会愿意在北京陪着自己，为什么自己过去胡闹成那样他也不会生气……在自己还没有明白之时，她误解了他们之间的感情，她以为那是"刻意讨好"，却忘记有一种情叫作"爱屋及乌"。

"现在我懂了。"爱华看着照片，突然有些难过，就像窗外的风一声声敲打着窗户玻璃，扰了人的心安。

周怡亭落地了，林鹏飞开车来接，两人一坐上车就开始讨论工作上的事情。

"飞机上还好吧？"

"习惯了。事情现在是什么情况？"

"算是好消息和坏消息都有吧，被FBI扣押的打火机总算全部返还给我们了，怡亭，你不在这里，我只能先斩后奏，代你做了一个两难的决定。"

"哦，什么决定啊？"

"FBI返还货物前来到我们公司，要我们在一份文件上签字。这份文件规定，我们公司绝不上告FBI对我们的错误搜查和扣货，不签字就不能发还货物。就是说，FBI明明知道自己是错的，却不肯承认，更不允许揭发它的错误。我想来想去，民不与官斗，秀才碰到兵，有理说不清，如果不签这个字，他们就不可能把货物发还我们。怎么办呢？做生意讲的是实际利益，我们如果去告他们，又不知道要耗费多少时间心血金钱，还不见得能打赢官司，只能咬咬牙关，签下这个字，把东西拿回来是最现实的。你说对吗？"

周怡亭听了，沉默良久，最后长叹一口气说："你做得对，我们又不是政客，没有时间精力去同政权机关斗啊！"

想了想又说："这算是好消息吧，毕竟省了我们一大笔开销，不用每月向海关缴纳仓储费了。我记得那时候还是从温州公司买的货吧？质量也不错，检查检查，看看还能不能供应市场。"

"这就是坏消息了，那批货外壳是金属制品，存储又是在海边，没有充分密封，基本上都生锈了，所以……等于接了一批废品回来。"

周怡亭一愣，没想到货是这样的情况："有什么补救措施吗？先清洗一遍，我记得生锈了也可以……"

"是可以，但无法做到百分之百复原，而且按照这边的规矩，这批货应当报废不能上市流通的。"

“这个情况我考虑一下，还有曹皮特的事情呢？我没想到隔了这么久他还能整出幺蛾子来。”周怡亭提到这个人就头疼，用右手按了按两边的太阳穴，刚下飞机的不适感因为这个名字又加重了几分。

林鹏飞看她脸色不好，也就把事情往简单里说了：“现在没什么事情，据说曹皮特诬告，说我们让他做假账他不肯，所以我们后来才冤枉他让他吃个官司。”

“这人的脸皮也是太厚了，税务来查有什么结果吗？”

“暂时没说什么，需要的资料我们全部提供了，公司的事情我们清楚，其实是查不出什么问题的，但税务说要找法人谈话，我这才敢把你叫了回来……对了，你回国见到宏钢、志华了？”

“嗯，多亏了他们帮忙。国内公司我也去看了，规模已经超过这边，我亲眼看到了这几年国内政策越来越好，估计我们这边今后的主要任务是开拓国际市场了。”

“那以后我们开支不够就向他们借了！”林鹏飞轻松地开了个小玩笑，把车子开出机场，“你要不要睡会？估计飞机上你又没睡吧，一会儿就把你送到家！”

“直接去公司吧，我也看看那批货，和税务打个招呼。到公司还要半小时，够我休息了。”周怡亭将副驾座椅向后放下，闭上了眼睛，感觉一个个问题都冒着泡泡向外蹿着，蹿到最后出来的却是孙宏钢的脸。

“你也成为我的问题了吗？”周怡亭无奈地呓语。

林鹏飞听着周怡亭缓慢下来的呼吸声，决定绕一圈远路再到公司。

6 她的心被牵住

那天他早早地吃了早点就直奔医院病房，今天是父亲复查的日子。吸取了上次手术日的教训，他特别早起，提前出门，快步来到医院。进门看到父母两人也正挤在病床的小桌子上吃东西，一粥一小菜，甚是清淡。见到儿子进门，张丽华招呼他过来一起吃。即使葛小平连说吃过了，张丽华还是剥了个鸡蛋，硬塞给他："土鸡蛋，营养不要太好哟。"葛小平只能接过，两三口就吃完了。

张丽华又剥了一个给丈夫葛瑞泰，葛瑞泰就着她的手咬了一口，摇头道："蛋黄不要。"张丽华笑了，边拿调羹抠蛋黄边说："蛋黄不吃啊，补脑的呀。跟小朋友一样的，你看小平都吃蛋黄的。"葛瑞泰随她念叨，顾自吃掉了她抠好的蛋白。张丽华看了看调羹里的蛋黄可惜，就自己吃了，吃了之后又问，"再给你剥一个？一会儿要检查身体呢。"葛瑞泰点了点头，张丽华就又剥了一个鸡蛋，让他先咬一口，她把蛋黄抠掉，再让他吃了蛋白，自己吃蛋黄。

葛小平坐在一边的椅子上。待两人吃完东西，张丽华收拾干净了病床，坐下等了一会儿，进来一个医生带着两三个护士，一照面甚是熟络地打着招呼。医生站着边问了葛瑞泰几个问题，边不时在板子上进行一些记录。

"……伤口是不痛了，东西也吃得下。"

"吃得下东西就好。"医生点了点头，又追问了两句现在吃的食物，建议道，"恢复得不错的话，家里人可以炖点汤，补一补，营养要跟上。"

张丽华连连应声。

"吃的没什么，就是最近晚上睡觉的时候会觉得胸口疼。"葛瑞泰说道。

医生皱起了眉，详细问了疼痛的位置，疼痛的方式和发痛的时间，表情凝重了下来。“这几天……血压怎么样呀？”

“嘶——血压倒是没注意量过，不是很清楚。”葛瑞泰摊了摊手。

“医生，要紧吗？”张丽华紧张地站了起来，葛小平也连忙跟着站了起来，走到母亲身边。

“这个事情可大可小，手术位置附近又都是胸内的主要内脏……”医生略一思索，“这样，我们还是仔细检查一下。”

“好！好！”三人很快应承。

医生先跟葛家三人简单交代了一下将要进行的几个检查项目，又回头交代护士先去做前期准备，然后又说了两句宽慰的话。

葛家三人客气道谢。葛小平跟着医生出去，拿着病历什么的先去办了手续，又找人问清楚一会儿做检查地方的位置，方回了病房。“护士说，现在做检查的地方人比较多，要等下午人少一些再过去。”

三人只能坐着苦等，担惊受怕，但嘴上还是不断宽慰别人“没事的”。刚过中午，就有护士到病房来带着葛瑞泰去做检查。张丽华陪着葛瑞泰，葛小平看着张丽华，担心母亲突然一下子又承受不住。特别是第一项一测血压就是高血压，张丽华半边身子都软了，幸好有葛小平在一边扶着才没有坐倒在地。

医生看到血压报告，表情不善，亲自领着葛瑞泰去做进一步的胸腔检查。张丽华靠在葛小平的身上，站在外面，透过门上的小玻璃窗看到里面换上特殊衣服躺在仪器下的葛瑞泰，口中又开始念念有词，满天神佛保佑。

检查做得非常仔细，非常谨慎，待所有项目结束，三人又重新回到病房里的时候，天已经黑透了。检查的结果要第二天才能出来，今晚又注定是忐忑的一晚。

时候不早，张丽华就赶葛小平回酒店睡觉，葛小平担心母亲身体想今晚留下看护父亲，让母亲回酒店好好洗个澡，好好睡个觉。

“怎么睡得好哟。”张丽华叹气道，“我在酒店的话。”

“可你很久没睡个好觉了，身体可是吃得消？”

张丽华摆着手：“我没事的，你回去吧——啊呀，你还没吃东西吧！回去酒店，爱华也在，正好一起吃点东西。”

“啊呀！”葛小平如大梦初醒，双手重重一拍大腿，口中一串“完了”，听得张丽华眉头皱了起来。

“什么完了！好好说话！”

“今天下午艾拉回上海，我要去送机的！”

“啊。”张丽华愣了一下才反应过来，起身走到儿子身边，“这也没办法了，到时候给她打个电话？”

“我也不知道她上海的电话。”葛小平丧气道。

“没事的，总有办法的。”葛瑞泰也开口道。

葛小平回头看向自己的父亲，也许因为病痛，也许因为岁月，那一瞬间他觉得父亲苍老了很多，五官的线条都显得十分柔和。

葛瑞泰摆摆手，也让葛小平先回酒店，留下来也没什么帮助。他怏怏地一个人回了酒店，到楼下一问前台，隔壁的王爱华果然下午就退房走了。

房间空荡荡，心里空荡荡。他叹了口气。事出有因，希望不要怪罪。

当然不可能不怪罪。

在从北京回上海的飞机上，王爱华都快被气炸了。葛小平居然放了自己鸽子，害她白等那么久，差点还误了飞机。

她很生气，非常生气，甚至还带了点委屈。她以为，至少他还是不一样的，至少。

阴沉多日，那天终于放晴。在从托儿所回酒店的路上，她会走过一段滨海的马路。马路在一个小坡上，一边是海水，一边是小镇，路是新铺的水泥路，两侧如刀削一般笔直，地面上的几道汽车车辙痕迹尤其显眼。那天她穿了一双橡胶底的鞋，踩在坚硬的路面上，走路都带上了点弹跳。秋季的太阳下山得很早，只是一回头的工夫已经晚霞漫天，马路也被涂成了暧昧的潮红色，看到自己被拉得很长很长的影子也变成了深红色。她突然不想回去了，便拐进了一条通往海边的小路，穿过丛丛杂草，她来到滩涂边上，找了块礁石坐了下来。今日的海面分外平静，只是偶尔海风刮在身上，还是带着微微秋寒。她裹紧了外套。

抬头她看到海鸟成双，掠过海面向着远处飞去，可能也是天黑了双双归去吧。她看到远处海边上的两个亮点，再定睛看时，变成了两条渔船，船头已经挂起了耀眼的渔灯，随着浪起浪伏，船身摇摆，亮点也不规律地漂移着，时而靠近，时而疏远，但都向着同一个归去的方向。海风吹得她的眼睛犯涩，用力眨了眨眼睛后，她看到远处的那轮红日也变成了两个，一个在天上，一个在水中，都向着同一个方向收缩，也是另一种的归去吧。

她站起身来，拍了拍沾在衣服裤子上的沙子，转身往回走。

——打个电话吧。

有一个声音在她的脑子里面回想。

——你知道酒店的电话也知道他的房间号。

那个声音继续说着。

——打个电话吧。

那个声音又重复了一遍。

她回到了马路上，低着头往前走，拐过几个弯，她很快到了酒店大门口。门童热情地跟她打着招呼，她回了一个微笑。

——打个电话吧。

她穿过酒店大堂，坐上了电梯，电梯里面还有一对好似情侣的人，带着两个相同颜色的行李箱，举止亲昵。

——给他打个电话吧。

她比那对情侣先下了电梯，穿过走廊，开门，回到了自己的房间。

——打吧，现在就打。

她站在床边，双眼盯着床头柜上的电话机，黑色塑料的按键上标着白色的数字。

——打吗？

她站着，盯着，想着。

这时电话铃突然响起，她愣了一下，等铃声响了很久才反应过来电话确实是真的在响。手忙脚乱地接了起来：“喂？”

电话那头是个男人的声音，但感觉不对劲，声音太厚了，太沉了，太慢了，一种不知道什么东西落空的感觉。

“华华你在听吗？”

“啊？”王爱华愣了一下，脑中慢慢想起这个声音属于的人来。

对方似乎叹了口气：“是我，孙宏钢。”

“我知道。”王爱华连忙接话道，“你刚才说什么？”

“我说，你现在下来大堂，我们一起出去吃饭。”

“哦。”

“好了，你快点下来吧，我们在大堂等你。”

“哦。”

然后她挂掉了电话。

房间内短暂的沉寂，然后是开门复关门的声音。她沿着原来的路回到了大堂，孙宏钢和赵志华已经在休息区等候。三人出门，开车到附近的饭店，吃了晚饭。她心不在焉，她沉默寡语，她没有胃口，这一顿饭，寡淡无味。

然后她回了酒店，回了房间，回到了床边。这次她坐在床沿上，看着窗外零星的霓虹，黑色电话机就在手边，只要一抬手的距离。

——你还在等什么呢！

声音变得严厉，变得尖锐，甚至有些气急败坏。

她拿起了听筒，又放下。当她第二次拿起听筒时，动作快速而急躁，按键时又重又快，接着就是一阵一阵的嘟音。

“嘟——嘟——嘟——”

她感觉有一个小锥子砸在自己的胸口，每砸一下就发出一个“嘟”声。

仿佛过去了一个世纪,那个小锥子几乎要把她的心给凿穿了去。

“喂?”

一个声音突兀地打断了电话提示声,她吓了一跳,大脑也在瞬间清空,一片空白,语言功能短暂性丧失。

“……”

电话那头也沉默了。

——算了……算了吧……

她刚想放下听筒,电话那头突然传来一个名字。

“艾拉吧,是艾拉吗?”

“……嘿,斯蒂文,”她改用英语说话,可能换一种语言,换一种表达,有什么东西会不一样吧,“你最近怎么样?”

电话那头传来一个轻轻的笑声,和一句“一切都好”。

她好像都能想象出来他边撇着嘴坏笑,边说话的样子。

葛小平随口讲了一句俏皮话,王爱华被逗笑。听到对方的笑声,他才放心下来,便开始解释起那天没有送机的始末来。王爱华听得也是一惊,连忙追问对方父亲的身体。

“……嗯,高血压是有点麻烦,现在还是小毛病,以后问题肯定是少不了的。”葛小平如是说。

王爱华一一听了,也开始担心起来,讲话的语气软了下来。葛小平与她话说到半道上,突然岔开来问道:“你不生我气了?”

王爱华被他的话一堵,立马回了一句:“没有!我还在生气。”

葛小平笑道:“别生气啦,生什么气呢。”

“你居然放我鸽子耶,太过分了!太无礼了!”她笑着说道,语气已经带上一些撒娇的味道。

“好,好,我真的十分抱歉!”葛小平真诚道,“我错了,下次……下次争取不再犯。”

“下次?”王爱华的尾音吊得很高。

“人生的路还很长，你和我都说不好啊。”

王爱华撇了撇嘴：“说什么人生不人生的，能好好道歉吗？”

葛小平连忙补救，连说三个“好”，又讲起了俏皮话，王爱华在电话这边偷笑，但嘴上还是损着对方说的笑话不好笑。逼得葛小平又说了几个别的笑话，王爱华都硬说无聊，葛小平最后只能举手投降，举旗认错。

王爱华这才哈哈大笑：“——你明天还去医院吗？”

“去的。”

“那你明天……能给我打电话吗？”

“就是这个电话号码吗？”

“对！”王爱华换了口气，“就是这个。”

“这是你上海家里的电话？”

“不是，我现在在温州。”

“你为什么在温州？”

王爱华开始跟对方讲起了前因后果，甚至讲到了在孙宏钢办公室发现的相册，最后总结了一句：“……他好像也不是个很坏的人……”

葛小平沉默了一会儿，才开口：“你为什么会讨厌他？”

“嗯？”

“我们之前聊过这个问题的，记得吗？”

“……不记得了。”

葛小平哑然失笑：“你的妈妈永远是你的妈妈，这是没有人能改变的事实。这是真理。”

“……可能吧……”

话题到这儿就断了，她突然不想再继续聊下去，对他匆匆说了声晚安便挂了电话。听筒刚放下，心里忍不住又有些后悔结束得太快，应该要再嘱咐他一句明天打电话的。

次日从托儿所下了班，王爱华就着急往酒店走，但没出门就遇上了孙宏钢，他坐在副驾驶座上，隔着马路招呼她上车。王爱华犹豫了一下，还是穿过马路上了车："我们去哪儿？"

"去吃海鲜啊，昨晚上志华说的那个大排档。"孙宏钢回头对后座的王爱华讲道。

王爱华隐约好像记得昨晚吃饭的时候，的确有人提起过什么吃东西的地方，但她没有注意听，"哦，大排档远吗？"

"还行，不远。"赵志华回答道，"开车也就半个小时，要到靠海边一点的地方去。"

"半个小时，那来回都一个小时了！"王爱华叫了起来。

"怎么了？"孙宏钢听出一些不对劲来，"你今晚上有事吗？"

王爱华连忙回答说"没有"。

"哦，行啊。"孙宏钢看了一眼王爱华，转回身去，嘱咐赵志华车开得稍快些，"也别太晚回去了。"

王爱华点了点头，口中随便应着："对啊，早点回去。"心里已经开始在懊悔昨晚没跟葛小平约定打电话的时间，现在都不知道怎么办才好。

他什么时候会打电话过来啊？他要去医院的，不会太早的吧。可如果他真的打过来，我不在酒店，没接到……没接到就没接到了，他还在机场放我鸽子呢，我也应该放他一次鸽子。如果我早点回去，吃完饭就回去，应该还是能接得到的吧。万一……万一，他忘记了，或者别的什么事情，今晚上他没打电话呢……

她的心情七上八下，一会儿喜一会儿愁，海味珍鲜放在她的面前，都没办法吸引她的注意力。

孙宏钢和赵志华不停给她夹菜，不停催促她尝尝当地特色的新鲜食材，听得她都烦了，更是食之无味。一顿饭又草草吃完了，便马不停蹄地催着他们开车回酒店。回了酒店，就冲回房间。

王爱华进门就坐到床边开始等电话，坐着等了一会儿，站着等了一会儿，躺着等了一会儿，边看电视边等了一会儿，最后以至她边刷牙边还站在卫生间门口，眼睛还紧盯着电话机看。

可惜电话机迟迟没有动静。

洗漱完，王爱华躺到被窝里，侧过身子看电视，眼睛时不时地瞟一瞟电话机的提示灯。如果有电话进来，这个提示灯就会亮起来，发出一闪一闪的红光。

“丁零零……”

她一下子从床上坐起来。提示灯亮起来了！一闪又一闪，伴随着清脆的机械铃声。

连忙伸手接起了电话，开口讲话前先吸了口气，故意将语气放得非常轻松和随意：“喂？”

“喂，是我，睡了吗？”葛小平的声音如约而至。

王爱华张嘴大笑，但没有发出声音，再说话时语气更加慵懒：“嗯，睡了。”

“啊，抱歉，打扰你睡觉了。”葛小平连忙致歉，“不过你怎么那么早睡呀。”

“哪里早了！”王爱华激动道，但很快控制住情绪，“哪里早了。你呢？刚从医院回来？”

“是呀。”葛小平说起了今日医院的事情，说起了父亲的病况，又说起了母亲的精神状态，最后问，“你呢？今天怎么样？”

“我挺好的呀，告诉你个事。”王爱华故作神秘地停顿了一下，“我现在是王老师了。”

葛小平发出一阵嘲笑：“老师？你教什么？不要误人子弟了吧。”

王爱华连忙抗议，把托儿所里的学生和上课的情况都告诉了葛小平，又说起了今晚上去大排档吃的海鲜，语气夸张：“……温州的海鲜真的很好吃，下次你来，我带你去吃。”

“好的呀。”葛小平语气温柔，听得王爱华内心一软。

“你……什么时候回上海呀？”

“你什么时候回上海？”葛小平反问道。

“你什么时候回去,我就什么时候回去。”王爱华说着绕嘴的话。

“哦……我可能下个礼拜就回去了。”

王爱华感觉心跳有些快,换了坐姿,说道:“下个礼拜?”

“对,下个礼拜。”

“下个礼拜!”

“对,下个礼拜!”

“好,下个礼拜。”

两人同时哈哈大笑,好像达成了某种默契和约定。

“艾拉,明天晚上你能给我打电话吗?”

王爱华躺了下来,背靠在枕头上:“我考虑一下。”

“这……这还要考虑呀。”

“嗯,看情况吧。”王爱华又补充了一句,“大概晚上8点之后,看我心情。”

“哦,好吧。”

王爱华嘻嘻笑着,葛小平在电话那边似乎也笑了。

7 小魔王脱魔了

周怡亭感觉做了一个很长的梦，梦里面看到了自己的父母，看到了王进军，看到了爱华，也看到了赵志华、林鹏飞一起创办公司，梦境中过去与未来交织，时空重叠，人物互换，但循环了几次之后，最后出现的都是孙宏钢。周怡亭有些无奈，似乎想挣开这一遍遍的循环，但都没有用，一直被裹挟着往前走……

"怡亭！怡亭！"林鹏飞急促的声音把周怡亭从梦里拉回了现实，"你没事吧？"

周怡亭明显没有缓过来，看到眼前是林鹏飞的时候，才意识到自己在哪里："我睡了多久？到公司了吗？"

"到了一会儿，我绕了点路，你睡得也不多，一个小时还没到。要不是你一直在说什么'不要走'，越说越着急，我都不会喊你的。"

周怡亭重复了一遍："不要走？"四周环顾了一下，发现是在公司的停车场，想起自己睡着之前讨论的两件事，于是调高了车椅座背，打开车载镜子，摩挲了两下脸颊，整理了一下服装："下车吧，我睡够了。"

周怡亭先去仓库看了退回的打火机，生锈的确很严重，但除了生锈也没有其他什么问题。如果直接报废，不仅当初进货成本收不回，这几年付给海关的仓储费也打了水漂。周怡亭有些着急，但想了一想，还是吩咐下去，先清洗去锈斑，并检查每一个产品的安全性，毕竟打火机最重要的还是安全。

回到办公室的时候，林鹏飞已把账目单据的复印件送过来了："这是公司开张至今的全部账目，请你过目。"

周怡亭将行李和包放在柜子里，脱了外套，坐到自己椅子上，拿起了其中一本说："不知道曹皮特在公司的时候是不是做过什么手脚，鹏飞，我今天把这些先初步看一下，你去找一家会计事务所，给他们三天时间，把公司所有账目审核一遍，如果真有什么问题，我们在国税局查账之前先自己弥补吧。"

"没问题，我这就去联系。怡亭，仓库里的货你看到了吧？"

"看了，没我想象中严重，先尽量去锈吧，看看是否能喷漆整新，但要保证安全。"

"好的，我安排专人负责这批打火机的整理检验。公司账目，我已经看了曹皮特来公司之前的部分，没什么问题，你要不从这之后看，先快速过一遍，再让专业会计事务所审核。"

周怡亭考虑了一下："也好。"

林鹏飞带上门出去了，周怡亭看了看眼前的账目，吸了一口气，开始翻看。

当初信任曹皮特的时候，周怡亭没想过自己要学会看账，但孙宏钢提醒大家，一个成功的老板，一定要懂财务。所以当时就让几个负责人都去进修了财务知识，这也是后来林鹏飞能发现曹皮特问题的原因。

周怡亭把自己关在办公室里专心致志地查看账目，其间新的财务负责人来找过她一次问她是否需要帮忙，被她婉拒了。倒不是因为不信任，只是有很多情况新财务不清楚，周怡亭希望他能跟着会计师事务所一起核查，这样会有一个更客观的结果，也相当于多了一层检查。

"账目这部分没有什么大问题，只是有一项我一直算不到收支平衡，可能需要你再看一遍，好像是多出了一笔费用，没看到对应的支出或者货物在哪里。"第二天林鹏飞来公司的时候，周怡亭已经熬了一个通宵了。

林鹏飞看着眼前这个女子，有些无奈，这个人明明顶着两个黑眼圈，但还能头头是道地分析问题所在，甚至想到解决办法，真是"女中豪杰"！

“怡亭，事情虽然紧迫，但是你也要注意自己身体，毕竟你也不是二三十岁的小年轻了，小年轻也不像你这么拼命的。”

“这些账目多数我经手过，毕竟熟悉，没有花太多时间。”

周怡亭穿上外套，拿上行李：“我回家一趟，洗澡换衣，你帮我约一下，下午2点我与国税局查账的人见一面吧，他们不是想见负责人吗？”

“没问题，你就多休息一下吧，明天见也行的。”林鹏飞整理了桌面上的账目，把曹皮特走后的几本理了出来，“这几本就我看了，你也不用再熬夜了。”

“迟早要见的，我也探探口风。剩下的……我也不和你抢了，我觉得自己要发臭了，先回家去，约好时间后你给我短信吧。”

周怡亭拎着行李去到停车场，自己开车回家。洗了澡，设定了两小时的闹钟，爬上床睡了过去。梦里又出现了之前相似的场景，人物一个个出现一个个消失，不管怎么样最后都是孙宏钢，一遍遍循环，她想找到出口都没有办法。

最后还是闹钟救了她。醒来之后她又在想梦里的事情，但怎么也想不明白。

想不明白就不想吧，她又躺了一会儿，才坐起来，拿起床头的手机，看看有没有新的消息。

“约了三点，公司。”——林鹏飞的短信。他还是想办法让自己多休息一下。

“我们最近找到了新的销售思路，想商量一下。”——孙宏钢的短信。

“新的销售思路？”周怡亭不自觉又读了一遍，翻了翻手机，果然有一个孙宏钢的电话。她想了想，先回了林鹏飞的短信，然后打了个电话给孙宏钢。

“我刚睡了，电话没接到，新的销售思路是？”周怡亭一上来就直接问了，她之前也有一些考虑，想看看是不是和自己想的一样。

“我打你的没接，就打给鹏飞了，还担心会不会吵醒你睡觉。”

“你知道我的，睡着了就吵不醒的。”

“也是。”电话那头突然沉默了一会儿，周怡亭刚想说话的时候，对面又传来了声音：“赵志华联系了几个新客户，现在有一个机会，是出货到俄罗斯。”

“俄罗斯？”

“对，俄罗斯的标准与美国的不太一样。”

周怡亭突然想到什么似的：“等等……你刚刚说俄罗斯的标准和美国不太一样？具体哪些不一样？”

“说实话，整个标准都要低一点，当然价格也低一点……”

“对产品生产日期有严格审查吗？”周怡亭急忙问道。

“这一条倒是没看到，我再帮你核实一下。”

“不——不用了，我去问就行。谢谢你！”周怡亭豁然开朗，匆匆挂了电话。

“不用谢——”电话这头的孙宏钢听着对面骤然兴奋的声音，知道他的心思没有白花。

“鹏飞，仓库的货我知道怎么处理了，我们进口转出口，这批货不在美国卖了——”

“这才1点，你怎么就来公司了？我故意约晚了点时间，你当心你身体——”林鹏飞看到提前出现在公司的周怡亭有些诧异。

“我知道我知道，但我和你说，宏钢的电话启发了我——这批货我们可以设法销售到俄罗斯和东欧国家去！”

“俄罗斯？”

“对！我刚刚已经查过了，俄罗斯和美国不一样，对产品生产日期没有严格限制，这一批产品已经被海关压了近两年，设计样式在美国有点陈旧了，但在其他国家可能还算新式样。生锈的地方可以擦拭清洗，再喷漆整理，并逐个检查质量，当然安全还是第一位的。这样这批货就可以整旧如新，从美国转向其他口岸了！”

“当然，价格会比美国低一点，但还是比进口价高，有利润。我记得我们去年在拉斯维加斯展销会上认识了几家俄罗斯和东欧驻美商家，和他们联系一下，看他们是否有进货意愿？”

“这个事情可能又要你去落实了，我再去仓库看看货！一会儿见！”

周怡亭一股脑儿说完了自己的想法，也没有让林鹏飞有插嘴的机会，这睡了一觉果然精神好了很多，也不知道兴奋的点到底在哪件事情上面。

大概是因为那些生锈的货品有了着落，周怡亭的整个精神状态都好了很多，包括在下午与国税局人员见面时，双方交谈也甚为融洽。知道曹皮特因为偷盗公司财物被起诉后，判决将偷盗所获资金归还公司，还交了一笔罚金，并处社区服务6个月，曹皮特的职业生涯受到巨大打击。也许出于怨恨，曹皮特在社区服务结束后，就向税务机关举报说，曾经在老板周怡亭授意下逃税。

“前因后果你们都明白，我相信你们会调查清楚的。我作为公司负责人必须说明，这些事情我们公司从来没有做过，将来也不可能做。当然，如果你们发现公司有任何问题，我们也接受处理。”

“周小姐不用担心，我们是按照规定办事，我相信林先生也和您说了，之所以想见负责人，是因为我们在调查的时候，看到FBI也对你们公司做过调查，我们只是为了避免一些误会，所以希望和负责人见面，也希望在调查结束前，你不要离开洛杉矶。”

“愿意配合。”

送走“客人”，周怡亭和林鹏飞一起向库房走去，想查看那批货物整理情况。

“这件事你怎么看？”林鹏飞问道。

“也就是曹皮特诬陷泄私愤。”

林鹏飞皱了皱眉头：“我有点担心，怡亭，我觉得这件事情是冲你来的，不然怎么会要求你不要离开洛杉矶呢。"

周怡亭伸手拍了拍林鹏飞的肩:"放心,我没那么脆弱,如果曹皮特冲我来,我身正不怕影斜,水来土掩,兵来将挡,我从来不做亏心事的。"

林鹏飞点了点头

话分两头,孙宏钢在"监护"王爱华一个星期之后,顺利地将她送回了上海外婆家,分别前王爱华还探出脑袋说:"我很愿意再去当王老师,你记得请我啊!"

孙宏钢有点无奈,也有点高兴,这个小魔王终于有点"脱魔"了,大概周怡亭见到之后也会开心吧?

"喂——你是不是还是很喜欢我妈妈?"回去的车上,王爱华直接问出了这个问题。

孙宏钢方向盘都被吓得一歪。

"我知道你还喜欢,我看到相册了。"王爱华的问题似乎也不要孙宏钢给答案,"你是不是特恨我?没有我,你们应该还在美国过好日子呢!"王爱华直勾勾盯着孙宏钢,想从他的表情里面看出自己想要的答案。

孙宏钢摇了摇头。

"大人都不喜欢说实话,你也是,我还是不喜欢你,我能直接告诉你,你不喜欢我为什么就不敢说呢?"王爱华故意刺激他。

"华华,我上次和你说过,我没有不喜欢你——"孙宏钢试图向她解释。

"我知道我知道,其实我也不关心这个——"王爱华换了一个姿势,从孙宏钢脸上收回了目光,直视前方,"你为什么离开?你甘心吗?"

"……"孙宏钢不知道该怎么回答。

"我见过我妈妈哭,我也看到她想去追你的车,可是我站在门口,她就放弃了。"王爱华停顿了一下,似乎在回忆什么,"她的阻碍是我,那你的阻碍是什么呢?你爱她……为什么那么容易放弃?放弃了之后为什么又念念不忘?"王爱华一股脑儿说出了自己的疑问。

"我……"

"我想了一周了，从看到照片就开始想，你回了美国也没有见我们，你为了我妈愿意在北京陪着我，但是……你却先提出了分开？是不是男人都会这样口是心非？"

孙宏钢感觉爱华的问题不是在问他，而是在问她自己："华华，你是不是遇到什么事情了？"

"没……没有。"嘴上说没有，但是神情出卖了她。

"华华已经快18岁了吧，也是大姑娘了。"孙宏钢没有在意她的否认，认真说道。

"可是在你们眼里我还是孩子。"

"子女在父母眼里永远都是孩子。华华，既然你问了，我也告诉你，我还爱着你妈妈，和当初一样，或者说，比当初还爱。"

王爱华听到这个正面回答，突然有点震惊，又有点害羞，即使这爱的表白不是对着自己，但是自己母亲，或许是这个世界上自己本该最亲近的人了。

"当时的阻碍的确是你……你和我势不两立，你妈妈也不愿意对你说清楚，特别是你采用的方式都是破坏式的……当时几张碟都是孤品，那也就算了，你知道其中有盘碟我是灌了我女儿小时候的声音吗？也没了。"

"……对不起。"王爱华没想到当初自己的任性会造成那么大的伤害。

"我没怪你，现在说出来也不是为了和你算账。"孙宏钢见王爱华情绪低沉了下去，忙解释道，"只是当时我和你妈妈在一起，你就大吵大闹的……因为我们，让她左右为难，我不想看着她难过。"

"那你选择让自己难过吗？"王爱华接道。

孙宏钢叹了一口气："你不懂，那是让自己爱的人不难过。"

"这是一样的啊！"王爱华不满地叫了起来。

"不，不一样。我不知道现在的你明不明白，当你喜欢一个人的时候，是不是希望他能够开心？"

“是的是的，我觉得看到他笑是最幸福的了！”

这丫头果然有情况，孙宏钢心里想道，难道遇到了什么吗？但表面当作没听到似的，继续说道：“这便是了，你妈妈当时不开心，我希望她开心。但是你是她女儿，她过去十年的努力都是为了你，不可能与你脱离关系，那么避免她左右为难最好的办法就是左右少掉一方面，所以只能是我离开了。”

“我也希望看到你妈妈的笑容，而不是每天都愁眉紧蹙。”

“爱是放手，不是拥有，你会明白的。”

8 他要回美国考大学

阳光晴好，晚秋的上海金光一片。暖阳穿过梧桐树叶，踏踏实实地铺开一地零零落落、深深浅浅的圆形斑点。往机场的大巴车开过，带起地上几片落叶，在轰隆马达声的掩护下，又轻飘飘地瘫倒在地上。她将车窗推开一条缝，冷冷的秋风就毫不客气地灌了进来，头发被吹乱。她连忙理了理头发，借着窗户上模糊的影子，又整理了一下衣领。理头发的时候，又碰到了右边额头上的那颗红色痘痘，这是今早起床后的"惊喜"。她忍不住摸了摸那个痘痘，又肿又疼，心情飘过一块乌云，用力扯过前额的刘海，小心盖住了这块红斑。

大巴车停了一站，上来拖着两个大箱子的一家人，一对夫妻一个老妇人一个小孩，到车子最后面的位子坐下了。车子开了没多久，后面传来小孩的哭声，刚开始只是低低的哭腔，后面扩大成了号啕大哭，引得车上众人纷纷侧目，窃窃私语。王爱华也闻声回头，看到老妇人已经把小孩搂在怀中安慰，没想到小孩反而作得更厉害，哭得更大声了。"你们就是不要我了！爸爸妈妈坏的！"

老妇人拍着小孩的背，耐着性子哄道："爸爸妈妈是去工作，去外国工作的呀。"

父母也跟着哄："我们怎么会不要宝宝呢！宝宝那么乖那么听话，谁都喜欢！不要哭了，哭了就不乖了，就没人喜欢了。"

小孩似乎收敛了一些，父母也从位子上站起来，围到小孩位子边上，又是发誓又是规劝，终于把哭闹的小孩给收住了，靠在母亲怀里抽泣，父亲站在母亲身后，一边扶住母亲一边护着行李，老妇人坐在靠里的位子上也湿了眼眶，嘴里碎碎念着“作死作活”。

王爱华后知后觉地转回身去，额头上的痘痘似乎又胀痛起来，伸手想摸，又半路刹住了手，无措地放回了膝盖上。

车厢内又安静下来，偶尔传来一两人声，好似抽泣好似叹息，然后是短暂的平息与沉寂。

出神的工夫，大巴车已到了终点站，乘客们纷纷下车。王爱华在位子上多坐了一会儿，才不紧不慢地背起包下车。一下车就看到那家四口人走在前面，男人拖着行李，女人抱着孩子，老妇人拎着背包。她跟在他们后面，脑中思绪万千，一会儿想起十几年前母亲独自去美国的那一天，一会儿又想起几年前自己从这儿离开，抱着或喜或忧的复杂心情，和恶作剧般的天真与幼稚。我当时为什么会想躲起来呢？

胡思乱想间她跟着那家人进了机场，坐上电梯，待上到二楼时她才反应过来，这里是出发层，自己应该去到达层接机的。一下子慌乱到处乱窜，下楼后才看见到达口，一看手表已比约定的时间晚了许久，希望还来得及接人。

远远看到出口边上，站着个黑衣背包的男子，身形有些熟悉，正背对着她抬头看机场告示牌。她连忙冲了过去，一拽对方的背包，男子受惊转过身来，表情惊诧地看着王爱华。陌生的五官让王爱华也愣了一下，马上松开手，连声道歉：“不好意思！不好意思！我认错人了！”

男子嘴里抱怨了两句，转身走了。独留下满脸愁容的王爱华，这可怎么办，万一真没接到的话……

“艾拉！”

王爱华闻声回头：“斯蒂文！”

葛小平穿着一身舒服的休闲装，背了一个运动包，右手还推了一个箱子，笑吟吟地向她走过来，边走边张开了双手。王爱华看着他的手势先是愣了一下，然后像在美国时那样张开手臂与葛小平拥抱了一下。虽然只是微微相靠，但也闻到了对方衣领之间遗留的医院消毒水味道，混合着衣物清洁剂的淡香，熏得她脸上有些潮红。

"取行李花了点时间，不好意思久等了吧。"

王爱华摇摇头："没事。也没很久。"她可不会把自己也迟到还认错人的事情告诉他。

"我们走吧。"

"哎，叔叔阿姨呢？"

"他们明天到，我今天先回来，布置一下家里。"

两人说说笑笑，坐上出租车，一路往城里开，渐渐马路边的大楼变得越来越密集，马路簇新笔直，道路边的梧桐树也清俊非常。葛小平又是连连感叹自己每次回来看到的上海都有点不一样了。王爱华听着笑了，追问他哪里不一样。他想了半天也没想出一个非常贴切的形容词来，最后只能说："越来越像美国了。"

王爱华又是哈哈大笑："你这是在夸还是在贬呀？"

"当然是夸了。两三年没回来过了……你呢？"

王爱华表情阴沉了一下，但很快恢复晴朗："差不多，差不多。"

两人又聊了很多中国和美国一样和不一样的地方，没多会儿就到了葛小平家楼下，这是一片新开发的住宅区，走进大门，只见一派绿影婆娑花团锦簇，一栋栋新楼掩映在绿树丛中，楼与楼之间间距很大。"这是新买的房子，我也是第一次来。"葛小平东找西找才确定该从哪个门进去，进了楼层是一套会客厅，摆着新型的沙发茶几，身着制服的保安在登记访客引领住户，穿天蓝色工作服的保洁阿姨正在擦拭电梯，感觉像五星级宾馆的氛围。

葛小平伸了伸舌头："上海这几年赶超美国真够快的呀。"

王爱华也笑了，电梯上了五楼，他停在楼道上，左右看了看，正在犹豫到底是哪一户的时候，右手边的那扇门自己打开了，从里面露出一个和善的面孔。葛小平一见就亲热地打招呼："阿姨，我们回来了！"

阿姨连忙将门打开，迎接两人进来："我就听到声音了，还猜是不是你回来了。快快，换鞋子。换好鞋子，沙发上坐一坐，吃点藕粉，刚刚做好，正正好好。”

两人顺着阿姨的话，坐下来吃了碗藕粉，又香又糯。

“绵白糖要哦？”阿姨拿着一个小调料盒过来问。

两人摆手婉谢。吃了点东西，休息了一会儿，两人帮着阿姨布置了房间，特别是重新安置了主卧的床位，让床的一侧能更好地晒到太阳。

“太太昨天电话里面说要买一个小桌子，四边有小支架，支起来放在床上，可以躺在床上吃饭看书的那种。”阿姨铺好了床，站起来跟两人说着，“我今朝去店里问了，这边都没有卖的，要去南京路那边大一点的商场看看。”

“晓得了，我们去买吧。”葛小平说着，去洗了洗手，准备出门。

“不着急的，吃了饭再去吧。”阿姨追了过去，“我现在洗洗弄弄，很快能吃的。”

葛小平边换鞋边说：“不用麻烦了，我们就到外面随便吃点好了。”

“哎哎，家里做一下很快的。”阿姨又劝了一句。

“我们就顺便逛一下，也难得，很久没回来了。”葛小平换好了鞋，开门让王爱华先出去，回头跟阿姨讲话道。

阿姨只能点头：“稍微等我一下，我送你们到地铁站。”

两人在门口等阿姨拿了钥匙，换了鞋，一起出了门。地铁站就在小区前面的马路上，走路五分钟就能到，并不算远。阿姨边领着路，边告诉他们，现在上海的地铁四通八达，坐地铁又快又方便，要他们熟悉一下线路，说可以节省不少时间的，两人一一听了。

“还有买东西一定要还一下价的。”阿姨继续叮嘱道，“大商场里买东西也可以问下打不打折，能便宜很多的。”

葛小平无奈道：“好的，好的，我们知道了。”

“男孩子心粗的，小姑娘要多费点心了。”阿姨突然回过头来跟王爱华说话，语气亲昵。

王爱华突然有点不好意思，只能“嗯”着敷衍了两声。

跟阿姨道别之后进了地铁站，阿姨还不放心地大声提醒他们到哪一站下车，两人相视一笑。

不是上下班高峰时段，地铁车厢里人不多，两人找位置坐下，王爱华笑道："你们家阿姨挺好的。"

葛小平也笑了笑："刘阿姨来我们家十几年了，我跟我妈在外面，我爸平时在上海就靠她照顾。"

"哦，我家里就我外公和外婆。"

"你现在住在外公外婆家？"

"嗯，我妈这几年也在上海买了好几套房子还有商铺，外公外婆都搬到新房子住了。"

葛小平顿了一下，不知道该如何恰当地接这个话题。倒是王爱华不在意地继续说起了小时候周怡亭丢下自己一个人去美国的事情。

"所以，你才觉得你妈会再丢下你？"

"……我现在觉得不会了。"王爱华表情开朗，"你不是说无论如何她都是我的妈妈吗？也就是说，无论如何我也是她的女儿呀。"

"你还怨她吗？"

"怨的！"王爱华回答得很快，"但是，想想也没什么好怨的……"

"不要想那么多了！"葛小平笑着拍了拍她的肩膀，"饿了吧，我们先去吃东西吧。"

王爱华想起额头上的痘痘，慌忙整理了自己的头发，侧过脸顺着话题问："我们吃什么呀？"

"下车再看吧。"葛小平站起身，"到了，走。"

两人下车出站，穿过熙来攘往的人群到了人民公园，再往前走就是南京路了。虽然不是周末，马路上依然行人如织，热闹非凡。王爱华感觉手被人拉住，心中猛地一颤，然后是一个亲昵的提醒："跟着我，别丢了。"

葛小平拉着王爱华穿过人潮："吃点心吗？左边是王家沙，右边是沈大成，都是上海有名的点心店，你要吃哪一家的？"

“都可以呀。”

两人三步两步走到了王家沙，店里食客很多，转了几圈才找到两个能坐下的位子。点了些芝麻汤圆、蟹粉小笼之类的。吃的东西端上来，热腾腾地看得葛小平口水都快流下来了，边吃边不断感叹：“还是上海的东西好吃。”

王爱华也跟着应和：“是的呀，在美国就吃吃薯条汉堡包，学校食堂里面也没什么新意。”

“哈哈哈，以前学校周五做的意大利面还不错的，可是后面换了个大厨，味道就不一样了。”

“大厨走了？就是那个脸左边有个印子的那个厨师？”

“对啊，哦，是在你读了一年的那个学校，才换的。”

葛小平又要了一笼蟹粉包，和王爱华聊着之前学校的人和事，仿佛都刚发生在昨天一样，物换星移，从大海的那边回到另一边，好像故事兜兜转转又回到原点一样。

“……你还回去吗？”葛小平放下筷子问道，表情暗含一丝期待。

“回美国？”

“嗯，回去读书，读大学。”

“我……我还没想好……”

“好吧。”葛小平的脸上难掩失望之色，只能仓促起身以做掩饰，“吃好了，我们走吧。”

两人逛到第二个商场的时候就买到了床上用的小桌子，付了钱取了货，看时间还早，葛小平提议去外滩边走一走。王爱华额头的痘痘有点痛，生怕江风一吹会发得更厉害，就推说拿着东西逛外滩不方便。葛小平扬手叫出租车，车子来了他请王爱华先上，爱华说他拿了小桌子要坐出租车，自己可以坐地铁回家。临上车前他匆匆跟王爱华说道：“明天跟我一起去机场接我爸妈吧。”

“几点？”王爱华慌忙问道。

“下午三点。”在司机不满的喇叭声里，葛小平丢下这个时间蹿上了车。

待车开远了，王爱华才反应过来，我为什么要答应他呀！

次日天阴，天空灰蒙成一团迷茫，带着重量，甚至带着一定硬度。打着车灯的机场大巴车一头栽进这团迷雾之中，小心翼翼地前驱着，探索着。车停在车站时，大开的车门如某种巨兽的嘴一般，幽暗的车厢如肠道一般，间或发出某种轰鸣之声。她犹豫了一下，才慢慢爬上了大巴，借着外面灰暗的天光摸索着在一边坐下。车内有些闷，她又抬手把车窗推开了一条缝隙，秋风灌进来，再次吹乱了她的头发，吹得额头上的那颗痘痘微微发痛。

"你不怕冷啊，窗户开那么大。"身边坐下个人，出口的话太过熟络已显得有些无礼。

她不满地回头，却遇上了一个意料之外但情理之中的人："斯蒂文？"

身边赫然是一身休闲装束的葛小平。

"你怎么？"

"这个机场大巴一个小时一班，要赶上下午三点接机的话，只有这一班车。你说我为什么在这儿？"葛小平歪着嘴痞痞一笑，看得王爱华心中不自然地一跳。

"你跟踪我啊？"

"谁跟踪你啊？我们就是顺路坐了一班车，OK ？"葛小平说OK的时候习惯把音拐得特别靠后，像老式电影中的念白一样。

王爱华白了他一眼，不说话了，回头假装看窗外黑乎乎的风景，嘴角微微上扬。

"对了，你还在带小朋友吗？"

"没了，那是在温州，不过我最近在看一些新的工作。"

"哦……"葛小平应了一声，低声自言自语一般道，"真不打算回美国啦。"

王爱华一开始还没回过味来，为什么葛小平反复在提"回美国"的事情，直到下午接到葛小平父母之后回程的出租车上，张丽华漫不经心的一句话："……看明天天晴的话，华华我们一起出去，海鲜干货美国少，我们提前买好了，让小平带过去。"

坐在副驾的葛小平回过头来说："那么着急？你们多休息两天呀。"

王爱华抓住了另外一个弦外之音，坐正身子，凑到前面问道："你就要回去了吗？"

葛小平点了点头："下个礼拜。"

"那么快呀……"王爱华坐回位子上。

"要回去考SAT①，最近也没静下来好好看书，不知道考不考得来。"张丽华担心道。

"阿姨找好了吗？"葛瑞泰突然开口问道。

"找好了，你之前也见过的吴阿姨，广东那边的，记得哦？"张丽华看丈夫摇头，连忙继续解释道，"老公是中餐馆的粤菜师傅，之前春节的时候跟她老公一起来我们家里帮忙的那个，不太会讲普通话，但英语说得还可以的那个呀。"

"老爸记不起来，他回来匆匆吃了两口就赶去朋友饭局的，怎么记得起来？"葛小平不忘嘲笑父亲。

张丽华瞪了一眼儿子，回头对葛瑞泰依然巧笑倩兮，温声细语："吴阿姨人干净、心细，小平交给她我放心的。"

葛瑞泰点了下头，用鼻子"嗯"了一声。

张丽华转回头用安抚般的语气又跟儿子讲了一番吴阿姨的话，末了还加了一句："……不过如果你觉得哪里不顺心的，也可以及时跟妈妈讲，妈妈虽然不在你身边，但一定会尽我所能帮你的。"

葛小平撇了撇嘴，有口无心地应了。

话头在车里跑了一圈，最后终于跑到了王爱华身上。张丽华拍着身边

---

① SAT是英文Scholastic Aptitude Test的缩写，指学业能力考试，美国中学进入大学的升学考试，在高中学习期间都可以应试。

王爱华的手，温柔道："华华对我们也不算外人了，小平也要托你多多照看。两个年轻人在一起总是有话聊的，好事情。"

"阿姨……"王爱华无奈打断对方，"我还没打算回美国。"

"啊……"张丽华脸上难掩失望神色，"哦，这样啊。"

葛小平透过后视镜看了一眼王爱华，开口岔开话题，跟母亲聊起明日采买的东西来，

王爱华心里有些堵，看不分明，想不分明，做不分明的感觉。

下周，他要回美国。

9　一种相思，两处闲愁

周怡亭从来没有觉得美国的秋天漫长过，以前总是感到没有秋天，一转眼就是冬天了，但今年不知为何，这一个月特别漫长。

窗外树上的叶子已经陆续从绿变成了黄，税务调查的时间比想象中持续得更长，一直也没有什么说法。这一个月似乎波澜不惊，但周怡亭知道实际是暗流汹涌。唯一比较安慰的事情，就是那批出口俄罗斯的货已经成功报关，找到了当地的经销商，开始销售，据说卖得还不错。

"怡亭，会计事务所做的审计报告已经交给国税局了。"林鹏飞敲开周怡亭办公室门，却发现她没有在座椅上，而是站在窗前，与外面的景色融成一幅画。不知是深秋之景的缘故还是怡亭的背影稍显单薄，整个画面充斥着萧瑟之气，与周怡亭认识这么多年，林鹏飞居然感觉到一种从未见过的悲怆感。

他被吓了一跳，不自觉抬高了音量："怡亭，怡亭！"

窗口那个人似乎被声音吓到了，赫然转身，发现是林鹏飞，又转回了头。

"这一年年过得真快。"周怡亭笑着说。

林鹏飞刚刚感受到的凄凉感退去了，他摇摇头，难道是自己的错觉吗？

"怡亭，你听到什么消息吗？"

"还没有。"似乎终于欣赏完了外面的景色，周怡亭回身到桌前坐下，"以为这个报告总可以释疑解惑，应该加快一点审查速度。至今国税局不给一个结果，也不给什么惩罚，不知道他们在做什么。"

"私下托人问过，据说分成了两派，所以迟迟没有结果。"

“果然是美国的传统，驴象之争。”

两个人相视哈哈大笑起来。

等待事情结果的时候，时间似乎过得特别慢，饶是如此，也不知不觉到了12月中旬。圣诞的气氛悄然而至，商家的橱窗里面已经放上了花花绿绿的礼品，大街小巷回荡起圣诞歌曲的旋律，公司也被一群年轻的姑娘打扮了一番，在进门的地方竖起了一棵巨大的圣诞树，环绕着青翠的绿叶，布满了丝带彩灯和闪闪发亮的装饰品。美国的这类圣诞装饰，像各式各样的霓虹灯，缠着金属丝的镂空彩球，精致的十字架，圣诞老人摆放礼物的红绿袜子等等，过去都是祖传珍品，往往是祖父母一辈传下来的，每年只是圣诞时节摆出来炫耀一番，过完节又藏起来隔年再用。现在因为made in China（中国制造）的这类产品大量进入，而且越做越精致，价格也越来越亲民，普通人家也年年购买新花式的饰品，让圣诞节更加大放异彩。周怡亭公司进来的打火机也每年有新造型新花样，除了点火之外，还赋予了更多的文化意味娱乐色彩。公司陈列室里的各式打火机琳琅满目，让人目不暇接，有各种应景的圣诞造型，可以把玩可以摆设，看到这些有趣的小玩意儿，让人心情不禁为之一振，浓浓的节日氛围环绕着公司内外。

周怡亭这段时期以来把更多的精力放在了公司内部，也刻意花更多时间与年轻人交流沟通，接触了几个爱华差不多年纪的女孩子，似乎弄懂了她们在想什么，需要什么。比起自己这一代人，这些年轻人似乎没有那么看重物质条件，而更加注重自由的思维。她们挂在嘴边的就是开心、我想、我要。周怡亭打过电话询问爱华近况，也想问问她要不要回美国过圣诞，王爱华支支吾吾说半天，最后也没有给出明确答复。周怡亭心里咯噔了一下，也没再说什么硬性规定的话语，只想着今后自己也要像与公司年轻人那样与爱华多交流多沟通，反正她现在有孙宏钢护着，让她在国内多待几天也无所谓。

也许是大家都想过节了吧，国税局调查的事情戛然而止。那一天突然通知公司，要求补缴税款2万美元就可结案，说是核实下来有两笔税务抵扣有点问题。林鹏飞在接到告知书的第一时间就去缴纳了税款，当时经办人员还提醒他，如果不服，有权利申请复核甚至起诉。但林鹏飞毫不犹豫地去交了钱，他觉得时间拖得太久或多或少对公司是有影响的，事情的解决和翻篇才是对大家最好最有帮助的。

从葛家去机场的车上，葛瑞泰端坐在后座，斑白双鬓下依然是坚毅的脸孔。身边依偎着张丽华，对儿子谆谆叮咛的时候，她的手依然挽在丈夫的胳膊上。王爱华坐在副驾上，透过后视镜看到张丽华考究的卷发和精细画成的眉毛，随着主人的表情时起时落。

“放着我来！”张丽华从葛瑞泰手中接过行李箱，说这句话的时候语气一例温柔，但手上的动作却分外果断坚决，葛瑞泰经受过病痛折磨的脸上露出了一抹局促无奈的表情。

“放着我来。”张丽华又说了一遍，这次说的时候空着的那只手还安慰似的轻轻伏在了丈夫的肩膀上。这是属于她的荣光时刻，大病初愈的丈夫需要完全依赖她的时候，即使是要送别儿子，她依然微笑着，别离的伤感暂时还没有办法打击到她。

在真正到达安检口时，张丽华那两道细眉才蹙成了一个“川”字，但又很快舒展开来。送别的时候没有多余的伤感。王爱华也像她一样笑着，挥着手，送走了葛小平，看着他提着包的影子消失在隔离玻璃里。

但现在，当她坐在回外婆家的公车上时，早先的种种突然如电影一般重现在她的眼前，一种悲伤的苦涩弥漫在她的心头。王爱华打开车窗，让外面的空气吹进来，吹散那刚刚聚起来的苦涩味道。

她很想，很想追过去，去到那个人身边，第一次觉得美国于自己而言有了归属感。只是，只是母亲那里怎么面对呢？原来学校的那帮人，那帮骗人的家伙，再不想看到他们了，她似乎觉得自己还没有ready（准备完毕），没有准备好回归原来的环境。

在外公外婆家日子有些无聊，找其他工作也不顺利，于是私下又央求赵志华把自己带回温州去当“王老师”，顺便提出工资稍稍涨一下的要求，当然最后还是孙宏钢去落实。外公外婆知道后也没说什么，年纪大了，毕竟不能像从前那样照顾她。外公就提了一个要求，每周回来上海度周末。爱华是喜欢这个疼自己的外公的，听到之后也有点不舍，忙不迭答应了。

“爱华，你和你妈真像。”外公像小时候一样揉揉爱华的头，小时候的男生头现在已经有披肩发的长度了，“爱华也越来越像大姑娘了。”

爱华笑笑，心里却是大大不解，自己与妈妈相像在哪里？明明这世界上最不像的母女就是她们俩了。

让王爱华更诧异的是孙宏钢的态度，她开始觉得孙宏钢肯定会反对，所以才偷偷去求赵志华，虽然最后还是被“出卖”了。孙宏钢也没有细问，只是在征得王爱华外公外婆同意后，就开车又把她接了过去，还给她安排了一间在公司里的宿舍。

“大概是和我妈打过电话了吧。”爱华想着，但又不能肯定，哪怕自己格外注意，也没有发现什么蛛丝马迹。

孙宏钢没有打电话给周怡亭。从上次在机场匆匆见了一面之后，他们一直没有联系。一些近况都是听林鹏飞转述，包括打火机出口俄罗斯，包括税务调查结束的事情。他应该打个电话过去吧，以朋友的身份？犹豫再三，想想打不打电话也不那么要紧了，现在重要的是照顾好王爱华，让周怡亭没有后顾之忧。

从爱华那边知道周怡亭对自己的态度后，孙宏钢不能说不激动，所以当时那么兴冲冲地约定了见面聊，甚至在机场怎么都要见上一面。但一隔开时间和空间距离后，当初的激情却变成了顾虑，孙宏钢没有放下周怡亭，但也记得当初两人分开时候的狼狈与伤害，如果最后的结局不改变，是不是不用重新开始还更好？

“孙……你最近皱眉有点多，是不是遇到什么问题了？”回归“老师”身份的王爱华心情好了不少，大概是因为和孩子们相处总是令人愉悦的；也因为和孩子在一起，耐心与同理心都比过去要好得多

“没什么事。”虽然诧异王爱华的关心，但还是一如往常地不说实话。

“你孙叔叔的烦心事基本和三个女人有关系，”一旁的赵志华搭了腔，见爱华困惑的表情，兴致勃勃地解释道，“他女儿、你妈妈——和你。”

王爱华听了前两个还是了然的表情，听到和自己有关的时候立马变了脸，哼了一声回自己宿舍了。

孙宏钢叹了口气，自己的情绪连一向不在乎他的王爱华都意识到了，真是不够沉稳了，不过那个小丫头最近也有点不对劲吧，症状和自己差不多，“莫不是……”

上海的冬天一步步到来，前几天还是穿单衣的气温，这几日就因为下雨温度极速下降，人们常说一场秋雨一场寒，这倒是一场秋雨马上寒了。

王爱华回国那时太匆忙，没有带多少衣服，面对这突降的温度，只能躲在被窝里，被外婆也数落了几句。倒是孙宏钢思虑缜密，买了几件厚外套让赵志华给爱华送到上海。

“这小孙真不错，天气寒了立马给你送衣服来，免得你缩手缩脚躲在被窝里。”外婆笑呵呵地招待了赵志华，赵志华不敢揽功，把功劳全记在孙宏钢身上了。

“他就是黄鼠狼给鸡拜年！我后天就去温州了，干吗还送过来？”爱华不服气地反驳，却有点口是心非，“上海冬天可真冷啊，我在洛杉矶家里都装了中央空调的，从来没有这么冷过。”

“这孩子怎么说话呢，孙叔叔对你好你要感恩，哪能这么说呢？你看看你回来这么久，你爸那边的有来问过吗？洛杉矶好你咋还自己往中国跑呢？”

好几年不见自己的外婆，王爱华发现这个老太太年龄渐长脾气也渐长，越来越任性，大概也是真的越来越想得通了吧。

想念洛杉矶……不知道是想念暖气还是想念人呢？

外婆出去后，王爱华瞥了眼厚衣服，小心翼翼掀开被下了床，蹑手蹑脚走到房间门口关了门，把刚被外婆折好的新衣服急匆匆穿上，喜滋滋地站在房间衣柜镜子前：“嚯，真暖和啊！”仔细看看镜子里的自己，爱华突然笑了，不知道是衣服好看，还是青春无敌，她发现自己现在的样子挺美的，虽然跟妈妈不太一样，却有着自己独特的味道。

随着节日临近，周怡亭反而焦虑起来，入睡越来越晚，醒得却越来越早。开始还讳疾忌医，上网找了些“偏方”——喝牛奶、吃香蕉，但并没有明显的改善。最后去看了医生，医生诊断结果是“思念过多的焦虑并发症”，给配了药，包括安定。周怡亭谁都没说，所有药里也只是吃安定片，已经从最初的每次半片增加到现在的两片，但睡眠也没有太大的改善，只是在药物作用下不再做梦。

周怡亭也自我分析过，为什么突然出现这样的情况？开始觉得是因为王爱华在国内，但总归是知道和孙宏钢在一起的，也没有睡不着；后来想想是否因为这段时期公司遇到的税务查账问题和货物报废问题，但转念一想也都已经解决，曹皮特的指控就像一出笑话罢了，所以更想不到问题所在了。

是不是真的不知道问题所在呢？似乎也不全然是，即使不去细想，周怡亭都知道自己脑海里反复出现的声音。

“联系他！”

“联系他！”

“联系他！”

回到美国之后，周怡亭除了飞机落地给他报了平安并收到回复“祝好”之外，两个人都只是公事公办说公事。为了货物销售到俄罗斯的事情通过电话，但后来即使是爱华的情况也是赵志华来和自己说，她就知道那个人在刻意回避了。在机场见的那一面让她恍若回到了从前，也更加思念两人在一起的情景，似乎在这一刻才感觉到自己是单身了。

每逢佳节倍思亲，自己的亲人都在大洋彼岸呢！

10　你侬我侬，心已知道灵犀的方向

洛杉矶的冬天也来了，不同于上海严冬那种寒彻心扉的湿冷，洛杉矶的风从来不会冰凉刺骨，还总是自带风干效应。周怡亭在洛杉矶过了那么多年，唯独今年才感觉到冬天的冷冽，不知道是不是因为偌大的屋子里只有自己一个人的缘故。医生开的药方也没有多少助眠作用，每到夜晚，她还格外精神。

“我还是个年轻人吧。”她自嘲道。

因为睡不着，半夜的她不顾夜的寒冷，开车出去逛了一圈，不知不觉又绕到了那幢白色的公寓前，停在了惯常泊车的地方。周怡亭一晃神，觉得自己回到刚来美国的几年，周围的景色都没有变，自己处在同样的位置上，看着那间公寓里面的灯，明明暗暗获取力量。

“还是没什么长进啊，周怡亭……”面前的挡风玻璃反射出周怡亭自己的身影，她看不清自己的表情，却在记忆里与过去的自己重叠在了一起，看着玻璃反射出来的人影似乎与过去的自己进行穿越时空的对话。

“你后悔吗？”

摇摇头又点点头。

“你开心吗？”

点点头又摇摇头。

玻璃内外两个身影一起陷入沉默。

“怡亭，你圣诞有安排了吗？我和你嫂子商量了一下，今年你和我们一

起过吧？正好孩子们也想念亭阿姨了。”一早，周怡亭就接到了林鹏飞打来的电话，她抬眼看了下日历，已经19号了，离假期也没几天了，这些天与自己相处的日子过得她反而有种久违的轻松。她看了看前两天清理出来的东西，最上面就是那张她用心补救出来的黑胶唱片。

“不了，我回国去，正好华华还在国内呢。”

对面似乎有一声轻叹：“你不来孩子们要失望了。”

“和那三个小鬼头说，礼物一定不会少他们的。”

“来回注意安全，回家就多住几天吧。”林鹏飞听着周怡亭声音轻松不少，他也放下了心。

回国不过是刚刚脑子里突然出现的念头，周怡亭其实没有想好到底回不回去，挣扎了一会儿之后还是订了22号飞回上海的机票，难得有个假，回去陪陪爸妈也好，这么多年，还基本没有在他们身边过过年，这次过个圣诞节也好，国内的圣诞气氛也越来越浓了，圣诞在一起也算是过了西方的年，一起过就好，东方、西方又有什么打紧的呢？

动身之前，她收到了国内航空邮来的一张圣诞贺卡，从字迹上一看就知道是女儿寄的。她急切地打开，一阵圣诞音乐从贺卡里飘了出来，这是今年圣诞卡的新品，顿时，一股暖意流遍了她的全身。接着，一张写得满满的信纸从圣诞卡里抖落下来，她俯身捡起，有点不相信自己眼睛似的读了下去。

妈妈：

首先祝你圣诞节快乐，很抱歉我不能回来陪你一起过节。还有，我的不辞而别，我没有得到你的准许就坐飞机回到了中国，我知道你在生我的气。

妈妈，我忍不住想问你，你爱我吗？

可能你看到这个问题又会生气吧，因为从小你就告诉我了，为了我，你离开了我爸爸；为了我，你来到美国打拼；为了我，你受了很多苦花费了很多时间以至于不能回国来看我。可是妈妈，这些都不是我想要的啊，我就想你陪在我身边，就像身边的小朋友一样，妈妈能自己来开家长会，能接我上下学，而不是每次都外婆、外公过来，我小时候其实想过，是不是我真的太糟糕了，爸爸妈妈都不要我、都不喜欢我。

妈妈，你很恼火吧，我为什么不喜欢孙叔叔，其实，孙叔叔人很好，对你对我都是，但是我很怕孙叔叔把你夺走，很怕你们有新的宝宝就不喜欢我了、不要我了。我的妈妈被美国这个巨大的旋涡夺走了，我好不容易才找回来的，不能再给别人了。

妈妈，对不起啊，我其实知道我很多时候我不乖，但是很多时候我也忍不住，我似乎希望能通过这样的方式证明你爱我、在乎我。对于曹皮特的事情，我真的没有想到最后会变成那样……我听到了曹皮特和你的谈话，还有他的求婚，所以我以为告诉他老婆之后，她会管好曹皮特……没有想到她会来拉斯维加斯的展销会现场，也没有想到她会将所有矛头都对准你，我应该让你失望了吧，一无是处，又不是懂事乖巧的孩子。

离开你的几年，对于我而言，好漫长啊。等你的日子漫长，黑黑的夜也漫长，开始的时候，外婆告诉我，只要我乖乖的，妈妈就很快回来。所以我努力很乖很乖，我自己好好吃饭，我也一个人勇敢地睡觉，即使我真的很害怕，害怕得睁大眼睛想看清黑暗中是不是有怪兽。可是，你一直没有回来，我以为是我做得不好，于是我拼命地想变成一个乖孩子。可是，我努力了那么久……没有用……孙宏钢来了，我满心欢喜以为他能把我带回去了，可是，最后还是我孤零零一人。就算是你给我买的东西，我也就留下了兔娃娃，其他的我想留下也留不下……不是被拿走了就是被送人了，大家开始的时候羡慕我有“美国的东西”，到后来就不羡慕了，因为我连“中国的妈妈”也没有了……

妈妈，你都把我放在国内那么多年，为什么突然要把我接过来呢？我其实很累啊，美国不是我想的那样，而我在每个地方都格格不入。我的黄皮肤黑眼睛黑头发都在渲染着这种格格不入，但是妈妈你也没有听我说过，你的心思更多都在公司和孙叔叔身上吧，所以我……

还有，我之所以下定了离开美国的决心，是因为我曾经恋爱过，但是，我又失恋了，我觉得自己被欺骗了。我看不懂他，我看不懂美国，我也不懂你……妈妈，你真的爱我吗？

我也不懂我自己了，我想寻找一下。我也有点想外公外婆，所以我就先回中国找一下自己。

还有，那个戒指……我真的没拿，虽然是孙叔叔买的，但我之前并不知道，就算知道，我也不会拿的，我知道他对于你来说很重要。

我会照顾好自己的，孙叔叔也一直在照顾我，你不用担心。

爱　华

如醍醐灌顶，周怡亭呆呆地木木地坐到沙发上，拿着信纸的手在微微颤抖。她在自责，自己只知道要为女儿多存钱，让她一辈子衣食无忧，而她真正在想什么，要什么，自己为什么就不关心呢？

还有他……周怡亭的视线转向那张被爱华摔碎、又被她用心粘连起来的黑胶唱片，"有些事情是不是需要讲讲清楚呢？"

事情的确需要讲清楚。11月初，在温州的孙宏钢接到了《国家地理》杂志的拍摄邀请，需要跟着专业的团队外拍大约一年，定在12月底出发："尊敬的孙宏钢先生：您的作品我们已经收到，恭喜你通过初选，我们真诚邀请你一起进行一次专题拍摄，时间为一年，预计在12月25日以后出发，如果你能够参加，请在12月25日之前回复。其他未尽事宜，我们会电话与你联系。"

这是一次好机会，是对于孙宏钢这几年努力拍摄的一次肯定，但是……似乎也不能完全允许他抛开一切，参与这么任性的行程。

公司的事情基本已经交给赵志华了，这两年也培养出来一个较为专业的团队。只是美国税务局还在调查公司和周怡亭，他也没有办法就这么离开。犹豫了快一个月，听林鹏飞报告说调查已经结案，心里头安定了不少，想给杂志社一个回复，但又想到周怡亭一个人在美国，心里总是不踏实。问了爱华，她说不愿意回美国过圣诞，再加上听林鹏飞描述周怡亭身体欠佳，忧思又甚，决意买了张23号的机票飞回洛杉矶，买之前还隐晦地探了探爱华口风，那孩子也学精了，就回了句“爱情里面的人都是苦的啊”。孙宏钢拍了拍她头，似乎是同盟者又似乎不是。

所以，两个急切想见对方一面的恋人，在圣诞节那天却错过了。一个从上海飞到了洛杉矶，一个却从洛杉矶飞回了上海。当两人接到对方电话的时候都觉得有点可笑。

“你现在不在温州？”周怡亭看着关闭的办公室大门不知道说什么。她24日一大早赶过来却没有想到是这样的结果。

“对，我正在你美国房子外面站着。”孙宏钢有些无奈，夜幕中那些闪烁的灯火都成为多余的背景，自己最想念的这一盏却黯然无光。

两人陷入了沉默。

周怡亭似乎能想象出来孙宏钢在对面微微蹙着眉的样子，这是他思考处理问题时候惯常的动作，原来的时候周怡亭总会伸手抚平，笑着说“真应该用熨斗给你烫平”。孙宏钢那时候会舒心一笑，笑得不见了眉心那一点皱纹，却多了满脸的褶皱。

“你会在美国待多久？我马上回来。”还是周怡亭率先打破了沉默。

“我……”电话那头的声音却有些怅然，“我要出去拍摄一年，后天就飞去北京集合了。”

“哦？一年？干什么？”周怡亭听到一年，一下子有点蒙，脑袋没反应过来，话却先问了出去。

“可能我要干回本行了，有一个机会去随专业团队摄影。”

“哦哦。”

又是一阵沉默。

周怡亭也不知道说什么了，只好说：“那么，圣诞快乐！我带了个礼物……也不算礼物，应当是物归原主吧……东西我会放你办公室。”周怡亭看了看那张黑胶唱片，心已知道灵犀的方向，知道孙宏钢念念不忘的还是自己。

“好。”孙宏钢声音顿了顿，“平安夜快乐。”

两个人都轻笑了一声，果然符合两个人现在的时差。

“等你回来的时候再见！”周怡亭说道。

“我……我回去了去找你。”他匆匆答道。

“我们俩总是在错过。”

孙宏钢挂电话前听到对方那一声感叹，不假思索地回答道：“不会了，我不会错过了！”

他低头看了看手上的戒指，又按亮手机，发了一条短信给周怡亭：“那对戒指中的男戒我一直戴在手上，你不要冤枉爱华了。”

11　回来继续读书吧

葛小平回了美国。王爱华回了上海。

他开始专心准备SAT考试，她开始重新找工作，只是这次比在北京时更加难挨，因为她需要独自面对所有的拒绝和白眼。时间如白驹过隙，一无所获的她在意外接到母亲的电话时才意识到圣诞节要来了。

“……回来吧，回来过圣诞。”电话那边的声音如是说。

电话这边的她看不到母亲的表情，只能从这如叹气一般的声音中猜想对方的心情。她被原谅了？不，她不需要任何人的原谅，她也还没准备好接受所谓的原谅。刚刚成熟的自尊心依然强硬地昂着头，即使理智已经叛变。

“呃……”久久她说不出话来，或者她最大的“没有准备”就是如何面对母亲的问题。她没办法欺骗自己，假装一切都没有发生过，回美国从头来过。

“我知道了……”母亲按照自己的理解对她的沉默进行了解读，接着挂断了电话。

王爱华听着大洋对岸传来的忙音，后知后觉地放下了电话。如果对方再说一遍“回来吧”，再坚持一些，或许，或许她会点头的。

她去文具店给母亲买了一张圣诞贺卡，还拿出中文字典，认认真真地写了一封信，夹在贺卡里寄出。

她没有回去看美国，没想到美国便寻了过来。平安夜的前一天早晨，她刚挂了与葛小平的电话，门铃响了。闻声跑去开门的她，没有防备地看到了门外的周怡婷。

半年多没见，母亲看起来好像变了很多，但又好像没有任何变化。她张着嘴，看着周怡亭，表情惊讶。周怡亭却笑了，推着王爱华进了门，她悄悄地在爱华的耳边说了一句："你的信我收到了。"

最高兴的还是外公外婆，当晚便做了一桌子的菜。

"……老外的圣诞节啊我晓得的呀，跟中国人的春节一样的呀，一家人一起团圆的节日嘛。"周夫瑞兴高采烈地给女儿倒了一杯黄酒，再给自己倒了一杯。"天气冷，还是黄酒最好喝，一口下去全身都暖和了。"

顾世芳忙着端菜上桌，边劝周夫瑞少喝点，边回头把刚蒸好的大闸蟹推到周怡亭面前："新鲜的大闸蟹，那个人刚送过来的。"

"哪个人呀？"周怡亭反射地追问了一句。

"哎！"周夫瑞唤了一声，给顾世芳使了个眼色。顾世芳会意连忙岔开话题："还有塌棵菜冬笋，我知道你喜欢吃，今天特别到菜场里面买来的，水灵灵，我去端过来啊。"

"妈，我来吧。"周怡亭起身，跟着顾世芳到厨房帮忙。

王爱华双眼盯着那一盘大闸蟹，夹了一个，打开蟹壳，满满的都是黄黄的蟹膏。

"蟹好肥呀！"周夫瑞也夹了一只大闸蟹。

饭后，顾世芳和周夫瑞忙着帮突然回来的宝贝女儿整理房间铺新床，王爱华在自己房里看报纸杂志收集招聘信息，但大部分不是干力气活，就是地方太远太偏，稍微体面一些又离家近的要求都很高，以她的这点高中都没读完的水平，除了会说英语就没别的什么长处了。

她放下报纸，长长地叹了口气。起身去厨房倒杯热水喝，站在客厅里，远远看到厨房的墙上靠着一个颀长纤细的人影，她悄悄走近，打开了厨房的灯。那人惊慌地转过身去，但她已看到对方脸上的泪痕。

"妈……"她尴尬地站在厨房门口，进退两难，"大闸蟹是孙叔叔送的。"

"我知道。"

是因为喝了酒吗？妈妈为什么要哭呢？

第二天一早，周怡亭就坐飞机赶去温州看合资工厂，爸妈要她过了圣诞节再去，她说国内工厂洋节不放假的。

没想到当天晚上，她又由赵志华开车送回上海了。虽然错过了与孙宏钢见面，但她的心情明显好了不少，整个人都开朗了起来。

她走到爱华房间，敲门进去，看着女儿说："华华，妈妈冤枉你了，戒指不是你拿的，我错怪你了，对不起！"

爱华怀疑自己是不是在做梦，母亲从来没有向自己说过对不起，而且怎么这个时候突然就说起戒指的事情来了呢？她疑疑惑惑地站起身来，对着母亲说："妈妈，你碰到孙叔叔啦？是他告诉你的？"

周怡亭点点头："我没有碰到他，他到美国去看我了，他要我不要冤枉你。"

王爱华一下子蹦起来："怪不得我说他怎么跑到外婆家来送大闸蟹呢？原来他是要去浦东机场先弯过来的！哎，你们大人为什么总是瞒着我做决定呢？你们要早告诉我，不是就不会白跑一趟了吗？"

周怡亭眼睛瞪着她，听得一愣一愣的。

王爱华又有点得意地说："我就说孙叔叔是好人，他早就说我不可能偷戒指的。孙叔叔是我碰到的最好的人，哦，除了他！"

周怡亭简直听傻了："你什么时候说过孙叔叔是好人呀？你不是一直要赶他走的吗？"

又一回味："除了他，他是谁呀？"

王爱华知道自己说漏嘴了，一激灵，想起来什么，扭头就走。她打开自己的箱子，翻箱倒柜地寻找起来。

她从箱子内袋里拿出了一样东西，神神秘秘地走到母亲面前，把手藏在身后，亲热地说："妈妈，我送你一样圣诞礼物！"

周怡亭觉得女儿变了，变得有点不一样了，她等待着，看女儿藏在手心里的是什么神秘玩意儿。

王爱华一下子伸出手来，手心里是一匹奔马的小挂件，马做得很精致，马尾上翘，马蹄似在飞奔，看着那么可爱。

周怡亭一时不知道说什么好，只听爱华说道："妈妈，这是我那次在拉斯维加斯买的，听外婆说你属马，想给你一个惊喜。但是，没想到出了那件事，我对不起你，不敢拿出来了。"

周怡亭眼眶湿润了，她抱住了女儿，母女俩紧紧地抱在了一起。

圣诞节那天晚上，周家聚在了一起，吃了一顿西式节日的团圆饭。面朝黄浦江的饭店江景包间，窗外的风景已经今非昔比。原来昏沉一片的烂泥渡，已摇身一变成为璀璨的金融中心陆家嘴，高楼鳞次栉比，新建成的金茂大厦与东方明珠塔交相辉映，流光溢彩。

"真是不一样了。"

"嗯，不一样了。"

一大一小，两人站在窗前，眺望江对岸的盛景，有人感慨了一句，另一个人附和了一句。两人默契地回头，相视一笑。

"吃饭吧。"

"嗯。"

那天晚上人到得格外整齐，桌上摆得满满当当的，盛着满满当当的和气。三妹周怡立最开心，当年用从二姐怡亭那里借来的钱开了个进出口公司，现在姐姐那里进口的打火机等等都通过她的公司报关。因为生产厂家是姐姐美国公司与温州的合资企业，她不可能从中加价，但是可以享受中国对出口产品退税的政策优惠，退回的税金就够她赚得盆满钵满的了，加之姐姐的生意越做越大，出口量增加，她收到的退税金额也不断升高。大姐周怡宁一家也很开心，她自认没什么做生意的天赋，但跟着二妹在上海买了几套房子，现在涨了好多倍，每天坐在家里收收房租就够了。幺弟周自强也没什么不如意的，懒散惯了的他依然在国企吊儿郎当地上着班，没有大富大贵的样子，但待过了年，独子周哲宇就高中毕业了，可以由他二姑妈带去美国读书，这就够如他们的意了。

周家父母更是没什么心事，住着怡亭买的新房子，看着儿女和乐，脸上自然一直是笑呵呵，现在心里牵挂的就是二女儿怡亭的终身大事了。她是家里的功臣，可以说是她的奋斗改写了自己命运的剧本，改变了家族的历史。这个家对她是亏欠的，她至今还是单身，茕茕孑立，形单影只啊，作为父母，还是内心有愧——

想到这里，老人家的脸色凝重起来。

"……啊哟，找什么工作呀。华华来我们这儿吧，正好有个外地的小姑娘下个月要提前回家过年。"周怡立最会揣摩家人心思，她知道这个建议最得人心。

"哦，做什么事情呀？"周怡亭表情有些微妙。

"办公室助理的事情，整理文件啊，翻译点东西什么的，不麻烦的。"周怡立以为姐姐担心过多，有意把事情往小了说。

"嗯。"周怡亭点了点头，回头看向女儿，"你要去哦？"

王爱华看了一眼周怡亭，抬头看了一眼周怡立，最后点了点头。

"太好了，下个礼拜一就过来上班呀。地址我一会儿写给你。"

没等到下个礼拜，周怡亭就被一通电话召回了美国。她不要家人送机，一个人披着朝霞跳上了一辆出租车，匆匆而去。

王爱华送到楼下出租车旁，目送母亲远去，脑中盘旋着她临走之前的两句话："临时地帮帮忙、打打杂可以。但正经的书还是要继续读的，不管在上海读还是回美国读。"

继续读书的念头，似一颗种子没有防备地砸在她的心头，等待合适的时机破土而出。这个时机的出现并没有让她等很久。

小姨进出口公司的工作并没有她口中说得那么轻松，在简单的办公室参观和工作介绍后，三份厚厚的中英双语文件和两箱各色材料砸在王爱华窄窄的桌面上。

“这个是公司新做的宣传介绍，之前小姑娘做了一半，中文翻译成英文，你英文那么好，很简单的事情啦……这些也很简单，公司之前产品的档案，按大类分一下就好了……都不麻烦的，你新做起来，有什么问题随时说。”小姨热情地拍了拍王爱华的肩，又重复了一遍这些工作的“简单”，方才走了。

看着占满桌子的这些材料，隐隐头痛。想着分类档案应该比较简单，就把箱子里面的材料翻了出来，但越做越觉得困难，产品种类又杂又多，经常这儿一张那儿一堆，订货单、发货单、收款单、逾期单各种花花绿绿的票据看得她眼花缭乱。想找个人问问，但看办公室里面所有人都低着头认真做自己事情的样子，她觉得不便打扰人家。应该去问问小姨吧，但她刚才明明已经说过这些事情很简单的，这么简单的事情还去问她，似乎有些不太好意思。

挣扎良久，王爱华只好暂时先放弃档案整理的活儿，拿出中英翻译的文件，以为会轻松一些。没想到文件上都是些非常正式语体的介绍，又夹杂许多进出口贸易上的专业名词，让她措手不及，大半天只能磕磕巴巴地翻译了一页上的东西，而且很多词或者句子还翻译得不甚清楚。

临下班的时候，周怡立又来看了一次：“华华，做得怎么样了？都弄好了吧。”

王爱华脸色一红，摇了摇头。

周怡立吃了一惊：“哦，产品档案整理好了吧？”

“还没有。”王爱华摇头。

“呃……翻译呢？翻译总是简单的。”

“也没有。”王爱华再摇头。

周怡立干笑了两声，很快给对方找了个台阶下来：“哈哈，第一天嘛，没关系，慢慢来。”

王爱华低头不语。

“没关系的。”周怡立又拍了拍王爱华的肩膀，“到点了，你先下班去吧。产品的东西我让别人来理好了。”

“啊……”王爱华终于抬头看向周怡立。

“下班了，走吧，走吧。”周怡立催促着她起身。

“那……这个翻译我会做好的，我今天带回去做。”王爱华拿着桌上的文档，抱在胸口。

“没关系的呀，明天来做也一样的。”

“我带回去做。”王爱华说着将材料塞到包里，离开了办公室，走之前又对送到门口的周怡立重复了一遍“翻译我今天会做好的”。周怡立撇嘴笑着，不置可否。

王爱华抱着文件回家，心里想着一定要争口气，草草扒了两口饭，就回房间，拿出了中英、英中词典开始工作。

“华华，电话！美国来的！”

外婆在客厅里面喊她的时候，她才想起来跟葛小平约好的今天晚上通电话，慌忙跑出去接了电话。

“小平，不好意思，我今天有个重要的文件要翻译，不能跟你详聊了。明天？明天，还是这个时间，行吗？”

葛小平听得一头雾水：“什么文件？你在上海找到新的工作啦？”

“是呀，我小姨的公司，做进出口贸易的，文件上都是我听都没听过的词，什么信用凭证、报价实盘……”

“信用凭证是Credit Certificate，用在国际结算International Settlements的时候，一般用货币currency，比方说美金dollar来表示的。报价应该是offer吧，实盘应该是说make a firm offer的意思。”

“哇噢！太厉害了吧！有什么是你不知道的吗？”

听筒那边传来一阵爽朗的笑声：“这刚好是我的专业范畴。我爸现在让我考的也是国际贸易或者经济之类的专业。”

“……你考试怎么样？”

“SAT考完了，现在在准备几个学校的申请材料，最近也看了一些这方面的书。”

“……”

“太好了，你现在是职业女性啦，如果今天还有工作的话，那我们明天再聊……”

“我妈说……让我继续读书……”

“然后呢？”

“我不知道……”

“……”

“……”

“听着，这是你自己的人生，问题关键不是你妈让你做什么，关键是你自己想要做什么。”

“你有什么建议？”

“我的建议？”

“——是的。”

“这很重要吗？”

“重要！”

“……回来吧。”

“什么？”

“回来继续读书。”

12　请回母亲的恋人

回来了。

拖着行李从机场出来时，第一眼看到的就是洛杉矶过分湛蓝的天空，明亮、清朗、透明的一大片蓝色。猝不及防，她本能地想往后退。

“华华！”周怡亭远远挥着手过来。

她收住想往回撤的腿，站直了身子，朝着母亲的方向也挥了挥手。

那年开春，她又回到了美国，回到了洛杉矶。

当再次踏上这片土地时，一如记忆中的碧海蓝天，黄色出租车，笔直纵横的马路，甚至郊外果园里的橙子树。但还是有些东西变了，她相信一切都在慢慢变好。

母亲在更好的社区买了新的独立屋，她去了新的学校，继续中学最后一年的学习，进入新的环境，结交新的朋友，并且也开始学着为自己的未来做一些规划，生活又充盈起来。

计划休息一段时间的周怡亭也开始慢慢放下工作上的事情，把注意力放在女儿和生活上。当一切慢下来之后，她才渐渐看清楚自己的亲生女儿，看清楚自己。闲下来的时候，扫空工作后的大脑会不自觉地思念一个人，有关这个人的所有的细节，相处的每个瞬间，看过的那部电影，听过的那首歌，说过的那句话。

“喂……”

“亭，你下班啦……”

那个人的声音被转化成电讯号，通过细细的电线传到她的耳边，熟悉而温情。如乍暖还寒季节拂面而来的一缕暖风，一束旭阳，一抹春意。

两人的电话被一个突然的开门声打断，王爱华斜挎着包进门，抬头就看到坐在客厅打电话的周怡亭。

"……华华回来了，我先挂了。"没有等那边回应，周怡亭便匆匆挂断了电话。

王爱华换了拖鞋，将书包放在沙发上，奇怪地看着周怡亭。

周怡亭干笑着起身，过分热情的声音，透露着欲盖弥彰的意味："不是说有小组讨论嘛，那么早就回来啦。饿了吗？"

王爱华觉得有些别扭地走开，绕到沙发后面："小组讨论改下周了。"

"哦哦，好的呀。"周怡亭这才找回较为平常的状态，"晚饭还要一会儿，你现在饿不饿？冰箱里面有布丁，要不要先吃一点？"

"好呀。"王爱华顺着她的话回应道，看周怡亭往厨房方向走，她连忙跟了上去，"我自己来拿好了。"

王爱华打开冰箱，拿了布丁，又从碗柜里面拿了个小调羹，她一边动作一边偷偷打量自己的母亲。周怡亭拿出围裙，准备开始做饭。王爱华见状放下布丁和调羹："我来帮你系带子。"

周怡亭套上围裙，转过身对着女儿。王爱华快手快脚地系好了带子，从背后的这个角度她能看到母亲的耳朵上残余着的桃红色。

周末难得的懒觉，生物钟也开始变得懒散，失去效用，周怡亭睁开眼睛的时候已经日上三竿。她躺在床上，盯着天花板发呆，大脑昏沉，似乎还没有做好醒来的准备。外面传来有人走动和说话的声音，她从床上坐起来，辨认出是女儿的动静。她起床，披上外套出去，看到王爱华已经打扮齐全，一副准备出门的样子。

"那么早出去啊？吃东西了吗？"周怡亭问道。

"喝了点牛奶，还行。"王爱华边整理书包边回道。

"不是还有些面包吗？稍微热一下……我再给你做个三明治吧，加蛋加火腿,好不好?”周怡亭叫住她。

“好啊,那我等你会儿。”王爱华说着在沙发上坐下了,还从书包里面拿出一本书来看。

周怡亭拍了拍她的肩膀,转身进了厨房。

待对方的身影走远后,王爱华放下书,挪到电话边,抬头看了一眼厨房的方向,然后拨通了一个号码。

周怡亭从冰箱里面拿出食材来,刚把面包片塞到面包机里,就听到王爱华咋咋呼呼的声音:“妈,电话!”闻声一愣,她好像没听到电话铃响啊,下意识地回了一句:“谁啊?”

“你来就知道了呀。”追着声音,王爱华跑到厨房门口喊人。

周怡亭只能放下手上的东西,转身往外走,边走边猜:“公司来的电话?你林叔叔吗?”

王爱华笑而不答。

周怡亭用围裙擦了擦手上的水,拿起了听筒,“喂”了一声。

“你周末在家休息啊。”

那个声音裹挟着许多笑意,如春风般轻飘飘地吹进她的耳朵里面,在她的心中如平地炸开的惊雷,顿时烧红了两颊:“宏钢!你,你,你……”

“我?我也在酒店休息呢,今天休整半天,下午出发采风……”

周怡亭没顾上仔细听电话里面的内容,而是转过身看向自己的女儿。王爱华手上拿着那两片烤好的面包,向母亲扬了扬手,动作利索地背上书包,到门口换鞋准备出门。双目对视,她对着母亲嘻嘻一笑:“我去图书馆看书,拜拜。”

还有一些很重要的变化,这是王爱华有生以来第一次自发地、主动地、痛并快乐地学习。每次翻开书,一行行密密麻麻的字母都似化成一段段令人激动的乐章,引人入胜起来。SAT很顺利地通过了,她开始准备其他入学材料。葛小平早一年便离开了洛杉矶上学,她的全部心思也暂时专注在大学申请上，两人只偶尔通电话，大多都是她对于申请材料有所疑惑或者需要他分析和帮助时。

“……想好去哪儿了吗？”

“嗯，当然想好了。”

“哪儿？”

“……你会知道的。”

一年多的全神贯注，终于在那年春天，四月阳光明媚的一天，她收到了学校回复的信件。先发现这封信的是母亲。

那天傍晚周怡亭采购回来，将车开入车库，抱着大包小包进到屋里，一转身忽然有种特别的预感，便草草放下东西折回屋外的信箱，打开铁盒子，这封信就静静地躺在里面。她看到白色信封上女儿的名字和学校印章，取信时的手有些颤抖。

一个多小时后，终于回到家的王爱华在客厅的茶几上看到了这封信，母亲就坐在茶几边的沙发上。她也在沙发上坐了下来，和母亲一起盯着这封信看了好一会儿。

“妈，你拆了吗？”

周怡亭摇了摇头，视线转移到女儿脸上。

王爱华看了眼周怡亭，站起身，迅速抓过信，三两下拆开，从里面抽出一张A4大小的厚信纸，信纸背面彩印着学校内的标志建筑，反过来正面是校名抬头的正式信函：“亲爱的艾拉王……”

周怡亭也跟着站起身来，信纸挡住了王爱华的脸，让她看不清楚对方的表情，只能忐忑地轻轻问了一句：“怎么样？”

信纸被慢慢移下来，露出一双泛红的眼睛。

周怡亭一心惊，然后听到女儿念道：

“我们万分欣喜地通知您已被我校录取……”

“录取啦！”

“录取啦！”

周怡亭的眼睛也微微发热，满心欢喜到嘴边只能说出三个字“太好了”，然后她又说了三遍“太好了”！

王爱华也跟着她重复了三遍“太好了”！

草长莺飞，艳阳下的加州并不存在丝毫阴郁，即使被大树遮挡，但光亮纷纷从树叶的缝隙滑落到地面上，斑斑点点。孙宏钢披着那片顽皮的光斑回到了这座城市，开车穿过城区，来到了那个熟悉的街区。他把车停在稍远的地方，下车步行到楼下，站在路对面的树荫之下，远远看着那个亮着灯光的窗口，窗内人影晃动，似乎还传来些许音乐或者电视的声音。慢跑的年轻人、遛狗的老人、结伴放学的孩子们从他身边走过，有人注意到这个亚裔中年男子，停下来关心道：“需要帮忙吗？”

他回过神来，连连摆手：“不用，谢谢！”然后抬头又瞟了一眼那个窗口，方才慢慢离开，走回车里，叹了口气。电话里面什么话都能自如地聊着，为什么即将面对面了反而打怵呢？是入乡情怯吗？孙宏钢摇头苦笑，正准备发动车子，口袋里面的手机响了。

“喂？”

“是我。”

“哦……”

“我刚才在窗口看到你了。”

“呃……”

“我们可以见个面吗？”

“……好。”

两人相约见面的地方就在距离这儿不远的咖啡厅。咖啡厅被刷成墨绿色，擦得干干净净的透明玻璃上挂着红色的霓虹灯招牌，门外贴着玻璃木门横放了几张小圆桌，配两三把藤条椅。晴天外面的位子总是备受欢迎，但幸运如他还是找到了靠边的一张空桌坐下，桌上放了一小盆假花，假花盆边上夹着一份菜单。他取下菜单，百无聊赖地翻看着。不一会儿她就到了，那时他刚刚翻到菜单的最后一页。

她刚坐下，服务员便迎了上来，她点了一杯橙汁，他点了一杯咖啡。

“我都听说了，恭喜啊！”孙宏钢开场先恭喜。

“谢谢，我妈告诉你的吧。”王爱华笑道。

“嗯。”孙宏钢谨慎地点了点头，把话题拉回对方身上，“什么时候开学？”

“下个礼拜。”

“哦。”孙宏钢愣了一下，“那一开学就要去外地了呀。”

“哈哈，没有多外地呀，还是在一个州里面的。我妈说开车过去五六个小时。”

孙宏钢似乎想到别的什么事情，随口应了一句：“那要走一号公路了。”

“嗯，也不远的，周末想回来就回来了。”

“那倒也是。东西收拾好了？”孙宏钢笑了，心里想的那件事情还是没有说出来。

“早收拾好了！我明天就要走了。”

孙宏钢措手不及，一时不知该如何接话，那件事情又冒了出来。幸亏这时服务员端来橙汁和咖啡，化解了些许尴尬。

王爱华喝了一口橙汁，忍不住赞叹了一句：“还是加州的橙子好！我可舍不得离开这儿。”

孙宏钢闻言没有接话，说者无意，听者自己胡乱琢磨出别的许多意思来，只能低头默默喝了一口苦涩的咖啡。

“哦，对了。”王爱华从随身的包里翻出一样东西，放在桌上。

孙宏钢放下咖啡，定睛一看是一把钥匙，银色金属在阳光下闪闪发亮，晃得他忍不住眯起眼睛。

“今天我就是要把这个给你。”王爱华把钥匙推到他面前。

孙宏钢一下子就明白了这是哪里的钥匙，僵硬地把视线从钥匙上移开，又喝了一口咖啡，没有接钥匙，也没有接话。

“拿着吧，我上大学了家里就剩我妈一个人，也怪孤单的呀。”王爱华喝了口橙汁，口中充满了酸酸甜甜的味道。

心中所想经由对方的口说出，他不禁有些局促，忍不住抬头看了一眼对方，眉眼已经长开，鼻子嘴巴脸型，都跟她很像啊！原来她已经长大了，茫然再看时居然已经是一副大人的模样。

王爱华看到对方半天没有反应，接着开口道："我见过被抽走爱情的人，也见过沉浸爱情的人。曾经我认为爱情是人性最大的弱点，最不堪一击，最可有可无。但是……"她停顿了一下，好像想起了什么，嘴角漾开一个温柔的微笑，"后来我发现其实我不是仇视爱情，我是自私，我是一叶障目遮盖了整个世界，而把我从这自私的狭隘中解救出来的也是它……爱情威力无穷，爱情是不可替代的。那时我太幼稚了，对不起。"

孙宏钢将咖啡放下，但依然难掩颤抖的手。他摇了摇头，嘴角带笑。

"有个人告诉过我人生路漫漫，人生很长也很短……"王爱华用手点了点那把钥匙，"这是你的了，抓住当下！"

周怡亭拎着大包小包回家，今天要庆祝爱华申请大学成功，因此特意向公司请了假，去超市买了一堆食物，还请了几位相熟的朋友，一起吃顿饭。

周怡亭打开门，发现门口放了两个大箱子，以为是爱华准备的行李，喊了几声"华华"，家里却没有人答应。

"这孩子，一回来又跑到哪里去了。"

周怡亭换了鞋，把东西先全部搬进了厨房，又去楼上看看是不是真的没有人，发现除了多出门口那两个箱子，一切和自己离开的时候一样。

"叮——叮咚——"门铃恰好响起来。

周怡亭急忙下楼去开门，却不知道为什么心慌乱了一下。

"你好，周小姐，我叫孙宏钢，今天刚来美国，想借住一下你家。"门外站着的不是王爱华，而是孙宏钢。

周怡亭愣住了。门外的男子穿着他们初见时那一套衣服，也不管对于他发胖的身体这一套衣服显得多么不合身。同时，他手上也举着和当初一模一样的接机牌，上面写着"周怡亭"三个大字。

“你回美国了?”回过神的周怡亭突然意识到什么,回身指着两个大的行李箱,“你的?”

孙宏钢摊开手掌,一把钥匙在手心里闪闪发光:“我是合法进入的,不想带两个行李箱在门口显得像流浪狗,于是就自作主张把行李放进来了。”

“不……不是……你钥匙哪儿来的?”这一出一出变化有些突然。

“不是偷偷配的,是有人送给我的。”

周怡亭没有说话,眼泪却一点点积蓄在眼眶中,嘴角却悄悄上扬了。

孙宏钢望着她的眼睛,笑着张开了双臂。

葛小平一个人开车去到海湾边上的公园。

他还是没有去东岸的学校,尽管收到了哥伦比亚大学的录取通知书。因为母亲,或者因为别的什么,他最终还是放弃了东岸的机会,来到了旧金山,一个距离洛杉矶车程不到500英里的城市。学校很大很漂亮,绿植密布,到处都是红顶的建筑,距离海湾也不远。学院的教授们都非常资深和专业,同学们各种肤色,来自世界各地,相处也十分融洽,一切都是刚刚好的样子。

当然对他来说最难取悦的可能还是自己的母亲。张丽华最终还是跟随儿子回了美国,回到洛杉矶原先的家,隔三岔五就开五六个小时的车来学校看自己。不久就直接搬到了旧金山来住,在湾区买了新的房子。幸而房子没有买在他学校附近,而更靠近同城另一所高等学府,因为那里有举世闻名的音乐学院。是的,在他有意无意地引导之下,他母亲又开始拉小提琴了,当然还有别的乐器,每天跟同学们排练和演出,忙得不亦乐乎。父亲葛瑞泰在那场大病之后,明显感觉到了身体和精力的衰退,不由心生退意。看到儿子进入了美国顶尖的商学院,欣慰之余,也开始教导他接手家里的生意,在美国的时间也多了起来。

相应的葛小平回上海的次数也多了很多,一边专心学业,一边学习家里生意,每天的时间恨不能掰碎了来用,所以他格外珍惜每个晴朗的周末下午，那是难得的属于他的静心时刻。通常他喜欢一个人开车到海湾边的那个公园里，找个海边的位子坐会儿，看看书，喂喂海鸟，就像今天这样。

只是今天的他莫名地有些心绪不宁，手上的书看了大半天，来来去去却只停留在第一页。叹了口气，他只能先把书放下，抬头望向海湾：碧波万顷，金光闪闪，间歇点缀些白色的海鸥，时而还会有家庭式的小游艇开过，远远传来马达的轰鸣声。阳光刺眼，他从口袋里拿出墨镜，戴在脸上。这时耳边传来孩子们的笑声，他回过头顺着声音看去，原来是一家人周末到公园野餐，带着三个孩子，还有两条狗。大人们坐在草地上，夫妻相互依偎着，闲聊着各种，孩子们则带着狗，丢着球玩，放肆地大笑大喊着。他也跟着笑了起来，嘴角扯到一边。

"我也一直想养条狗。"

忽然身边传来一个熟悉的女声。葛小平反射地回头，惊讶地看着来人，他摘掉墨镜，又确认了一遍对方。

"怎么？想假装不认识啊。"那人学着他的样子，痞痞地一笑，且因嘴角扯得过度，使脸上的表情显得分外鲜活，分外可爱。

葛小平笑道："好久不见，艾拉！"

"好久不见，斯蒂文！"王爱华的微笑似加州的阳光一样明媚。

怎想再次见面，已间隔快两年了。

两人笑着，对视许久。

"我想你，真的！"

"我也想你，也是真的！"

两人拥抱在一起。

后 记

背井离乡，夫妻分居，几乎是单枪匹马地在美国奋斗了十多年，我没有像传奇人物那样发了大财，衣锦还乡，还失去了在国内发展的大好时机，但是我始终无怨无悔，甚至还暗暗自得，因为我亲历了一个历史时刻，一个中国人在海外由弱变强，由社会底层走向上层的转折时刻。海外华人的这种结构性变化，是与国内改革开放相对应的，是国内发展在海外的缩影和写照。

也许是因为一个人在海外，接触深交的大多是同性。敢于漂洋过海闯荡美利坚的中国女人，总有某种强项绝技，而美丽是她们最起码的武器。走在洛杉矶、旧金山的大街上，随随便便就能碰上国内的明星大腕。但是，光靠美丽和性感打天下的女人，似乎都没有好结局。我的几位女性朋友，个个艳丽照人，但聪明的她们，不肯使用这个最起码的武器，而是善用中国女人的撒手锏——坚韧、刻苦和智慧。当然，在生存竞争的舞台上，不用性别去软化异性的女人，总是会更辛苦、更惨烈。我与她们朝夕相处，常常被她们冥顽不化般的刚毅所撞击，总在构想着全方位呈现她们坚毅前行的音容笑貌。在中国的剧变与世界文化的相互观照这个大环境下，写海那边的两代中国女人生存奋斗的经历，就是《海那边的中国女人》三部曲要表现的内容。

我出国前在复旦大学新闻学院教授广播电视专业，开始动笔写的是一个电视剧本，之后将剧中三位女主角的故事改写成三部小说，就成了这“爱情三部曲”。在改写过程中，我得到了复旦大学两位硕士才女张煜、张宇桐的大力帮助，她们是“自天降临到我书桌的天使”(借齐邦媛语)，在此对她们两位表示衷心感谢。

当然，能够完成这部著作，最应该感谢的是我的丈夫李良荣，他一贯纵容我去做自己喜欢的事情。当年他支持我出国闯荡看看世界，之后又鼓励我把这段经历以艺术的形式记录下来。还要感谢我们的儿子李岗，他18岁赴美深造，已在美国读书工作30多年，凡是有我有不能确认的美国方面的知识，他都能像百科全书似的给予及时详尽答复。

感谢文汇出版社接受了这部小说，谢谢张涛编辑为这部书的问世花费了大量时间和心血。

施天权

2019年6月